Christine Brückner

Unterwegs

Reisen in nicht allzu
ferne Länder

Ullstein

Satz: Dörlemann-Satz, Lemförde
Druck und Bindung: Wiener Verlag, Himberg bei Wien
Printed in Austria 1995
ISBN 3 550 06785 2

Die in diesem Band veröffentlichten Texte wurden von der Autorin für die Werkausgabe zusammengestellt (s. a. S. 318 f.).

Die Deutsche Bibliothek – CIP-Einheitsaufnahme

Brückner, Christine:
Unterwegs : Reisen in nicht allzu ferne Länder / Christine Brückner. –
Frankfurt/M ; Berlin : Ullstein, 1995
ISBN 3-550-06785-2

Inhalt

Die Lebenskilometer

Manchmal überlege ich, wie viele Kilometer ich zurückgelegt habe, seit ich mich vom Schoß der Mutter getrennt habe und zum ersten Mal durchs Zimmer zu Vaters Hosenbein gekrochen bin.

Nicht, daß ich meine, man müsse einen Kilometerzähler bei sich tragen, das wäre zu einfach. Aber von Zeit zu Zeit müßte man doch einmal ausrechnen, wie weit man denn nun auf seinem Lebensweg vorangekommen ist und wie weit man hätte gelangen können, wenn man nicht immer wieder einen Haken geschlagen hätte, zurückgeworfen worden oder zurückgelaufen wäre, ja, und auch an jene muß man denken, mit denen man ein langes Wegstück gemeinsam gegangen ist.

Ich sage gegangen – und dabei sind wir doch unsere Lebenskilometer gekrochen, gelaufen, mit dem Roller und mit dem Fahrrad gefahren, mit der Straßenbahn, mit dem Auto, der Eisenbahn, mit dem Flugzeug geflogen – schneller, immer schneller. Man kann sie längst nicht mehr zählen, so rasen die Kilometer vorbei. Am Ende haben wir schon ein paarmal die Erde umrundet und wissen es nur nicht.

Genau muß man sein, wenn man sich ans Zählen der Kilometer begibt, sonst vergißt man die schönsten Strekken, und über den großen Reisen vergißt man den Gang am Abend durchs Viertel, wenn man noch Post zum Briefkasten gebracht hat und dann heimgeht. Über den frohen Wegen vergißt man den mühsamen Weg über den langen Korridor im Krankenhaus bis zum Korbstuhl am

Fenster und vergißt die Wege mit dem Rucksack, an nebligen Herbstabenden, 1945, über die Zonengrenze bei Friedland. Und dann dieses Gehen nach Zentimetern in den Fluren der Ämter! Dieses langsame Nachrücken, als man für einen Schuhbezugsschein Schlange stand. In jenen Jahren kam man langsam vorwärts und war doch soviel unterwegs, weil man kein Zuhause hatte. Und wenn man es hatte, dann war es ungeheizt. Hunger und Kälte trieben uns auf die Kartoffelfelder, zu den Bucheckern in die Wälder und zu den Kohlenwaggons auf dem Güterbahnhof.

Aber ich sehe, ich muß planmäßiger vorgehen. Mit den ersten Metern im Studierzimmer meines Vaters muß ich anfangen. Auf seinem Teppich, dessen Rosenmuster ein großes kahles Oval aufwies: der Lebensweg meines Vaters. Ich weiß nicht, wie viele Kilometer er darauf zurückgelegt hat, aber vorm Einschlafen hörte ich seine Schritte, und manchmal hörte ich sie noch, wenn ich aufwachte.

Weg von Mutters Rockzipfel, weg von der Hand des Vaters! Ich lernte radfahren, kaum daß ich laufen konnte. Und weil ich nichts von den Geheimnissen einer Rücktrittbremse wußte und weil es dort, wo ich herstamme, bergig ist, gab es ein blutiges Ende und lebenslängliche Narben an Knien und Ellenbogen. Dann wurde es ernst. Ich fuhr mit dem Rad zum Gymnasium, sechs Kilometer hin, sechs Kilometer zurück, und wenn ich Vaters Zigarren einzukaufen vergessen hatte, am Nachmittag ein weiteres Mal. Schulwege.

Genügt es, wenn ich fünfzig gerodelte Kilometer ansetze? Dreißig per Schlittschuh zurückgelegte, ohne die mißlungenen Pirouetten? Wie oft dreht sich ein Karussell für zwanzig Pfennig? Eines Tages war ich ein Stadtkind, das mit der Straßenbahn zum Lyzeum fuhr, abends auf die Königstraße zum Bummel ging und zweimal in der Woche zur Tanzstunde. Alle die vertanzten Lebenskilometer! Alle Dreharten ausprobiert, Foxtrott, Tango, Swing und Twist; beim Walzer wird mir's noch immer schwindlig.

Mit den Skiern wäre ich wohl vom Habichtswald bis nach Cortina gekommen, hätte nicht der Berufsweg angefangen, dieses Hin und Her von einem Kriegseinsatz zum anderen. Unzählige Kilometer quer durch Deutschland. Bahnsteige, auf denen ich in Regen und Schnee und Hitze auf und ab ging, manchmal in Tränen und manchmal glücklich. Wie viele Kilometer! Doppelt zu zählen, weil meist zu zweien.

Und dann das erste Stück Straße, als wir aus den Bunkern auftauchten. Die Stadt war dem Feind übergeben, und draußen war noch immer der alte Frühling. Im Garten blühten die Mandelbäumchen wie nie zuvor, wie nie danach. Drei Jahre später der Weg unterm Regenschirm zu jener Stelle, an der wir die ersten vierzig Deutsche Mark bekamen ...

Wann hat es eigentlich aufgehört, ein Lebenslauf zu sein? Seit wann halte ich es mit meiner Großmutter, der waldeckischen Bauerntochter, die zu sagen pflegte: »Sächtelken! Sächtelken!«, und gehe langsamer, nehme die nächste Straßenbahn?

Eines Tages hoben sich für uns die Schlagbäume. Lebenskilometer jenseits der Grenzen. Reisefieber packte uns, und wie die kleinen Häwelmänner riefen wir: Mehr! Mehr! Mehr! Frankreich, Österreich, Schweiz, Italien, Schweden. Segelpartien auf der Ostsee; Schwimmen im Mittelmeer; mit dem Flugzeug über die Alpen; Flüsse, Berge, Städte, was für ein Reichtum! Man fängt an zusammenzuzählen, denkt, es seien Zahlen, Kilometer, nichts weiter, und ist doch unser Leben.

Noch ist mein Teppich nicht der Kilometerzähler meines Lebenswegs. Aber später soll man einmal auf ihm ablesen können, ob ich ein Stück weitergekommen bin auf jenem Weg, den man nicht mit dem Auto und nicht mit dem Flugzeug zurücklegen kann, dem Weg, den sich der Geist und das Herz suchen müssen.

(1956)

Mit Rucksack und Meßtischblatt

Vom Wandern ist die Rede, nicht vom Spazierengehen. Von Meßtischblättern, Höhenwegen und Rucksäcken.

Will man auf Wanderschaft gehen, dann ist die Wahl des geeigneten Schuhwerks ebenso wichtig wie die Wahl des geeigneten Wandergefährten. Mit beiden muß man sich erst einlaufen, sonst gibt es Blasen an den Füßen oder Blasen an der Seele. Ein Langschläfer sollte sich keinen Frühaufsteher wählen, ein Kilometerfresser keinen Bummler. Die Schrittlänge muß übereinstimmen.

Man kann zu zweit, zu dritt, zu viert wandern; darüber hinaus würde es sich um einen Verein handeln. Jeder Fuß mehr bedeutet die Gefahr einer weiteren Blase an fünf weiteren Zehen, an der dann das Gelingen eines ganzen Wandertages scheitern kann. Es sollte jemand sein, mit dem man singen kann, womöglich zweistimmig. Jemand, der zur selben Stunde hungrig wird, zur selben Stunde Lust verspürt, unterm Holunderstrauch zu rasten, der lieber den Libellen am Bach zusieht als dem Fernsehprogramm im Gasthof. Aber vor allem jemand, dem man es nicht verübelt, wenn er die Gefährtin fünfundzwanzig Kilometer im Kreis herumführt, nach sorgsamem Studium des Meßtischblattes, nachdem er mehrfach den Kompaß zu Rate gezogen und dabei dessen Benutzung eingehend erklärt hat; der zeigt, welche anderen untrüglichen Orientierungszeichen einem noch zur Verfügung stehen, wenn Wanderkarte, Kompaß, Uhrzeiger und Sonne ausfallen, wie man am Wuchs der Bäume und der Bemoosung des Stammes die Himmelsrichtung jederzeit ausmachen kann;

einer, der nach Westen geht, in der Annahme, es sei Süden, und deshalb das beim Frühstück verheißene Schlafdorf abends nicht erreicht. Wenn man, erschöpft und verschwitzt, mit schmerzenden Füßen, zu diesem Mann nicht sagt: ›Siehst du!‹, dann ist man die richtige Wandergefährtin.

Als Wanderer müssen Frauen sich noch bewähren, da gilt es, sich zu emanzipieren; vorerst hat der Müller des Wanderns Lust für sich allein in Anspruch genommen, die schöne Müllerin ist zuständig für die Forelle nach Müllerin Art, die der Wanderer am Abend verspeist, während ihn die Gefährtin heiter und geistvoll unterhält. ›Kinderwiegen – Sorgen – Last und Not um Brot‹, das hängt den Frauen noch heute an, davon müssen sie sich erst befreien. Eichendorffs Taugenichts war männlichen Geschlechts; auch Don Quichotte dachte nicht daran, seine Dulcinea mit auf die Reise zu nehmen. Die Blumen- und Hippie-Mädchen scheinen lieber zu lagern als zu laufen, auf Wanderwegen trifft man sie nicht.

Es darf nicht jede Wegegablung zu Auseinandersetzungen führen! Zumal dieser Mann gewiß im Krieg bei einer Aufklärungsabteilung oder als Artillerie-Beobachter eingesetzt war, weglose russische Sümpfe durchquert hat und schon als Knabe ein ›Wandervogel‹ war, was ihn noch heute zum Aufspüren von zugewachsenen Waldwegen befähigt. Vertrauen ist unerläßlich!

Beim Frühstück, noch bevor man sein Ei löffeln konnte, breitet er die Generalstabskarte aus, räumt Wurstplatte und Honigtopf beiseite. Er markiert mit einem Bleistift den Weg, den wir vor uns haben, gibt an, welche Höhen es zu überwinden gilt, auf welchen Serpentinen man wandern wird, nur sachte ansteigend, die Anstrengungen des Vortages, mit Rücksicht auf die Gefährtin, meidend. Mittags wird man in der bewirtschafteten Schutzhütte Rast machen, die er jetzt bereits vorsorglich ankreuzt. Für den Abend verheißt er eine größere Ortschaft; er geht, vom Kaffee belebt, so weit, ein Zimmer mit Bad und eigener Toilette zu prophezeien. Keinesfalls mehr als 25 Kilometer an diesem Tag, eher weniger, falls man die möglichen Streckwege wählt ... Dann wirft er noch ein Stück Würfelzucker in die gefüllte Kaffeetasse und sagt nach Art und Weise, wie die Luftblasen aufsteigen, das Wetter voraus: ein wolkenloser Tag, wenn die Perlen sich in der Mitte sammeln, bedeckter Himmel, wenn sie auseinanderstreben – es hängt, wie er erklärt, mit Luftdruck und Oberflächenspannung der Flüssigkeit zusammen; einige kleine gewittrige Schauer hält er für möglich. Man nickt zu allem und mißt derweil mit dem Zeigefinger – pro Zeigefinger eine reichliche Wanderstunde – des Tages Mühsal unauffällig aus.

Man hilft einander beim Umhängen der Rucksäcke, und bei der ersten Serpentine sagt unser Feldmarschall nach einem prüfenden, bergaufwärts gerichteten Blick: Hier können wir erheblich abkürzen! Von nun an geht es querfeldein. Das weiße Kreuz, das der zuständige örtliche Wanderverein alle hundert Meter sorglich an einen Baumstamm gepinselt hat, sehen wir nie wieder. Es geht durch Fichtenschonungen, durch Brombeergesträuch und Brennesseln. Und über Viehkoppeln: morgendliches Rodeo mit ein paar jungen Rindern, über Gatter hinweg, unter Stacheldrähten hindurch, Bäche müssen übersprungen oder durchwatet werden, die Schutzhütte erreicht man nie und das für den Abend zugesagte Zimmer mit Bad und Toilette ebenfalls nicht.

Wann Mittag ist, bestimmt unser Feldherr. Die Quelle, die man für diese Stunde herbeisehnt, findet sich nur selten. Das Aufsuchen geeigneter Picknickplätze erweist sich als eine Krisensituation, nicht nur bei Autofahrern, auch bei Fußwanderern. Man ist hungrig und müde, und die Gefahr, bei der ersten Ameise, die auf dem Knie auftaucht, empört: ›Siehst du!‹ zu sagen, ist gegeben. Wegen dieses ›Siehst du!‹ nehmen Männer uns nicht gern mit.

An glücklichen Tagen findet man am sonnendurchschienenen Waldrand eine hohe Buche mit weitem Blick ins Tal. Halbschatten. Man streckt sich, dehnt die von den Rucksackriemen befreiten Schultern, betrachtet den geliebten Schläfer, der sich den Hut aufs Gesicht gelegt hat und bereits friedlich vor sich hin schnarcht, die Hände auf dem Bauch gefaltet. Man selbst blinzelt in die Höhe, wo der Wind in den Bäumen blättert, sieht noch eine Weile den Ameisen zu, die allerlei Baumaterial zu einer unbekannten Arbeitsstelle schleppen. Die Vögel sind zu dieser Stunde einsilbig wie man selbst. Langeweile der allerschönsten Sorte breitet sich aus, und man schläft ebenfalls ein.

Wenn unser Wandersmann sich ausgeruht hat, die Mittagswärme vorüber ist, die Hauptmarschleistung getan, dann hat er seine beste Stunde. Er schnitzt der Gefährtin einen Wanderstock, an dem sie den Rest des Weges zu tragen hat und den sie unbemerkt, ohne den Freund zu kränken, irgendwo stehenläßt. Er schnitzt ihr außerdem noch eine Flöte aus Holunderholz, und sie bläst darauf so recht und schlecht, wie er's sie lehrt. Kindheitserinnerungen steigen in ihm auf, an eine Zeit, als er acht Jahre alt war und ein Mädchen liebte, das Augen wie Schlehen hatte. Die braunäugige Wandergefährtin erinnert sich an den Jungen, der ihr die ersten Flötentöne beigebracht hat, als sie ebenfalls acht Jahre alt war; sie lächelt und schweigt. Eintracht herrscht.

Jetzt gilt es nur noch, das Nachtquartier auszumachen. Vorausblickende, umsichtige Wanderer rufen unterwegs aus einer Telefonzelle im einzigen Gasthof des Zielortes an und lassen sich zwei Betten reservieren, damit man sich, nörglig und müde, sieben zusätzliche Kilometer erspart. Wer hält sich schon abends an das morgens unbekümmert gesungene ›Und find ich keine Herberg, so lieg ich zur Nacht / Wohl unter blauem Himmel, die Sterne halten Wacht‹? Nur fanatische Fußgänger rufen in Notfällen kein Taxi herbei. Der idealen Wandergefährtin ist jedes Bett recht, wenn sie nur erst einmal auf dem Bettrand sitzen und die Beine ausruhen kann.

Sie muß gut zu Fuß sein, kräftig genug, einen Rucksack zu tragen. Außerdem sollte sie hübsch anzusehen sein, anmutig, wenn sie den Felspfad hinuntereilt. Ein Mann darf in der Mittagshitze das Taschentuch in den Bach tauchen, die Zipfel knoten und sich als Sonnenschutz auf den schwitzenden Kopf legen; seinem Aus- und Ansehen kann das nichts anhaben, das weiß er.

»Was schleppst du alles mit dir herum!« sagt er morgens, aber abends betrachtet er mit Wohlgefallen die frische Bluse und hat gegen die Anwendung eines Lippenstiftes nichts einzuwenden. Nach dem dritten Glas Wein wird er grundsätzlich, sagt: »Wandern! Das ist die menschlichste Art der Fortbewegung! Aus eigener Kraft bewegt der Mensch sich mit einer Stundengeschwindigkeit von vier bis fünf Kilometern vorwärts, wenn es hochkommt, sind es sechs Kilometer. Das entspricht seinem Körpergewicht, seiner Antriebskraft und seiner Aufnahmefähigkeit. Hätte es schneller mit ihm vorangehen sollen, wäre er mit Flügeln ausgestattet worden, oder er hätte vier Beine mit auf den Lebensweg bekommen. Man sieht nicht mehr, als man mit Augen, Ohren, Füßen und Händen wahrnehmen und als Erinnerung in sich bewahren kann! Man lernt eine Landschaft wirklich kennen und lernt sie zu lieben!«

Und dann, wenn auch er der Richtige für sie ist, wird er das Glas heben, seine Gefährtin ansehen und hinzufügen: »Und erst recht den, mit dem man sie durchwandert hat!«

(1963)

Mein amerikanischer Traum

Das Jahr der Weltausstellung in New York, 1964. Der erste Kennedy im Jahr zuvor ermordet, seine Büste in unterschiedlicher Größe, aus Aluminium, Kupfer, Kunststoff und vergoldet in den *gift shops* zu kaufen; bereits zu herabgesetztem Preis. Aber noch wallfahren die Farbigen zum Arlington-Friedhof bei Washington, gehen in Zweierreihen an Kennedys Grab vorbei; kleine Gräber rund um das seine: die toten Babys der Jacqueline, damals noch eine Jahrhundertwitwe. In einem der Off Broadway-Theater spielt man Albees ›American Dream‹; an der Bovery Genets ›Blacks‹. Von *women's lib* ist noch nicht die Rede, an den Universitäten herrscht noch Ruhe. Auch in Berkeley wird unter den hohen Bäumen des Campus noch diskutiert und ernst und gewissenhaft geküßt, ein Sex-Pensum wird erledigt. Sie liegen zu zweien auf dem kurzgeschorenen Rasen, aber die Parole *make love not war* habe ich nicht gehört. Studenten aus den Nordstaaten reisen bereits zu den Universitäten des Südens, um sich mit farbigen Studenten solidarisch zu erklären; Martin Luther King lebt noch, aber *black* ist noch nicht *beautiful*. Der Dollar steht noch zur Deutschen Mark im Verhältnis 1 : 4; die Armutslinie verläuft bei 3000 Dollar im Jahr. Joan Baez singt noch *folk-songs* und keine *protest-songs*.

Auf der Überfahrt hatte ich zu lange in Kafkas Amerika-Buch gelesen. Ich kam an und stellte fest, daß ich alle meine Reiseschecks verloren hatte. Was als Alptraum begann, endete wie im Märchen: Innerhalb einer Stunde stellte mir eine New Yorker Bank neue Dollarschecks aus, Reisepaß und Aussehen als einzige Legitimation; die Nachricht, daß die Schecks in meiner Schiffskabine gefunden worden seien, erreichte mich nach zwei Monaten. Ich fuhr mit einer Fahrkarte, die nicht gültig war, von New York nach Cleveland; meine *troubles* wurden von Aufsichtspersonal, Fahrdienstleiter und Mitreisenden gelöst. Als in North Dakota unser Auto einen Motorschaden hatte und wir ratlos vorm geöffneten Kühler die Betriebsanleitung studierten, hielt der erste und in Stunden einzige Autofahrer an, fragte: »*Troubles?*«, stieg aus, reparierte den Schaden, sagte: »*Hi!*« und fuhr weiter.

Wo ihr nutzt, seid ihr zu Hause, heißt es in Goethes Auswanderergesprächen. Auf amerikanisch heißt das: *Can I help you?* Ich habe den Amerikanern oft Gelegenheit gegeben, mir zu helfen.

Juni in New York! Ich war allein, aber ich fühlte mich nicht in der Fremde. Ich kannte ›Manhattan Transfer‹, und ich kannte den ›Guten Gott von Manhattan‹; im Guggenheim-Museum sah ich eine Van-Gogh-Ausstellung; im Museum of Modern Art ›entartete Kunst‹ des ›Dritten Reichs‹. Ich saß unterm gotischen Gewölbe eines aus Südfrankreich Stein für Stein importierten, sorgsam wieder aufgebauten Kreuzganges und hörte dort gotische Musik. Auf dem Empire State Building entsprachen meine Gefühle meinen Erwartungen. Aber: nach einem Gewitterregen stiegen von den Wolkenkratzern dicke weiße Wolken auf! Das Staunen begann in New York, das Fremdsein begann später.

Ich erinnere mich an den ersten Apfelstrudel, *apple-pie* genannt, den ich in New York aß; er schmeckte köstlich! Ich bestellte mir in Oregon, in Arizona und Arkansas *apple-pie*, und er schmeckte jedesmal genauso köstlich, kam aus den verschiedensten Kühltruhen, aber immer von derselben Firma. Ich habe keine anderen als amerikanische Rundfunksender gehört, ich habe keine anderen als amerikanische Zeitungen gelesen. Man reist 800 Meilen täglich und ist immer noch auf demselben Kontinent, spricht immer noch dieselbe Sprache. Die amerikanische Vereinfachung hat eine ungeheure Prägekraft, sie reicht bis ins westliche Europa. Zwei Salatsoßen genügen für einen Kontinent. Man liest ›Reader's Digest‹ in Virginia und in Idaho. Mir schien, als sprächen die Leute in den *drugstores* wie die Leute in den TV-Familiensendungen. Die Kinder verhielten sich im *Swimming-pool* des *Motels* genau wie die TV-Kinder. Der beste aller *daddies* begegnete uns jeden Tag mehrmals auf Parkplätzen. Überall ging es TV-nah zu; nie hatte ich den Eindruck, als ginge es auf dem Bildschirm lebensnah zu.

Wir fuhren von Ost nach West, *from coast to coast*, dann von Nord nach Süd und von West nach Ost und schließlich von Süd nach Nord. Ein großes Quadrat. Ich hatte neue Ausmaße und neue Maße zu lernen, Meilen statt Kilometer, Fahrenheit statt Celsius, Fuß statt Meter, die Gallonen Benzin zahlten wir in Dollar und Cent. Ich hatte vier Monate an Zeit, 10 000 Mark an Geld zur Verfügung, von denen ich 3000 übrigbehielt. Überfahrt, Theater, Kino, Musical, Museen, Nationalparks, Fotomaterial, Benzin, alles ist in der Summe enthalten, nur nicht die Gastfreundschaft. In Europa wird der Fremde nur in armen Ländern als ein Gast angesehen. In den Vereinigten Staaten von Amerika lernten wir die Gastlichkeit eines reichen Landes kennen. *Dinners* und *Cocktailparties* zu unseren Ehren. Man nahm uns mit zu Freunden von Freunden von Freunden, bis wir nicht mehr wußten, wieso wir mit wem und wo zu Gast waren. *Meet people* ist eine Leidenschaft der Amerikaner, wie das Lösen von *troubles.* Nie zuvor und nie wieder habe ich an Plätzen, die für Picknicks so ungeeignet waren, so vorzügliche *Steaks* und *Hamburgers* vorgesetzt bekommen. *Barbecue* am windigen Ufer des Michigansees, *Barbecue* unter zweihundertjährigen Zedern auf dem Mount Palomar in Kalifornien; *Barbecue* unter einem Wasserfall in den Wäldern Tennessees. Für ein Picknick sind 200 Meilen Anfahrt nicht zuviel. Kein Gastgeber erwartet einen Blumenstrauß. Ich schrieb in die Gästebücher Datum und Namen und ›*Germany*‹ und: ›*I like America!*‹ Es gibt ein Foto aus Arizona, auf dem ich einen dreimannhohen Kandelaber-Kaktus umarme. Die Stacheln zehn Zentimeter lang, trotzdem nisteten die Vögel darin. ›*How I like America*‹, schrieb ich darunter. So zwiespältig.

Von New York nach Cleveland (Ohio) nordwärts, mit der Bahn am Hudson entlang; ich blickte aus dem Fenster und gewöhnte mich an ein Land ohne menschliche Ansiedlungen. Mittags sah ich dann einen alten Mann mit weißen Bartstoppeln; er lehnte an einem Oberleitungsmast und spielte die Geige. Und nirgendwo eine Menschenseele, nur der D-Zug, der zweimal täglich in beiden Richtungen vorüberfuhr. Für alle Ewigkeit lehnt der alte Mann in meinem Gedächtnis an dem Mast und geigt. Buffalo! Und ich stieg nicht aus und fuhr nicht an die Niagarafälle, die *falls*; ich wollte nicht dort sein, wo alle waren. Ich fuhr am Eriesee entlang und dachte an ›John Maynard‹ und an Fontane. ›Noch zehn Minuten bis Buffalo.‹

Der Volkswagen, Exportausstattung, reiste inzwischen auf einem Frachtdampfer durch den Sankt-Lorenz-Strom und traf gleichzeitig mit mir in Cleveland ein. Als ich in Oberlin die Autoversicherung abschloß, studierte der junge Agent meinen Paß und sagte: »Hello, Chris! How are you?« Ich korrigierte ihn. »I'm Mrs. Brückner!« Er sah mich an und grinste. »Yes, Chris!« Unter ›Chris‹ habe ich meine Schuhe zur Reparatur gegeben, als ›Chris‹ wurde ich auf Parties vorgestellt. Ab Cleveland reisten wir zu zweit, also sagte man: »Hi, girls!« Eine junge Professorin für deutsche Literatur am College in Oberlin/Ohio wollte ihrer ehemaligen Autorin beweisen, warum sie Amerika liebte. Wo ich auch stand, atemlos und überwältigt, auf den größten Dünen der Welt am Michigansee, vor den Geysiren im Yellowstone Park, am Crater Lake in Oregon, den die Entdecker den ›sehr blauen See‹ nannten, immer sagte sie: »Es kommt noch schöner, Chris!« Bis wir dann am Grand Canyon standen, da sagte sie: »Ich glaube, jetzt wird es nicht mehr schöner.«

Je weiter wir nach Westen gelangten, um so jünger wurden wir; oft waren wir die Jüngsten. Das lag an den anderen. Das gesellschaftliche, kirchliche und kulturelle Leben spielt sich unter Frauen ab, die jenseits der Sechzig sind, pensioniert und verwitwet, meist beides. Alle priesen sich glücklich, mir begegnet zu sein, aber eine Journalistin statt einer Schriftstellerin hätte sie noch glücklicher gemacht. *Fiction* war ihnen nicht geheuer, *non-fiction* lieber. Immer wieder wurde ich gefragt, ob die ›Blechtrommel‹ ein typisch deutsches Buch sei, es war wichtig, daß man das Typische las. Kleine Gespräche, keine Diskussionen. Man sprach ungeniert über *sex*, aber nicht über Gefühle. ›*I like him*‹, hieß es, aber das heißt es von jedem. Neue Tabus. Niemand wünschte mit mir über den Tod Kennedys oder das Rassenproblem zu sprechen. Aber es hat mich auch niemand nach Auschwitz gefragt.

Wenn man durch Nordamerika reist, kann man sicher sein, daß man irgendwo in einen Blizzard, einen Tornado oder Hurrikan gerät. Den Hurrikan bekam ich auf der Rückreise. ›Elise‹ hieß er, und die ›Bremen‹ wich ihm bis zu den

Neufundland-Inseln aus; unseren Tornado bekamen wir im Staate Michigan. ›Gefährliche Wirbelstürme in Nordamerika, örtlich und zeitlich begrenzt‹, meine Erfahrungen bestätigen diese Angaben. Wir saßen beim *Dinner* in einem kleinen *Cottage* unter riesigen Bäumen am Green Lake, verängstigt, aber lächelnd, wie unsere Gastgeberin. Der Tag wurde plötzlich zur Nacht, der Wind zerriß Blätter, zerbrach Äste, peitschte das Wasser des Sees auf, entwurzelte einen Baum, der das benachbarte *Cottage* in zwei Teile zerlegte. Es war unbewohnt. Heiliger Sankt Florian! Eine halbe Stunde später badeten wir bei Sonnenschein im See, sahen dem Kolibri zu, der flügelschwirrend am Honigtopf nippte. Tornados, aber auch Kolibris. Übertreibungen und Widersprüche.

Was für reizende Nachbarn aus Detroit und Cleveland lernten wir kennen; alle hatten sich Ferienhäuser an den Seen gebaut. Sie fällten ihre Bäume eigenhändig, hackten das Holz selbst, malten die Bilder selbst, ein einfaches, ein *Do-it-yourself*-Leben. Sie hatten sich gerade zu einem Club zusammengetan, der verhindern sollte, daß Juden und Farbige in ihr schönes Reservat eindrangen und die Harmonie störten. Sie waren einsichtig in der Neger-Frage, wie alle Amerikaner der Nordstaaten, aber sie besaßen Haus und Grundstück. Zögen Juden zu, so sagten sie, würden diese spekulieren und die Grundstückspreise hochtreiben, zögen Neger zu, entständen *Slums*. Die Vorurteile sind alt, die Erkenntnisse erst neu.

Die schwarzen Vögel heißen *blackbirds*, die blauen Vögel *bluebirds*, die hochbeinigen Vögel, die im Süden über die Straßen rennen, *road-runners*; das lernt sich leicht, das behält sich leicht. Man erkennt Schwalben und Rotkehlchen und Stare wieder, aber alle Vögel um das Eineinhalbfache größer, die Schmetterlinge sogar doppelt so groß, jedes Ahornblatt größer, dem größeren Kontinent entsprechend. Michigan, Wisconsin, Minnesota: eine Vergrößerung Skandinaviens ins Endlose. Wälder, Seen, Weiden, die braunroten Häuser der Farmer: alles wie in Schweden. North Dakota. Dieser erste Tag in der Prärie! Überwältigende Weite. Überwältigende Einsamkeit. Man ist unterwegs, *on the road*, Mittlerer Westen. Eroberergefühle noch im Volkswagen. Schnurgerade, kaum befahrene Asphaltstraßen, von denen manchmal ein markierter Indianerpfad abzweigt. Steine, schütteres Gras, graublaues Salbeigesträuch. Am Horizont schon die Rocky Mountains, die sich immer weiter entfernen, je mehr man sich ihnen nähert. Alle paar Stunden eine verstreute Rinderherde, struppige *Hereforder*, wenig empfindlich gegen Hitze und Kälte. Ein verendetes Pferd am Straßenrand und hie und da am Himmel ein einmotoriges Flugzeug: der *Cowboy* beaufsichtigt seine Herde. In angemessener Entfernung von der Straße ein Atommeiler. Pelikane um einen Wassertümpel; Antilopen, die in großen Sprüngen vor uns davonjagen.

›*Enjoy beaf every day*‹ stand an den Stacheldrahtzäunen, hinter denen die Rinder grasten. Wenn ich mein Steak aß und wenn ich dem Stierkampf in Tijuana in Mexiko zusah, hatte ich das Schild vor Augen: *Enjoy beaf every day!* Nie habe ich frühstücken müssen, ohne daß man mich gefragt hätte, wie ich mich heute fühlte, und ich fühlte mich an jedem Morgen *fine*, und wenn ich mich vergewissert hatte, daß sich auch die *Miss* hinter der Frühstücksbar *fine* fühlte, bekam ich meinen Kaffee eingegossen. Frühstück zwischen Fernfahrern, deren Spezialfrühstück zwei Dollar fünfzig kostete. Ein halbes Pfund Schinken, fünf Spiegeleier, ein Pfund Kartoffelchips, ein Viertel-Pfund-Brot, zwei heiße Kuchen und zwei Liter Kaffee. Ich habe die Wohltat der Motel-Ketten erfahren. *Best western motels!* Die gleichen Zahnputzbecher an der gleichen Stelle, der gleiche hygienisch versiegelte Toilettensitz. Man findet sich, schlaftrunken, leichter zurecht, kennt die Schalter am Fernsehgerät und die Mechanik der Betten, in denen wir uns für einen halben Dollar aufrütteln lassen. Morgens hört man als erstes aus dem Radiogerät, daß dies eine ›*wonderful wonderful world*‹ sei – Reklame für Salem-Zigaretten.

500 Meilen am Tag, 800 Meilen am Tag, und die Traummeilen nicht gezählt, Weiterfahren im Schlaf, Alptraumkilometer auf zwölfspurigen *Highways*. Süd-Dakota, die *Bad Lands*, das Jagdrevier Roosevelts; einer der halbtrockenen Staaten, nicht einmal ein Bier zum Essen. Das junge Mädchen, das uns bedient, schaut uns unausgesetzt zu, sie hat noch nie einen Ausländer gesehen, nie eine fremde Sprache gehört. Wir erkundigen uns bei ihr, ob wir als Frauen nebenan in der Bar wohl einen Whiskey trinken könnten, und sie sagt: »*If you have the age.*« – Falls wir das nötige Alter haben. Es liegt bei zwanzig. Die Sitzbänke der Bar waren mit Rinderfellen bespannt – *enjoy beaf every day* –, an der Bar lehnten *Cowboys*, den breitkrempigen Hut im Nacken, die Linke am Colt und in der Rechten das Whiskeyglas. Die Realität hielt sich an die Western-Filme. In der Ferne schlugen Blitze in die roten Felswände und sprengten Teile davon ab. Wolkenbrüche. Das Auto bis zu den Achsen im Schlamm. Wieder einmal konnte man uns helfen. Hilfe ja, Flirt nein. Frauen zahlen dort nicht mit einem Lächeln. Einer der Unterschiede zu Europa.

Die blühenden Fliederhecken! Nichts sonst aus Montana. Aber Karl-May-Erinnerungen. Der Yellowstone River führt Hochwasser; der Weg zum Staat Washington ist versperrt. Wir ändern die Route, fahren zum Yellowstone-Nationalpark, ein Island auf kleinstem Raum. Die Erdoberfläche glasiert durch die Ausscheidungen der Geysire, die gefährlich brodeln und sich pünktlich in zischenden

Fontänen entladen. Die Natur bewacht und gegen Eintrittspreise zu besichtigen. Jahrhundertelang hat sich der Mensch gegen die Natur zu schützen gesucht, jetzt muß die Natur vor ihm geschützt werden. Er genießt ihre Gefahren, füttert vom Auto aus die Grizzlybären, deren Junge hoch in den Bäumen herumturnen. Wir könnten mit dem Schlauchboot sechs Tage lang im Grand Canyon durch die Strudel des Colorado River fahren. Organisierte Abenteuer. Reise gefährlich!

Wir stiegen durch die Mondkrater in Idaho: schwarze Lavaschollen, als hätte ein Herkules hier gepflügt. Erste, noch blattlose Vegetation, gelbe und weiße Blüten ohne Stiele. So muß es im Frühling auf dem Mond aussehen; noch wußten wir es nicht besser. Neben dem Adlernest stand weiß auf schwarzem Felsen: ›Jesus liebt dich! Und du?‹ Das tat seine Wirkung, wurde oft genug und an aufschreckenden Plätzen wiederholt. In einer Stadt im Staat Oregon wollten wir sonntags zur Kirche gehen; es gab 93 verschiedene Sekten, da ließen wir es sein.

Juni-Sonne und Juni-Schnee in der Sierra Nevada! Wir sahen Lachse von einer Staustufe zur nächsthöheren springen. Wir fuhren durch einen der Mammutbäume in Nordkalifornien, wir erreichten bei Eureka das Meer. Der Kontinent durchquert: Eureka! Von nun an südwärts, nach San Francisco, Los Angeles, San Diego, auf der Straße 101; von den Amerikanern *One-O-One*, von Hans Dominik ›die Traumstraße der Welt‹ genannt. Eine Woche San Francisco! Bei Sonnenuntergang im ›San Francis‹ gesessen, hoch über den 29 Hügeln, auf denen die Stadt erbaut wurde. Das erste Bad im Pazifik bei Malibu, nicht weit von Los Angeles. Die Wellen trafen mich mit ozeanischer Kraft, warfen mich um; bevor ich den Kopf wieder über Wasser hatte, faßte mich schon die nächste Welle, bis mich die übernächste dann an Land warf, wie Strandgut. Wir suchten in Pacific Palisades den San Remo Drive auf, standen vor dem Haus, in dem Thomas Mann von 1941 bis 1952 lebte; ein junger Mann mähte den Rasen, den Namen Thomas Mann hatte er nie gehört. Big Sur, auf der waldigen Steilküste des Pazifik gelegen, aber Henry Miller weilte gerade in Europa. In Sun Valley/Idaho am Grabe Hemingways . . .

Auf Catalina Island machten wir Ferien von den Ferien. Ich zog die erste Bilanz. Nord-Amerika: ein Land ohne Zäune, ohne Mauern, ohne besitzanzeigende Hecken; eingezäunt einzig das Vieh auf den unermeßlichen Weiden der Prärie. Keine Begrenzungen für den Menschen, für sein Haus und seinen Garten. Das Gefühl für ›mein‹ und ›dein‹ schwächer ausgebildet. Man ist noch nicht seßhaft geworden, alles ist noch austauschbar. Man benötigt ein Haus nur zum Wohnen, nicht, um sich zu Hause zu fühlen. Das Gartentor stellt kein Symbol dar. Ein Stuhl ist ein Stuhl, es gibt am neuen Ort ebenfalls Stühle, vielleicht sogar neuere und bequemere; man läßt den alten zurück, zieht weiter, wenn ein neuer Job neue Chancen bietet. Bis man dann in Kalifornien das Lebensziel erreicht hat. Der Weg nach oben ist der Weg in den Westen. In Kalifornien wird der amerikanische Traum erfüllt. Ein *Cadillac-* und *Swimming-pool-*Glück unter Palmen, überall ist *Disneyland.* Das ganze Jahr Sonne. Die Wüste auf der einen, das Meer auf der anderen Seite. Mehr als Wasser braucht es nicht, um aus der Wüste ein Paradies zu machen, in dem die Rosen ohne Unterlaß blühen und die Zitronen das ganze Jahr reifen. Die Rasensprenger sprühen ohne Unterlaß. Schon im August wirkten die Geranien erschöpft.

Kein Gitter auf dem Friedhof, kein Erbbegräbnis, statt dessen Nummern oder Namensschilder im Rasen. Der Mensch stirbt, wird präpariert und geschminkt, bis er zum letzten Mal dem Idealbild des erfolgreichen Amerikaners entspricht. Dann begräbt man ihn, dann ist alles vorbei. Laßt die Toten ihre Toten begraben, der Blick geht in die Zukunft, das Paradies liegt nicht hinter einem, sondern vor einem; man ist nicht verstoßen, sondern nur noch nicht angelangt, aber bereits auf dem besten Wege. Es wird immer noch schöner! Die Vorfahren sind eingewandert, um ihr Glück zu machen. Mit diesem Anspruch auf Glück sind sie alle gekommen, die ersten und die letzten, nicht nur die Goldsucher. Sie kamen mit Erwartungen und mit Vorsätzen, halb Kreuzritter und halb Glücksritter. Der amerikanische Traum, tausendfach auf Einwandererschiffen und in Flugzeugen geträumt, heißt *happiness*, und Glück bedeutet Reichtum. Auf dem Silberdollar steht: *In Gold we trust* . . .

Nein, das steht natürlich nicht darauf, sondern *In God we trust*. Ein Land, in dem für den Reisenden gebetet wird. Bei den Mormonen, den ›Heiligen der letzten Tage‹, in Idaho Falls, schloß man uns, die *sisters*, in die Arme und ins Gebet ein. In der lutherischen Kirche von San Diego wurde ich im Gottesdienst namentlich der Fürbitte der Gemeinde empfohlen. Auf dem Altar stand das Abendmahlgerät: ein flacher silberner Kelch, in dem kleine Kunststoffbecher standen, jeder mit Wein gefüllt. ›Nehmet hin und trinket alle daraus‹, ein hygienisches amerikanisches Abendmahl. Das ›Selig sind . . .‹ der Bergpredigt wird mit *happy* übersetzt. Die himmlische Seligkeit scheint vom irdischen Glück nicht allzuweit entfernt; kein eigenes Wort für selig, immer nur *happy*, immer nur *fun*, immer nur *enjoy it!* Aufforderung zum Genuß. Nichts wird verkauft ohne einen zugehörigen aufmunternden, glückverheißenden Werbespruch; daran waren wir noch nicht gewöhnt. Man hat mich niemals allein gelassen, in keinem *Livingroom*, in keiner Hotelhalle, immer kam jemand und hat gefragt, ob ich denn auch nicht krank sei, so ganz ohne Fernsehen oder Radio ...

›Menschen, die das Tragische des Lebens derart verdrängen – welche Neurosen mögen sich in ihnen bilden bei der Frage nach dem tieferen Sinn des Lebens? Psychoanalyse ist kein Stoff für Lustspiele, sondern für Tragödien.‹ Bedacht und notiert, lange vor Watergate ...

Auf einem der schönsten Hügel San Franciscos steht Christoph Columbus, überlebensgroß, aus Aluminium, den Arm ausgestreckt, ein neuer Polykrates: Dies alles ist mir untertänig. Ein Kontinent ist entdeckt, erobert, ausgebeutet; die Wälder gerodet, die Büffelherden vernichtet, das Gold geschürft, die letzten Indianer in *reservations* zusammengepfercht. Was nun? Worauf richtet sich der Blick des Columbus? Auf den Mars, auf den Mond oder zurück auf den Kontinent, auf jene Gebiete, die man anfängt die unterentwickelten zu nennen? Die Amerikaner haben die Grenzen ihres Kontinents erreicht, sie werden lernen, daß auch der menschlichen Natur Grenzen gesetzt sind. Vielleicht werden sie aufhören zu verschwenden, vielleicht werden sie Bäume pflanzen und Zäune ziehen; sie werden seßhaft werden und lernen, daß man pflegen muß, was man erobert hat. Und in einer fernen Zukunft wird dann in *God's own country* jeder vor dem Gesetz und vor dem Leben gleich sein, die Reichen und die Armen, die Weißen und die Schwarzen, wie es die vorbildliche Verfassung will, dieses Musterstück für die Schulbücher Europas. Ohne Optimismus kann man an die Zukunft nicht denken, sonst bleibt alles ein amerikanischer Traum.

Wir sind in Hollywood über den Sunset Boulevard gefahren, wir haben in der südkalifornischen Wüste im Salton Sea gebadet, bei einer Lufttemperatur von 45 Grad und einer Wassertemperatur von 36 Grad, und wir haben um Mitternacht im gekühlten *Swimming-pool* gesessen, wenn die Sterne tief herunterhingen und die Wüstennacht illuminierten. Wir sind mit Hilfe von Strickleitern auf Palmen geklettert, um uns Datteln zu pflücken; wir haben in den Rocky Mountains an Hand einer Autokarte einen 3500 Meter hohen Berg bestiegen, den Chalks River als Wegweiser zum Grizzly Lake benutzend, in Turnschuhen und ohne Proviant; wir trafen dort zwei Lachsfischer an, sie bestaunten die Leistung unserer Beine und wir die Leistung ihres Jeeps. Wir sind in die heißen Quellen am Mount Princeton getaucht ... Die Natur übertreibt maßlos, und man selbst überschätzt sich ständig, ist drauf und dran, ein Pferd zu besteigen und sich einer Reitergruppe anzuschließen, die, weglos, die Wildwasser und Wildwälder der Rockies durchquert. Wir fahren in die von den Menschen verlassenen Goldgräberstädte und sehen die berühmten *Saloons. High noon* und großer Bluff an Ort und Stelle. Eines Nachts sitzen wir im Auto-Kino und sehen die *West-Side Story*, trinken *Cola* dazu, essen *Popcorn*, auf dem Rücksitz schlummert das Baby von Freunden von Freunden ...

Wir durchqueren Oklahoma, alle Wagenfenster geöffnet, und singen: »*Oh, what a beautiful mornin', oh, what a beautiful day.*« Warum nicht nach Texas? Ein Abstecher von 800 Meilen schreckt uns nicht mehr, unsere Reiseroute gleicht einer Fieberkurve. Ein Basketball-Spiel unter Palmen, bei Flutlicht nach Mitternacht, wenn es kühler wird; ein Rodeo in Colorado Springs, ein Reitturnier in Del Mar. Indianer-Reservationen, Indianer-*Shops* zum Einkaufen von Indianerkunst und -kunsthandwerk. Ein Sandsturm bei Santa Fé. Die Palette der Painted Desert ...

Auf einer Ansichtskarte, die ich nach Hause schrieb, steht: ›Tage in der Wüste oder in der Prärie, da schrumpfe ich auf die Ausmaße einer Ameise zusammen. Nachts liege ich in meinem Motelbett und zähle die Staaten zusammen, in denen ich schon gewesen bin, Ohio, Michigan, Wisconsin, Oregon, Idaho ... Jetzt sind wir in Arizona. Und dann zähle ich die Staaten zusammen, durch die wir noch reisen wollen, von New Mexico bis Virginia, und zuletzt die Staaten, die wir nicht sehen werden, Hawaii beispielsweise, aber warum nicht Hawaii? Das eine Mal errechne ich 47 Staaten, das andere Mal 53, nie aber fünfzig. Jede Meile führt uns jetzt wieder ostwärts-heimwärts. Noch nie war ich so weit fort! Bei allem, was ich sehe, habe ich das Gefühl: Hier komme ich nie wieder hin.‹

Ich erwarb für 35 Cents im *Drugstore* ein Puzzle-Spiel, das, zusammengesetzt, die Vereinigten Staaten von Amerika ergab, ich warf die Staaten durcheinander: Alabama, Oklahoma, Tennessee und vereinigte sie aufs neue auf meiner Bettdecke. Die Sonne ging überm Grand Canyon unter, und der volle Mond stieg überm Grand Canyon auf. Ich war überwältigt. Beethoven! Immerwährende Pathétique! Ich gab mich geschlagen, dieses Land war zu großartig für mich. Ich glaubte nicht mehr, was ich sah. Ich notierte: ›Was für ein unermeßlich reiches Land! Nicht nur an Gold und Uran, an Weizen, Erdöl, an Mais, Rindern und allem, was sonst noch Dollars bringt, sondern auch reich an Schönheit und Einsamkeit.‹ Wir glaubten noch den Erdölpumpen auf den Weiden in Oklahoma und Texas, die neben den friedlich grasenden Rindern friedlich und unermüdlich Öl stampften. Am Hooverdamm haben die reichen Amerikaner den armen Mexikanern das Wasser abgegraben. Auf einem Truppenübungsplatz der *Navy Air Force* starteten und landeten Düsenkampfflugzeuge auf Flugzeugträgern, deren Oberdecks im Sand der Wüste aufgebaut waren. Wir saßen auf einem Raddampfer und fuhren auf dem Mississippi, und in der Hotelhalle in Memphis sang abends ein schwarzhäutiger Musikprofessor Spirituals, als letztes: ›Ol' man river‹. In einem Atomzentrum in Tennessee besichtigten wir auf der Tierversuchsstation die Strahlenschäden an Ratten und Mäusen und Meerschweinchen.

Little Rock und Chattanooga!

Trockene Hitze, feuchte Hitze. Im Dunkel einer Nacht sahen wir die weißen Kapuzenmänner des Ku-Klux-Klan, irgendwo in Tennessee. Diese grüne Wildnis von Tennessee, die alles mit Geißblatt, Teufelszwirn und Hopfen einspinnt. In den Bayous moderten die Bäume im Brackwasser. Die Smoky Mountains, die Blue Mountains. Immer wieder Höhepunkte. Dann die Rückkehr in den Osten, auf historischen Boden. In Williamsburg, einem Museumsstädtchen nahe der atlantischen Küste, sagte der Besitzer eines Lokals zu uns, daß in sein Restaurant jeder kommen könnte, auch Juden, sogar Deutsche! Aber keine Farbigen! Ich habe mich auf dieser Reise selten gefürchtet, aber oft geschämt, wegen meiner Hautfarbe und meiner Nationalität.

Nirgends war der Boden so heiß wie in Washington. Weißes Haus, Kennedys Grab und Library of Congress, die größte Bibliothek der Welt! Ich suchte in den Karteikästen nach meinem Namen und fand mich wieder. Sehnsucht nach dem Schreibtisch mischte sich mit Reisemüdigkeit.

Ich brachte einen Tonkrug aus Mexiko mit, ein Indianer-Armband aus Arizona, eine Handvoll Pecan-Nüsse aus Tennessee, ein Büschel selbstgepflückter Baumwolle aus Alabama, Muscheln vom Pazifik: rund und flach und wie ein Dollar gezeichnet.

Mehr als zwanzigtausend Meilen in drei Monaten; ein Amerikaner braucht dafür zwei Wochen, allenfalls. Ich hatte am Ende nicht mehr *›I like America‹* in die Gästebücher geschrieben, sondern ›*I love America!*‹. Ich war ausgezogen, um einen Kontinent zu erobern, ein Kontinent hatte mich erobert. Ich hatte beabsichtigt, ein Amerika-Buch zu schreiben, ich habe es nicht geschrieben. Ich brachte viele hundert Bilder von Amerika mit, die kein Amerika-Bild ergaben.

Was eine Reise wert gewesen ist, erfährt man erst lange nach der Rückkehr. Ihre Erinnerungsträchtigkeit. Wie oft bin ich im Traum zurückgekehrt! In den Büchern, die ich seither geschrieben habe, taucht Amerika immer wieder als Schauplatz auf. Nie war ich seitdem so sehr ›auf Reisen‹, nie wieder bin ich so unbekümmert, so selbstverloren der Verlockung der Fernstraßen gefolgt, nie wieder habe ich so zeitlos gelebt, habe die Jahreszeiten in wenigen Tagen gewechselt, aus dem Schnee in die Sonne der Sierra Nevada und in die Wüstensonne von Arizona. Ich war eine Reisende ohne anderen Beruf, ich hörte auf zu schreiben, kein Wort mehr. Ich nahm nur noch auf, jeder Augenblick, jeder Atemzug: Amerika. Bis zur Erschöpfung.

(1964)

Mein Sommertheater

Hier kommt es auf Pünktlichkeit nicht an. In meinem Sommertheater wird nonstop gespielt. Die Mitspieler kommen und gehen, und auch die Zuschauer kommen und gehen. Man spielt ohne Vorhang, bei offener Bühne; an der linken Seite wird sie von einem rosafarbenen Hauswürfel begrenzt, die Türöffnung ist mit bunten Kunststoffbändern verhängt. Die Hälfte des Schauplatzes liegt im Schatten eines Maisstrohdaches. Im Vordergrund bildet eine Gasse den Orchestergraben zwischen Zuschauerraum und Spielraum. Rechts befindet sich ebenfalls eine Gasse, zu der eine schmale Steintreppe hinunterführt. Für überraschende und wirkungsvolle Auftritte und Abgänge ist gesorgt. Im Hintergrund ergibt das flache Dach eines blaugetünchten Hauses eine weitere, um zwei Meter erhöhte Spielebene. Die beiden Spielflächen sind durch eine Treppe miteinander verbunden. Den Prospekt bildet das blaue Meer, den Rundhorizont der wolkenlose Himmel.

Ich bin abonniert auf einen Logenplatz, sitze ein wenig erhöht und bin von der Hauptbühne durch die Gasse und noch ein Höfchen getrennt, aus dem der Geruch von Hühnerstall und Oleanderblüten aufsteigt. Ich rücke mir je nach Gefallen meinen Stuhl in die Sonne oder in den Schatten. Eine Lautsprecheranlage erübrigt sich, die Stimmen der Spieler sind tragfähig. Man spricht ›con voce forte‹; die lebhafte Gestik trägt zur Verständlichkeit des Stückes bei. Man spielt neoveristisch, ohne Verfremdung, kein Understatement. Happening auf italienisch, gelegentliches Mitspiel der Zuschauer ist durchaus erwünscht.

Während der Morgenvorstellung frühstücke ich, rauche eine Zigarette, lese die Zeitung von vorgestern. In früheren Zeiten hat das Publikum im italienischen Theater ebenfalls gevespert, gelesen, sich unterhalten.

Über die gesamte Bühne sind zu dieser Stunde gelbe Plastikleinen gespannt, an denen Hosen beiderlei Geschlechts in unterschiedlichen Größen und Farben zum Trocknen aufgehängt sind. Zunächst flattern sie noch im Morgenwind, später, wenn der Wind sich legt, hängen sie schlaff herunter. Über dem Strohdach bildet eine pompöse Fernsehantenne einen empfindlichen Kontrast zur zeitlosen Einfachheit des Bühnenbildes.

Den ersten Auftritt hat Angela, auf allen vieren, in hellblaues Perlon gekleidet, die Pumphöschen bis ans Knie hinuntergerutscht. Angela heißt sie, aber auf diesen Namen hört sie nicht, sie hört auf keinerlei Zuruf, krabbelt unbeirrt weiter, auch wenn ein mehrstimmiges »Angela! Angela!« aus dem Inneren des Hauses ertönt. Unter Schwierigkeiten richtet sie sich an der niedrigen Mauer auf. Die Geheimnisse ihrer weiblichen, kaum mehr als einjährigen Existenz werden sichtbar. Hier wird nicht schwedisch, sondern italienisch gewindelt. Man befindet sich in einem Land, wo Wäschewaschen noch zu den Tugenden der Frauen zählt. Hier gibt es täglich, nahezu stündlich irgend etwas auszuwaschen. Angela ist wie alle kleinen italienischen Mädchen bereits eine fix und fertige Frau, in winziger Ausfertigung. Sie hat das Zeug zu einer Sophia Loren, man sieht das an der Art, wie sie ihr kleines Hinterteil mit dem Windelpaket schwenkt. Aber man erkennt ebenfalls schon die Nonna in ihr, die künftige Großmutter.

Die derzeitige Nonna bezieht in diesem Augenblick ihren Platz an der Hauswand. Dort wird sie für die Dauer des Stückes sitzen bleiben, gelegentlich den Perlmuttfächer in Bewegung setzen, dann und wann eine der Katzen verscheuchen, die aus Angelas Futternapf naschen wollen, oder auf Gigi weisen, den vierjährigen Star des Ensembles. Die Nonna ist beleibt, schwarz gekleidet, und zwar, im Gegensatz zu allen anderen Mitspielern, vollständig; sie sitzt auf einem unbequemen Strohstuhl und rückt im Laufe des Tages dem Schatten nach, wie eine Schattenuhr. Von der jungen Mamma wird vorerst nur ein runder gebräunter Arm sichtbar, der eine blaue Plastikschüssel mit Waschwasser schwenkt und in hohem Bogen über die Mauer entleert; zwei Katzen stieben davon. Da nur eine einzige Schüssel entleert wird, ist anzunehmen, daß sich die ganze Familie darin gewaschen hat. Peppino, er muß bereits fünf Jahre alt sein, kommt bar- und leichtfüßig über die Terrasse gelaufen und erreicht die Treppe zur Gasse, ohne daß die Nonna ihn bemerkt. Er kehrt schon bald mit einem Eistütchen zurück, von dem es weiß und rosa über seine dünnen Arme rinnt. Limoneneis und Erdbeereis. Für ein ›gelato‹ ist es nie zu früh am Tag.

Jetzt tritt die Mamma auf. Das Auffallendste an ihr ist der verheißungsvoll gewölbte Bauch. Sie trägt einen Napf in der linken Hand und fängt mit der rechten die kleine Angela ein, klemmt sie sich zwischen Hüfte und Unterarm, damit sie ihr nicht entwischt, und setzt sie auf die Mauer, um sie abzufüttern. Peppino stellt sich daneben. Die Mamma löffelt abwechselnd den Brei in den einen und in den anderen Mund.

»Mamma mia!« ruft sie plötzlich. »Il caffè!« Sie hat den Kaffee vergessen. Sie setzt den Napf auf den Steinboden und läuft ins Haus. Gleich darauf hat der Kaffeeduft meine Terrasse erreicht. Die Nonna bekommt die erste Tasse, sie schlürft mit sichtlichem Behagen den heißen, süßen Espresso. Dann werden die Kunststoffsträhnen an der Tür erneut geteilt, und ein Männerkopf wird sichtbar, das

Familienoberhaupt, eingeseift bis an die Ohren. Ein Neapolitaner benutzt in den Ferien keinen elektrischen Rasierapparat, sondern greift alle paar Tage zum blanken Messer. Gleichzeitig kommen die ersten Besucher von der blauen Terrasse herunter. »Momento!« ruft der Familienvater und: »Subito!« Aber die Besucher müssen sowieso zunächst Angela, Peppino, Gigi und Paolina küssen und bewundern. Über Nacht scheinen die Kinder gewachsen und noch schöner geworden zu sein. Dann erst rufen sie ins Haus: »Come sta?« Wie geht es? Es folgen Ausrufe über Sonne, Mond und Sterne. Erst wenn man den Tag und die Stunde gebührend gelobt hat, folgen die Berichte. Satzkaskaden entspringen und enden plötzlich in einem »Madonna!«, im Chor gerufen. Während ich schlief, muß in meiner unmittelbaren Nähe Schreckliches geschehen sein.

»Mamma mia!« – »Il bambino!« – »Il piccolo!« Hat man so was schon gesehen? Alle Blicke sind auf Gigi gerichtet. Er steht auf der Mauer und pinkelt hinunter auf die Gasse. Die Frauen lachen schimpfend und schimpfen lachend. Aber sie loben ihn auch. Was für ein Bogen, wie ein richtiger Mann! »Una fontana!« Die Nonna muß beruhigt werden. Die Sonne wird es trocknen. Niemand befand sich auf der Gasse. Die ›stranieri‹ liegen alle schon auf ihren Luftmatratzen am Strand; sie haben es auch in den Ferien immer eilig. Für ein zeitverschwendendes Lever fehlt ihnen der Sinn. Ein Neapolitaner dagegen hat Zeit. »Abbiamo tempo!« versichert man sich immer wieder. Die Sonne wird den lieben langen Tag über scheinen, und das Meer läuft nicht fort. Man feiert ›ferragosto‹, die Tage um Mariä Himmelfahrt, den Höhepunkt des Sommers.

Angela, der kleine Engel, jetzt nur noch mit einem gelben Latz bekleidet, rutscht unbeachtet auf ihrem Topf ums Quadrat der Terrasse. Sie quengelt; sie hat bereits erkannt, daß es mit den Bevorzugungen des männlichen Geschlechts schon angefangen hat. Das Stück zeigt sozialkritische Züge.

Die Stunde der Lieferanten hat geschlagen. Ihre Rufe nähern sich aus dem Hintergrund. Fische! Pfirsiche! Trauben! »Frutti di mare!« – »Frutti della campagna!« Alles ganz frisch. Aus der Tiefe der Gasse steigt Jolanda Jacono herauf; erst wird ihr runder Weidenkorb sichtbar, dann ihr Kopf und schließlich ihr Körper, der durch den abgewinkelten Arm im Gleichgewicht gehalten wird. In der rechten Hand trägt sie die Messingwaage, deren Schalen schräg zueinander hängen wie bei einer nachlässigen Justitia. Der Korb wird abgesetzt, auch die Waage. Es kann lange dauern. Hier darf, ja hier muß die Ware berührt, hier muß auch der Preis ausgehandelt werden. »Mamma mia!« Was das kostet! Das muß die Nonna hören! In Napoli, zu Hause, kostet so ein Kaninchen nur die Hälfte. Die Hälfte? Was sage ich: ein Viertel! Jolanda weist zum Meer hin, umschreibt dann mit ausgestrecktem Arm das Rund der Insel. Natürlich! Wie konnte man das vergessen. Man ist auf einer Insel!

Wie wäre es mit ein paar Feigen für Gigi? Für Peppino? Es folgt ein langes Palaver über die verhängnisvollen Folgen, die der Verzehr von frischen Feigen auf die Verdauung der Kinder haben wird. Auch diese Behauptung wird von der Nonna durch anhaltendes Nicken bekräftigt. Erneut setzt Gelächter ein; die Pointe ist mir entgangen.

Nun hat Giovanni Latte, der Weinhändler, seinen Auftritt. Weinkauf ist von alters her Männersache. Deshalb schiebt jetzt der Vater und Eigentümer der Familie den Türvorhang beiseite und erscheint: Er ist frisch rasiert, die Haare sind feucht und glatt an den runden Kopf gebürstet; er trägt eine weiße geräumige Unterhose und dazu die unvermeidliche ›maglia‹, das wollene Unterhemd, noch von der Nacht her. Bei Tag gibt man sich modern, aber nachts ist man auf Anstand und Gesundheit bedacht. Ein Luftzug könnte vom Meer her durch die geöffnete Tür wehen, man könnte im Schlaf ein wenig schwitzen und sich verkühlen, man könnte Fieber bekommen; ohne ›maglia‹ geht ein Süditaliener keinesfalls schlafen. Der Vater, dessen Namen wir immer noch nicht kennen, holt ein Glas, läßt sich von dem Wein einschenken und kostet davon. Ist er nicht saurer als der Wein, den er am Vorabend probiert hat? Er bringt der Nonna das Glas. Die letzte Entscheidung fällt sie. Man einigt sich: zwanzig Liter! Ein Faß! Ein kleines Faß! Die Männer gehen zusammen die Treppe hinunter auf die Gasse, wo der Esel, mit zwei Fässern beladen, wartet. Aber braucht man in den Ferien nicht mehr Wein als sonst? Also: zwei Fässer! Dieses Mal, ohne die Nonna zu fragen. Es ist August. ›Ferragosto‹!

Es wird Mittag darüber, bis die Mamma endlich Badehosen und Fransentücher von der Leine nimmt, alles faltet und in die geräumige Badetasche packt. Dann hängt sie die nächste Wäsche, die sie mittlerweile in einer kleinen Schüssel gewaschen hat, auf die Leine, greift noch einmal zum Strohbesen, fegt hier ein wenig und dort ein wenig, der Wind macht ihre Bemühungen zunichte. Sie ruft nach Gigi und Peppino und Paolina und Angela, die bald darauf aus allen Richtungen erscheinen. Der Vater, jetzt in einer knappen gelben Badehose, zählt nach: »Uno, due, tre, quattro!«, dreht sich um, zeigt auf den runden Bauch seiner Frau und ruft: »Cinque!« Peppino und Paolina brechen in Lachen aus, dem der Vater mit einem strengen »Basta!« ein Ende macht, dann geht er zu seiner Mutter, küßt sie auf beide Wangen und hebt die Hand mit den gespreizten fünf Fingern zum Schwur. Fünf! Kein Stück mehr! Die Familie zieht ab, der Schauplatz bleibt leer, bis auf die schwarze

Nonna an der Hauswand und die beiden Katzen, die Angelas Futternapf auslecken.

Die Nachtvorstellung beginnt erst nach Einbruch der Dunkelheit, gespielt wird bei Kerzenlicht. Die Szene wäre durch die beiden in Chiantiflaschen steckenden Kerzen nur unzureichend erhellt, stiege nicht bald darauf der Mond über der Insel Capri auf und illuminierte die Szene. Mitten auf der unteren Bühne steht jetzt ein rechteckiger Holztisch, sechs Strohstühle, auf einem thront die Nonna. Brot und Wein, Gläser, Teller, Gabeln, in der Mitte des Tisches eine irdene Kasserolle: Kaninchen, in Wein gedünstet. Es duftet nach Salbei, auch nach Knoblauch. Die Erwachsenen tauchen Brot in den Sud, schieben die getränkten Brocken in die aufgesperrten Münder von Gigi, Peppino, Paolina und Angela. Auf der blauen Terrasse dasselbe Bild.

Darüber wird es elf Uhr. »Mamma mia!« Die Kinder müßten längst schlafen. Aber la luna! Hat man das schon je gesehen? Der Mond! Die Sterne! Orso maggiore, der Große Bär. Mehrere Arme strecken sich gleichzeitig zum Himmel empor. Von der blauen Terrasse tönt es herunter: »Orso maggiore!« – »Bella!« Was für eine schöne Nacht! Nicht zu warm, nicht zu kalt, immer ein kleiner Wind vom Meer her. Wie Zephir. Man lobt den Tag auch noch am Abend. Sein Lob erklingt von Schauplatz zu Schauplatz. Und auch zum Zuschauerraum. Man zeigt, das Glas in der Hand, zu mir herüber, ruft: »Salute!« Und ich bestätige, daß dies ein schönes Stück sei: »Bravo! Bravissimo!« Beifall auf offener Szene. Der Mond steht nun hoch und hell am Himmel. Die Laternenfischer haben ihre Lampen gelöscht, die Fische haben sich in dunklere Meeresgründe zurückgezogen, laut- und lichtlos fährt ein Boot nach dem anderen im kleinen Hafen an der Piazza ein. Wenig später kommen die Fischer durch die Gasse, den Bootsmotor auf der Schulter, rufen ein »Salute« zur Oberbühne und zur Unterbühne. Hätten sie nichts gefangen, gingen sie schweigend nach Hause. »Wie viele, Luigi?« – »Dreizehn!« Dreizehn Tintenfische!

Der Familienvater schiebt die Schüssel mit der restlichen Tunke beiseite, wischt Mund, Stirn und Nacken mit der großen Serviette, geht zur Mauer und beugt sich hinüber. Was soll denn so ein Tintenfisch kosten? Kaum hört er die Zahl, folgt ein Ruf des Entsetzens. Für einen einzigen kleinen Fisch? Er ist ruiniert. Er hat vier Kinder, demnächst fünf, er hat eine Frau, eine Mutter, er wird sich im nächsten Jahr keine Ferien auf Ischia mehr leisten können. Sein Vater war selbst Fischer, drüben in Napoli, und sein Großvater war Fischer, und was haben die für einen Tintenfisch bekommen?

Es beginnt ein langes Palaver über die veränderten Zeiten und über die Fremden und über die Restaurants. Die Langusten werden alle von den Touristen gegessen! Während des Gesprächs steigert sich die Lust des Vaters auf Calamari fritti. Seine Frau soll sie ihm zubereiten, gleich, sofort; warum nicht? Es ist nie zu spät am Tag für einen guten Tintenfisch. Die Kinder?! Schlafen? Immer die Kinder! Er, Ricardo – zum ersten Mal fällt sein Name –, hat Lust auf einen Fisch! Einmal im Jahr! Zu ›ferragosto‹! Er erklärt sich bereit, Angela zu verwahren, die wieder angefangen hat zu quengeln. Er trägt sie auf den Armen umher und schwenkt sie, daß das müde Köpfchen hin und her baumelt, und singt dazu das Lied dieses Sommers. ›Gelosia‹, das Lied von der Eifersucht. Gelosia – auf der blauen Terrasse wird sein Gesang aufgenommen und verstärkt, dann auf der Gitarre begleitet. Gelosia! Man winkt der Zuschauerin zu. Hat die Fremde nicht auch ein Lied davon zu singen? Ich stimme ein und stimme zu. Derweil fährt der Große Wagen gemächlich über den Himmel ...

Eines Morgens, die Nonna sitzt bereits an der Hauswand im Schatten des Strohdaches, ruft eine Frauenstimme aus dem Inneren des Hauses: »Giulietta! Attenzione!« Die Warnung gilt einem hochgereckten Popo, der gerade dabei ist, über die Treppe zu verschwinden. Und dann ruft sie: »Gelsomina! Raffaela! Nino!« Das Stück wird in neuer Besetzung gespielt. Ein Gigi ist auch diesmal darunter, er holt sich morgens als erster ein Tütchen ›gelato‹.

(1965)

Die Küche der Margherita

Man erreicht Margheritas Küche über eine Marmortreppe; auf jeder Stufe steht ein Blumentopf, Nelken, Geranien, Bougainvillea, im frühen Sommer auch weiße Lilien. Die Küche ist nicht größer als vier Quadratmeter; ein zweiflammiger Propangasherd, ein gekachelter Spülstein, ein Tisch mit zwei Schubladen, in der rechten liegt das Brot, in der linken liegen Spaghetti und ein Stück Käse zum Reiben. Kein Stuhl. Ein Wandregal mit zwei Töpfen und einer Pfanne, ein Sieb und ein Reibeisen.

Gegessen wird in einem halbdunklen Raum mit gewölbter Decke, wo es auch im Hochsommer kühl bleibt. Auf dem Schrank steht ein Strauß Zitronenmelisse, umschwirrt von Fliegen und Mücken; sobald die Zweige ausgetrocknet sind, verbrennt Margherita im Höfchen den Fliegenfänger samt den daran klebenden Insekten.

Die Vorräte werden in den dunklen Gewölben der ›cantina‹ aufbewahrt, wo vor wenigen Jahren noch die Trauben mit nackten Füßen gestampft wurden, wo noch die Kelter steht; hier liegen die großen Weinfässer, hier liegt auch das kleine Faß, aus dem Margherita täglich das Metallkännchen mit Olivenöl nachfüllt; hier hängen Honigmelonen und die halbmeterlangen Trauben der süßen roten Pomodori, die im Herbst so reif sind, daß man sie ungekocht durchs Sieb streichen kann; hier hängen auch Rosmarin, Zwiebeln und Knoblauch; hier befindet sich die Zisterne mit dem Trinkwasser. Was auf den Tisch gestellt wird – Wasser, Wein, Obst –, ist kellerkühl, einen Kühlschrank gibt es nicht.

Wenn man von der Gasse her durch das blaue Tor kommt, betritt man zuerst den Hof. Dort stehen Oleander in Kübeln, auch eine Palme; im zweiten Höfchen, das auf allen vier Seiten von Hauswänden und Treppen umgeben ist, reihen sich an einer Wand die Schließfächer aneinander, in denen Kaninchen ihrem frühen Tod entgegengefüttert werden; alt und zäh wird keines, Margherita schlachtet in jeder Woche eines. Sie dünstet es in Öl und Wein, würzt es mit wildem Majoran oder Salbei, manchmal auch mit Minze, wohlschmeckend und bekömmlich.

In diesem Höfchen herrschten zu meiner Zeit drei Hähne über zehn Hühner, was nicht ohne Kämpfe abging. Hähne von unterschiedlicher Größe und Pracht, jung waren alle drei nicht mehr. Sie trugen Namen: Oreste, Filippo und Carlo. Eines Tages hatte der Hausherr, Margheritas unverheirateter Bruder, den Tod des einen beschlossen. Margherita kämpfte zeternd um sein Leben. »Il gallo!« rief sie. »Il gallo!« Aber Raffaele schritt bereits zur Tat. Einen Hahn zu töten ist Sache des Mannes, ein Blutopfer. Er griff zum Beil, schritt die Treppe hinunter in den Hühnerhof: Geschrei und Geflatter, das rasch verstummte. Wenig später führte eine Blutspur über die Marmortreppe in die Küche. Oreste war tot!

Als ich ihn wiedersah, befand er sich nackt in dem größten der verbeulten Aluminiumtöpfe. Das Wasser reichte ihm bis zum Hals, aber noch stand er auf eigenen Beinen in der brodelnden Brühe, die über den Topfrand quoll, über den Herd lief, auf die Fliesen tropfte. Um den Hals hatte sich ihm ein Sellerieblatt gelegt; den Federschmuck der weißgrauen Halskrause hatte man ihm belassen. Er trug den Kopf noch immer hoch; noch einmal schwoll ihm der Kamm, wurde aber zusehends blasser, die Augen quollen hervor. Er mußte lange kochen, zum Braten war er zu alt. Nach einigen Stunden, die ich am Maronti-Strand verbracht hatte, lag er zerkleinert, aber nicht bis zur Unkenntlichkeit, in einer Schüssel. Hahnenkopf und Hahnenfüße wurden vom Hausherrn genüßlich ausgesaugt. An einem guten Hahn kann man alles essen, selbst das Gedärm; ausgestrichen, gewaschen und auf ein Hölzchen gewikkelt, tauchte es aus der wohlschmeckenden Brühe wieder auf.

Oreste als Suppe, Oreste als Ragout, Oreste als Geflügelsalat. Er reichte für mehrere Mahlzeiten, an denen wie immer Margheritas Katze teilnahm. Einen Rufnamen besaß sie nicht, hatte ihn auch nicht nötig; ungerufen stellte sie sich zu allen Mahlzeiten ein, wurde ›gatto‹ genannt, ›Katze‹. Sie saß auf der Nähmaschine nahe beim Tisch, holte sich anmutig mit der rechten Vorderpfote die Knochen, stützte sich auf die linke, knackte die Knochen mit den Zähnen, leckte Pfoten und Wachstuch; ihr Platz war der sauberste am Tisch.

Unsere wortkargen Tischgespräche bestanden ausschließlich aus Lob. Es galt aber nicht der Köchin, sondern dem Hahn und dem Hausherrn. Margherita saß auf der Stuhlkante und streichelte die Katze; vermutlich hat ihre Hand nie etwas anderes als ein Katzenfell gestreichelt. Eine Handbewegung des Bruders genügte, und sie eilte in die ›cantina‹, um den Weinkrug ein zweites Mal zu füllen oder von den kleinen Muskattrauben zu holen, die sie am frühen Morgen im höher gelegenen Gärtchen gepflückt hatte.

Margherita ist eine gute Köchin, eine Ganztagsköchin, genauer: eine Überköchin. Alles kocht über, der Kaffee, dessen Duft mich aus meinem Zimmer lockt, aber auch jede Suppe, obwohl Margherita den Herd nicht verläßt, vor allem die Tomatensauce; nach jeder Mahlzeit wäscht sie mit sonnenwarmem Wasser Herd und Kacheln und Fliesen ab, das restliche Wasser gießt sie auf ihre Blumentöpfe, über denen sie in der Frühe auch ihren Nachttopf entleert. Sie kocht und sie fegt; zweimal am Tag huscht sie durch die Gassen und holt frisches Weißbrot, Zucker, Salz, Kaffee, alles einzeln. Das Fleisch besorgt der Hausherr persönlich, wirft es ihr auf den Tisch: Sieh zu! Manchmal erhebt sie Einwände, hält das Rouladenfleisch gegen die Sonne, nicht einmal durchscheinend ist es, und füllt es dann geduldig mit allerlei Gemüse und Kräutern, wickelt es auf; wie kleine Vögel liegen die Rouladen in der Pfanne. Sonntags tauscht sie die Schürze gegen ein schwarzes Spitzentuch, den Besen gegen das Meßbuch. Ora et labora! Eine Nonne ohne Gelübde. Für ihre Besitzlosigkeit war gesorgt, ihre Keuschheit vermutlich nie bedroht, an Gehorsam fehlt es noch, sie murrt manchmal, aber nur leise. Einmal habe ich sie zum Lachen gebracht, als ich ihr den Prospekt einer modernen Einbauküche zeigte.

Ich habe nie eine Konservendose, nie ein Paket Tiefgefrorenes in Margheritas Küche gesehen. Sie ging sparsam, ja ehrfürchtig mit Wasser um, traute der Wasserleitung nicht, die damals bereits Sant'Angelo mit Wasser versorgte. Sie benutzte weiterhin zum Kochen und Trinken das Wasser aus der Zisterne, die von den Regenfällen des Winters gefüllt wurde, goß es, nachdem die Spaghetti darin gekocht waren, abgekühlt über die Nelkentöpfe, ging um so großzügiger mit Öl und Wein um.

Aus den Resten der vorigen Mahlzeit stellte sie die nächste her: eine Gemüsesuppe, die den Namen ›Gartensuppe‹ verdient hätte, einen Salat; das eine Mal mehr Nudeln, das andere Mal mehr gedünsteter Paprika oder Muscheln.

Manchmal habe ich Frauen- und Küchengespräche mit Margherita geführt. Wenn ich sie fragte, was sie am Abend auf den Tisch bringen würde, hob sie die rechte, ohnehin schon hochgezogene magere Schulter. Was sollte es geben? Sempre lo stesso: eine Suppe, einen Salat, ein Kaninchen. Ein kleines Programm mit vielen Variationen. Ein Kochbuch besaß sie nicht. Sie wäre gern Lehrerin geworden, aber nach ihren Wünschen hatte man sie nie gefragt; sie war die Schwester des Lehrers geblieben, ›la sorella‹, ein Leben lang.

Wenn der Mond nicht zu hell schien, die Nacht aber auch nicht zu dunkel war, wenn das Meer ruhig, aber doch wieder nicht zu ruhig war, ging ich abends mit dem Hausherrn zur Piazza, wo an der Wasserseite zwischen anderen Fischerbooten auch sein Boot lag; er trug Ruder und Lampe, ich trug die Eimer. Ich habe gelernt, den Anker zu setzen und ein Ruderboot mit leisem Ruderschlag vorwärts zu bewegen oder am Platz zu halten, wenn der Angelhaken mit dem Köder ausgeworfen war und man den Tintenfisch, der sich dem Köder näherte, bereits sehen konnte. Als ich das erste Mal beim nächtlichen Fischfang mitfahren durfte, sprang ein kräftiger Fisch, angelockt durch das Lampenlicht, meterhoch. Und ich tat vor Schreck das Richtige, faßte nach ihm, fing ihn und schleuderte ihn ins Boot. Ich galt seitdem als tauglich. Oft haben wir viele Stunden die Felsküste abgefahren, sind in der Nähe anderer Laternenfischer geblieben oder haben nach neuen Gründen gesucht. Schweigend unterm Sternenhimmel, manchmal auch leise summend, was weder die Fische noch den Fischer zu stören schien ... Die Tintenfische haben das Seeigelfleisch vor unseren Augen von dem vielzackigen Angelhaken gefressen; aber in anderen Nächten hatte ich sieben und acht Tintenfische im Eimer, wenn wir heimkehrten. Margherita erkannte an unseren Schritten, ob wir mit gefülltem oder mit leerem Eimer kamen. Sie trat aus dem Eßraum hervor, angelte die Tintenfische aus dem Eimer, warf sie in eine Schüssel mit Wasser. Eine halbe Stunde später saßen wir am Tisch, aßen die scharfgewürzten und scharfgebratenen Polypenarme, drückten Zitronenhälften darüber aus, tranken Wein, aßen Brot und schwiegen weiter. Die weißen speckigen Leiber der Tiere füllte Margherita am nächsten Mittag mit gehacktem Fleisch, nähte sie zu. Puppenbälger, die sie in Öl briet, in Wein dünstete, eine Handvoll blauer Oliven dazu: Sempre lo stesso.

Was wir auf den Tellern ließen, Gräten und Knochen und Salatreste, warf oder schüttete sie über die Brüstung, hinunter ins Höfchen, wo sich die Hühner, die verbliebenen Hähne Filippo und Carlo sowie die Katzen der Nachbarschaft darüber hermachten. Der gestampfte Lehmboden war immer sauber, ohne je gefegt zu werden; es herrschte ökologisches Gleichgewicht zwischen Mensch und Tier, zwischen Küche und Kompost. Nichts wurde verkauft, wenig wurde gekauft, nichts verdarb, und nichts wurde verschwendet.

(1965)

Im Wettlauf mit dem Frühling

Der TEE 10 aus Amsterdam mit Kurswagen aus Hoek van Holland trifft um 10.23 Uhr in Düsseldorf ein. Was für eine angenehme Abfahrtzeit! Man hat in aller Ruhe zum Frühstück die ›Düsseldorfer Nachrichten‹ gelesen und wird am Nachmittag die ›Baseler Neuesten Nachrichten‹ lesen können. Am Vorabend konnte man unbesorgt einen Altstadtbummel unternehmen, ist in die ›Pinte‹ gegangen, hat beim ›Kreuzherreneck‹ reingeschaut, im ›Rialto‹ noch eine Pizza gegessen und im ›Töff-Töff‹ getanzt und hat Vorschuß aufs Nachtleben genommen: Man will in die Schweiz reisen. Im Hofgarten blühten bereits die Krokusse, gelb und lila und weiß auf grünem Rasen. Die Schwäne waren mit imponierend hochgestellten Segeln unterwegs, im weißesten Weiß ihres Lebens.

DM 9,40 kostet der reservierte Platz in Westdeutschlands schnellstem und elegantestem Zug. Spitzengeschwindigkeit 160 km/h und eine Durchschnittsgeschwindigkeit von 105 km/h, die wenigen Aufenthalte eingerechnet.

Für einen ehrgeizigen Zug sind drei Minuten Verspätung bereits ein Manko. Eine ruhige Strecke liegt vor uns; keine Steigungen, wenig Kurven, keine Tunnel, die Schienen halten sich weitgehend an das Flußbett des Rheins und tun gut daran. Zuerst rechtsrheinisch bis Köln, dort geradewegs über die Hohenzollernbrücke, einst wie jetzt von den wilhelminischen Kaisern samt ihrem Kanzler Bismarck hoch zu Roß bewacht, auf die Türme des Doms zu. Zwei Minuten für Köln, dann linksrheinisch weiter bis Mannheim. Dort verliert man seinen Fluß aus den Augen, erst in Basel sieht man sich wieder. Der meistbefahrene Fluß der Welt! So reich an Geschichte und Sagen und patriotischen Liedern wie keiner sonst. Und keiner so geschäftstüchtig wie er. Er befördert Holz und Kohle und Öl und Passagiere von Rotterdam nach Basel und von Basel nach Rotterdam mit Abzweigungen in die Täler hinein. Zu beiden Seiten Straßen und Schienenstränge: was für ein Hin und Zurück. Für den, der südwärts fährt, erscheint es sinnlos, wenn andere nach Norden fahren.

Die Erholung beginnt bereits im Zug, ich gebe den Werbesprüchen der Bundesbahn recht. Mein Gegenüber rückt an seinem blauen Polstersessel, bis er eine behagliche Ruhelage gefunden hat, schiebt sich noch das weißbezogene Kissen in den Nacken und schlägt den ›Spiegel‹ auf. In einem TEE liest man keine Illustrierte, da hält man auf Niveau und liest die Weltpresse, trägt seine Nationalität nachlässig, aber auffällig in der äußeren Jackentasche der durchweg dunklen Anzüge; man ist vorwiegend männlichen Geschlechts und in seriösen Geschäften unterwegs, wenn nicht gar in Sachen Politik wie die Herren französischer Zunge, die in Bonn zusteigen, offensichtlich in wichtiger Mission auf dem Weg nach Genève. Eine Dame mit nerzgefüttertem Trenchcoat, das Reisegepäck aus Krokodil, vermutlich Modebranche. Bison- und Büffelleder sind stark im Kommen. Eine zartgliedrige Indonesierin, die überm Sari eine grüne Strickjacke trägt, bringt einen Hauch Exotik in unseren Großraumwagen.

Wie rasch doch alles schäbig wird! Dem teppichbelegten Boden und den Polsterbezügen merkt man die vielfache Benutzung an. Es muß an der unbarmherzigen Märzsonne liegen, daß man alles mit Hausfrauenaugen ansieht. Es riecht aufdringlich nach Desinfektionsmitteln.

Die Autobahnen führen durch die schönsten Landschaften nirgendwohin, schicken nur ihre Zufahrtsstraßen in die Städte hinein. Die Eisenbahn verbindet die Städte mit Schienensträngen, dringt in ihr Innerstes vor und entblößt dabei die Kehrseiten. Der Eisenbahn gegenüber wahren die Häuser nicht einmal die Fassade.

Die Vorfrühlingssonne bringt den ganzen Winterkehricht ans Licht. Blechdosen und Kunststofftüten bedecken den Bahndamm, erst im Mai wird das alles von Brennesseln, Lupinen, Löwenzahn, Mohn und Kamille übergrünt und überblüht sein. In den Gärten werden gerade die Bäume und Büsche beschnitten, es wird geharkt, und es werden Feuer gemacht. Auf den Rechen gestützt, stehen die Gärtner und Klein-Gärtner und sehen dem Rauch nach, der sich blau im Blauen verliert. Es ist Samstag. Ein Rentner steht gebückt über einem Beet, ein Samentütchen in der Hand. Was sät er denn aus? Petersilie? Kann er es denn nicht abwarten? Es ist Anfang März. Er wird wohl Kresse aussäen, wie meine Mutter es im frühen Frühling tat. Sie schrieb die Namen ihrer beiden Töchter mit Kressesamen auf die frische Erde, und wenn er nach wenigen Tagen aufging, buchstabierten wir unsere Namen und durften für den Verbrauch ein H oder ein U herausschneiden. So rasch kann man sich gar nicht erinnern, wie der Zug fährt, erst nach zwanzig Kilometern fällt mir das Lied ein, das meine Eltern zweistimmig sangen: ›Ich möcht' es sä'n auf jedes frische Beet mit Kressesamen, der es schnell verrät.‹ Ob Eltern ihre Kinder einstimmig in den Schlaf singen sollten, um spätere Unstimmigkeiten zu vermeiden? Jemand pflückt den letzten Rosenkohl. Rhabarberfelder, Obst- und Gemüsebau für die großen Städte.

›Im Märzen der Bauer die Rößlein einspannt, dann fährt er den Mist und die Jauche aufs Land‹, sangen wir als Kinder. Kein Rößlein auf dem Acker! Dafür rote und gelbe und grüne Trecker vor landwirtschaftlichem Gerät. Wie sauber gedrillt die Felder sind! Der Winterroggen ist mindestens fünf Zentimeter höher als der Sommerroggen. In diesem Frühling hört man das Gras wachsen. Langhaarige Weiden am Flußufer. Und alle hundert Meter ein gelber Fleck: Forsythie in jedem Garten, wie ein gelbes Band zieht sich das am Bahndamm entlang. Die Weidenkätzchen plustern sich golden auf, als wollten sie es den Mimosen, ihren südlichen Schwestern, gleichtun.

Wir haben einen regenreichen Winter hinter uns. Die Uferbäume stehen noch immer bis an die Knöchel im Rhein, der weißgrau ist vom Schmelzwasser der Berge; keine Öllachen, kein trübes, träges Braun wie im Sommer. Möwen, Wildenten, schwarze Wasserhühner mit weißem Brustlatz.

Kleine Mädchen haben ihre Puppenwagen ins Freie geschoben, haben die Kissen und Decken herausgezerrt, klopfen und schütteln sie nach Hausfrauenart. Die Puppen liegen im wintergrauen Gras, die Wagen stehen kopf, die Räder gen Himmel. An einem Fenster werden die Gardinen abgenommen, an dem nächsten frisch gewaschen aufgehängt, Bettzeug liegt zum Lüften auf den Balkonen, nicht mehr fahnenrot wie früher, sondern blau und grün.

Die niedrigen Höhenzüge des Vorgebirges haben wir längst hinter uns gelassen. Industrielandschaft, die man erst auf dem Umweg über die Fotografie zu sehen gelernt hat, falsch vermutlich: poetisch. Zur Linken hebt sich die vertraute Silhouette des Siebengebirges aus dem späten Vormittagsdunst. Gegen Mittag soll sich der Frühnebel auflösen, hieß es im Wetterdienst. Mein Gegenüber hat ein wenig in seiner Zeitschrift geblättert, das Nackenkissen verschoben und ist eingeschlafen. Noch ein paar Bims- und Schotterberge, dann geht es los mit den Burgen am Rhein! Schneller, als man den Kopf hin und her wenden kann. Kaum meint man ›Katz und Maus‹ zur Linken erkannt zu haben, taucht rechts die Ruine Rheinfels auf.

Allgemeines »Look at that!« – »Die Loreley!« Da ist sie ja. Die schmalste Stelle des Rheins, einhundertsiebzehn Meter breit, sagt der Reiseführer, der zugehörige Felsen fast genauso hoch. ›Ich weiß nicht, was soll es bedeuten, / Daß ich so traurig bin‹, von Gustaf Gründgens im Düsseldorfer Schauspielhaus anläßlich einer Matinée zu Ehren Heinrich Heines rezitiert, so als hätte man es nie zuvor gehört. Die Pfalz bei Kaub, wo Blücher den Rhein am 1. Januar 1814 überquerte. Wie oft ist er wohl von feindlichen und eigenen Truppen überquert worden?

Den Kopf nach rechts, dort gibt es jetzt drei Burgen auf einen einzigen Blick zu sehen. Die Weinberge werden steiler, und man überlegt, ob die Weinpreise im selben Maß steigen wie die Berge. Rebhänge im März, nichts als trockenes Holz und Stöcke. ›Das Himmelreich ist gleich einem Hausvater, der am Morgen ausging, Arbeiter zu mieten in seinen Weinberg‹, ein Gleichnis aus vorgewerkschaftlicher Zeit, als ›gleicher Lohn für alle‹ noch nicht galt, mit dem schwerverständlichen Gotteswort am Schluß: ›Oder habe ich nicht Macht zu tun, was ich will, mit dem Meinen. Siehst du darum scheel, daß ich so gütig bin?‹ Diesen letzten Satz benutzte mein Vater, um seine Töchter das Gönnen zu lehren. ›Man mött auch jönne könne‹, sagt man in Köln.

Viele der Häuser sind jetzt mit Schiefer gedeckt, wir fahren durchs Rheinische Schiefergebirge. Der Mäuseturm! Wir sind in Bingen, überqueren die Nahe. Wie viele Flußmündungen haben wir schon hinter uns: Sieg und Ahr und Mosel und Lahn, und noch immer dehnt sich der Rhein altväterlich und selbstherrlich. Kaum hat man's gedacht: väterlich und selbstherrlich, da taucht auch schon das Niederwalddenkmal auf. 1878 zum Gedenken an einen der wenigen siegreichen Kriege der Deutschen erbaut. Die Germania aus Bronze, mehr als zehn Meter groß. ›Fest steht und treu die Wacht, die Wacht am Rhein.‹ Ein Binger Loch der Nationalgefühle.

Das Tal weitet sich ins Rheinhessische aus. Ohne die Geschwindigkeit zu verringern, durchfährt unser Zug die berühmtesten Weinorte. Draußen scheint es zusehends wärmer zu werden: in den Gärtnereien werden die Mistbeete aufgedeckt; im Schutz der Hausmauern blühen Primeln und Narzissen. Nun ist doch noch ein Bauer mit seinem Jauchefaß unterwegs, ein Pferdchen vorgespannt. Sollten das alles Spargelfelder sein, blauköpfiger Mainzer Spargel?

Es wird nun Zeit für das Mittagessen, den Lunch. Der Säugling, der am Ende des Waggons im Arm seiner Mutter friedlich schlummerte, beginnt zu schreien, und sofort erheben sich die Herren, stecken ›Times‹ und ›Figaro‹ in die äußere Jackentasche und begeben sich in den Speisewagen. Die Menükarte ist zweisprachig abgefaßt, deutsch und englisch. Französisch fehlt und würde doch benötigt. Viel zu lesen gibt es nicht. Erstes Gedeck: Hamburger Krebssuppe, Ochsenzunge in Madeira, Blumenkohl polnisch, Macaire-Kartoffeln, Fruchtcocktail mit Sahne. Das zweite Gedeck ist trotz rechtzeitiger Platzreservierung nur noch zu lesen. Mein Tischnachbar sagt höflich: »Es schmeckt fast amerikanisch.« Die Macaire-Kartoffeln sind wäßrig, der Blumenkohl zerkocht, was sicher nicht polnische Art ist. Es gibt mehr zu bemängeln, als die Hosteß mit ihrem liebenswürdigen Lächeln wettmachen kann.

An der Bergstraße blühen die Pflaumenbäume! Irgendwann müssen wir in Heidelberg gehalten haben. Eine Stunde lang war es im Zug interessanter als draußen; der Wein macht gesprächig. Man tauscht Liebenswürdigkeiten, jeder über das Land des anderen. Mein Amerikaner spricht, ohne deutscher Herkunft zu sein, mühe- und fehlerlos deutsch, ein Mann der Wirtschaft, einer, für den

Zeit Geld ist, für den diese schnellen Züge gedacht sind, auf dem Weg nach Milano, anschließend Lissabon. Er ist auf höfliche Weise kritisch, gehört zu den Vereinfachern, die ich bewundere, die mir unheimlich sind. Beim Nachtisch erfahre ich, daß in den Vereinigten Staaten Amerikas zuerst gefragt würde, wie gut man eine Sache herstellen könne, als zweites: wie billig; in Deutschland suche man zuerst nach einem Platz, wo sich das Etikett ›deutsche Wertarbeit‹ anbringen ließe. Ich sage: »Oh« und erwidere das amerikanische Lachen, das aus den Südstaaten stammen muß, aus Louisiana, wie ich vermute. »Bei uns arbeiten zwei, wo bei Ihnen zehn arbeiten – oder verwalten!« Er unterrichtet mich über den weiten Abstand von der zweitgrößten Weltwirtschaftsmacht zur drittgrößten. Beim Kaffee spricht er über den Absatzmarkt und die Konkurrenzfähigkeit der Bundesrepublik Deutschland, er sagt lediglich ›Bundesrepublik‹, wie wir ›Vereinigte Staaten‹ sagen. Darauf mache ich ihn aufmerksam.

Über der Weltwirtschaft habe ich vergessen, mich um den Frühling zu kümmern. Wir fahren nun durch eine Bruchlandschaft, irgendwo muß es hier Armstümpfe des Altrheins geben. Blühende Kätzchen am Bahndamm, weiße Anemonen unter den Erlen; auf einer Wiese stochert ein Storch nach Fröschen. Ich mache den Amerikaner darauf aufmerksam. Er erkundigt sich, in welchen Belangen ich unterwegs sei, ich antworte: in denen des Frühlings, verabschiede mich von ihm und steige in die Aussichtskanzel des Zugs. Dicht unter dem Netzwerk der elektrischen Drähte gleitet die Glaskuppel dahin; es geht ›wie im Fluge‹, wie auf der Rollbahn eines Flugfeldes, nur sehr viel leiser, sehr viel ungefährlicher. Links die schwarzen Wälder des Schwarzwaldes, rechts die der Vogesen. Aus der Oberrheinischen Tiefebene erhebt sich der Kaiserstuhl. Hinter Freiburg, im Markgräflerland, wird bereits in den Weinbergen gearbeitet, Ranken werden hochgebunden, die Winterschäden betrachtet, der Stand des Saftes geprüft.

Irgendwo muß der Zug den Frühling überholt haben – ein paar blühende Schwarzdornbüsche noch, auch ein paar Leberblümchen, aber in Basel ist dann allenfalls in den Vorgärten noch seine Vorhut zu sehen. Fünf Stunden und fünfundzwanzig Minuten Fahrzeit. Basilea, die königliche Stadt.

Postskriptum. Der TEE 10 ›Rheingold‹ rammte wenige Minuten nach der Ausfahrt aus dem Basler Bahnhof zwei Güterwagen. Die näheren Angaben über das Eisenbahnunglück konnte man am nächsten Morgen in der ›Basler National-Zeitung‹ unter der Schlagzeile ›An einer Katastrophe vorbei‹ zum Milchkaffee lesen.

(1966)

Ein Sonntag in der Schweiz

Was ein rechter Sonntag werden soll, der beginnt am Samstagnachmittag.

Ich steige aus, wo ich sonst nur umsteige. Basel SBB. Ich sage dem Taxifahrer meine Wünsche. Nicht international möchte ich wohnen, sondern national; ruhig, aber im Zentrum der Stadt. Er besinnt sich und fährt mich zum ›Engelhof‹, eine Herberge zur Heimat, ehemals für wandernde Handwerksburschen eingerichtet. Siebenhundert Jahre alt, an der Hausecke ein barocker, schönbemalter Engel. ›Ich suche allerlanden eine Stadt, die einen Engel vor der Pforte hat‹, so hat Else Lasker-Schüler es sich gewünscht. Drinnen ein gotisches Zimmer, in dem 1499 der Basler Friede unterzeichnet wurde. Historisches Gebälk, moderner Komfort. Im Foyer ein Schild: ›Das Personal genießt den freien Sonntag.‹ Vorerst aber bohnert es noch die Linoleumböden, bis man sich darin spiegeln kann, wenn man schon nicht davon essen will. Das Restaurant bleibt bis zum Montag geschlossen.

Den Stadtplan in der Hand und die Ratschläge von Taxifahrer und Hotelier im Ohr, mache ich den ersten Spaziergang. Durch Gassen und Gäßchen, treppauf und treppab, durch alte Stadttore hindurch. An den vornehmen barokken Bürgerhäusern mit den kunstvoll vergitterten Fenstern werden die Messingschilder auf Sonntagsglanz gebracht.

Ein Konfettiregen ist kürzlich über der Stadt niedergegangen, das Pflaster ist blau, rot und gelb gesprenkelt. Ein sauberer, fröhlicher Regen. Die Fasnacht ist vorbei. Der letzte ›Kehrusball‹ ist an den Plakatwänden angekündigt.

›Gelungene Mäsgeli hänn freye Idritt.‹ Beim dritten Lesen kann man das sogar nachsprechen. Die Schweizer hätten sich für Französisch, für Italienisch, für Deutsch entscheiden können, drei schöne brauchbare Sprachen, aber nein, ganz souverän haben sie sich für ein Schwyzerdütsch entschieden, das den Fremden nicht in die Verlegenheit bringt, eine neue Sprache lernen zu müssen. Was für eine begreifliche Entscheidung in einem Land, das nach allen Seiten den Fremden offensteht, wo die Fremdenindustrie die wichtigste Industrie ist. Wenigstens die Sprache wollen sie für sich haben. Man muß als Fremder der Versuchung, ein ›Grüezi!‹ mit einem ›Grüezi!‹ zu beantworten, widerstehen.

Die Läden werden soeben geschlossen. Aus den Migros-Warenhäusern kommen die Basler, vor allem aber die italienischen Arbeiter mit großen umweltfreundlichen Tüten. In der Freien Straße, die für Basel das ist, was die Bahnhofstraße für die Konkurrenzstadt Zürich, geht es geschäftig zu. Zehn Minuten später ist die Geschäftigkeit vorbei.

Ich benutze keine der sechs Rheinbrücken, sondern nehme die Fähre, lasse mich übersetzen und gehe an der Kleinbaslerseite die schöne baumbestandene Uferpromenade entlang, mit dem berühmten Blick auf das hochgelegene Großbasel. Mitten darin das Basler Münster, das dem Fluß den Rücken, die Chorseite, zukehrt, wo doch alles sonst zum Rhein blickt.

Glockengeläut von allen Türmen: Man läutet den Sonntag ein. Es wird Zeit für das Abendbrot. Die Restaurants und Cafés im ersten Stockwerk, unten die Läden mit den hohen Mieten. Die guten Straßen müssen für Verkauf und Verzehr genutzt werden. Bündner Fleisch und ein Viertel Wein! Einen roten, sage ich und will meine besonderen Wünsche, was die Trockenheit des Weins anlangt, äußern, da sagt die Saaltochter bereits freundlich zurechtweisend:

»Wir sind hier alkoholfrei!« Ich bestelle mir ein Glas Milch. Die Saaltöchter sind meist schon ältere Töchter mit zierlichen Schweizer-Stickerei-Schürzchen und großer steifgestärkter Masche auf dem Rücken. Zum Sonntag ist die Familie zu Besuch gekommen, hat ein wenig Landluft mitgebracht, sitzt im Lokal herum, die Wirtsleute setzen sich dazu, ganz familiär. Die weiblichen Lehrlinge sind hier Lehrtöchter – und so werden sie wohl auch gehalten, fürsorglich und streng.

Draußen ist es mittlerweile dunkel geworden, auch in der Innenstadt. Was ein braver Basler Bürger ist, der hat sich bereits nach Hause begeben. Ich könnte in einem Boulevardtheater Tilla Durieux sehen. ›Ihr 106. Geburtstag‹, jedoch: Zwei italienische Fremdarbeiter, dem Dialekt nach aus Sizilien stammend – man darf sie hier Fremdarbeiter nennen, Gäste würde man nicht arbeiten lassen –, beenden meinen Abendspaziergang, treiben mich durch ›Toten-‹ und ›Tanzgäßchen‹ in den Schutz meines Engels.

Ich gedenke, ersatzweise, mit einer Flasche Wein und den Chroniken der Stadt Basel, vom Hotelier freundlich aufs Zimmer gebracht, einen angenehmen und lehrreichen Abend zu verbringen. Jedoch: auch mein Haus ist ein alkoholfreies Haus. Also nur Belehrung, kein Genuß.

Basel, so lese ich, hat seinen Namen von der Mutter des Kaisers Justinian, Basilia. Basilea! Die königliche Stadt. Andere sagen, der Name stamme vom Basilisken, diesem Fabeltier, halb Hahn und halb Drache. Ist das ein Basilisk, der an den Rheinpromenaden Wasser in Bronzebecken speit? Eine durstige Stadt: überall plätschern Brunnen, von Heiligen und Engeln und Bestien beschützt. Zweitausend Jahre Geschichte, zuviel für einen Abend. Römische Siedlung, dann Bischofsstadt, älteste Universität der Schweiz. Hier hat Erasmus von Rotterdam gelehrt, Bachofen seine These vom Mutterrecht vertreten, Jacob Burckhardt seine weltpolitischen Betrachtungen angestellt. Die Mathematiker Bernoulli, Friedrich Nietzsche, der Theologe Karl Barth ...

Ich lese über den Basler Staatsmann Wettstein, der 1648 dafür sorgte, daß die Schweiz unabhängig vom Deutschen Reich wurde. Seither spielt die Stadt eine Nebenrolle in der Politik, aber eine Hauptrolle in der Wirtschaft. Neutralität heißt die erste Bürgerpflicht eines Schweizers. Es gilt das Kunststück, sich aus den Händeln herauszuhalten, aber am Handel teilzunehmen, immer aufs neue zu bestehen. Ich lerne ein für allemal, daß das ›CH‹ an den schweizerischen Kraftfahrzeugen die Abkürzung für ›Confoederatio Helvetica‹ ist, und lege mich schlafen: in einem vorbildlich leisen Hotel in einer schweizerisch ruhigen Stadt.

Zum Frühstück am Sonntagmorgen gibt es einen akkurat geflochtenen Weckzopf zum Milchkaffee. Wenn die beiden gleichgroßen, mit heißem Kaffee und heißer Milch gefüllten Kännchen gleichzeitig leer werden, hat man die rechte Mischung getroffen. Zum Gottesdienst ins Münster. Spätromanik und Frühgotik ergeben einen schönen Übergangsstil. Innen grauer Sandstein, außen der warme rote Sandstein, den man aus Freiburg kennt und auch aus Metz. Die Galluspforte der Nordseite gilt als das schönste romanische Figurenportal im deutschsprachigen Raum. Nicht Kreuz und nicht Leuchter auf dem Altar, nur eine Schale mit blühenden Azaleen, und das ist schon fast zuviel. Nicht dem Gott wird gedient, sondern dem Menschen. Keine Liturgie, kein Wechselgesang zwischen Priester und Gemeinde, dafür um so mehr Choräle. Der Predigttext ist einem Paulusbrief entnommen. ›Ist Gott für mich, wer mag wider mich sein.‹ Ein gut calvinistischer Lehrsatz, eine rechte Anweisung für ein Gott wohlgefälliges Leben. Wir beten von diesem friedlichen Platz aus für den Frieden der Welt, schließen auch die Fremdarbeiter in unser Gebet ein, daß sie sich möchten weniger fremd fühlen in der Stadt Basel. Ich gedenke der beiden Sizilianer und ändere das Gebet ab: daß sie sich möchten weniger fremd aufführen in der Stadt Basel.

Nach dem Gottesdienst der Kunstdienst. Das Basler Kunstmuseum, das allein schon eine Reise nach Basel wert wäre. Ein Pflichtbesuch bei Konrad Witz, Holbein und Deutsch, ein Augenblick für Feuerbach und Thoma, ein kurzer Aufenthalt bei Böcklin, der aus Basel stammt, worüber man sich verwundert, dann Hodler mit seinem gemalten Symbolismus. Enttäuschte Seele. Das mutige Weib. Was für Themen! Erst in der modernen Abteilung gehen mir die Augen über. Ich nehme Georg Schmidts lehrreiche kleine Geschichte der modernen Malerei zur Hand. Ihm, dem langjährigen Direktor des Kunstmuseums, ist viel zu danken. Eine Ausstellung ohne den Ballast zweit- und drittrangiger Bilder. Picassos ›Harlekin‹. Chagalls ›Rabbiner‹. Légers ›Femme en bleu‹. Was für ein freudiges Erschrecken von Raum zu Raum! Das geht bis zu Arp, zu Hartung, zu Giacometti . . .

Am unteren Bildrand ist der Name des Malers und der Titel des Bildes angebracht, aber am oberen Rand der Name des Stifters oder des Besitzers, der das Bild als Depositum dem Museum zur Verfügung gestellt hat. Nach rechter Bürger Art. Wie hat mein Taxifahrer gesagt: Basel ist die reichste Stadt der Schweiz mit dem geringsten Steueraufkommen.

Jetzt heißt es, mit Bedacht ein Eßlokal am schönen Marktplatz zu wählen; die Tauben haben sich dort bereits in Schwärmen niedergelassen, weltliche Tauben, die den Platz vorm Münster respektieren: Der Markt wird sowieso täglich gefegt. Auf der Speisekarte steht, mit mehreren Ausrufungszeichen versehen: ›Kampf der Teuerung‹, und daneben werden zwei preiswerte Gerichte empfohlen. Ein Entrecôte oder zwei Forellen, à 5.50 sFr. Die Serviette ist aus Stoff, die Wärmeplatte fehlt nicht, obwohl das Lokal keineswegs erstklassig ist. Der Wein ist weich und milde, macht benommen und müde. Nicht nur mich. Die Stadt wird noch ruhiger, versinkt in Sonntagmittagsschlaf.

Am Nachmittag per Straßenbahn, mit der man durch drei Länder fahren könnte, zum Hafen und dort mit einem Fahrstuhl auf die Plattform eines Silos, um den berühmten Dreiländerblick zu tun. Drei Länder – drei Landschaften, Schwarzwald, Jura und Oberrheinische Tiefebene, in der Ferne die Vogesen. Mit Leichtigkeit hätte der Rhein seinen Lauf durch die burgundische Pforte nehmen können, wäre nie nach Deutschland gekommen, von hier oben aus wird das deutlich, was hätte da vermieden werden können! Das Knie des Rheins, Kanäle, Schienenstränge, in der Ferne der Flughafen, bereits in Frankreich gelegen. Der Schweizer Starjournalist Alemann hat Basel ›das Scharnier zwischen der Schweiz und der Welt‹ genannt. Kohlenhalden und Treibstofflager, das weite Industriegelände der Ciba (= Chemische Industrie Basel), das heute die Stadt wohlhabend macht. Im 18. Jahrhundert sorgten die Seidenbandweber für den Wohlstand der Bürger.

Auch Basel gerät aus den Fugen, seit die Stadtmauer die Stadt nicht mehr zusammenhält. Hier herrscht Sparsamkeit, was den Aufwand und den Lebensgenuß angeht, gestern wie heute. Man greift hier weder sein Kapital noch die Zinsen an, das gilt bereits als unsolide. Hier wird ein Vermögen nicht durch Risiko oder waghalsige Spekulation erworben, sondern ängstlich und stetig erspart. Das ist schon nachzulesen bei Johann Peter Hebel, einem gebürtigen Basler: ›Zum Erwerben eines Glückes gehört Fleiß und Geduld, und zur Erhaltung gehört Mäßigung und Vorsicht. Langsam und Schritt für Schritt steigt man eine Treppe hinauf. Aber in einem Augenblick fällt man hinab und bringt Wunden und Schmerzen genug mit auf die Erde.‹

›Das Schatzkästlein des rheinischen Hausfreunds‹ war mir eine ebenso erbauliche wie belehrende und fröhlich machende Lektüre auf dem Weg nach Basel.

In jedem Frühjahr findet in Basel die Mustermesse statt; sie hat auch im Zeitalter der Europäischen Gemeinschaft ihren vornehmlich nationalen Charakter bewahrt. Es ist zu vermuten, daß den Baslern an einer Ausweitung nicht gelegen ist, zumindest nicht an ausländischen Ausstellern. Die Einkäufer werden schon kommen; in die Schweiz reist jeder gern. Warum dann ein internationales Etikett für eine Schweizer Angelegenheit?

In der Schweiz wird viel gute Selbstkritik geübt, hier gedeiht das Kabarett; aus Kritik von außen macht man sich weniger.

Am späten Nachmittag dann ein Schaufensterbummel. Pelze, von Christian Dior entworfen, ein Kalbfellmantel mit Giraffenmuster! Und Bally-Schuhe! Immer abwechselnd ein Bankhaus, dann ein Schuhgeschäft, hie und da ein Uhrenladen. Wäsche aus Schweizer Batist, viel Stickerei. Und wieder durch die alten Stadtteile, wo hagere Bürgerhäuser ›Zum kleinen Wind‹ heißen; Innenhöfe mit plätschernden Brunnen. Es dunkelt, der Mond steigt auf, und plötzlich: Pfeifen und Trommeln! Die Pfeifer vorweg, die Trommler hinterdrein, in Gruppen zu zwanzig, zu fünfzig. Ohne Masken. Die Fasnacht, die hier erst nach Aschermittwoch beginnt, mit ihren heidnischen Bräuchen, geht nun endgültig zu Ende. Trommeln und Pfeifen und ihr Echo von überall her, das dauert eine Viertelstunde, dann ist es vorbei wie ein Spuk. Ach, diese Weltmeister in Demokratie! Lassen ihre Frauen nicht wählen, aber mitpfeifen dürfen sie doch wenigstens!

1494 wurde in Basel Sebastian Brants ›Narrenschiff‹ gedruckt. Da erscheint es angebracht, sich am Abend die Verfilmung des ›Ship of fools‹ nach dem Roman der Katherine Porter anzusehen, in der Originalfassung, die beiden anderen benötigten Sprachen, Deutsch und Französisch, erscheinen im Untertitel.

Eilig und ein wenig ängstlich, der raschen Gebetserhörung nicht trauend, gehe ich durch die mondhellen ›Tanz-‹ und ›Totengäßchen‹ zurück in den ›Engelhof‹, der um Mitternacht unwiderruflich seine Türen schließt, und denke mit Bedauern an das, was ich nicht gesehen habe. Die römischen Ausgrabungen in Augst ... das Goetheanum in Dornach, den Weltsitz der Anthroposophischen Gesellschaft ... die vielen Museen ... den Zoo ...

Am Montag morgen werden die Messingschilder montäglich blankgeputzt. Die Straßenfeger fegen Konfetti zusammen und haben nichts sonst zu fegen, hier ist kein Schild vonnöten, das die Bürger ermahnt, ihre Stadt sauberzuhalten, das tut ein Basler von allein. Die Geschäfte bleiben bis 13.30 Uhr geschlossen, das Personal genießt noch immer den freien Sonntag. Ich bekomme weder die Bally-Schuhe noch das Batistnachthemd und schon gar nicht den Giraffenmantel von Dior. Was für ein billiges Wochenende in der Schweiz! Ich kaufe auf dem Bahnhof eine Tüte mit Basler Leckerli, garantiert ohne Zucker, ein Honiggebäck, das nach Sparsamkeit schmeckt.

Im Zug lese ich im ›Großen Misch-Masch‹ des Hans Rudolf Grimm (1666 bis 1749), in Zürich neu aufgelegt.

›O, du liebes Schweizerland!
Gott erhalte dich im Frieden
Und verstärke doch dieses Band,
Daß es nimmer werd' geschieden.
Denn du bist ein Trost der Fremden
Und fürwahr ein' sichere Statt.‹

(1966)

Datierte Träume: 17. November, Positano

Ein friedlicheres Erntebild habe ich nie gesehen als das der Olivenernte am steilen Berghang überm Golf von Salerno. Diese windstillen Tage Mitte November, das Meer lag ruhig, der Himmel wurde nicht mehr blau, aber die Sonne schien, und das Wasser war noch sommerwarm, mittags konnten wir schwimmen, und am Nachmittag stiegen wir den Berg hinauf. An den unteren Berghängen, wo die berühmten Touristenorte liegen, geht die Sonne früh weg. Hieß das Dorf Noce, an das ich mich erinnere? Aber an Nußbäume erinnere ich mich nicht, nur an den Hang mit den alten kräftigen Ölbäumen. Auf dem schütteren Gras unter den Bäumen waren große Leintücher ausgelegt, ein wenig entfernt saß die Nonna, neben sich die kleineren Kinder und den Hund, der bei unserem Nahen kurz aufbellte und sich dann wieder in der Sonne ausstreckte. Die Männer waren bei der Ernte. Mit einem Bein standen sie auf der Leiter, mit dem anderen umklammerten sie einen Ast, sie hatten die Hände frei, pflückten rasch mit beiden Händen, warfen die Früchte in den Lederkorb, den sie sich mit einem Strick um die Taille gebunden hatten. Sie melkten den Baum, keine Maschine hätte es rascher und behutsamer vermocht. Neben dem Pfad standen die Körbe mit den handgepflückten blauschwarzen, ölglänzenden Oliven, aber auch die Säcke mit jenen Früchten, die man mit Stöcken abgeschlagen und von den Laken aufgesammelt hatte, das besorgten die größeren Kinder. Ein stilles, ein arkadisches Bild. Jede Ernte sollte festlich sein, als Kind habe ich es erlebt: Kornernte, Kartoffelernte.

Eine Weile sahen wir den Arbeitern im Ölberg zu, hörten die Anweisungen der Nonna, gingen dann weiter, noch immer im Sonnenlicht, blickten hinunter zu den Inseln der Sirenen, ›il galli‹, sagen die Einheimischen, die Felsen recken sich aus dem Meer, wie junge Hähne die Hälse recken. Die Bucht von Positano lag schon im Schatten. Später beim Abstieg sahen wir dann die Frauen. Die Männer hatten ihnen die Säcke mit den Oliven auf die Schultern geladen, sie stiegen den Berg hinunter, der an den steilsten Stellen stufig wird. Sie gingen zu der Ölmühle, die weiter unten liegt und zu der eine Straße führt. Die Bergdörfer waren noch nicht durch Fahrstraßen mit der Welt verbunden, aber die Männer hatten sich bereits Motorräder angeschafft, die dort, wo die Straße endet, in einem Schuppen standen. Ihre Esel hatten sie dafür verkaufen müssen, die Frauen ersetzten ihnen die Lasttiere, es ist ihnen angeboren, Lasten zu tragen. Sie gingen mit weichen, wiegenden Schritten, hielten sich aufrecht, die Hand stützend in der Hüfte, anders als Männer, wenn sie Kohlesäcke tragen. Die Frauen krümmen den Rücken nicht, tragen mit dem ganzen Körper, man sieht das sonst nur noch in Kulturfilmen.

Abends im Restaurant, wo man uns das Essen erst spät auftischte, brachte der Wirt vorab Weißbrot zum Wein und ein Schälchen Knoblauchöl: »Olio vergine«, sagte er. Wir sahen ihn fragend an, er wiederholte »vergine« – die Jungfrau. Wir lachten, kaltgeschlagen, sagten wir. Das Öl war gelb wie heller Bernstein, es schmeckte gut. »Olio d'oliva«, sagte der Wirt und ließ uns an der Flasche riechen. Ölflasche und Weinflasche waren von der gleichen Art, ein Etikett war nicht nötig, beides stammte aus der eigenen Ernte. »Olio vergine, extra vergine«, sagte der Wirt, als ihm unsere Bewunderung nicht ausreichte.

Tagsüber sammelten wir Maronen, die Wirtin der kleinen Pension, in der wir wohnten, röstete sie in der Pfanne, wir verbrannten uns die Hände an ihnen, verbrannten uns den Mund, löschten mit Wein, tranken zuviel, im November sind die Abende zu lang, es gab Streit, an jedem Abend gab es Streit. Morgens brachen wir Zweige vom Ölbaum, der neben dem Haus stand, nahmen sie zwischen die Zähne, näherten uns einander, um Frieden bittend. Wir waren zu dritt unterwegs. Warum waren wir so gereizt?

Die Rosen blühten noch. Es gab dann aber Sturm von solcher Heftigkeit, daß er die Rosen köpfte. Ich las die Blüten auf, legte sie ins Regenwasser, das sich auf einer Mauer gesammelt hatte. Die blütenlosen Stengel ragten wie Zeigefinger in die Luft. Damit muß man rechnen, auch an arkadischen, alkyonischen Martinstagen, daß Sturm kommt. Rosen sind das Besondere, nicht das Selbstverständliche. Die Sträucher hatten noch Knospen, mitten im November noch Verheißungen. Die Natur hat ein natürliches Bedürfnis nach Schönheit, sie stellt immer aufs neue Schönes her, das dann verwelkt, erfriert, untergeht, geköpft wird. Nichts, was ein Mensch herstellt, erneuert sich, es nutzt sich nur ab, wird weggeworfen, ersetzt.

Abends, als wir wieder beim Wein saßen und heiße Maronen aßen, sagte ich, daß mich das rühre: der gefällte Baum, der noch einmal Blätter treibt, der Fisch, der aus der Pfanne springt, der Hahn, der ohne Kopf aus der Küche in den Hühnerhof rennt. »Leben«, sagte ich, »das ist Leben!« Daraufhin haben wir uns weitergestritten.

Von dieser Reise habe ich einen Zettel mitgebracht, auf dem ich einen Traum flüchtig notiert hatte. Ein alter Mann sagte schnell und schwer verständlich einem jungen Mädchen, das schwanger war, Sprüche auf. Im Traum hatte ich mir mit Anstrengung nur den letzten Spruch merken können, wußte ihn auch noch, als ich wach wurde, und schrieb ihn mir auf. ›Nichts, was erfahren werden muß, kann getan werden.‹ Die Dunkelheiten des Satzes nehme ich hin, ohne Versuch, ihn aufzuhellen. Zuspruch bei Nacht. ›17. November‹ steht auf dem Zettel, datierte Träume mit Ortsangabe, ›Positano‹.

Jahre sind seither vergangen. Vielleicht haben die Frauen aus dem Dorf Noce sich von den Lasten, die man ihnen bei der Olivenernte aufbürdet, befreit? Oder sitzen sie inzwischen als Nonna unterm Baum, bewachen die Kinder und Hunde und geben Anordnungen? Oder erntet man die alten Ölbäume nicht mehr ab, sind sie unrentabel geworden?

(1970)

Heimweh nach der Romantik

Der Mai hat Tage, von denen Hermann Lenz behauptet, daß ihm das Wasser in den Schuhen zusammenlaufe. Da genügen dann zwei Postkarten: Odenwald? Amorbach! Montag?

Als erstes machten die drei Literaten, Hermann Lenz, Otto Heinrich Kühner und die Chronistin, ihrem großen Kollegen Wolfram von Eschenbach auf der nahen Wildenburg ihre Aufwartung, lasen die Geschichte der mittelalterlichen Burg an ihren Trümmern ab: Frieden und Krieg. Die letzten Eroberer waren die Bäume. Prächtige Linden, aber auch dickleibige Kastanien. Der Blick geht vom Bergfried über Odenwaldhöhen und Odenwaldtäler. Ein Schwarm wilder Bienen flog Spiralen, ballte sich summend und singend zusammen und nahm Wohnung auf Montsalvatsch. Dies war nicht der Ort und nicht die Stunde für Zweifel: Auf der Wildenburg schrieb Wolfram von Eschenbach den Parzival. Punktum. Kaminsims, Ziehbrunnen, Verlies, ein romanisches Fenster und ein Erker genügten uns als Beweis. Nie sollst du mich befragen!

Noch befand sich die Natur im Zustand des Schönen und nicht des Fruchtbaren, Verkäuflichen. Die Wiesen waren noch Blumenwiesen, nicht Heu und nicht Silage. Ansätze zu Heidelbeeren. Die Apfelbäume verstreuten ihre Blütenblätter bei einem Wirte wundermild. Solche Zeilen mußte man unterdrücken wie die Löns-Lieder, die in der Kehle aufsteigen, wenn der Brambusch leuchtet wie Gold, wer weiß das schon, Ginster gleich Brambusch. Die blühenden Kastanienbäume erhöhten die Festlichkeit der Schloßhöfe.

Ein Quadrat aus blaugrünem Winterroggen, handhoch erst, daneben ein gelbes Rechteck aus blühendem Raps, dann die unberechenbaren Parallelogramme der Weinberge, die noch braun sind. Heitere Geometrie der Landwirte im Mai. Blumenbänder aus Hederich, Mohn und Hahnenfuß an den Feldrainen. Alles gepflügt, geeggt, gesät, gedüngt, desinfiziert: jetzt heißt es wachsen und gedeihen. Versprechungen werden später eingelöst. Trecker und landwirtschaftliches Gerät haben sich bis zum Ernteeinsatz in die Dörfer zurückgezogen. Die Felder gehören den Lerchen.

›Die Lerche aus den Lüften streute / Mir ihre Lieder auf den Weg.‹ Verszeilen gehen hin und her. Lenau, Eichendorff, Mörike, die Maienliederdichter. Wie kann denn ein Mensch ohne Gedichte leben? Muß das nicht zu Mangelerscheinungen führen? Abends in der ›Post‹ reden wir über die Unentbehrlichkeit der Lyrik.

›Abends in der Post‹! Auch das Romantik, gelber Wagen, Posthorn, Fernweh. Moderne Hotels heißen nicht ›Zur Bundespost‹, sondern ›Intercontinental‹ und ›Holiday-Inn‹.

›Wer in die Fremde will wandern, / Der muß mit der Liebsten gehn, / Es jubeln und lassen die andern / Den Fremden alleine stehn . . .‹ Eichendorff ist gegenwärtig, er studierte in Heidelberg. Seit er den ›Taugenichts‹ schrieb, sind 150 Jahre vergangen. Heute nimmt man die Liebste mit auf die Reise, besingt sie nicht mehr. Gedichte entspringen der Sehnsucht, nicht der Erfüllung. Am Tag behandeln die Herren mich wie einen Wanderkumpan, am Abend wie eine Kollegin. »Gnädigste!« sagt Hermann Lenz und trägt uns seine spätbourgeoisen Ansichten vor. ›Tun, als ob nix wär‹, eine seiner hintersinnigen Sentenzen.

›Mir ischt's recht‹, beendet er die Auseinandersetzungen und stopft ausführlich seine Pfeife.

Immer war es zu früher Morgen oder zu später Abend, wenn wir vor einer verschlossenen Kirchtür, einem verschlossenen Museum standen. Wir sahen von allem nur das Äußere, den schönen Schein. Ein Lob den Wäldern, die keine Öffnungszeiten kennen, die nie wegen Bauarbeiten geschlossen sind, wo nicht verlangt wird, daß man sie in Gruppen besichtigt.

An der Buchhandlung Emig in Amorbach prangte ein Schild, einladend wie ein Wirtshausschild. ›Die Bücher erfreuen im innersten Herzen, sie sprechen mit uns, sie raten uns, sie sind uns in lebendiger beredter Vertrautheit verbunden.‹ Ein Satz von Petrarca. Welche Losung auf den Weg für drei Schriftsteller! Da wiegt der Rucksack leicht, da hebt man den Kopf, da holt die Chronistin den Notizblock hervor, schiebt ihn griffbereit zwischen Cordrock und Khakihemd und notiert ihre Beobachtungen gewissenhafter, als es Jahreszeit und Landschaft erwarten lassen, sie registriert die Schmetterlinge: Zitronenfalter, Bläuling, Trauermantel, an einem einzigen Vormittag, die Überlebenden der Vernichtungskampagnen. ›Am meisten beklage ich den Verlust der Schmetterlinge‹; unsachliche Anmerkungen. Nostalgie. Nostalgie: das klingt nach Krankheit, nach Neuralgie und Agonie. Die Diagnose zu früh gestellt, ein schönes Gefühl im Keim erstickt, mit Worten abgetötet. Heimweh nach der Romantik! Aber ›liebevolle Beschäftigung mit der Geschichte‹ ist uns nicht gestattet. Heimweh nach einer Zeit, als noch jedes Hauptwort sein schmückendes Beiwort trug, noch nicht diese Abmagerung der Sprache und der Gefühle. Noch nicht staccato, sondern legato. Das Schöne und Wahre noch unverdächtig.

Ich liefere Informationen und kontrolliere die Zeit. Der

Kuckuck rief in Neckarsteinach von 4 Uhr 12 bis 4 Uhr 32 mitteleuropäischer Zeit. Wenn der Taugenichts nach Italien reist, steht der volle Mond Nacht für Nacht am Himmel, wochenlang. Ich notiere: Im östlichen und mittleren Odenwald überwiegt der rote Buntsandstein. Im Westen viel grobkristallines Tiefengestein, das weithin leuchtet, wo man dem Berg Blößen gegeben hat.

Pallieter-Gefühle werden verdrängt. Im Mai ist der Mai am schönsten! Unter Lärchen liegend, sind die Lärchen am schönsten. Keiner von uns sagt, jetzt müßte man im Hochgebirge wandern! Keiner sagt, hier muß es im Herbst schön sein, wenn das Laub sich färbt! Schubert irrt, wenn er den ›Wanderer‹ sein Lied mit dem Satz: ›Dort, wo du nicht bist, dort ist das Glück‹ enden läßt.

Ich gebe zu, daß es einen halben Tag lang geregnet hat. Den Namen des Dorfes habe ich vergessen, wo wir in einer Bäckerei mit Konditorei saßen, alten Streuselkuchen zu uns nahmen, zwei zerfledderte ›Bild‹-Zeitungen der Vorwoche als einzige Lektüre. Aber am nächsten Morgen spreizten die Kiefernzapfen ihre Schuppen wieder, legten sich die Schnecken ein grünes Blatt auf den braunroten Schwanz, tauschten die Herren die Kniebundhosen gegen die kurzen Hosen, streifte Lenz das Hemd ab und bot den Bäumen die blanke Brust. Wir hielten Mittagsrast unter einer hundertjährigen Buche. Ich notierte: ›Ich liege auf hundert Sommern.‹ Kühner stellte es richtig: allenfalls vier oder fünf Sommer, der Rest bereits zu Erde geworden, Humus. Ich würde dermaleinst lieber zu Wasser werden als zu Staub . . .

Ich gebe zu, der Gasthof in Michelstadt, in dem wir Quartier nahmen, war so romantisch, daß ich alle Bedürfnisse nach Komfort aufgeben mußte. Aber fünf Autominuten von Michelstadt entfernt liegt Erbach. Und in Erbach hat sich Rudolf Hagelstange ein Haus gebaut. Eine

Telefonnummer diente als Zauberschlüssel, und schon holte uns seine junge Frau mit dem Auto ab. Es gab viel zu besichtigen. Der Schreibtisch zweisitzig, englischer Herkunft. Der Stutzflügel geöffnet, Schubert und Brahms spielbereit. Schreiben ist ein schönes Geschäft! Manchmal auch ein einträgliches Geschäft! Rasch beendete Gespräche über Realitäten und Immobilien und dann: Zeit für ein Lächeln. Zeit für einen Wein, rot oder weiß, badisch oder welsch. Die jungen Kätzchen spielten, die Kerzen flackerten; draußen die Maiennacht. Wir redeten. Über Leben und Schreiben. Spekulationen. Alle vier Makler im Irrealen. Die Unterschiede zwischen Figur und Kunstfigur wurden fließend, Kühner verwandelte sich in den Pummerer. Altherrensommer mit Damen. Sachliche Gespräche über Nymphen. Überlebensgroß die Nymphen des einen, durchsichtig-gläsern die des andern, handspannengroß die kleinste, gewandet in Schleier, Nachthemden oder entblößt, allesamt wie von Gustav Klimt entworfen. Hat man sich dann am besten unterhalten, wenn man am nächsten Morgen nicht mehr weiß, worüber? Wer ließ die Nymphe nackt zur Quelle schreiten? Wer zog ihr ein Gewand aus Gaze an?

›Gott Amor heißt mich reden‹, beginnt Boccaccios ›Nymphe von Fiesole‹, Hagelstange brachte sie vor Jahren ins Deutsche. Amorbach – Nymphen – Parzival. Wolfram von Eschenbach, Hagelstange von Erbach und am nächsten Tag dann Bligger von Steinach, der mit der Harfe, auch er ein Minnesänger. Unversehens bekam die Odenwald-Wanderung ein Konzept. Romantische Nibelungenwege ...

Nahe beim Jagdschloß Eulbach überschritten wir den Limes, der zumeist unsichtbar wie ein Meridian bleibt. Wir haben am Siegfried-Brunnen gestanden, wir haben bei Kriemhild gegessen, bei Hagen von Tronje geschlafen ...

Die Landesgrenzen verlaufen willkürlich durch den Odenwald. Auf bayrischem Boden tranken wir Bier, Etzel-Bier, der Nibelungen wegen; auf hessischem Boden trinken wir Apfelwein, ›Äppelwoi‹; im Badischen Riesling-Silvaner. Anpassung an die Landessitten. Die Flüsse bilden die natürlichen Grenzen des Odenwaldes: im Westen der Rhein, im Norden und Osten der Main; im Süden teilt der Neckar den kleinen Odenwald vom großen Odenwald ab. Odinswald – Öder Wald – Ottos Wald. Nie sollt ihr mich befragen. Namhafte Straßen: die Bergstraße, die mit Frühling und Obstbaumblüte gleichzusetzen ist; die Nibelungenstraße, die für mittelalterliche Burgen, malerische Marktplätze und gotische Rathäuser bürgt. B 3 und B 37, als Code für den Autofahrer.

Der Wanderer benutzt seinen eigenen Code. Sein Blick sucht einen Tag lang auf Bäumen, Hauswänden und Feldsteinen den weißen Rhombus, am nächsten ein rotes Quadrat. Es gibt keine Wegweiser mit Ortsnamen mehr, nur noch Signatur. Vornweg Hermann Lenz, ohne Uhr und ohne Wanderkarte, oft außer Ruf- und außer Sichtweite. Umwege und Abwege und Wege, die zuwachsen, weil keiner sie geht. Was tut's? Überall ist Erde, überall ist Mai. Ganze Tage unter Bäumen.

Frankfurt, Darmstadt, Heidelberg, Mannheim sind nahe, Ballungsgebiete, trotzdem sahen wir auf dem Höhenweg von Waldmichelbach nach Neckarsteinach in sieben Wanderstunden nur einen Jagdpächter aus Mannheim.

Die Kirchenfürsten sorgten für Kirchen und Klöster, die weltlichen Fürsten für Schlösser und Parks. Karolingisch – romanisch – gotisch – barock; die Baustile werden durch das Baumaterial zusammengehalten, den roten Buntsandstein, der leicht verwittert. Der Regen wäscht die barocke Pracht von den Skulpturen, vereinfacht sie zu Romanik.

Von Neckarsteinach, wo sich die Burgen drängen, nach

Heidelberg. Kein Wort jetzt über Heidelberg, lange liebt' ich dich schon.

Abschied von Parzival und Eichendorff, von Hagelstange und Lenz. Ich gebe zu, daß der Mond in keiner Nacht schien. Aber einmal sang die Nachtigall, und es war nicht die Singdrossel!

Alle schreiben wir nun wieder nach dem eigenen Code. Keine gemeinsamen Wegzeichen mehr. Im Sinne Petrarcas: ›Die Bücher erfreuen im innersten Herzen, sie sprechen mit uns, sie raten uns, sie sind uns in lebendiger beredter Vertrautheit verbunden.‹

(1972)

Mit Wander-, Wetter- und Weinkarte durch den Kaiserstuhl

Wer auf der Autobahn oder mit dem Zug südwärts fährt, läßt ihn rechts liegen; wenn er nach Hause zurückfährt, läßt er ihn links liegen: den Kaiserstuhl. Ein jungvulkanisches Miniaturgebirge, das sich aus der Oberrheinischen Tiefebene erhebt, nur 110 Quadratkilometer groß. Steht man auf seinem höchsten Berg, dem Totenkopf (557 m), oder besteigt man den Aussichtsturm bei den ›Neun Linden‹, dann ist er in seiner ganzen Ausdehnung zu überblikken. Die Sage sagt, daß hier eine Gerichtsstätte König Rudolfs I. von Habsburg gestanden habe, daher der Name: Kaiserstuhl. Heute besetzen Fernsehtürme die wichtigsten Höhen.

Nimburg, Kreis Emmendingen, steht als Geburtsort im Reisepaß meines Mannes, der sich als einen Alemannen, einen Kaiserstühler, bezeichnet, wenn man ihn nach seiner Herkunft befragt. Die wärmste Gegend Deutschlands, setzt er hinzu. Von der Sonne verwöhnt! Nimburg liegt einen Fußbreit neben dem Kaiserstuhl, an einem der Vorberge oder Ausläufer. Ein Weinort, wenn auch keiner der vielgenannten. Leicht erhöht und in einiger Entfernung vom Ort steht eine alte Kirche mit schönen Fresken. Mein Mann setzt sich an diesem Maimorgen an die Barockorgel und spielt zum Gedenken an seinen Vater, der hier gepredigt hat, zu Ehren Gottes und mir zuliebe Bach, Händel und Kühner. Er zieht alle Register, der Morgen ist danach. Ich trete für ihn die Bälge. Die Kirche ist vom Sonnenlicht durchflutet und gehört für eine Stunde uns. Ein festlicher Auftakt für eine Wanderung durch den Kaiserstuhl.

Am ersten Tag geht man nicht weit, bleibt oft stehen, sieht sich um, muß sich vieles erklären lassen; für Süddeutschland ist mein Mann zuständig. Heimatkunde für Anfänger. Der Rucksack ist den Schultern noch ungewohnt. Wir gehen gemächlich am Dreisamkanal entlang, durch blühende Wiesen, dann durch die Weingärten und über den ersten Höhenzug nach Endingen, wo der markante und markierte Nord-Süd-Weg beginnt: Endingen – Katharinenkapelle – Totenkopf – Ihringen. Wir gehen am liebsten in der Richtung von Nord nach Süd. ›Wer recht in Freuden wandern will, der geh der Sonn' entgegen!‹

Es ist Dienstag nach Pfingsten, in Endingen ruht sich das Hotel- und Gaststättengewerbe von den Festtagen aus. Das Schild ›Ruhetag‹ hängt in allen Fenstern. Ein Glücksfall, daß wir trotzdem in einem Hotel zwei Betten bekommen und nach langem Suchen in der Bahnhofsgaststätte eine Wirtin finden, die bereit ist, uns ein Schnitzel zu braten. Das neue Farbfernsehgerät läuft auf vollen Touren; endlich lernen wir unseren Bundeskanzler und den Nachrichtensprecher auch hautfarben kennen. Aber selbst in Farbe interessieren sich die Endinger nicht für Politik. An allen Tischen bespricht man die Chancen der deutschen Mannschaft in Mexiko: ein Fußball-Weltmeisterschafts-Jahr. Kein Blick auf die Mattscheibe, wenn es um die bevorstehenden ›Kasseler Gespräche‹ der Staatsführer von West- und Ostdeutschland geht; immerhin ein historisches Ereignis. Auch kein Blick auf die Wetterkarte, obwohl die meisten Endinger am nächsten Morgen im Weinberg werden arbeiten müssen. Erst als Robert Lembke auftritt und als es gilt, den Beruf einer Schaufensterpuppenherstellerin zu erraten, wird es still.

Der Mond steht freundlich am Himmel, als wir durch die kleine Stadt schlendern; schöne Barock- und Rokokohäuser, ein Platz, ein Brunnen und dann doch noch eine

Weinstube, in der uns der Wirt in die Unterschiede zwischen Ruländer, Silvaner, Weißburgunder und Traminer einweiht, ein Viertel von jedem, auch das genügt für den ersten Tag.

An jedem Abend studieren wir zunächst ausgiebig die Weinkarte, dann aber ebenso ausgiebig die Wanderkarte. Die Orientierung verlangt in beiden Fällen Aufmerksamkeit, wenn nicht Kennerschaft.

Am nächsten Morgen regnet es. Wir machen uns wetterfest; einer meiner Großväter soll gesagt haben: Wer friert, ist arm oder dumm. Nur Spaziergänger sind auf gutes Wetter angewiesen. Auf den Wetterbericht in der ›Badischen Zeitung‹ geben wir nichts. Wir vertrauen den Prophezeiungen der Nacktschnecken auf den Wiesen. Sie transportieren Maiengrün und nicht Dreck auf ihren Schwänzen. Sie behielten recht: schon zwei Stunden später hellt es sich auf.

Noch sind die Laubdächer sonnendurchlässig. Was für Möglichkeiten in Grün! Das Grün der Lärchen, das Grün der Buchen, der Ebereschen, der Eichen, der wilden Kirschen und der jungen Tannentriebe. Sanft gerundete Hügel. Die Wege steigen an und fallen ab, bewirken ein leichtes Seufzen und ein befreites Aufatmen. Zur Rechten immer der kahle Badberg, auf dem nichts wächst, aber rundum Laubwälder, lichte Wiesen und Weinberge, das wechselt in schönem Rhythmus, Eintönigkeit kommt nicht auf. Ein Kuckuck narrt uns, ruft rechts, dann links im Wald, hinter uns, dicht vor uns. Ein einziger Kuckuck genügt für den ganzen Kaiserstuhl. Materialisten zählen beim ersten Kuckucksruf ihr Geld. Idealisten zählen die Lebensjahre. Wir beide scheinen unsterblich, der Kuckuck ruft ohne Unterlaß.

Ein Maikäfer! Noch betäubt vom unterirdischen Vorleben krabbelt er über den Weg, als wir am Waldrand unser

Vesper essen. Für seinen ersten Flug nimmt er das Angebot meines Daumens an, erklimmt ihn, pumpt sich Kraft und Mut, breitet die harten braunen Deckflügel aus, erst den rechten, dann den linken, dann die eingeklemmten durchsichtigen Unterflügel, und startet in den ersten und einzigen Mai seines Lebens.

Wir singen zweistimmig Luthers ›Ihr kleinen Vögelein, ihr Waldergötzerlein, spitzt euer Schnäbelein und fangt mit mir an zu schrein ...‹ Maiglöckchen bedecken den Waldboden. Sie duften vergeblich gegen den ebenfalls blühenden Knoblauch an.

Die Küchenschelle ist schon verblüht und reckt ihren zotteligen Hexenkopf über den gelben Hornklee; aber an den Hängen der Weinberge blüht großblumig und tieflila die Iris. Am Wegrand belehren Tafeln den unkundigen Wanderer über das, was hier so schön und wild und geschützt blüht. Auf den Wiesen steht die heilkräftige Arnika in Knospen, und an den Hängen blüht die schneeweiße Anemone auf hohem Stiel: ganze Hänge wie beschneit.

Sobald sich der Wald lichtet, tauchen im Osten die Höhenzüge des Schwarzwaldes auf und zur Rechten die der Vogesen. Dann und wann leuchten in der Ebene die Wasserläufe des Altrheins auf.

Mit Bächen und Quellen ist im Kaiserstuhl nicht zu rechnen. Wo es warm ist, ist es auch trocken, und wo Wein fließt, fließt selten Wasser. Und umgekehrt.

Die Berghänge sind von einer dicken Lößkruste bedeckt. Der Regen hat im Laufe der Jahrtausende Hohlwege hineingespült, deren Wände bis zu zehn und zwanzig Meter ansteigen. Es ist halbdunkel darin, Efeu rankt sich hinunter, Holunder hinauf; tiefe Stollen sind für Geräte und Vorräte in die Wände getrieben. Längst sind aus den Lehmwegen Wirtschaftswege für die Weinbauern geworden. Asphalt ist gut für die Räder der Fahrzeuge, aber schlecht für die Füße der Menschen. Die Rebstöcke zeigen mehr Draht als Ranken; wie soll daraus ein vollmundiger Jahrgang 1970 werden? Vier Monate Zeit.

Was für gewaltsame Eingriffe ins Landschaftsbild! Die Hänge der Berge von Menschenhand zersägt und terrassiert, damit die Rebanlagen zweckmäßiger von Maschinen bearbeitet werden können. Weniger Arbeiter im Weinberg, dafür mehr Motorpflüge. Von nun an keine Weinberge mehr, sondern Weinfelder. Noch wird mit geübter Hand gehackt und mit Pferden der Pflug zwischen den Rebreihen gezogen, aber schon überwiegen Bagger und Trecker. Auch Sprengungen und Düsenflugzeuge. Wir befinden uns nicht in einem Naturschutzpark und nicht mehr im 19. Jahrhundert; die Waldesstille ist begrenzt. Tage und Abende lang nehmen wir an den Problemen der deutschen Weinbauern teil. Europäische Gemeinschaft, Flurbereinigung, Terrassierung, Rentabilität, Subventionen, Winzergenossenschaften ... Hier müssen abends im ›Adler‹, im ›Engel‹, in der ›Post‹ und im ›Bären‹ viele Sorgen hinuntergespült werden. Mit Riesling, Silvaner und auch mit Riegeler Bier.

Oben die Wälder, anschließend die Weinberge, in der Ebene dann die Obstgärten; diese Reihenfolge gilt für alle Weinbaugebiete. In den Obstgärten ist der Frühling schon vorbei. Schönheit wird bereits zu Fruchtbarkeit. Die Aprikosenbäume sind mit pelzigen Knöpfen dicht besteckt, die Kirschen hängen bereits in grünen Bündeln, nur die späten Apfelsorten blühen noch. Abends, wenn man, der Gesundheit wegen, zum Speckbrot Obstler trinkt, nimmt man den Apfelblütenduft wahr, wenn auch destilliert.

Achkarren, Oberrotweil, Bickensohl, Bischoffingen, Burkheim – Ortsnamen, die jeder kennt, der badische

Weine schätzt. Viele Häuser und Kirchen stammen noch aus den Jahrzehnten nach dem Dreißigjährigen Krieg. Aber malerisch sind die Dörfer nicht, mit denen an der Mosel nicht zu vergleichen, keine Rede von Rüdesheim. Auch die nahen elsässischen Weinorte sind idyllischer. Hier bestellt man Weingärten und Obstgärten, für Blumengärten ist der Boden zu kostbar. Unvermittelt stehen die Häuser an der Straße. Das große Hoftor für die Fuhre mit Trauben ist wichtiger als die Haustür für den Menschen. Der Wein beansprucht das ganze untere Geschoß, nicht nur den Keller.

Auf jedem Kirchplatz blüht ein Kastanienbaum, in jedem Pfarrgarten blüht der Flieder, darunter sitzt entweder eine evangelische Pfarrfrau und schält Spargel oder eine katholische Haushälterin und schält ebenfalls Spargel. Wenn wir die Mittags- oder Abendglocken läuten hören, schließen wir Wetten darüber ab, ob das Dorf katholisch oder evangelisch ist. Die Konfessionen wechseln von Ort zu Ort; Nachwirkungen des ›Cuius regio, eius religio‹; das katholische Zähringen, die evangelische Markgrafschaft Baden-Durlach.

Die Kinder grüßen uns artig mit ›Guten Tag‹ oder mit ›Grüß Gott‹, aber untereinander sprechen sie, als hätten sie Deutschunterricht bei Johann Peter Hebel bekommen, schönes, für mich unverständliches Alemannisch. Mein Mann kann, ohne zu stocken, ›Der Mann im Mond‹ aufsagen: »›Lueg Müetterli, was isch im Mo?‹ ›Je, siehschs denn nit, e Ma! . . .‹« Mein Ohr gewöhnt sich.

Nicht ›Mama‹ und nicht ›Mutti‹ klingt wie dieses alemannische ›Müetterli‹ . . .

Abends in Ihringen essen wir zum Spargel ›Kratzete‹, mutwillig zerfetzte Eierkuchen, trinken Wein aus dem Eigenanbau, randvoll im ›Römer‹ kredenzt. An Qualität kann sich der Wein vom Kaiserstuhl mit Rhein- und Moselweinen messen, nicht aber an Quantität. Darum wird das Anbaugebiet vergrößert.

Wir rühmen uns wie die Autofahrer der am Tag zurückgelegten Kilometer: 24 errechnen wir. Am letzten Tag, auf dem Rückweg, wurden es 30 Kilometer; das lag an den schönen Umwegen. Zur Belohnung gibt es abends für jeweils fünf Kilometer ein Viertel Wein. Die Leistungsfähigkeit von Beinen und Magen ist nur begrenzt zu steigern. Sechs Viertele sind genug, für den Wirt und für den Gast.

(1970)

Meine Insel im Norden – Juist

Mit den im Osten und Westen vorgelagerten Sand- und Muschelbänken erreicht die Insel Juist eine Länge von siebzehn Kilometern, das bedeutet: siebzehn Kilometer weißer Sandstrand zum offenen Meer hin und siebzehn Kilometer Watt zum Festland hin. An ihrer schmalsten Stelle ist die Insel nicht breiter als dreihundert Meter. Ihre höchste Erhebung beträgt zwanzig Meter überm nahen Meeresspiegel.

In den Schaufenstern sieht man alte Stiche von ›Juyst‹ im Querformat, auch die Ansichtskarten im Querformat, selbst dann noch mehr Himmel als Land. Der Maler Nolde gilt als der Erfinder der ›Himmelschaften‹ über der Nordsee. ›Mir ist so nach Nolde‹, hörte ich einen weiblichen Kurgast mit heiterem Seufzen in der Inselbuchhandlung sagen.

Wenn sich die untergehende Sonne dem Horizont nähert, verschmelzen die vier Elemente, Wasser, Luft, Feuer und Erde, zu einem. Rückkehr zum ersten Schöpfungstag. Augenblicke für Maler, Fotografen und Dichter. In der rechten Manteltasche eine Handvoll Muscheln, in der linken eine Handvoll Gedichtzeilen, beides sandig und salzig; abends räumt man die Taschen aus.

Ebbe und Flut. Einatmen und Ausatmen.

Das Meer kommt mit wenigen, tiefen Atemzügen am Tag aus; bei jedem Atemzug wechseln Sandbänke und Muschelfelder den Besitzer, gehören das eine Mal dem Meer, dann wieder dem Land. Dünen entstehen und Dünen verschwinden. Die Insel wächst sichtbar nach Osten hin, verliert im Westen merklich an Land. Sandstaub steht in hellen Wolken überm Strand, Sand fegt über die Dünen und die Deiche, auf denen der grüne ›Helm‹ wächst, ein Sandhafer, von Menschenhand gesetzt, um den Schöpfungsprozeß zu beschleunigen. Noch wächst hier kein Stein, aber im Schutz der Dünen bildet sich Humus. Kleine Wälder wurden angepflanzt, nach Ausmaß und Größe der Bäume, die der Wind niedrig hält, heute liebevoll ›Erlenwäldchen‹ und ›Kiefernwäldchen‹ benannt. Hier muß die Natur vor der Natur geschützt werden. Sanddorn, Ginster, duftendes Geißblatt, Brombeeren und Holunder bilden eine undurchdringliche Macchia der Nordseeinseln; in allen Gärten die halbwilden Zaunrosen, die den Sommer über blühen und im Herbst pralle rote, nicht nur den Vögeln wohlschmeckende Rosenäpfel tragen. Man pflückt bittere Schlehen und süße Brombeeren; was hier blüht und reift, ist kostbar.

Krähen und Drosseln übernehmen die Aufforstung, säen und düngen zugleich in einem vereinfachten Verfahren. Sandige, verschlungene Pfade im Windschutz der Dünen, in einer buckligen, schlupfwinkligen Welt, für die Ausmaße des Menschen zu winzig, eher für Karnickel geeignet, für Kinder und Vögel. Auf Juist halten die Zugvögel ihre Herbstmanöver ab; sie kommen von Norden, machen hier Rast, nähren sich von Mehlbeeren und den Früchten des Sanddorns und des Holunders. Erschöpfte Goldhähnchen, deren Müdigkeit größer ist als die Angst, hocken für ein paar Stunden im Schutz der Hauswände. Wildgänse ziehen durch, Brandentenzüge dicht überm Meeresspiegel, Stare formieren sich zu neuen Zeichen am Himmel.

Die Nordseeinseln haben ihre eigenen Geschichtszahlen, jedes Kind lernt sie, bevor es die Zahlen der Weltgeschichte zu lernen hat. Heimatkunde ist hier erstes Schulfach. ›Die Petriflut 1651‹, bei der die Insel in zwei Teile zerrissen und das im Westen liegende Dorf zerstört wurde. ›Der Heiligabend 1717‹. Im Krieg zwischen Meer und Land geht es immer auf Biegen und Brechen, auf Leben und Tod. Und immer bleibt das Meer der Sieger. Man liest besorgt und ungläubig in Chroniken und Inselbüchern von Springfluten und Sturmfluten: dieses ruhige Meer mit den sanft auslaufenden Wellen, dieser septemberblaue Himmel? Wovon ist die Rede?

Als das Meer den fruchtbar gemachten Boden weggerissen hatte und das Land salzig geworden war, wurden die Juister Männer Schiffer. Nur wer arm an Land ist, geht zur See, das ist überall so. Anfang des 19. Jahrhunderts besaßen die Juister vierzehn Schiffe. Sie fuhren als Matrosen und Steuermänner zu fremden Küsten: Knechte des Meeres. Aus Bauern waren Schiffer geworden, bevor dann in unserem Jahrhundert aus den Schiffern Hoteliers wurden, die ihre Häuser ›Deichgraf‹, ›Columbus‹, ›Meerjungfrau‹ und ›Inselfrieden‹ nannten. Seefahrer und Seeräuber, Strandwärter und Strandräuber, immer beides zugleich. Erst seit etwa hundert Jahren ist die Insel eine Ferien- und Badeinsel und auch ein Heilbad. Die Juister haben in mehreren Generationen das Feriengewerbe erlernt. Noch lebt ein letzter Seehundsfänger, aber auch er fährt nur noch mit schaulustigen Badegästen zu den nahen Seehundbänken. Noch gibt es ein paar Kapitäne im Küstendienst, noch steht ›Cap Horniers Ruh‹ an einem Haus, zum Zeichen, daß hier einer wohnt, der das Kap Horn mit dem Segler umschifft hat. In den Vorgärten liegen Anker und Bojen bunt bemalt auf grünem Rasen; in den Nachtlokalen hängen Fischernetze und Sturmlaternen von der getäfelten Decke, Relikte der Seefahrt. Die steifen Kapitänsmützen oder der Südwester aus Ölzeug sitzen heute auf den Köpfen der Badegäste.

Das Meer immer als Freund oder als Gegner, und der Mensch immer in Abhängigkeit. Die Häuser auf Sand gebaut. Im Westen findet man vom alten Dorf Loog keine Spur mehr. Mit den Backsteinen der alten Häuser hat man sich neue gebaut; mehr trotzig als trutzig: nun gerade! Erst seit in den zwanziger Jahren ein Deich von 1600 Meter Länge errichtet wurde, fühlt man sich etwas sicherer, auch selbstsicherer. Die Zeiten sind gut für Inseln – besonders für eine autofreie –, sie bedeuten Abgeschiedenheit und Naturnähe. Pferdehufe und Pferdewiehern anstelle von Motorlärm. Nur selten noch ein Rieddach, dafür viel roter Ziegel; auch Straßen und Wege sind mit roten Ziegelsteinen gepflastert, die vom Wind gefegt und vom Regen gewaschen werden. Die untergehende Sonne brennt den zweimal gebrannten Backstein ein drittes Mal. Viele Häuser blicken übers Watt; über die Deiche und Dünen blickt, außer dem alten Kurhotel, keines. Man lebt hier in ständiger Frustration, die Liebe und Haß zeugt und Emanzipation nicht zuläßt.

Das Wetter bekommt man aus erster Hand, die Tiefs über Schottland ebenso wie die Azorenhochs; beide ziehen schnell über die Insel hinweg. Ein rascher Regenschauer und gleich wieder Sonne; man sieht die Wolken nahen, und man sieht sie abziehen. Leichter Wind und heftiger Sturm. ›Der Wind ist die Sonne Juists‹, einer der Werbesprüche. Die Sommermonate tragen keine Namen, sondern heißen ›Saison‹. Wer außerhalb der Saison kommt, stellt keine Ansprüche an das Wetter, hegt aber Hoffnungen, die aufs schönste erfüllt werden können. Um Badezeiten braucht man sich nicht zu kümmern. Man sucht das Wellenbad auf, das immer gleichmäßig temperiert ist und in viertelstündigem Rhythmus jene Wellen und jene Brandung liefert, die die Nordsee nur an ihren besten Tagen zustande bringt. Was für ein Triumph des

Menschen! An wärmeren Tagen geht man barfuß den Strand entlang, bohrt mit den Zehen nach Muscheln, sammelt Herzmuscheln, die seltenen Kammuscheln und weiße dünnwandige Klaffmuscheln, zerbrechlich wie Engelsflügel. Austernschalen, Venusmuscheln und von Bohrmuscheln kunstvoll durchlöchertes Holz. Man legt sich sein eigenes Küstenmuseum an, lernt, daß Schneckenhäuser Regen ankündigen. An manchen Tagen ist der Strand von Algen bedeckt, die der Sturm vom Meeresboden losgerissen hat. Die Quallen, die der Schwimmer fürchtet, betrachtet der Strandläufer mit Entzücken: gestürzte, trübgeratene Topfsülze! Kehrt man die Qualle um, gleicht sie einem mundgeblasenen Glas in schönstem Jugendstil. Nicht mehr Flora, noch nicht Fauna, Geheimnisse des Meeres, über die man sich im Küstenmuseum aufklären lassen kann.

Was die Juister Kinder nach einer Sturmnacht an Strandgut herbeischleppen, Bohlen und Kisten, Flaschen, Taue und Kanister, wird von den Müttern einige Wochen später zum Sperrmüll gegeben. Die Strandräuberei liegt den Bewohnern der Inseln noch im Blut, aber heute spült das Meer nicht mehr hochwillkommene Weinfässer oder neuwertige Autoreifen an den Strand, sondern in errechenbarer Regelmäßigkeit wohlhabende und lufthungrige Großstädter. Mit der Zuverlässigkeit von Zugvögeln kehren sie auf die Insel zurück und suchen den alten Nistplatz auf. Sie kennen die Inhaber der benachbarten Sandburg und die Nachbarn der gestreiften Badehäuschen von den vergangenen Sommern her; man kennt sich, und man wird erkannt. Hier spricht man nicht von Touristen oder gar von Fremden, sondern von ›Badegästen‹, und die Juister Kinder sagen allenfalls im Winter einmal: ›So dumm as en Bodgast.‹ Das Friesische klingt dem Ohr des Badegastes eher holländisch, englisch-dänisch als hochdeutsch; das gibt der Insel einen exotischen Reiz. Das Nichtverstehen erheitert, aber beunruhigt nicht, man ist in der Fremde, aber als Deutscher unter Deutschen.

Nach einigen Tagen weiß man, was eine ›Bake‹, was ein ›Heller‹ oder ein ›Polder‹ ist; man kennt das Inselvokabular und glaubt nach zwei Wochen sogar, die Entstehung der Gezeiten jetzt und für immer verstanden zu haben ... Das Festland bleibt in beruhigender Sichtweite, immer kenntlich an den Sendemasten von Radio Norddeich. Aber für einige Stunden ist man für Freund und Feind bei Niedrigwasser unerreichbar. Als die Engländer 1945 die Insel besetzen wollten, mußten sie sich an Fahrrinne und Fahrplan halten. Ein- oder zweimal täglich fahren die Schiffe zwischen Norddeich und dem Anleger von Juist durchs Wattenmeer hin und zurück, so, wie es den ›Tiden‹ gerade beliebt. Für die, die über mehr Geld als Zeit verfügen, gibt es eine Flugverbindung vom kleinen Inselflugplatz nach Emden.

Die Ablenkungen, die den Badegast erwarten, sind begrenzt. Eine Lustfahrt im Pferdewagen zur Domäne Bill; eine Bootsfahrt zur Vogelinsel Memmert oder auch zur Nachbarinsel Norderney, die, einer Fata Morgana gleich, zuzeiten im Osten mit hellen Hochhäusern auftaucht und wieder untertaucht; ein Spaziergang zu den Goldfischteichen oder rund um den Hammersee; eine Wattwanderung unter der Leitung des weitbekannten Wattführers Alfred, der ein ganzes Ohnsorg-Theater ersetzt und die Richtigkeit des Lehrsatzes ›Lernen macht Spaß‹ beweist. Weiteres über Flora und Fauna des Meeres, das abenteuerliche Leben des Fadenwurms. Man kann Fahrräder, Kinderkarren und Pferde ausleihen, man kann sich ein paar Ohren voll Musik beim Kurorchester abholen. Die Kurdirektion sorgt für Bildung und Unterhaltung. Erst wo die Langeweile anfängt, beginnt die Erholung.

Abends sitzt man dann bei frischen Krabben und ostfriesischem Landwein, dem Doornkaat. Hier lacht man über den Witz, den man selbst erzählt, am meisten, ein anstekkendes Lachen. Man ißt Muscheln oder man ißt Hummercocktail, das Meer beliefert arme und reiche Mägen. Man schläft preiswert im ›Gästehaus‹ oder kostspielig im Hotel; auch der schlechteste Schläfer lernt auf Juist wieder zu schlafen.

Wer tagsüber zuwenig gelaufen ist, geht abends zum Tanzen in eine der Bars; während der Saison soll es so etwas wie ein Nachtleben geben. Es kommen Maler, es kommen Dichter, von ihnen nimmt man weniger wahr, die meisten suchen Stille und Anonymität. Asthmatiker atmen schon am zweiten Inseltag leichter, heißt es. Mehrmals täglich trinkt man ostfriesischen Tee mit Kandiszukker und süßem Rahm und nutzt auch noch die kleinste Abkühlung zu einem heißen Grog.

Ich liebe Inseln! Bisher lagen meine Inseln alle im Süden. Seit dem letzten September liegt eine meiner Inseln in der Nordsee, die schmalste der ostfriesischen Inseln. Ein Thule. Ein Orplid.

(1973)

Genugtuung und Träumerei

›Zu viert – zehn Tage – mit dem Rucksack – an Natur und Kultur soviel wie möglich‹, hatten wir dem ›Club Vosgien‹, dem Vogesenklub, in Straßburg an Anhaltspunkten mitgeteilt. Als Antwort schickte man uns vier Wanderkarten, Maßstab 1 : 200 000, und eine sorgfältig ausgearbeitete Route. Zehn Tagesrationen mit ›Aufstieg, Kammwanderung, Abstieg, Ottrotter Schlösser, Kloster St.-Odile, Aufstieg, ehemalige Grenze, Abstieg, Felsenpfad, Alpensee, Aufstieg, Abstieg‹. Sechzig Kilometer Luftlinie in zehn Tagen.

Wanderwege sind immer Umwege. Wer es nicht schätzt, Umwege zu machen, darf sich von Waldwegen und Wanderzeichen nicht verführen lassen.

Wenn wir morgens aufbrachen, gut ausgeschlafen und keineswegs in aller Herrgottsfrühe, war schon Herbst: Nebel im Tal, Herbstzeitlosen auf den Wiesen. Aber mittags war noch blauer Septembersommer. Noch etwas höher dann gelbe Stiefmütterchen, blaue Glockenblumen und weiße Anemonen, ein kleiner Bergfrühling im Herbst. Und abends Wintergerüche und Rauchfahnen über den Dächern. Im Verlauf des Tages durchquerten wir vier Jahreszeiten.

Die Zuständigkeiten wurden gleichmäßig verteilt. Der eine der beiden Männer war für Weg und Ziel verantwortlich, der andere für Unterkunft, Speise- und Weinkarten zuständig, von den beiden Frauen die eine für das Picknick am Mittag, die andere für Natur- und Kulturgeschichte, die andere war ich. Sonderwünsche wurden berücksichtigt. Demokratie, mit Einschränkungen.

Eines durfte von keinem zum anderen, weder verärgert noch schadenfroh, gesagt werden: ›Na bitte!‹ Der Mensch irrt sich, wenn er Wanderkarten studiert, den Gasthof auswählt, das Picknick einkauft und auch dann, wenn er Bergen, Seen und Ruinen Namen und Daten gibt. Jenes Quentchen Glück, das Sonne und Regen zum rechten Zeitpunkt zumißt, die Abendglocken beim Einzug durchs Stadttor läuten läßt, die Fahrpläne der Omnibusse günstig stimmt, ist unerläßlich. Wer abends mit Stolz die zurückgelegte Strecke auf der Karte nachmessen will, darf mittags nicht allzulange faul am Wegrand liegen bleiben. Aber bei 25 Kilometer Tagesleistung kann man beides haben, Genugtuung und Träumerei.

Wer wandert, folgt gewöhnlich dem Lauf der Flüsse oder dem Kamm der Berge. Er unterwirft sich der Diktatur der Täler und Seitentäler. Jede Faltung der Erde macht er mit. In Stunden überwindet er ganze Erdzeitalter. Kein Tunnel durchbohrt für ihn die Berge, keine Brücke überspannt ihm das Tal. Den Wandervereinen, deren Zeichen er folgt, geht es um Schönheit und Abwechslung, nicht um die rasche Überwindung der Strecken und Höhenunterschiede. Die Vogesen werden immer wieder von Quertälern durchschnitten. Das hat die Ansiedlung – den Bau von Burgen und Klöstern und Kirchen – gefördert: die Kultur. Für den Wanderer, der die Vogesen in ihrer Länge durchmißt, bedeutet es ständiges Hinab- und wieder Hinaufsteigen, also Anstrengung. Drüben im Schwarzwald, der außer dem Kinzigtal keine Quertäler aufweist, ist das anders; dort kann man, ist man erst einmal zum Kamm hochgestiegen, tagelang in der Höhe wandern. Für die Entstehung von Kultur war der Schwarzwald eher ein Naturhindernis; die Reisenden, die Kaufmannszüge, umgingen das Gebirge; allerdings auch die Heerzüge.

Historie vor Augen, Geologie unter den Füßen, Naturkundeunterricht ganztägig. Granit, Gneis und Quarz – das Urgestein – schieben die dünne Erdkrume beiseite und legen Baumwurzeln bloß: der Berg scheint zu wachsen. Im Norden goldgelber Vogesensandstein, dann, südlicher, roter Buntsandstein mit Meereseinlagerungen, hellen runden Kieseln aus jener Zeit, als es den Rhein noch nicht gab, als das Meer breit in das eingestürzte Gebirgsmassiv eingedrungen war. Diese großartige Katastrophe, die Schwarzwald und Vogesen, einander brüderlich ähnlich, schuf, von der am Ende der Rhein übrigblieb. Ursache so vieler Kriege. Straßburg 200 Meter unterm Meeresspiegel! Was für phantastische Vorstellungen sind abends beim Wein möglich!

An den Vorbergen machte der Löß das Land so fruchtbar, daß es früh besiedelt wurde. In der Ebene wachsen Hopfen und Mais und die dicken Kohlköpfe fürs Sauerkraut, das ›Choucroute d'Alsace‹. Seit Römerzeiten gedeiht an den Hängen der Wein; Walnußbäume am Straßenrand. Weiter oben die Zone der Laubwälder mit Edelkastanien und wilden Kirschen, Buche und Ahorn. In der Höhenzone Weiß- und Edeltanne, Fichte. Auf dem Kamm dann die Zwergkiefer, verkrüppelte Föhren, zerzaustes, bemoostes Buchengehölz und schließlich nur noch Heidekraut, Heidel- und Preiselbeergestrüpp.

Der Frühling liefert die Düfte, der Herbst die Früchte, die wilden Früchte des Septembers: ausgereifte letzte Himbeeren, Edelkastanien, süße Brombeeren, bittere Schlehen, die ersten Preiselbeeren, die kleinen roten Sternrenetten in den verlassenen Apfelgärten.

In den südlichen Vogesen, wo die natürliche Baumgrenze durch Brandrodung heruntergerückt ist, dehnt sich Weideland; Schafherden, Kuhglocken, Sennereien und Viehtränken, in denen wir, gelehrige Kneippschüler, Arme und Beine kühlen. Die Skilifte beginnen an den Touristenbetten.

Kleine Gletscherseen, versumpft und moorig, übriggeblieben aus einem anderen Erdzeitalter, aber auch junge, klare Stauseen, tiefliegend, schwarz- und blau- und grünäugig. Sie verheißen Abkühlung, liegen jedoch 800 Höhenmeter unter uns in den Senken und Tälern. Am Himmel stehen Raubvögel: Bussard, Habicht und Falke. Die Singvögel sind verstummt, Stille herrscht in den Wäldern. Hie und da wird sie vom Dröhnen eines Düsenjägers durchbrochen. Phantome. Gemeinsame Luftübungen über Frankreich und Deutschland, Nato-Gebiet. Wir stellen weltgeschichtliche Betrachtungen an, wenn wir Stunde um Stunde der früheren Grenze folgen; auf den Grenzsteinen weist das große F nach Westen und das große D nach Osten; Steine, die nach 1871 gesetzt worden sind.

Auf Schritt und Tritt hat man Historie vor Augen. Heidnischer Kult und christliche Legende, dicht verwoben, kaum zu trennen. Auf dem ›Grand Ballon‹ haben die Kelten den Sonnengott ›Bel‹ oder ›Belen‹ verehrt. Bei St.-Odile ist noch heute die ›Heidenmauer‹ erhalten, eine Zyklopenmauer, von den Kelten gegen die Römer errichtet, zehn Kilometer lang, fünf Meter hoch, gewaltig, urweltlich. Und daneben das Kloster auf dem Heiligen Berg des Elsaß. Goethe nannte die Ottilie der ›Wahlverwandtschaften‹ nach der heiligen Odile. Keltische Festung, Kloster, Wallfahrtsort für eine halbe Million Besucher im Jahr.

Kelten. Sueben. Alemannen. Klöster wurden gegründet: Murbach, Maursmünster, Neuweiler. Die Gallier, die Merowinger. Germanisches und Römisches mischt sich. Im 6. Jahrhundert besteht bereits ein selbständiges Elsaß mit dem Rhein als Grenze. Dann Karl der Große und seine folgenschweren Erbteilungen. Nach dem Vertrag zu Verdun gehörte das Elsaß für Jahrhunderte zum Deutschen Reich und wurde vom Kaiser als Lehen vergeben. Die

Rivalitäten beginnen, blutige Streitereien um Herzogtümer, Grafschaften, freie Reichsstädte, Klöster. Um öde Landstriche hätte man nicht Kriege geführt. Kalte Kriege gab es noch nicht. Schon früh fällt das verhängnisvolle Wort von den ›natürlichen Grenzen‹. Seit dem Dreißigjährigen Krieg war das Elsaß französisch, bis zum Krieg von 1870/71.

Die Geschichte der meisten Burgen endet mit der Anmerkung: ›Zerstört im Dreißigjährigen Krieg, nicht wieder aufgebaut.‹ Dohlen nisten in den efeuumrankten Gemäuern aus Sandstein oder Granit. Die meisten Burgen sind Ruinen, bis auf die eine: die Hochkönigsburg, in schöner Historientreue um 1900 zu kaiserlicher Herrlichkeit erbaut, Anziehungspunkt für Touristen deutscher und französischer Nationalität.

Ruinen, Klöster, Seen, Kirchen – es gibt so viele davon, daß man großzügig sein kann, vieles bleibt rechts und links liegen. Wir begnügen uns mit einem Blick durchs Fernglas, fotografieren allenfalls jede fünfte Burgruine.

Die Markierungen an den Baumstämmen wechseln: rotes Rechteck, blaues Rechteck, weiß-rot-weißes Rechteck. Wir kreuzen namhafte Straßen, die ›Route du Fleur‹, die durch die blühenden Bauerngärten der Ebene führt, die ›Route Verte‹, die grüne Straße, und, mehrfach, die ›Route du Vin‹, 180 Kilometer lang, von einem Winzerdorf zum anderen. Außerdem die ›Rue du Fromage‹, an der 26 Sennereien liegen, eine ›Käse-Straße‹.

Hochmut der Wanderer, wenn sie die Fahrstraße überqueren und Seitenpfade einschlagen, wohin kein Auto folgen kann. Hochmut der Autofahrer, wenn wir am Straßenrand im Gänsemarsch dahintrotten, auf hartem Asphalt, weil es auf dieser Strecke keinen Wanderweg gibt.

Wir riskieren den ›Felsenpfad‹, den ›Sentier des Roches‹, mit Stahlseilen gut gesichert, laut ›Club Vosgien‹ nur für geübte Wanderer geeignet. Wir folgen dem ›Dreiländerpfad‹, der Deutschland, Frankreich und die Schweiz miteinander verbindet, dann der ›Route Joffre‹, von französischen Truppen im Ersten Weltkrieg für den Nachschub angelegt, kommen an den Hartmannsweiler Kopf, der heute noch von Eisen birst. Laufgräben und Bunker, Munition, von der Natur nach fünfzig Jahren noch nicht wieder anerkannt.

Je höher wir kommen, desto kameradschaftlicher geht es zu. Die Begegnungen werden rar. Die Grußgrenze liegt bei 800 Meter ü. N., nahe der Baumgrenze, alltags. Sonntags liegt sie 300 Meter höher. Man erteilt einander bereitwillig Auskunft über Schönheit, Auffindbarkeit und Länge eines Wegs. Wir sagen ›Bonjour‹, und man antwortet mit ›Grüß Gott‹.

Der ›Michelin‹ ist im Auto zurückgeblieben. Wir verlassen uns auf Auge, Ohr und Nase, wenn wir abends einen Gasthof zum Übernachten auswählen. ›Coq d'Or‹, ›Duc d'Alsace‹, ›Cigogne‹, immer wieder ›Cigogne‹, der Storch. Die Legende berichtet, daß Gott sich eine Handvoll Apfel- und Pflaumenblüten pflückte und über diesem Landstrich ausstreute, weil er ihm so sehr gefiel. Die Blüten fielen zur Erde hinunter und verwandelten sich dort in Störche. Seither nisten sie auf den Hausdächern, steigen durch die feuchten Wiesen, stehen vor allem aber hölzern oder eisern, schön bemalt, in den Vorgärten.

Ein Gasthof muß auch dem Auge wohlgefallen. Außen möglichst 15. Jahrhundert, innen aber 20. Jahrhundert. Still muß es sein, und wenn nicht still, dann wenigstens heitere Geräusche: Gelächter, Brunnenrauschen, Musik; keine Lastwagen oder Motorräder. Verheißungsvolle Gerüche müssen aus der Küche dringen. Man ißt und trinkt hier französisch. Abends, wenn wir mit Einheimischen zusammensitzen, sagt jemand auf gut deutsch: ›Euer Adolf‹, so familiär geht es zu; wir hören das besitzanzeigende Fürwort so ungern wie den vertraulichen Vornamen. Was ist hier deutsch, was französisch? Es genügt oft der französische Artikel vorm deutschen Ortsnamen, und allen ist Genüge getan. ›Col de la Schlucht‹. ›Le Markstein‹. Man ist im Elsaß, Übergangsland seit Jahrhunderten. Die Kultur mag weitgehend deutsch sein, die Zivilisation ist französisch. Warum überhaupt diese Unterscheidung: altes karolingisches Land. Europäischer Versuchsplatz: In Straßburg hat der Europarat seinen festen Sitz. In den größeren Städten spricht man zumeist französisch, in den Dörfern ein elsässisches Deutsch, ein Alemannisch, wie man es auch im südlichen Schwarzwald und am Kaiserstuhl spricht.

Ribeauvillé, früher Rappoltsweiler; Riquewihr, früher Reichenweier; Sélestat, früher Schlettstadt. Namen, keine Weltanschauung. Rundbogige romanische Stadttore, spitztürmige gotische Kirchen und Renaissancebrunnen auf dem Marktplatz. Diese Städte und Dörfer haben viele Blütezeiten erlebt. Wein trinkt man sowohl in guten als auch in schlechten Zeiten. Wein wächst in jedem Jahr. Die Rebhänge beginnen einen Steinwurf weit vom Marktplatz. Die dunklen Balken des Fachwerks zeigen in jedem Ort ein anderes Muster. Blumen wuchern von den hölzernen Galerien der kleinen Innenhöfe, Blumenkästen hängen vor allen Fenstern. Es blüht üppiger als anderswo. In Bayern gießt man die Blumen mit verdünnter Milch, ob man sie hier mit Riesling gießt oder, wenn nicht mit Riesling, dann doch mit Zwicker? Dieser ›Edelzwicker‹, der sich so leicht trinkt und so leicht in den Kopf steigt, erst lustig und dann verdrießlich macht. Mostgeruch, der aus den Kellern dringt, mischt sich mit Abgasen. Der Wohlstand kommt nicht zu Fuß, sondern mit Autos, die zumeist ein ›D‹ tragen. Geld macht versöhnlich. In den entlegensten Winkeln, wo anderwärts Mülleimer stehen, stehen hier Blumenkübel, in denen die Agaven Mittelmeergröße erreichen, in den Hausgärten reifen die Feigen.

An manchen Tagen gerät es uns, so zeitig von den Bergen ins Tal hinunterzusteigen, daß wir noch zum Dämmerschoppen zurechtkommen. Dann essen wir frischen Guglhupf zum Gewürztraminer, drücken die weißen Kerne der frischen Walnüsse ins frische Graubrot, trinken dazu einen ›Tokay d'Alsace‹, probieren auch noch den ›Muskat‹, können dem Duft des frisch gebackenen Zwetschgenkuchens nicht widerstehen und stellen – nach dem dritten Schoppen – fest, daß der auffälligste Unterschied zwischen Frankreich und Deutschland in der Form des Zwetschgenkuchens besteht. Hier ist er tortenrund, die Zwetschgen liegen wie Schindeln mit dem Dach nach oben auf dem Teig, bedeckt mit braunem Zimtstaub.

Ein guter Hunger darf nicht verschwendet werden. Das Geheimnis der elsässischen Küche beruht darauf, daß beim Kochen Wein statt Wasser verwendet wird. Das Hähnchen wird in gutem Riesling gedünstet, die Forelle ruht in einer Weißweintunke, die Weinbergschnecken liegen in einem würzigen Weinsud. Das berühmte elsässische Sauerkraut wird mit Wein gekocht, auch ein Schuß Champagner ist nicht daran verschwendet, Gänsefett, geräuchertes Schweinefleisch, Straßburger Würstchen. Man muß eine Grundlage schaffen, bevor man sich auf die Stufenleiter der Weine begibt. Silvaner, Pinot, Muskat, Traminer, Gewürztraminer, Riesling – bei der Aufzählung sind wichtige Zwischenstufen bereits ausgelassen. Zum Munsterkäse, der den Abschluß bildet – ein gekochter und gegorener Weichkäse, herzhaft mit Fenchel gewürzt –, schmeckt ein Rosé am besten. In zehn Tagen schafft man es nicht, von allen Fruchtschnäpsen auch nur zu kosten. Was in Obstgärten und an Waldrändern reift, von der Mirabelle bis zur Vogelbeere, verwandelt sich hier zu duftendem Obstler.

Spät dann noch um den Marktplatz gegangen, die Arme in den Brunnen getaucht, den Verheißungen der Sterne geglaubt, und dann müde und selbstzufrieden zurück in unseren ›Goldenen Hahn‹.

Von Obernai im Norden bis Masevaux im Süden! Da wurde kein Berg umgangen: Hohneck, Markstein, Großer Belchen, Ballon d'Alsace; die Täler, Burgen und Klöster ungezählt, die Namen der Seen schon vergessen. Aber unvergessen ein Wasserfall bei Sewen, der sich in grüne lichtdurchflutete Grotten stürzt. Heiteres Bad der Najaden.

Wenn die Sonne im Westen stand und der Himmel sich rötete und wir über die kahlen Bergkuppen der Südvogesen wanderten, sind wir durch die Sonnenuntergänge des Schwarzwalds gegangen.

Von der Plattform des Straßburger Münsters aus sind zehn Tage und 300 Kilometer nur ein Augenblick.

(1971)

Wo der Rhein noch jung ist

Bei Tamins vereinigen sich Vorder- und Hinterrhein zum Rhein, der dann, bereits ein ansehnlicher Fluß, ostwärts weiterfließt bis Chur, sich dann nach Norden wendet und, nach weiteren fünfzehn Kilometern, an Bad Ragaz vorbeifließt. Nichts weiter: er fließt vorbei. Keine Rede von Bad Ragaz a. Rh.; niemand fragt hier, warum es am Rhein so schön sei. Bei dem Wein, der reichlich an den Berghängen wächst, handelt es sich um Wein von der Porta Romana und nicht um Rheinwein. Weindorf an Weindorf: Fläsch, Maienfeld, Jenins, Malans. Ortschaften, denen man die reiche Vergangenheit und die einträgliche Gegenwart ansieht; sie liegen am östlichen Rheinufer, in Graubünden; keiner spricht hier von linksrheinisch und rechtsrheinisch, keiner von ›Burgen am Rhein‹. Die geraden Wege auf dem Damm zu beiden Seiten des Flusses heißen denn auch nicht Rheinpromenade. Ein unpolitischer Fluß vorerst, nur einer unter anderen, ein demokratischer, eidgenössischer Fluß, hell- oder dunkelgrau, je nach Regenmenge und Himmelsfarbe; jung, aber nicht ungestüm, beizeiten schon gebändigt, jedoch nicht eingeengt. Er durchfließt schnurgerade das breite Nord-Süd-Tal in Richtung Liechtenstein – Bodensee. Eine Reihe Hochspannungsmasten, daneben, zweispurig, die Eisenbahnlinie, die Autostraße vierspurig; trotzdem bleibt noch Platz für große Weingärten hinter hohen Steinmauern, für Obstgärten, Kornfelder, Kirschbaum- und Walnußalleen. Es rauscht der Verkehrsstrom, es rauscht der elektrische Strom, und es rauscht auch der Rhein. Das Flußbett ist steinig, rundgewaschene Kiesel aller Größen und Farben, dazwischen staubfeiner Sand. Und dort, wo der Fluß in den Sommermonaten austrocknet, haben Erlen und Sanddorn Verstecke für Mulden in Badewannengröße angelegt, in denen die Sonne das kalte, aber quellklare Wasser zu angenehmer Badetemperatur anwärmt.

Bad Ragaz, am Fuß der Glarner Alpen gelegen, im Kanton Sankt Gallen. Leuchtend blau wehen die Fahnen auf Hochsaison; mitten im Blau schwebt unbeholfen und fluguntüchtig eine weiße, übergroße Taube zum Gedenken an die legendäre Taube, die dem heiligen Pirmin, einem Wanderprediger des 8. Jahrhunderts, jenen Platz gezeigt hat, wo er ein Kloster errichten sollte. Im 13. Jahrhundert entdeckten dann zwei Klosterjäger die dampfenden Quellen im Inneren der nahen Tamina-Schlucht, und weitere hundert Jahre später ließ der Fürstabt des Benediktinerklosters Pfäffers das erste ›Badehaus‹ erbauen. Der Kranke wurde in einem aus Seilen geflochtenen Korb in die enge Felsschlucht hinabgelassen; vorher verband man ihm die Augen, damit es ihn nicht schaudere. Ganze Tage lang saß er in der Felswanne, von der radioaktiven Therme umspült, und hoffte auf Heilung von Arthritis und Frigidität.

Dem staunenden Touristen wird, nachdem er in die finstere, tropfende, brausende Schlucht hinuntergestiegen und ins warme Erdinnere vorgedrungen ist, gegen Entgelt die hinter Glas gesetzte Quelle gezeigt.

Im 19. Jahrhundert, als das Kloster verstaatlicht wurde, übernahm die Republik St. Gallen das Bad; durch das Tal der tobsüchtigen Tamina wurde eine Straße gebaut, die Thermen wurden durch Lärchenholzrohre geleitet, und 1840 sprudelten die Quellen vorm Hotel ›Bad Ragaz‹. Innerhalb weniger Jahrzehnte wurde das Dorf Ragaz zu einem kleinen, aber exklusiven Weltbad, mit Glanzzeiten im Frieden und Notzeiten in den Weltkriegen; bald nach dem letzten Krieg wurde das Bad einem Interessenverband von Ärzten, Hoteliers und Industriellen unterstellt. Ganzjahresbetrieb, mit Hochsaison von Mai bis September. Der jeweilige Umrechnungskurs von Dollar und D-Mark in Schweizer Franken bestimmt über das Erscheinen oder Nichterscheinen der Amerikaner und der Deutschen. Das alte Hotel ›Bad Pfäffers‹ in der düsteren Felsschlucht nahe dem Ursprung der Quellen kann noch besichtigt, nicht mehr benutzt werden: die Kreuzgewölbe der Wandelhalle, der mönchische Eßsaal, die primitiven Badegelegenheiten. Wohliges Schaudern.

In der Badeordnung, 1605 vom Fürstabt erlassen, steht, daß Fremde und Einheimische, Arme und Reiche, Weltliche und Geistliche der Wohltat des Wassers teilhaftig werden sollten, niemand sollte ausgenommen bleiben; so hält man es bis heute.

Die Einheimischen benutzen das ›Dorfbad‹, die ernstlich Kranken befinden sich, abgesondert, im Rheuma- und Rehabilitationszentrum Valens, die Wohlhabenden benutzen ihre eigenen Bäder in den Grandhotels, und für die übrigen Erholungssuchenden gibt es das schöne lichtdurchflutete Paracelsus-Bad inmitten der Kuranlagen. Die Reichen gehören zusammen, und die Armen gehören zusammen, sagt Bert Brecht. Wie reich die Reichen sind, ist schwer auszumachen, aber die Armen sind hier nicht arm, nur weniger reich. Schon Anfang des 18. Jahrhunderts hatte man ein ›Armenbad‹ erbaut, das dann allerdings ›Bettlerbad‹ genannt wurde, christlich gedacht; der Sozialismus war noch nicht erfunden. Noch heute geht es hier eher demokratisch als sozial zu: heilende Bäder für alle. Aber deshalb muß man ja nicht gleich ins selbe Badewasser steigen.

Vom Benutzer der Bäder wird Selbständigkeit und Disziplin erwartet. Dafür erwartet ihn ein hohes Maß an Sauberkeit, Verwöhnung und Pünktlichkeit. Durch Lautsprecher wird er ermahnt, nicht zu lange im Thermalwasser zu bleiben, die Massagedüsen nicht länger als jeweils eine Minute zu benutzen, in den Ruheräumen unbedingte Ruhe zu bewahren. Sobald er aus dem Wasser steigt, wird er von resoluten Badefrauen mit vorgewärmten Leinentüchern erwartet: alt und jung, krank und gesund, männlich und weiblich, wohl- oder mißgestaltet verwandeln sich alle zum Einheitsmenschen, in einen weißen Mantel der Liebe gehüllt. Gleiche Fürsorglichkeit und Strenge für alle. Er befindet sich im Lande Pestalozzis und wird oft belehrt. Hinter Glaswänden und Grünpflanzen ruht er sich aus, blickt zu den grauen Felswänden auf und bedenkt, daß der Regen von heute in zehn Jahren als Thermalwasser aus den Quellen sprudeln wird. Ewiger Kreislauf. Wieviel Regenwasser ist nötig, damit 5000 Minutenliter fließen können? Im Jahr 1983 wird man im kühlen Regenwasser des Sommers 1973 warm baden, inzwischen angereichert mit Kationen und Anionen, Borsäure, Kieselsäure ... Getröstet schlummert man ein ...

Klimawechsel und Milieuwechsel; die alpine, schon südliche Landschaft, die heitere Ruhe des kleinen gepflegten Badeortes sowie das Thermalwasser tun die prophezeite Wirkung: Die Ausscheidungen der Nieren vermehren sich; Venen- und Krampfadern entspannen sich durch den Wasserdruck von außen; die Ausatmung wird gefördert; die erhöhte Wassertemperatur hat vegetative Gesamtwirkungen auf Stoffwechsel und Muskulatur; Blutdruck und Körpertemperatur sinken, die Atmung vertieft sich. Trinkt der Badegast das geruchlose und geschmacklose Wasser auch noch, tut das seine zusätzliche Wirkung, regeneriert und verschönt. Die Einheimischen sprechen schwärmerisch von ihrem ›Jungbrunnen‹. Eine anfängliche Verschlechterung des Befindens ist im Prospekt vorgesehen, sollte keineswegs beunruhigen, beunruhigt aber doch: ein leichtes Unwohlsein, Schlaflosigkeit, Appetitlosigkeit und grundlose Traurigkeit. Das muß dann alles wieder im Thermalwasser abgespült werden und in Tamina und Rhein abfließen, Richtung Bodensee. Seelische Abwässer.

In Ragaz wirbt man nicht mit hohen Benutzerzahlen wie in staatlichen Bädern, wohl aber mit der wasserreichsten Quelle und mit dem ständigen Zufluß des Wildwassers, Akrotherme, 37 Grad, ungekühlt mit voller Heilkraft anwendbar. Moderne Diagnostik, medizinische Labors, Fachärzte, vom Neurologen bis zum Orthopäden.

In den Cafés kann man seinen Kaffee auf zehnerlei Art trinken und die Milch auf ebenso viele Art. Überall wird mit Butter gekocht, man liest es auf den Speisekarten und riecht es im Vorübergehen. Gegen Abend werden die Bürgersteige zu Kuhsteigen. Ländliches dringt in das Städtchen.

Weltstädtisch geht es nur im Umkreis der Grandhotels, der Bäder, des Kurhauses zu und: an den Golfplätzen! Die Spieler kommen aus Zürich und aus dem Tessin, man erkennt es an den Nummernschildern der großen Autos, die vorm Clubhaus parkieren. Der Badegast wird zum Zaungast, hält sich auf den für ihn vorgesehenen Wegen und fühlt sich der großen Welt ganz nahe. Vierzig Hektar Golfgelände! Die ›greens‹ in bestem Zustand, achtzehn ›holes‹! Ein Golfer kann hier zehn Kilometer spielend zurücklegen. Eine Kugel mit einem Stock zu stoßen muß eine Tätigkeit von hohem Rang sein, die hinreicht, um das Leben zu rechtfertigen, denkt man. Aber Ortega y Gasset hat das bereits in seinen ›Gesprächen beim Golf‹ festgestellt. Wenn man täglich viermal diesen Weg geht, hält man es schließlich für einen guten Einfall, Bad Ragaz so nahe an die Golfplätze zu bauen, aber auch das steht bereits bei Ortega. ›Bad Ragaz an den Golfplätzen‹, wenn schon nicht am Rhein. Man vergleicht die Größe der Golfplätze mit der Größe der öffentlichen Parks, die es natürlich auch gibt, nur eben kleiner. Golf für die Großen der Welt, Mini-Golf für die Kleinen.

In der Schweiz muß Demokratie nicht mehr ausprobiert und nicht mehr ständig demonstriert werden, man hat sie schon seit Jahrhunderten.

Die Grandhotels unter den hundertjährigen Bäumen auf beruhigend grünem Rasen zeigen außen schönstes 19. Jahrhundert und innen den angenehmen Komfort des 20. Jahrhunderts. Sie wurden für die kranken Reichen und die reichen Kranken erbaut; hier sind sie unter sich mit ihrem Reichtum, ihrem Alter, ihren Beschwerden. Charme discret de la bourgeoisie. Man erfährt, welche Berühmtheiten in Bad Ragaz zu Gast waren, Ulrich von Hutten, Ulrich Zwingli, Paracelsus als Badearzt, hier starb Schelling, er liegt hier begraben, aber achtzigjährig. Rainer Maria Rilke weilte in den letzten drei Sommern seines Lebens hier, in Gesellschaft der Fürstin Marie von Thurn und Taxis ... Wer da war, erfährt man, wer da ist, nicht; nirgendwo liegt eine Kurgastliste aus, Diskretion nicht nur an den Bankschaltern.

Der Gast vergleicht die reichen Alten, deren Alter durch Renditen und Pensionen abgesichert ist und deren kostbare Gesundheitsreste durch Bade-Kuren erhalten werden – geschonte und ein wenig tragische Existenzen unter alten Parkbäumen –, mit den armen Alten, die mit der Sense unterwegs sind, um die Wegraine zu mähen, oder mit der Milchkanne, die sich noch ein wenig nützlich machen und wie Bäume oder Tiere altern, weniger tragisch. Bad Ragaz setzt einen gewissen Reichtum, ein gewisses Alter, eine gewisse Lebenshaltung voraus; die Grenze dieses ›gewissen‹ verläuft im Ungewissen. Noch sind wir Grenzjäger.

Wir trinken den ›Maienfelder Roten‹ in Maienfeld; essen Bündner Fleisch in Graubünden; baden und trinken an der Quelle; pflücken wilde Zyklamen im Wald, anstatt Alpenveilchen im Blumenladen zu kaufen; die Milch der sanftäugigen, isabellfarbenen Kühe trinken wir kuhwarm unmittelbar vom Erzeuger, die Höhensonne beziehen wir am Piz Sol. Wir lesen die Briefe, die Rainer Maria Rilke in Bad Ragaz schrieb, in Bad Ragaz; lesen von der ›seltsamen Abstumpfung gegen die Landschaft, deren so tief erfahrene Großartigkeit ich mir angestrengt und absichtlich vorhalten muß‹, und stimmen ihm zu: Wir fühlen uns dem Überangebot an Natur kaum gewachsen. Diese gewaltige Erosionsschlucht, durch die sich die Tamina fauchend und tosend ins Freie stürzt, Bad Ragaz als Kulisse benutzt und gleich darauf im Rhein mündet: Fluß und Zufluß und Überfluß der Wasserfälle, die austrocknen und wenig später neu entstehen. Tobel und Bergseen, ständige Auseinandersetzung mit den Bergen. Noch verschmähen wir Gondeln und Sessellifte, die über die Wipfel der Tannen und Lärchen sanft dahinschweben, über Täler und Almen. Kaum haben wir den einen Gipfel erreicht, haben wir den nächsten, aus dem nächsten Tal aufsteigend, vor uns. Herausforderung und Entmutigung. Die Alpen verlangen auch alpine Charaktere.

Der Pizol! Die Calanda! Der Ringelspitz! Die Churfirsten! Jeder Berg sein Ausrufungszeichen wert. Wir beteiligen uns an den Mutmaßungen: Welcher Gipfel könnte das sein? Berge sind ernst zu nehmen. Mit bloßen Spekulationen, ›Flims oder Flums‹, darf man nicht kommen; jeder Berg gilt als ein Nationalheiligtum, auch den deutschen Bergwanderern.

Auf der Alm der Hirtenknab trägt Gummistiefel, sieht aber trotzdem aus wie Tells Walterli, auch wenn er den Düsenflugzeugen nachblickt. Pünktlich um 7 Uhr gehen die Kühe unter festlichem Geläut auf Arbeit; abends kehren sie läutend, das pralle Euter schwenkend, zurück. Samstags schießen die Reservisten mit Karabinern und Kleinkalibergewehren, die Jungschützen mit Luftgewehren. Das Echo der Schüsse vervielfältigt sich zwischen den Bergwänden. Sobald Coiffeur und Postbote dienstfrei haben, gehen sie zum Schießstand. Schießen als Nationalsport; jedes Dorf hat seinen Schießstand. Unter der Dorflinde am Brunnen das Denkmal für jene Soldaten, die während des Zweiten Weltkriegs fünf Jahre lang Gewehr bei Fuß gestanden haben. Auch unser Ferienhaus besitzt einen Luftschutzkeller mit gepanzerter Tür. Seit Römerzeiten gilt das breite Rheintal als beliebtes Durchzugsgebiet für fremde Heere; darum wurden die Berge zu beiden Seiten des Tales mit Kasematten und Bunkern wehrhaft gemacht. Sprengsätze lagern unter den Straßen, die über die Berge führen. Bewaffnete Unabhängigkeit.

Der deutsche Gast weiß in den Gasthöfen die österreichische Höflichkeit, gemischt mit französischer Galanterie, zu schätzen, zumal sie ein Quentchen Schweizer Redlichkeit enthält; man wird redlich bedient oder, wie man dort sagt: währschafft. ›Bittschön merci‹ in einem Atemzug. ›Adieu grüezi!‹ Wer französisch spricht, braucht deshalb noch kein Franzose zu sein, wer italienisch spricht, kein Italiener; aber wer deutsch spricht, der ist ein Deutscher, sonst spräche er Schwyzerdütsch. Die Einheimischen sind nicht einfach Schweizer, sondern Bewohner des Sarganser Landes. ›Wir wollen sein ein einzig Volk von Brüdern!‹ – so haben sie es sich geschworen. Von ›Wollen‹ war auf dem Rütli die Rede, nicht von ›Sein‹. Trotzdem oder gerade deshalb stellt der deutsche Gast bei diesem Schwur seine gesamtdeutschen Vergleiche an …

Gastfreundschaft wird hier angeboren. Die Schweizer haben ihr Land für den Tourismus und für den Durchgangsverkehr hergerichtet, aber sie brauchen ein paar Reservate für sich, ohne deshalb nun gleich Schilder mit der Aufschrift ›Privat‹ anzubringen. Wenn man als Fremder einen nicht markierten Weg einschlägt, wird man höflich, aber auch streng befragt: ›Wo wollent Sie hin?‹ Man liest auf Schildern, daß das Schuttabladen an dieser Stelle, unterhalb der Straße, verboten sei, und den Zusatz: ›Anzeiger erhält die Hälfte‹. Ist das nun Erziehung im Sinne Pestalozzis?

Die Schweizer zertrümmern ihre Berge zu Schotter, bauen Straßen und weitere Stauwerke daraus, arbeiten ganze Berge zu Ferienappartements um. Zu der natürlichen Erosion kommt die industrielle, ohne daß das Auge je eine Veränderung wahrnähme oder gar einen Berggipfel vermissen würde.

Alles liegt in diesem Land nahe beieinander; was nicht besagt, daß es rasch zu erreichen wäre. Zwei- und Dreitausender zwischen hier und dort, Felsschluchten und Bergseen.

Für unstete Gäste liegt Bad Ragaz zu nahe an Autostraße und Bahnlinie. Wo man rasch hingelangen kann, kann man auch rasch wieder wegfahren, da erliegt man der Verführung der Wegweiser: Davos! St. Moritz! St. Gallen! Nur eben über den Splügenpaß, und man ist in Italien! Hinter dem Rätikon bereits Österreich! Natürlich möchte man mit eigenen Augen sehen, wie aus Vorder- und Hinterrhein der Oberrhein wird. ›Was man an Weg spart, muß man an Kraft zusetzen.‹ Die goldene Regel der Mechanik erweist sich auch als goldene Regel der Wanderer; trotzdem steigen wir über den Berg, um die Rheinbiegung abzuschneiden. Ein alter Paßweg, den schon die Römer benutzten; zur Linken die gewaltige Calanda, zur Rechten das Pizolmassiv, eher ein Fahrsträßchen als ein Wanderweg, immer einen Bach zur Seite, und oben auf den weiten

Almwiesen des Kunkelpasses erreicht man einen Milchausschank, dicht neben der schönsten und zweckmäßigsten Brunnenanlage für Kühe: ein hölzerner Trog unter dem anderen. Wenn alle Brünnlein fließen ... Durch Felsgalerien, Fichten- und Lärchenwälder geht es bergab, hinunter nach Tamins und Reichenau, wo wir in den späten Nachmittagsstunden den Rhein überschreiten, einen kurzen Blick in die Schlucht des Vorderrheins tun, auch einen ins Tal des Hinterrheins und uns dann beeindruckt und befriedigt zum kühlen Veltliner Wein unter die kühlen Gewölbe des alten Gasthofs setzen; die Bahnstation in Sichtweite.

Sobald die Erholung etwas fortgeschritten ist, nehmen wir die Herausforderung des Falknis an, wählen die Ortschaft Fläsch als Ausgangspunkt der Bergtour. Der Anfang ist heiter, Zyklamen blühen im Schatten der Laubwälder, auf den Lichtungen reifen wilde Himbeeren; die Einheimischen sammeln rote Holunderbeeren, um ›Ladwerge‹ daraus zu kochen. Unvermutet ändert sich nach einer Wegebiegung die Szenerie: Wir stehen vor einem breiten, reißenden Wildbach, der überquert werden muß. Dann geht es schroff in die Höhe, über Steinlawinenfelder. Eine Baumwurzel als einzige Handhabe, einen Fußbreit Erde. Wolken und Nebelnässe. Bergsteigertrotz steigt in uns auf: Nun erst recht! Wenigstens bis zur Falknishütte! Aber die Hütte erweist sich als unbewirtschaftet, nur ein Notlager für Notfälle; wir entschließen uns zum Abstieg. Wir hätten von Malans aus mit der Aelplibahn hinaufschweben und den Kammweg bis zu den drei Fläscher Seeli folgen können, belehrt man uns später. Halb soviel Anstrengung! Und halb soviel Befriedigung! Berechnungen dieser Art stellt man in den Bergen täglich an.

Erwähnt man den Namen Pizol, verklärt sich der Blick der Skiläufer, aber auch der der Wanderer. Was für ein herrliches Gelände zwischen Baum- und Schneegrenze! Wir gondeln bis in 2000 Meter Höhe, verschmähen dann jedoch den Sessellift. Die Luft wird spürbar dünner, man selbst wird entsprechend leichter, leichtfüßiger und leichtsinniger. Die weißen Sommerwolken sind zum Greifen nahe. Was für ein Rundblick: der Säntis! Die Churfirsten! Falknis! Calanda! Lauter alte Bekannte. Und unten fließt ruhig der Rhein. Wir riskieren kleine Sprünge von Fels zu Fels, über Bäche, ruhen eine Weile am Wildsee im Blütenkranz der Alpenrosen.

Für eine Bergtour braucht man einen besonnenen Partner, der zwar Leichtsinn, aber nicht Wahnsinn zuläßt. Man selbst hätte sich den ›großen Abstieg‹ am Pizolgletscher vorbei, über die Alp Tersol ins Calfeisertal zugetraut. ›Nichts für unerfahrene Schwärmer‹ steht im Buch ›Wandern bergab‹. Die weitere Anweisung lautet: ›Wetter- und Wärmeschutz, Reepschnur für die Begleiterin; nur für hochalpin Erfahrene.‹ Und wieder bewährt sich die goldene Wanderregel: Wir wählen den längeren, ungefährlicheren Abstieg hinunter ins Rheintal.

Die berühmten Flumser Berge werden von den Fremden so sehr geliebt, daß sie sich dort gleich Häuser bauen. Wir begnügen uns damit, bis Tannenboden mit Bahn und Bus zu fahren, lassen dort die anderen in die Bergbahn steigen und ziehen einsam unseren beschwerlichen Weg, von den Gondeln, die mal neben, mal über und mal unter uns dahinschweben, verspottet. Nach zwei Stunden Aufstieg treffen wir ebenfalls auf der Machgachalm ein, wo die Sonnenanbeter zu Hunderten in den Liegestühlen ruhen und mit geschlossenen Augen die Bergwelt genießen. Hochmütig gehen wir vorüber, entdecken blaue Seen, die zum Bade laden, tauchen schneller aus dem eisigen Wasser auf, als wir untertauchten. Ich gehe barfuß über die Matten, singe: ›. . . braucht merr weder Strümpf noch Schuh'‹, lasse kein ›Holladihi‹ und kein ›Holladiho‹ aus. Wir haben uns endlich an diese Berge gewöhnt, erholen uns sichtlich und erreichen täglich unsere Leistungsgrenze, so wie der Arzt es angeraten hat. Am Anfang lag sie nahe der Baumgrenze, nach vier Wochen jenseits der Schneegrenze.

Am Walensee, der an die Südwand der Churfirsten stößt, lassen sich die schönsten Badeplätze nur mit dem Schiff erreichen oder zu Fuß. Terzen, Quarten, Quinten, die drei Dörfer sind so schön, daß man sich Sexten, Septimen, Oktaven wünscht.

Mit dem Bus fahren wir an der Klosterkirche Pfäffers vorüber, von Valens auf Vättis zu, kommen aus der romantischen Natur in die romantische Technik. Eine Welt des Max Eyth, gigantische mehrarmige Drehkräne, Riesenbagger, Preßlufthämmer; Jeeps ohne Nummernschild, Männer unter gelben Schutzhelmen, Detonationen. Ein weiteres Stauwerk, das die überschüssige Kraft und das überschüssige Wasser der Tamina in Energie verwandeln wird. Schaudernd gehen wir über den Grund künftiger Seen, stehen am Abgrund künftiger Stauwehre.

In den Kirchen und Kapellen ist es wohltuend still, wir benutzen sie als Rastplätze. Wir verschmähen die Museen und auch die Schatzkammern der Kathedrale in Chur, entwickeln uns vom Kulturmenschen zurück zum Naturmenschen, leben im Heidi-Land der Johanna Spyri. Wir wandern über hochgelegene Almwiesen, das Exil der Schmetterlinge, wo die Blumen die kurze Spanne zwischen letztem und erstem Schnee ausnutzen müssen, überschreiten die Vogelgrenze, lassen die kleinen Sportflugzeuge unter uns. Bergseen, in denen sich die Berggipfel und ihre zugehörigen Wolken spiegeln; wir tauchen die erhitzten Arme und Gesichter in die hölzernen Brunnentröge am Wegrand, trinken unbekümmert vom hellen Wasser . . .

›An der sonngewohnten Straße, in dem
hohlen halben Baumstamm, der seit lange
Trog ward, eine Oberfläche Wasser
in sich leis erneuernd, still ich meinen
Durst: des Wassers Heiterkeit und Herkunft
in mich nehmend durch die Handgelenke.
Trinken schiene mir zu viel, zu deutlich;
aber diese wartende Gebärde
holt mir helles Wasser ins Bewußtsein.
. . .‹

lesen wir bei Rainer Maria Rilke, wenn wir zum Dämmerschoppen in einem der Weindörfer einkehren und Quintener Roten in Quinten, Malanser in Malans und Maienfelder in Maienfeld trinken und uns die Wirtin »A Guata mitenand!« wünscht.

(1973)

Das Abgründige im Pinzgau

Die Salzach fließt von West nach Ost durch den Pinzgau und teilt das Tal in eine Licht- und eine Schattenseite.

Für drei Wochen lautete unsere Anschrift ›Großer Sonnberg, Gries im Pinzgau‹. Früh um sechs Uhr stieg die Sonne über einem zwölfhundert Meter hohen Berg auf, zog die ihr vorgeschriebene Bahn über Zwei- und Dreitausender hinweg und verschwand um sechs Uhr in zwölfhundert Meter Höhe hinter einem Berg. Tagundnachtgleiche, Äquinoktium. Herbst. Nur selten tauchen Föhnwolken am Himmel auf, selten nur leises Kopfweh; der Föhn benutzt für seine Überfälle die Nord-Süd-Täler, nicht unseres. Morgens heißt es im Wetterbericht des österreichischen Rundfunks ›Turbulenz strichweise mäßig‹. Darüber denken wir so lange nach, bis es für den Aufbruch zu einer Bergtour zu spät ist. Goethe schrieb am 8. September 1786 auf dem Brenner in sein italienisches Reise-Tagebuch: ›Auf dem flachen Lande empfängt man gutes und böses Wetter, wenn es schon fertig geworden, im Gebirge ist man gegenwärtig, wenn es entsteht.‹

Kaum ist abends die Sonne verschwunden, setzt verstärkt der Gesang der Grillen ein; Wärme wird in Gesang umgewandelt. Erst nach Mitternacht sind die Energien verbraucht, und die Grillen verstummen. Unmittelbar über den Berggipfeln beginnen die Sternbilder; die Lichter der Einödhöfe bilden ihre eigenen Sternzeichen, denen wir Namen geben. Der Mond und der ihm zugeordnete Jupiter bringen Abwechslung in unser Nachtprogramm, weiten das Tal, leuchten die Kulisse aus. ›Füllest wieder Busch und Tal‹.

Wolkenfelder und Nebelschwaden entziehen uns für Tage die vertrauten Ausblicke. Wir leben in den Wolken, nur selten über den Wolken; dies ist kein Wolkenkuckucksheim, sondern eine Stiftung für erholungssuchende Künstler. Unten im Tal rauscht die Salzach, fließt weiter nach Salzburg, vereinigt sich mit der Saalach, mündet in den Inn, in die Donau, ins Schwarze Meer. Was für ein schöner, weiter Weg! Die Wasser, die in diesem Sommer Bukarest überschwemmt haben, sind durch unser Tal geflossen. Weitreichende Auswirkungen unserer Regentage. Durchs Tal strömt außerdem der verstärkte Autoverkehr; die große Rückreise aus dem Süden hat begonnen. Die Eisenbahnzüge fahren Menschen und Güter zwischen Salzburg und Innsbruck hin und her; immer dieselben Menschen und Güter, will uns scheinen.

Wir leben einsam hier oben, aber nicht aus der Welt. Von den hochgelegenen Weiden dringt das Geläut der unermüdlichen Kühe, die kauend und wiederkauend bei Tag und Nacht ihre Glocken schwenken. In der untergründigen Hoffnung, dieses Geläut zum Verstummen zu bringen, kaufen die Touristen kleine und große Kuhglocken an den Andenkenbuden.

Im Gebirge werden hohe Anforderungen an die Phantasie gestellt. Hinter dem Steinernen Meer soll der Königssee liegen, heißt es. Hinter dem Großglockner beginnt Osttirol. Wo doch augenfällig ist, daß diese ungeheure Kulisse, die unseren Horizont begrenzt, das Ende der Welt bedeutet. Der Berg hinter dem Berg bleibt unbezwungen. Bergsteiger und Skiläufer sagen ›Ah!‹ und ›Oh!‹, wenn sie die Namen der Berge hören, die wir vom Balkon aus sehen, während wir unsere Frühstückseier löffeln. Hier eine Klamm, dort ein berühmter Paß, Wasserfälle, Tobel und Pfannen. Hochtouristen und Autotouristen kommen zu ihrem Vergnügen und ihrer Gefahr. Hinter den Windschutzscheiben der Autos sehen wir die verängstigten Gesichter der Beifahrerinnen und die entschlossen-verwegenen Gesichter der Fahrer: links der Bergbach, rechts die Felswand, von hinten der hupende Postbus, vorn in der Kurve sieben Rinder.

Wo die Natur die großen Attraktionen bietet, sind die großen Katastrophen unvermeidlich. Ein ganzer Friedhof für die Toten von Kaprun. Das Lawinenunglück bei Heiligenblut. Die eingestürzte Brücke in der Kitzlochklamm; noch erinnert keine Gedenktafel an jene Schülerinnen und ihre Lehrerin, die im Sommer 1974 dort den Tod fanden.

Kirchen, Kapellen und Marterln am Wegrand. Frömmigkeit liegt wie Tau auf der Berglandschaft; hier unternimmt man noch Bittgänge. Maria Hilf! Maria Elend! Dank und Lob, hinter Glas gemalt, in Stramin gestickt, vorgedruckt oder handgeschrieben – und neuerdings auch die Fotografie des Unglücks, schwarz-weiß oder farbig, die aufgebahrten Toten im Bild. Die Touristen lachen, andere schaudert's, wenn eine verwitterte Tafel an den getreuen Knecht erinnert, der an diesem Abgrund beim Holzfällen ums Leben kam. In Zell am See trägt eine Apotheke den Namen ›Maria Hilf‹, falls die Medikamente nichts nutzen sollten. Der Nagel, der acht Jahre lang das Kniegelenk eines Bauern zusammengehalten hat, liegt nun in einer Bergkapelle bei Embach hinter Glas.

Wassermassen, Steinmassen, Menschenmassen in Kaprun. Ich bin durch eine Steckdose von 220 Volt Spannung, die mich mit dem großen Stromnetz verbindet, zu beeindrucken, ich brauche die Daten des größten europäischen Kraftwerks nicht. Die Energie des Wassers in elektrische Energie zu verwandeln ist Sache der Ingenieure; ich bin auf Attraktionen zweiten und dritten Ranges aus, auf Wasserfälle, die einzig zu unserer Freude und unserer Kühlung vier Meter in die Tiefe stürzen.

Und wieder: Täler und Seitentäler und die Seitentäler von Seitentälern. In Krimml bietet einzig der Gerols-Paß noch eine Möglichkeit davonzukommen. Vor wenigen Jahren wurden die weltberühmten Wasserfälle vom Europarat mit einem europäischen Diplom für Naturschutz ausgezeichnet. Auf einer Bronzetafel steht es zu lesen: Ausgezeichnete Natur. Oder das Rauriser Tal der Goldgräber, wo im Talschluß Colm-Saigurn liegt, mit dem Blick auf die höchstgelegene Wetterstation der Alpen, den Sonnblick, ein Überdreitausender. Mit mäßiger Anstrengung könnte man von dort nach Bad Gastein auf- und absteigen. Ein Herr, der von Gastein herübergekommen war, hat mich an der Postbusstation gefragt: »Fährt der ganze Bus nach Taxenbach?« Ich sinne dem Sinn oder Unsinn seiner Frage noch immer nach.

Wo die Natur Eintrittspreise kostet, muß sie besonders schön sein. Lange Autokolonnen auf der Großglocknerstraße, die in den aussichtsreichen Kurven den Fotofreunden Platz zur Ausübung ihrer Leidenschaft läßt. Kein Wölkchen hängt am Großglockner! Auf der Rückfahrt von Heiligenblut gerieten wir aus einer lieblichen, lärchenbestandenen Bergwelt zurück in die kalte, steinerne Welt des Nordens, das Herz zog sich mir zusammen. Ich fror plötzlich. Für die Liebhaber des Südens stellen die Straßen- und Eisenbahntunnel, die die Tauern durchqueren, an jedem grauen Tag eine Anfechtung dar. Drüben wäre südliches Licht, südliche Wärme, südliche Vegetation ...

Der Sommer zeigt auch in der zweiten Septemberhälfte noch keine Anzeichen von Ermüdung. Immer noch sattes Grün. Es wird weitergewachsen. ›Das Gras wie's wächst‹, ein anschaulicher Satz des Österreichers Ernst Jandl. Die Rinder haben die alpine Flora abgeweidet, ein paar Berganemonen blühen noch, aber auch die ersten Herbstzeitlosen. Zu Füßen des Hochkönigs blüht der langstielige

Enzian ein zweites Mal. Noch hängen die roten Fruchtdolden an den Ebereschen, bald wird man sie zu Schnaps brennen. Wir steigen durch Fichtenwälder und höher hinauf zu den duftenden Latschen und den Preiselbeerhängen. Keine Tour wird zur Tortur, wir sind klüger geworden; wir sind nicht mehr jung, noch nicht alt. Äquinoktium. Gondeln und Lifte warten bereits, daß auch wir sie eines Tages benutzen werden. Zum erstenmal sehe ich einen Regenbogen von oben.

Durch die Dörfer zieht der Geruch von Kuhdung und verblühendem Phlox. An den warmen Hauswänden reifen Birnen und Marillen. Hängende Nelken, hängende Geranien, wuchernde Petunien drängen sich durch die gedrechselten Säulen der hölzernen Balkone. Die kleinen Fenster der Gasthöfe sind zur Hälfte mit Blumenstöcken gefüllt. Der Gast soll nicht atmen, sondern essen und trinken; Weinzierl und Salzburger Bier; Backhendl, Kaiserschmarrn und Currywurst. Für jene Jausenstationen, die nicht mit dem Auto zu erreichen sind, finden sich keine Pächter mehr. Unsere einsamen Wege führen durch Wildwasser und über Viehweiden, bieten Gelegenheit zum Rodeo zwischen Jungvieh und Wanderern. Die Bergbauernhöfe werden von wütenden Hunden verteidigt. Die Gäste gehören in die Gasthöfe! In Zell am See wird ein ›Gästeschießen‹ veranstaltet, das uns beunruhigt. Wer schießt dort auf wen? Merkwürdigkeiten. Abgründiges. Eisschießen im Sommer! Unser Bauer spannt den Schlitten an, um das Heu einzufahren. Kein Heufuder versperrt die Güterwege, das Heu bleibt, wo das Gras wächst; in schöner Asymmetrie stehen die grauen Heustadel auf den steilen Wiesenhängen. Neben unserem Haus ragt ein Riesenmast der Überlandleitung in den Himmel, als Blitzableiter hat er sich schon oft bewährt. »Wenn S' drunter stehn, san S' eh hin«, sagt die Bäuerin, und man meint Ödön von Horváth oder Lotte Ingrisch zu hören. Jedes Haus hat seine Wohnküchendramatik; der Strick am Dachbalken scheint die üblichste Todesart der Bauern im Pinzgau zu sein. Bis vor kurzem lebte in tausend Meter Seehöhe, nahe bei Saalfelden, der letzte hauptberufliche Einsiedler. Er wurde weit bekannt durch Lembkes heiteres Beruferaten; kurz darauf hat er sich das Leben genommen. ›Heiliger Peregrinus, Du wunderthätiger Patron in allen Anliegen, insbesondere in Fußkrankheiten‹ steht an der Wand der Einsiedelei. Ich klebe trotzdem ein frisches Pflaster auf die blutige Ferse.

Ohne Arg saßen wir im Café und aßen frische Nußkipferl, schlenderten durch die Gassen von Zell am See und standen unvermutet vor der ›Villa Olga‹, die noch immer in jener österreichischen Zurückgezogenheit im Park liegt, noch heute eine Hotelpension. Hier saß ich am Sonntag, dem 22. Juni 1941, im Liegestuhl unter den Parkbäumen; eine Wehrmachtsangehörige auf Kriegsdauer, deren Ferien vorzeitig durch eine Sondermeldung im Rundfunk beendet wurden, ich kehrte umgehend zu dem stellvertretenden Generalkommando IX. A. K. zurück. Ich erinnere mich, daß ich in Tränen ausbrach, die nicht mir galten, die keinem galten; ich weinte im voraus.

Wir beide gingen – dreißig Jahre danach – am Seeufer auf und ab. Du lagst damals, liegst wieder, in den sumpfigen Niederungen des Bug, gegenüber von Brest-Litowsk, Gefreiter in der Nachrichtenabteilung einer Infanterie-Division. Bis zum Vorabend um sechs Uhr ließ man euch in dem Glauben, daß ihr durch das verbündete Rußland ziehen solltet, um in Persien die Engländer zu schlagen. In jener Nacht ratterten noch Güterzüge in beiden Richtungen über die Brücke, die die Ufer des Bug miteinander verbindet. ›Heute in den frühen Morgenstunden ist die deutsche Wehrmacht von der Ostsee bis zum Schwarzen Meer zum Angriff gegen die Sowjetunion angetreten und hat im ersten kühnen Vorstoß die gesamte feindliche Front durchbrochen.‹ Einer von tausend Wehrmachtberichten, die dich und mich betrafen. Du hast an jenem Morgen russische Soldaten gesehen, die in Nachthemden aus der Festung Brest-Litowsk in deutsche Gefangenschaft gelaufen sind; du hast auf einer Pontonbrücke, die von deutschen Pionieren bereits gebaut worden war, den Bug überquert, der erste der vielen russischen Flüsse, die du im Morgengrauen überquert hast. Fünf Jahre später bist du aus russischer Kriegsgefangenschaft zurückgekehrt.

Wir tauschen unsere Kriegserinnerungen aus. Dein Rußland-Feldzug. Mein Rußland-Feldzug, der in der ›Villa Olga‹ in Zell am See begonnen hat . . .

Alle Pilzarten, die eßbaren, die ungenießbaren und die giftigen, werden von den Österreichern liebevoll ›Schwammerln‹ genannt. Wie unterscheidet sich der echte Reizker vom falschen? Man brauchte Stern- und Pilzbücher, um sich in der Natur zurechtzufinden; ich habe nur Kunstgeschichte studiert.

Der Abendtau fällt jetzt schon, bevor die Sonne den Morgentau trocknen konnte. In die Talgründe dringt kein Sonnenstrahl mehr, die Wiesen sind dort sauer, voller Meerrettich, das harte Gras muß mit der Sense gemäht werden. Neben den rauschenden Bächen zerfallen die spielzeuggroßen Mühlen, drei, vier und fünf untereinander; hier haben die Bergbauern ihr Mahlrecht wahrgenommen, haben die paar Säcke Korn abends in den Trichter geschüttet, das Wehr aufgezogen und sich zum Schlafen auf die Bank gelegt. Am Morgen hatten Mühlrad und Wasser das Korn zu grobem Mehl gemahlen. So lange ist das noch nicht her, jeder Krieg macht den technischen Fortschritt zunichte.

Die holzgeschnitzten Glockentürmchen auf den Bauernhöfen verfallen, die Eßglocke läutet kein Gesinde mehr herbei, aber prächtig herausgeputzt zieren die Glockentürmchen nun die Ferienhäuser der Fremden. Vom Praktischen bleibt das Schöne übrig. Dirndl und Kniebundhose sind keine Arbeitskleidung mehr, sondern Freizeitkleidung.

Wir liegen morgens lange in den Betten, hören den Tropfen zu, die aufs Eternitdach klopfen. Ich sage: »Der Regen hat kein Dach« und gebe mich zufrieden. Wir erholen uns, atmen Bergluft, arbeiten allenfalls noch schwierige Bergtouren aus, von denen wir hoffen, daß das Wetter sie wegen Turbulenz der Lüfte nicht zulassen wird.

(1974)

Im Schatten des Birnbaums

Waren Sie schon im Urlaub? – Wohin fahren Sie denn? – Ihr bleibt zu Hause? Offenkundiges Befremden, unverhohlenes Mitleid. Man bedauert uns, weil wir die 237 Quadratmeter Erde, für deren Aussehen wir laut Eintragung im Katasteramt zuständig sind, jetzt nicht verlassen wollen. Kein Zaun, nur eine Hecke markiert deutlich unsere Besitzansprüche. Keiner, den wir nicht ausdrücklich dazu auffordern, wird das Gelände betreten. Eine Birke überragt das Haus. Wacholder und Rosen; auch an Lorbeer fehlt es uns nicht. An der Hauswand eine lilafarbene Klematis, die sich in einer geeigneten Vase zur Orchidee steigern läßt. Hohes Buschwerk; niemand kann den Garten einsehen. Auf dem Rasen (5 × 10 m) bin ich ohne Konkurrenz. Keine Frau ist jünger oder schöner oder schlanker als ich. Dieser Garten ist ein Paradies.

Die Terrasse, ebenerdig (3 × 4 m), bietet Sonne oder Schatten, beides zu seiner Zeit. Einen hessischen Sommermorgen macht uns so leicht keiner nach! Frühstück im Grünen. Deutschsprachig. Honig, weichgekochtes Ei, Toast, ostfriesischer Tee, in der Kanne aufgebrüht und rechtzeitig abgegossen. Die Terrassentür ist weit geöffnet, damit wir Musik hören können; der Plattenspieler ist auf Gartenlautstärke eingestellt, Stereo. Sommermusik: provençalische Hirtenlieder, griechische Volksmusik oder mein Frühstückslieblingslied: ›Oh, what a beautiful mornin', oh, what a beautiful day‹, aus dem Musical ›Oklahoma‹. Die Tageszeitung vom Tag der Ausgabe, pünktlich um 6 Uhr 30 zugestellt. Mit uns frühstücken die Amseln, sie sind längst domestiziert und erwarten, daß wir sie nicht nur im Winter ernähren. Vollkornbrot, gekochter Schinken. Sie lassen nichts aus, stopfen sich die Schnäbel voll und befördern die Beute zu ihren Jungen, die aufgeplustert unterm Fliederbusch hocken und die Schnäbel aufsperren. Im Frühling saß das gelbschnäblige Männchen auf dem Dachfirst und schmetterte seine Werbesongs. Jetzt hat es, was es haben wollte: ein Weibchen und drei Junge dazu. Jetzt beschränkt es sich auf Warn- und Lockrufe. Die Wespen frühstücken ebenfalls mit uns. Sie tauchen auf, bevor noch das Tablett auf dem Tisch steht. Sie sind denaturiert, statt sich Nektar aus dem rosa duftenden Phlox zu holen, nehmen sie Kalbsleberwurst zu sich. Seitdem scheinen sie friedlicher geworden zu sein. Proteine gegen Aggressionen. Unsere Radiomusik erhält Konkurrenz: Die Übernachbarn hängen den Vogelkäfig an die Sonnenseite des Hauses, und da brilliert der Kanarienvogel nun mit seinen endlosen Rezitativen, unabhängig von Jahreszeit und Geschlechtstrieb, schmettert seine Arie, daß man sich in einer neapolitanischen Gasse wähnt.

Die Vorzüge des eigenen Hauses sind augenfällig. Kein Streik beim Dienstpersonal. Wir bringen ohne Murren unsere Schlafzimmer selbst in Ordnung. Mein Bett: durchgehende Matratze, Federkern, Länge und Breite meinen Wünschen entsprechend; Daunensteppdecke oder Laken, je nach der Temperatur. Die Kleider hängen griffbereit und gebügelt im Schrank, Wolle oder Baumwolle. Die sanitären Einrichtungen: Bad, Dusche, WC. Die Abflüsse in Ordnung, auch die Warmwasserversorgung. Sollten kalte Tage kommen, brauchen wir nur am Thermostat der Ölheizung zu drehen. Die Küche ist durchgehend geöffnet. Kirschkaltschale, eine Portion rote Grütze mit Milch – so etwas findet man immer im Kühlschrank. Bedienung oder Selbstbedienung, nach Wahl. Keine Trinkgelder! Der

Whisky – on the rocks, kurz oder lang – kostet in keinem Fall mehr als DM 0,80. Jalousien filtern das Sonnenlicht und geben den Arbeitszimmern ein wohltuend gedämpftes Licht. Arbeitsklima. Schriftsteller können ihren Beruf zu jeder Zeit ausüben, unbehindert von Betriebsferien, Streiks, Sonntagen, Schlechtwetter. Von keinem Telefonanruf gestört, sitzen wir im August an unseren Schreibtischen. Kein Verlag, keine Rundfunkanstalt, niemand ruft uns an. Man vermutet uns überall, nur nicht zu Hause.

Unsere Schreibtische haben eine angenehme Größe und die richtige Höhe, ebenso der Schreibtischstuhl. Der Blick geht ins Grüne. Alles ist vertraut, nichts lenkt mehr ab. Die Bücher stehen in Reichweite. Wir sind nicht angewiesen auf ein paar, meist ungeeignete, Bücher, die man im Koffer mitgenommen hat oder die man in den Hotelpensionen für die Gäste bereithält. Zum Nachschlagen steht der zwanzigbändige Große Brockhaus zur Verfügung. Wer nimmt dieses Werk mit in eine Ferienwohnung? Selbst Leute mit einem Mercedes 300 oder einem Wohnanhänger nicht. Mein Schaukelstuhl steht unter der Stehlampe (220 Volt, 200 Watt). Einen solchen Leseplatz finde ich nirgendwo, auch nicht für DM 90,– Vollpension.

Doch noch ein Anruf, der einzige an diesem Vormittag! Freunde brechen zu einer Kreuzfahrt auf. Mit einem russischen Dampfer ab Wien, donauabwärts, Schwarzes Meer, Odessa. Ihr Auto bleibt hier. Sie wollen es uns zur Verfügung stellen, damit wir ›beweglicher‹ sind. Fußgänger werden mehr und mehr zum Ärgernis. Wir sind eine Herausforderung für unsere Freunde; sie wittern eine Weltanschauung hinter unserem Konsumverzicht. Wir haben in der Tat etwas gegen Autos, in denen wir nicht selber sitzen. Jetzt in der Ferienzeit gähnen auf dem Parkplatz vor unserem Haus große Lücken. Morgens bleibt es lange ruhig, kaum einer fährt noch früh zur Arbeit. Erst am späten Vormittag werden einige Wagen für die Fahrt ins Schwimmbad bepackt, zu dem man zu Fuß zwanzig Minuten durch einen der schönsten Parks gehen müßte, vorbei an einem See mit schwarzen und weißen Schwänen, Wasserhühnern, an schattigen Rasenflächen mit Hasen, Eichhörnchen, radschlagenden Pfauen. Mit dem Auto kann man den Park in wenigen Minuten umfahren, muß dann allerdings vom Parkplatz zum Schwimmbad auf einer Asphaltstraße gehen.

Die Post: An jedem Morgen sind wir überrascht, daß sie noch immer ausgetragen wird, wo doch nur Ansichtskarten kommen und ein paar Drucksachen, von Firmen, die uns Öltanks aus Aluminium anbieten. Postkarten von überall her. An der Costa Brava oder auf Mallorca ist in diesem Jahr keiner, den wir kennen. An der Adria erst recht nicht. Unsere Freunde sind anspruchsvoll geworden. Die Inseln, die sie aufsuchen, werden immer exklusiver. Skiathos zum Beispiel. Ich sehe mir auf der Ansichtskarte die Bucht an: blaues Meer, weißer Strand, Schirmpinien: Mittelmeer-Klischee! Ich lese den Text. ›Die schönste Terrasse der Insel! Das Panorama! Der Duft der Seekiefern! Die blühende Macchia! Uzo! Der Seewind! Die Zikaden!‹ Ich werde dem Absender ein Blatt Papier mit Ausrufungszeichen schicken müssen. Per Luftpost! Ich betrachte unseren Birnbaum und sage: Auch schön! Manch einer würde von weit her kommen, um diesen Birnbaum zu sehen, dessen Früchte von Tag zu Tag dicker werden, grün wie Avocados. Worin unterscheidet sich bei 35 Grad und geschlossenen Augen der Schatten eines Birnbaums von dem einer Pinie? Das möchte ich wissen! Am Rand der Karte steht: ›Vor der Rückfahrt graut mir! Diese Charterflüge! Der Flughafen in Ffm!‹

Soeben nimmt ein Dompfaffenpärchen in der Vogeltränke ein Vollbad. Hänflinge, Spatzen und Amseln halten die Trinkschale für eine Vogelbadeanstalt. Alle paar Stunden kippe ich den Sand heraus und fülle Wasser nach. Ich könnte jetzt gar nicht von hier weg.

Kein Rasenmäher stört die Mittagsstille. Die Nachbarn sind fort; aber auch bei denen, die zu Hause geblieben sind, wächst der Rasen nicht. Es ist zu trocken. Ruhige Zeiten für den Gartenbesitzer. Man könnte ein wenig hacken und zupfen, aber man muß nicht. Der Garten braucht Ruhe nach der Anstrengung des Treibens und Wachsens und Blühens. Auch wir müssen uns vor Überanstrengung hüten, denn wir sind ohne ärztliche Versorgung. Unsere Hausärztin weilt zur Kur in Bad Kohlgrub. Ihr Vertreter hat vier Praxen zu versorgen. Unser Zahnarzt verbringt seine Ferien bei einem Jagdfreund in der Eifel. Unser Friseur ist in Jugoslawien, Insel Raab; mein Mann stutzt sich den Bart selbst. Auch das Glaubensleben ruht. Kein Gesprächskreis im Pfarrhaus mehr, erst im Oktober wieder. Keine Mittwoch-Abend-Andachten. Nur noch das Nötigste an Gottesdiensten, Beerdigungen und Taufen. Geläutet wird automatisch. Die Wochenzeitungen beanspruchen nur noch die halbe Lesezeit. Weniger Anzeigen, weniger Text.

Ab 14 Uhr leide ich unter Halluzinationen: Meeresbrandung. Felsenküste. – Geh doch ins Schwimmbad! sagt mein Mann. – Kommst du denn mit? frage ich. Er lehnt ab. Schwimmbäder mag er nicht. Wo du nicht hingehst, da will ich auch nicht hingehen, sage ich. Buch Ruth! – Er verbessert mich: Ruth wollte dorthin gehen, wo ihre Schwiegermutter hinging. – Ich sage: Eben! und gehe unter die Dusche. Wenn der Tag kühl ist, beschließen wir, eine Wanderung zu machen, rufen uns ein Taxi, lassen uns an den Waldrand fahren, dorthin, wo der schönste der Wanderwege beginnt. – Achttausend Mark für die Anschaffung eines Wagens gespart, sagt mein Mann und rundet den Fahrpreis auf 7 Mark auf.

Hin und wieder gehen wir zum Paddeln an die Fulda, leihen uns ein Boot, was DM 2,50 pro Stunde kostet, lassen uns flußabwärts treiben, hängen abwechselnd Arme und Beine ins Wasser. Dann wenden wir, paddeln gegen den Strom, legen uns ins Zeug, sind sportlich. Ein Abstecher dorthin, wo sich der Fluß mit Hilfe ehemaliger Kiesgruben zu kleinen Seen mit buschigen Ufern weitet. Pappeln, Weiden und Erlen werfen ihre Schatten, verdunkeln das Wasser. Ein Blick noch auf den Campingplatz, wo man unter beschwerlichen Umständen warme Mahlzeiten auf Trockenspiritus herstellt. Dann geben wir das Boot beim Verleiher wieder ab. Keine Anschaffungskosten, keine Unterhaltskosten, keine Unterbringungsschwierigkeiten. – Der Mensch will allzuoft das besitzen, was er auch ausleihen könnte, stelle ich fest. Mein Mann sieht mich daraufhin prüfend an. Ich ergänze: Dinge! Nicht Menschen!

Wenn es regnet, geht mein Mann zum Orgelspielen in unsere Kirche. Er zieht sämtliche Register! Niemanden stört das. Der Küster hat Ferien, die Kindergärtnerin hat Ferien, die Kantorin ebenfalls. Auch das kulturelle Leben der Stadt ruht. Große Pause! Kein Theater, keine Konzerte, auch keine Sommerfestspiele. Kein drittes Programm auf dem Bildschirm, das sonst viele unserer Abende beansprucht. Die beiden Fernsehanstalten zeigen alte und noch ältere Filme, auch politisch geht es in der Welt ruhiger zu, ferienmäßig. Die Staatsführer weilen in ihren Sommersitzen. Unser Bundeskanzler läuft auf Sylt durchs Watt. Der Verteidigungsminister segelt in der Lübecker Bucht.

In der Dämmerung trete ich dann meinen Rundgang an. Mein Schlüsselbund gleicht dem einer Burgfrau des Mittelalters. Jeden Abend eine andere Wohnung, deren Schlüssel man mir zu treuen Händen überlassen hat. Briefkasten leeren, Drucksachen aussortieren, Briefe umadressieren, Wohnung lüften, Blumen gießen, sorgfältig abschließen.

Darüber wird es Abend. Wieder sitzen wir auf der Terrasse. Die Sonne ist untergegangen. Die Kiefer, die wir vor einigen Sommern aus den schwedischen Wäldern mitgebracht haben, und der Wacholder von der Schwäbischen Alb verwandeln sich in Pinie und Zypresse. Wir schalten die Lampe ein. Nein, mit Mücken haben wir hier keine Last. Auch keine Schnaken, keine Zanzare, keine Mosci. Wir rufen uns deren impertinentes Surren und ihre juckenden Einstiche ins Gedächtnis. Allerdings auch keine Zikaden. Das vermissen wir. Erinnere dich! sagt mein Mann. Kein Auge haben wir zugetan, damals auf Ägina, wenn der Schirokko blies. Ich erinnere mich und bewundere einen Falter mit grünen durchsichtigen Flügeln, der lautlos um unsere Lampe kreist. Als einziger hat er die Insektenvernichtungskampagne unseres Nachbarn überlebt.

Ein kühlender Abendwind hat sich aufgemacht. Irgendwo feiert man ein Gartenfest. Musik, Gelächter und Bratwurstduft weht über die Hecken. Der Mond geht auf, verschwindet im Laub des Birnbaums, kommt wieder zum Vorschein, hängt sich in den Goldregenbaum und läßt die Dächer der Häuser weit unter sich. Wir zeigen uns die Venus, den Großen Wagen, die Kassiopeia. Wie sich die Sternbilder gleichen, auf Ägina, auf Bornholm ... Zu den Spätnachrichten gehen wir ins Haus. Kein Flugzeugabsturz, keine Schiffskatastrophe, kein Eisenbahnerstreik. Wir atmen auf. Die Nachrichten in Fernsehen und Rundfunk melden uns mittelbar die glückliche Ankunft unserer Freunde. Aber: Auffahrunfälle auf der Autobahn! Erdrutsch bei Kaprun! Neuschnee am Stilfser Joch! Schwere Regenfälle in ... Welchen Unannehmlichkeiten sich die

Leute doch aussetzen. Wolkenbrüche haben Campingzelte in die oberitalienischen Seen geschwemmt! Aus der Ferne hören wir das Martinshorn eines Unfallwagens und fühlen uns in Sicherheit.

Was für ein schöner Zusammenhalt unter denen, die das bißchen Geselligkeit in der Stadt noch aufrechterhalten! Da genügt eine kurze Entschuldigung: Wir waren im Februar doch erst auf Gran Canaria! Im Herbst fliegen wir noch mal nach Sizilien! Natürlich, sagen wir, wer mag denn in der Hauptreisezeit –! Eben! sagen die Betreffenden und fühlen sich verstanden. Ihr Swimming-pool ist gesäubert und frisch gefüllt. Wie wäre es mit einem Sommerfest? Ohne Umstände! Ganz improvisiert. Nur einfach ein langer Rock. Für Gartenfeste sind wir in diesen Wochen gar nicht zu entbehren. Man holt uns, wenn auf einem Balkon im fünften Stockwerk eines Altbaues ein Sonnenuntergang bei Pfirsichbowle bewundert werden soll; wir essen im Licht von Lampions Spanferkel vom Spieß und bei Windlichtern unzählige Rostbratwürste. Krakauer sind nach unseren Erfahrungen die besten, auf Holzkohle gegrillt.

Dann laden wir ebenfalls ein. Zu einer Pizza Cristina, die sich von einer italienischen Pizza nur durch ihren internationalen Belag unterscheidet: ungarische Salami, holländische Tomaten, griechische Oliven, Schweizer Käse, Öl aus Spanien, Sardellen von werweißwo und der Hefeteig hessisch. Dazu trinken wir Rosé aus der Provence und reden über Kreuzfahrten in die Karibische See, von den Langusten an der bretonischen Küste, Ferienhäusern in Finnland. Renommier- und Imponiergespräche derer, die zu Hause geblieben sind.

Gefilmt haben wir übrigens nicht. Auch keine Dias. Wir haben vier Tage später dann doch die Koffer gepackt und sind – der Zikaden und der Küste wegen – nach Dalmatien gefahren, immer hinter unserem Freund her, dem Maler und Schriftsteller Erich Landgrebe und seiner reizenden Margret, die uns auf einer Ansichtskarte geschrieben hatten, es locke sie das südliche Licht und die Pinien von Hvar ...

(1975)

Die Inseln vor der Insel

Es regnet in Österreich; auch noch an der Grenze nach Jugoslawien, südlich der Alpen. Der Nachmittag dunkelt früh zwischen den Bergen. In den Hausgärten stehen keine Rebstöcke, sondern nasse Stangenbohnen; Bohnen für die serbische Bohnensuppe.

Die Bahnlinie endet in Rijeka, der Hafenstadt an der Adria, das frühere Fiume. Als wir aussteigen, ist es dunkel, herbstlich; wir frösteln, blicken vom Bahnsteig aus auf graue Hafen- und Industrieanlagen. Wie in Duisburg. Am Gepäckschalter müssen wir lange warten; ich schlendere derweil lustlos durch die Bahnhofshalle, durchquere sie und – trete in Helligkeit, in seidig warme Luft, sehe heiteres Flanieren unter südlichen Platanen. Korso.

Wir waren im Süden! Auf der anderen Bahnhofsseite war Sommer!

Die Inseln wechseln mit den Jahren; wir wechseln die Inseln. Eines Tages hat man über eine Insel geschrieben, aus einem Platz ist ein Schauplatz geworden, man muß die Insel abschreiben. Elba wurde unbrauchbar, Patmos, Ischia, Ägina, Juist. So wird es auch dieser Insel ergehen.

Wir müssen unsere Liebe zu Hvar mit vielen Liebhabern teilen.

Mondlicht glänzte auf den jahrhundertealten blanken Steinen der Plätze, Gassen und Treppen. Venezianische Portale! Renaissance-Brunnen! Gotische Erker! Romanische Campanile! Blut schien über die Treppen zu rinnen: roter Wein. Er sickerte aus Fässern, die für die neue Ernte gesäubert wurden. Es ist schon spät im Jahr, die Tage sind kurz; in den verschwiegenen Buchten bieten die langen Schatten der Pinien Platz für unsere lukullischen Mähler. Wein, dalmatinischer Schinken, blaue Oliven, Schafskäse, weißes Brot, Trauben und frische Feigen. Wir verleiben uns die Insel ein. Dann ein Lied zur Gitarre. ›Ich bin da, und ich will leben / Wie's der alte Adam eben / Tat im Paradies.‹ Wir lagern im Schatten, liegen in der Sonne. Ich schrieb einmal: ›Die Sonne sieht mich.‹ Jetzt frage ich: Will die Sonne mich noch sehen? Wie lange noch? Wie lange noch verjüngt sich der Körper in Wasser, Wind und Wärme?

Der weißgraue Muschelkalk, der die kleinen vorgelagerten Inseln umgibt, wird von der Nachmittagssonne zu Marmor veredelt. Wir umrunden die Inseln, springen von Fels zu Fels, werden leichtfüßiger, immer in der Sonne, immer im Wind, nehmen manchmal ein Bad in einer der Felswannen, die das Meer uns mit Wasser gefüllt hat. Nausikaas Felsen, Odysseus immer dabei. Abends waschen wir unsere Füße, salben einander die rissige Haut. Die Gleichnisse werden wahr. Wir ziehen einander die Stacheln der Opuntien und der Seeigel aus den Fußsohlen. Biblische und antike Szenen.

Ohne meine Schreibmaschine werde ich sprachlos. Ich schrieb wie andere Touristen auf Ansichtskarten: Es ist unbeschreiblich schön, oder: Es ist einmalig schön hier. Beim zweiten Aufenthalt schrieb ich dann: Diese Insel ist auch zweimalig schön. Wir waren noch ein drittes Mal dort, viele Male. Wer sich aufs Schreiben eingelassen hat, kann nichts mehr für sich behalten; das ist der Preis. Ich übe Verrat und nenne den Namen: Hvar.

Die Bootsbesitzer am Hafen versuchen, die Vorübergehenden mit ihren Ausrufen zu verführen. ›Jerolim!‹ – ›Palminsana!‹ – ›Milna!‹

Milna! Schöner noch als die Fahrt mit dem Boot ist der Fußweg dorthin, entlang der Küste, oder der alttestamentarische Maultierpfad über Land, durch Weinberge, Lavendelfelder und Ölbaumhaine. In Milna, dem Dorf mit dem kleinen Hafen, bestellt man im schattigen Garten des Restaurants einen Slibowitz, läßt sich noch einen Fisch braten, trinkt Bogdanjusa dazu, den guten Weißwein, aber nicht mehr als zwei Gläser, denn es geht bald weiter. Ohne Wegemarkierung. Ein Pfad und ein Gerücht, mehr hat man nicht an Orientierung. Das Ziel: Melo Grablje! Ein Dorf, das von seinen Bewohnern verlassen wurde, weil man in Milna mit Fischfang und Tourismus sein Geld leichter verdienen konnte als mit Oliven, Mandeln und Honig.

Dem Meer muß man den Rücken kehren. Noch ein Esel auf dem Heimweg, mit Grünfutter beladen, dann begegnet einem niemand mehr. Der Boden ist von den braunen Schoten des Johannisbrotbaumes bedeckt, das Manna des Propheten Johannes in der Wüste. Ein weiterer Aufenthalt. Zu beiden Seiten des steinigen Pfades verwildern hinter zerfallenden Mauern Gärten, ehemals Krautgärten, jetzt Unkrautgärten. Der Duft nach Minze verstärkt sich. Die Zikaden schreien gereizt, rechthaberisch. Die Schlucht wird enger, die Felsen steigen steiler auf, aber die Lieblichkeit der Landschaft leidet nicht darunter. Ein paar weidende Schafe müssen noch gekrault, zwei spielende Eidechsen beobachtet werden. Auf solchen Pfaden kommt man nicht rasch vorwärts. Plötzlich dann Grablje, seither: unser Grablje.

Nichts ist an diesem Dorf auffällig, alles ist natürlich, organisch gewachsen. Es könnte geschehen, daß man vorübergeht und sagt: Das kann es nicht sein, ein paar verfallende graue Häuser, eine Kirche, ein Friedhof.

Aber das ist es. Die Erbauer haben weder Felswände gesprengt noch Boden planiert, sie haben sich der Landschaft angepaßt, einen Architekten werden sie nie im Leben zu sehen bekommen haben; sie werden eine Wasserwaage benutzt haben, aber sicher bin ich da nicht, wahrscheinlicher ist, daß sie sich auf ihr Augenmaß verließen. Wo der Platz für ein Haus nicht ausreichte, war er für den Weinkeller oder den Eselstall gerade recht; ein paar Stufen gleichen den Höhenunterschied zum Wohnhaus aus, eine Terrasse ergibt sich, dazwischen wächst ein Ölbaum oder ein Feigenbaum. Einstöckige, aber auch dreistöckige Häuser für kleine und große Familien, keines verdirbt dem anderen die Aussicht, statt dessen streckt das eine den Arm in Form eines steinernen Halbbogens aus, um das andere nachbarschaftlich zu stützen. Arkaden ergeben sich. Hochgelegen die Kirche, auch die Schule. Den Mittelpunkt bilden die Zisterne und der Brunnen. Einige Dächer sind bereits eingestürzt, andere noch wohlerhalten, rote Ziegeldächer. Treppen und Gartenmauern und Hauswände aus dem Stein der Berge erbaut, grobbehauen, unverputzt, nur die Fugen mit Mörtel verschmiert. Die Holztüren hängen noch in den Angeln, die Schlösser rosten. Der Wind hat Erde in die Mauerecken geweht, Vögel haben die Aufforstung besorgt, schon grünt es auf Treppenstufen und Dächern, schon läßt sich kaum noch unterscheiden, wo Menschen, wo Tiere gehaust haben. Einige Zypressen lenken den Blick nach oben: Raubvögel kreisen über dem Friedhof.

Nichts Antikes. Nichts Venezianisches. Archäologen und Kunsthistoriker werden hier nicht fündig. Wir entdeckten nur einen schöngeflochtenen Weidenkorb, nichts sonst. Und dann noch einen Knochen, lang wie ein Unterarm. Wir legten ihn in den Korb, den wir auf die flache Zisterne stellten, dorthin, wo sie am tiefsten ist. Wir setzten die ersten Zeichen.

Das war der Augenblick, in dem wir den Entschluß faßten, Melo Grablje wieder aufzubauen und zu besiedeln. Ohne Kunststoff, ohne Beton, ohne Reißbrett. Einzig dem Augenmaß trauend. Wir würden den Ort mit sorgfältig ausgewählten Freunden besiedeln. Kosmopolitisch und kooperativ. Vorher müßten allerdings einige Ehen geschieden werden, einige Kinder würde man verstoßen müssen. Die Pfarrstelle, die keine Planstelle sein würde, konnten wir leicht – ökumenisch – besetzen. Eine Lehrerin, die vornehmlich das Lehrfach ›Leben und Lebenlassen‹ lehren müßte, ließ sich finden. Der Posten des Hirten erwies sich als begehrt, wer liegt nicht gern auf Lavendelstroh; über einen dalmatinischen Hirtenhund, vorerst noch in Stockholm lebend, konnten wir verfügen.

Man würde nur das Nötigste tun und nur das Nötigste verbrauchen! Die Frage, was für den einzelnen das Nötigste sei, schoben wir wegen Geringfügigkeit beiseite. Wir gingen gleich ins Detail, und gerade die Details waren verlockend. Wir brauchten nur ein- und auszuatmen, uns umzuschauen und den Vögeln zuzuhören. Das Noviziat in Länge eines Sommers, in dem man beweisen mußte, ob man für Müßiggang und Gemeinschaft tauglich war.

Unterm Nußbaum würden wir tafeln! Der geeignete Platz war schnell gefunden, ebenso eine Küche, ein Refektorium, ein Weinkeller. Mandelbäume im Garten! Rosmarinhonig von wilden Bienen! Der Lorbeer wuchs einem in die Küche und auf den Schreibtisch. Schatten- und früchtespendende Bäume gab es genug. Gemeinsam würden wir im Weinberg arbeiten. Auch eine Töpferei werden wir brauchen. Die Kirchen- und Hauswände werden wir eigenhändig ausmalen, naiv. Unsere Wäsche werden wir, soweit wir sie benötigen, gemeinsam in einem Trog waschen und zum Trocknen auf die sonnigen Mauern breiten. Abends werden wir den Pelz der Schafe verspinnen und wärmende Jacken für den Winter stricken; auf die Steinböden werden wir Ziegenfelle ausbreiten. Die schönen, vereinzelt stehenden Föhren und Ölbäume sollten wir nicht verheizen. Wir werden musizieren und singen, Geschichten erzählen und tanzen; wir werden Feste feiern.

Keine überholten Besitzverhältnisse mehr! Alles gehört allen! Jeder zehn Bücher, mehr nicht. Es wird nicht ausbleiben, daß Waschmaschinenvertreter nach Grablje kommen. Aber nicht sie werden uns, sondern wir werden sie überzeugen! Keine Uhren. Eine Glocke wird uns zu den Mahlzeiten rufen. Wir werden erproben, was der Mensch braucht und was er nicht braucht. Wir brauchen Sonne und Zeit und Ruhe. Wir erwägen die Einrichtung einer Sommerschule für junge Architekten, die in Grablje menschliches Bauen erlernen könnten ...

Unsere Gründungsversammlung hat im vergangenen Herbst stattgefunden; sie dauerte mehrere glückliche Stunden. Bis wir anfingen zu frösteln. Die Sonne war unbemerkt hinter der Felswand verschwunden, es wurde rasch dunkel. Der Rückweg nach Milna war weiter und beschwerlicher, als wir es auf dem Hinweg wahrgenommen hatten. Im Winter wird die Sonne hier nur wenige Stunden scheinen.

Wir haben Melo Grablje aus ähnlichen Gründen verlassen wie seine Bewohner.

In Split empfiehlt man uns das ›Park-Hotel‹, ruhig gelegen, zu Fuß zu erreichen. Wir überqueren die Bahnlinie, gehen durch stark befahrene Straßen, in der Ferne eine Ansammlung von Fabrikschloten. Dann stehen wir unvermutet vor einem Parktor und sehen im Hintergrund ein altes, aber wohlerhaltenes Hotel. Wir betreten den Park. Weißgedeckte Tische unter hohen Platanen, Korbsessel, die Tischtücher bis zum Boden reichend, die Servietten kunstvoll gefaltet, blinkende Gläser, feines Geschirr, befrackte Kellner, die wartend bereitstehen.

Als wir zum Essen kommen, sitzen bereits einige Herren in den Korbsesseln, alle einzeln. Wir erkennen sogleich Thomas Mann, den ›Tod in Venedig‹ lesend, erkennen Lawrence neben einem schönen jungen Mann, erkennen auch Proust, der uns überrascht, weil er einen Dackel bei sich hat.

Wir geben unsere Bestellung auf, werden in österreichischer Sprache beraten, eine Tomatensuppe wird uns serviert. Goldene letzte Platanenblätter filtern das Sonnenlicht, eines löst sich, sinkt schwerelos, fällt gelb-braun gefleckt in meine Tomatensuppe. Alles stilvoll, abgelebt, in Würde alternd.

Gegen Abend gehen wir durch den Park hinunter ans Meer, promenieren auf der Uferpromenade, nehmen Abschied vom Süden und vom Sommer. Schöne Traurigkeit. Als wir zurückkommen, sitzt nur noch Thomas Mann in seinem Korbsessel, Zigarre rauchend. ›Die ganze Bellezza macht mich nervös‹, soll er in Italien gesagt haben. Hier war Tristezza, bella Tristezza.

Die einen sagen: Dort bin ich schon einmal gewesen – und fahren nicht wieder hin. Die anderen sagen ebenfalls: Dort bin ich schon einmal gewesen – und reisen wieder hin. Hvar.

Warum fahre ich nicht mit gutem Gewissen dorthin, wo es schön ist? Das hat man früher und immer getan. Meine Augen dürfen doch auswählen, was sie sehen wollen; wozu sonst die Lider?

Im Speisewagen setzte sich ein junger braunhäutiger Mann an unseren Tisch, er sprach bayrisch. Wir wechselten zwei oder drei Sätze mit ihm. Als er aufstand und wegging, sagte er beiläufig: »Alles Gute!« Vielleicht gehörte er zu jenen, deren Wünsche erhört werden, vielleicht hat er bewirkt, daß es uns auf dieser Reise so gut ergangen ist?

Es war schon dunkel. In der Nähe von Solnhofen tanzte ein Fuchs auf einem weißen Sandweg im Mondlicht. Was für ein erregendes schönes Bild! Nie hatte ich einen tanzenden Fuchs gesehen. Später, als wir jemanden fragten, sagte er: »Der Fuchs hatte sicher Tollwut!« Und dann meinte ich, mich zu erinnern, daß das Tier sehr mager war, seine Bewegungen verzerrt. Wir hätten nicht fragen sollen.

Im Morgengrauen, von uns unbemerkt, haben wir eine weitere Grenze überschritten: keine Stangenbohnen mehr, sondern Weinstöcke und bald darauf im Morgendunst das Meer, nun schon gewohnt, kein Grund mehr, ›Thalatta‹ zu rufen.

An Bord. Die Sonne steht schon tief. Wir mieten Liegestühle. Vor uns lehnt ein Fünfjähriger mit dem Rücken an der Reling, schlürft durch einen Strohhalm Limonade. Vater und Mutter winken ihm aus ihren Liegestühlen zu, und er ruft: »Mir ist schön.«

Als Reiselektüre hatte ich mir Flauberts ›Die Erziehung des Herzens‹ mitgenommen, eine lange versäumte Lektüre. Ich las: ›Am 15. September 1840 lag die »Ville-de-Montereau« gegen sechs Uhr morgens abfahrbereit und dicke Rauchwirbel ausstoßend am Quai Saint-Bernard.‹ Noch lag die ›Liburnia‹ an einem der Kais in Rijeka, es war September 1980. ›Atemlos kamen Leute gelaufen. Stückfässer, Taue und Wäschekörbe.‹ Ich ließ das Buch sinken, wandte meine Aufmerksamkeit eine Weile der ›Liburnia‹ und diesem Septembernachmittag 1980 zu und las dann weiter: ›... betrachtete durch den Morgendunst die Kirchtürme und Bauwerke, deren Namen ich nicht kannte‹, begab mich auf die Seine, sah Paris entschwinden und nicht Rijeka, kümmerte mich um den jungen, gebildeten Frédéric Moreau und seine Geld- und Herzensnöte. Auch er wählte den längsten Weg, nahm das Schiff, wie auch wir es tun, die wir uns gern dem Ziel allmählich nähern, Entfernungen auskostend. Ich las: ›Da es damals Brauch war, sich auf Reisen schäbig zu kleiden . . .‹ und sah mich um: T-Shirts und verwaschene Jeans, schäbige Turnschuhe; korrekt gekleidet nur das Schiffspersonal.

Kein Harfenspieler, aber ein Gitarrenspieler, der seine langen Haare über die Schulter zurückwarf, Madame Arnoux, die in einem schmalen Bändchen mit grauem Einband las. Ich las in einem Taschenbuch mit braunem Einband von Frédéric, der eifersüchtig auf das war, was die schöne Madame Arnoux las. Um mich herum wurden ›Bild‹-Zeitung, ›Spiegel‹ und ›Zeit‹ gelesen und dann auf die Schiffsplanken gebreitet, auf denen man später trank und aß, musizierte und die Nacht verbrachte . . .

Vertraute Inseltage. Aber neue Erfahrungen: Wenn sich die Motorboote den kleinen Inseln nähern, weht uns der süße Honigduft der sonnenwarmen Pinien entgegen.

Die Weinlese hat begonnen. Die Bauern schenken uns die Weintrauben, die wir in den früheren Jahren entwendet haben, und beschämen uns.

Wieder liege ich im durchsonnten Schatten eines alten Ölbaums. ›Die Oliven geben ihr Bestes, wenn sie gepreßt werden.‹ Ein jüdisches Sprichwort. Der Kaiser Augustus ließ zum Zeichen seines Friedenswillens Ölbäume pflanzen. Ein Ölbaum trägt erst nach achtzig Jahren Frucht. Der Ölbaumzweig als Symbol des Friedens, rührt das daher? Der Ölbaum zieht aus dem steinigen kargen Boden Öl, das grenzt an ein Wunder.

Zum Rathaus von Hvar führt eine hohe Treppe hinauf, unter der sich ein vielbenutztes Pissoir befindet. Gleich neben dem Eingang steht ein Tisch, an dem eine Frau sitzt und Lavendel- und Rosmarinöl verkauft. Aus großen Behältern gießt sie das Öl in Flaschen und Fläschchen, wobei viel von der duftenden Flüssigkeit danebenläuft. Die Gerüche mischen sich, es überwiegt Rosmarin. Ob man der Frau diesen Platz zugewiesen hat? Eine Toilettenfrau. Toilettenwasser.

Der alte Palast des Renaissance-Dichters Petar Hektorović in Starigrad. Im zugehörigen Garten ein rechteckiger, gemauerter Fischteich, von drei Seiten vom Palast eingeschlossen. Nichts ist überflüssig in den schönen Räumen, zweckmäßiges Gerät, keine Übermöblierung wie in unseren Wohnungen, beziehbar von einem Tag zum anderen, zur Besichtigung freigegeben. An mehreren Stellen sind Worte des Dichters in Stein gehauen. ›Nihil occultum‹ – Nichts ist verborgen. Was für eine Prophezeiung für diese Insel der FKK-Strände, der Nudisten. Am ersten Tag erscheint uns der Triumph der Körper ungehörig. Brüste, Bäuche, Hinterteile. Aber nur die Weißhäutigen wirken entblößt. Wenn der Körper sich bräunt, wächst ihm ein Tarnanzug, er wird schöner, er wird auch geschlechtslos.

Die hohen Palmen unter unserem Hotelfenster sind von Schwalben bevölkert, Hunderte von Schwalben im Winterquartier. Sie zwitschern in der ersten Morgendämmerung, fliegen in der Abenddämmerung mit aufgerissenen Schnäbeln rasch an den Mauern entlang und besorgen die Insektenvertilgung für das ›Palace-Hotel‹. Als der harte Nordwind einsetzt, die Bora, verschwinden alle. Auch an unseren Nerven zerrt das unbeherrschte Rascheln der Palmwedel.

Immer zeitiger fahren die Boote von den Inseln vor der Insel zurück zur Insel Hvar. Auf einem der Felsen mit den weißen und gelben Quarzeinschüben sehen wir einen Knochen liegen. Da ist einer zu lange geblieben und hat das letzte Boot verpaßt ...

Glück. Nicht Glück haben. Nicht Glück über etwas,

sondern angereichert mit Glück, selbst Glück sein. Oder besser: Freude. Ich freue mich. Nicht auf etwas, nicht an etwas, sondern: ich bin Freude.

Wiedersehen mit der halbzerfallenen Ortschaft Melo Grablje, das wir unser Grablje nennen. Etwas ist anders geworden, etwas hat sich verändert. Der Platz vor der Kirche, wo die alten Kastanien stehen, ist gefegt, das Innere der Kirche ebenfalls; Kerzenstümpfe auf den Mauern. Irgendwo spielt jemand Flöte. Auf einer Steintreppe, die in ein Haus führt, stehen Flaschen. Wir hören Stimmen, begegnen auf dem Rückweg jungen Leuten, die uns offensichtlich nicht gern dort sehen, die sich wie Einwohner benehmen. Später lernen wir eine junge Frau kennen, eine Malerin, die schon seit Monaten in Melo Grablje wohnt und mehr als zwanzig Bewohner im Laufe des langen Sommers nach sich gezogen hat. Sie hat von unseren idealistischen Plänen, Grablje wieder aufzubauen und mit Freunden zu bewohnen, gelesen und hat den Plan in die Tat umgesetzt, nicht für uns, sondern für andere. Wir sind es zufrieden, der Ort verdient es. Ein kleiner Triumph für mich. Wirkungen der Literatur. Wir werden nicht wieder nach Melo Grablje gehen.

Jerolim, eine Insel, die wir sonst meiden, weil dort die Nackten so dicht nebeneinanderliegen, daß man an Zoo erinnert wird. Aber jetzt, spät im Jahr, ist auch Jerolim nicht mehr dicht belegt. Wir sind zu viert, finden eine Bucht für uns allein, sogar Felsen, deren Formen mit den Formen des weiblichen Körpers korrespondieren. Wir richten uns ein, Sitzplätze für die Mahlzeiten, geeigneter Zugang zum Meer, wasserumspülte Grotten für die Weinflaschen, eine kleine Vorratskammer, wo Schinken, Käse und Trauben kühl bleiben.

In geringer Entfernung, durch helles Tuffgestein von

uns getrennt, haust ein junger bärtiger Mann mit seinem kleinen Sohn. Wir rufen einen Gruß hinüber, wir werden tagelang Nachbarn sein. Ein Schweizer aus Genf, blondgelockt, schön gewachsen, der kleine Sohn exotisch, aber mit Namen Martin. Ein stilles, heiteres Kind, das noch nichts zu sagen hat. Nur kleine Ausrufe. Die beiden sammeln Steine, bauen Dämme, suchen Pinienzapfen. Wir nehmen das Bild ästhetisch. Wir selber reden, lachen, essen, schwimmen. Nebenan taucht eine junge Frau auf, buchstäblich: taucht auf, nimmt die Taucherbrille und die Flossen ab, hebt Martin hoch, küßt ihn, bewundert das kleine Stauwerk, in dem eine Seegurke liegt sowie ein Krebs, der sich im Krebsgang immer wieder davonmacht und immer wieder eingefangen wird. Die Attraktion der Anlage ist ein Oktopus, der sich in einer Höhle unterm Wasser zu verbergen sucht und uns manchmal aus verträumten Augen ansieht. Der kleine Privatzoo hat viele Besucher. Die junge Frau setzt nach einiger Zeit die Taucherbrille wieder auf, streift die Flossen über, ruft »Hi« und springt ins Wasser. Es vergehen Stunden, sie kehrt nicht zurück. Ich rufe dem jungen Schweizer zu: »Ihre Frau hat Sie wohl verlassen!« – »Ja!« antwortet er. »Schon vor zwei Monaten.« Er ist allein mit Martin nach Hvar gereist; die Reise war bereits für drei gebucht. »Tagsüber geht es«, sagt er, »aber nachts!« Wir hören ihm schweigend zu. Es ist nichts dazu zu sagen. Er und seine Frau haben das indonesische Kind vor zwei Jahren adoptiert; sie hielten es für richtiger, sich um vorhandene Kinder zu kümmern, als eigene in die Welt zu setzen. »Die Verhandlungen dauerten sehr lange«, sagt er. Kaum war das Kind im Haus, da erkrankte seine Frau an Leukämie. Er erzählt seine Geschichte jedem, der ihn fragt, und gerät jedesmal außer Fassung. Er hebt seinen Sohn auf die Schultern, steigt mit ihm ins Wasser, schwimmt davon, halb Christophorus, halb Delphin; er hat dieses Kind vor dem Hungertod bewahrt. Manchmal kommen junge hübsche Frauen angeschwommen, flirten mit dem Kind, flirten mit dem Vater; dann sieht man sie wieder davonschwimmen, sieht ihre gebräunten, runden Hinterteile noch einige Zeit aus dem Wasser ragen. Mittags legt er Martin zum Schlafen unter einen Strauch in den Schatten. In dieser einzigen freien Stunde schwimmt er weit hinaus, zu weit, man ist hier sonst vorsichtig, der Haie wegen. Am nächsten Tag kommt er in unsere Bucht, zeigt uns Bilder. Da waren sie noch zu dritt, man sieht der Frau die Krankheit schon an. Martin klettert hinter ihm her, läßt sich geduldig streicheln, läßt sich beschenken, er spricht französisch. »Merci, Madame!« sagt er. Seine gelbliche Haut bräunt nicht, er ist blasser als wir.

Nach unserer Rückkehr packten wir Koffer und Geschichten aus. Den Freunden, die unsere Insel kennen, haben wir Steine mitgebracht. Wir hatten sie am Strand der Zwillings-Bucht gefunden; sie tragen geheimnisvolle, bedeutungsvolle Schriftzeichen, wie Keilschriften, vom Meer eingraviert. ›Neueste Nachrichten aus Hvar!‹ sagen wir.

In den Gedichten der Ingeborg Bachmann gelesen. ›Wenn einer fortgeht, muß er den Hut / mit den Muscheln, die er sommerüber / gesammelt hat, ins Meer werfen / und fahren mit wehendem Haar . . . / Dann wird er wiederkommen. / Wann? / Frag nicht.‹

(1975–1989)

Des Dichters Bergfahrt oder Kleiner Grenzverkehr 1978

Goethes ›Italienische Reise‹ hat vielfach als Reiseführer gedient, ›Des Dichters Bergfahrt‹ vermutlich noch niemals. Es handelt sich dabei um ein ›Gedicht in vier Gesängen für Freunde und Besucher des Thüringer Waldes, ins Besondere der reizenden Gegend zwischen Waltershausen und dem Inselsberg von A. Trostbach, Diaconus zu Waltershausen‹, geschrieben in den vierziger Jahren des 19. Jahrhunderts. Uns diente dieses kleine Buch als Anleitung zu einer Wanderung auf den Inselsberg in den siebziger Jahren des 20. Jahrhunderts.

In meinem Arbeitszimmer hängt die vergilbte, etwa 130 Jahre alte Photographie dieses August Trostbach, der mein Urgroßvater war. Sie zeigt ihn im Brustbild, sechs Zentimeter hoch, oval; auf der Rückseite der Photographie steht vermerkt, daß sie ›aus dem Atelier von Ferd. Grundmann, Löwenstr. 9, gegenüber der Caserne in Gotha‹ stammt. Der Dargestellte wird etwa sechzig Jahre alt sein, vielleicht auch erst fünfzig; ein jugendliches Aussehen galt noch nicht als Vorzug, eher standesgemäße Würde. Über seinen Schläfen lockt sich weißes Haar; er trägt einen kräftigen Backenbart, das kleine Kinn ist bartlos, die Stirn kahl bis zum Hinterkopf, eine ›Denkerstirn‹. Kräftige Brauen, aufmerksame Augen hinter einer kleinen goldgeränderten Brille. Der breite Nasenrücken hat sich auf mich vererbt. Auf diesen Urgroßvater Trostbach könnte sich die Zeile eines Gedichts von Matthias Claudius bezogen haben, die mein Vater oft zitierte, wobei er mir den Zeigefinger auf die Nase legte: ›Hab immer seine Nase nicht, hab immer nur sein Herz!‹ Er seinerseits hat mir die Sommersprossen vererbt, in meinem waldeckischen Dorf ›Fliegenschittnäsken‹ genannt. Die Mundwinkel des Urgroßvaters senken sich ein wenig, die Lippen liegen fest aufeinander, trotzdem kein entschlossenes Gesicht, eher ein überzeugtes. Es handelt sich nicht um eine Momentaufnahme oder einen Schnappschuß. Es muß Übereinkunft zwischen dem Photographen und dem Photographierten bestanden haben; es galt, das Bild eines künftigen Ahnen anzufertigen, das noch in hundert Jahren Gültigkeit haben sollte. War er großwüchsig? Oder untersetzt? Es gibt nur diese einzige Photographie von ihm, und es gibt niemanden mehr, den ich fragen könnte. Er trägt einen Überrock, der ihm schlecht angepaßt wurde, darunter eine üppige Samtweste mit breiten Revers, hierunter wiederum ein vielfach gefälteltes Seidenplastron, das von einem steifen weißen Kragen zusammengehalten wird. Sieht er aus wie ein Geistlicher, oder sieht er aus wie ein Dichter? Er war kein Goethe! Er hat ein kleines dichterisches Werk hinterlassen, ein Heimatdichter, mit der Betonung auf Heimat.

Um den Inselsberg zu besteigen, müssen wir erst eine der heißen Grenzen der Welt überschreiten; sie befindet sich vierzig Kilometer von unserem Wohnort entfernt. Sie trennt die Bundesrepublik Deutschland von der Deutschen Demokratischen Republik; das eine Mal Deutschland als Hauptwort, das andere Mal deutsch als Beiwort. Wer im Westen nahe dieser Grenze wohnt, darf zu denen reisen, die im Osten nahe der Grenze wohnen. Einseitige, willkürliche zwischenmenschliche Beziehungen. ›Kleiner Grenzverkehr‹ im westlichen Sprachgebrauch, im östlichen ›Tagesbesuch im grenznahen Bereich‹. Unser Antrag auf Einreisegenehmigung wurde nach sechs Wochen vom Volkspolizei-Kreisamt Gotha/Thüringen bewilligt.

Im Frühjahr 1944 hatte es mich nach Halle an der Saale verschlagen; nach Kriegsende wurde ich für einige Jahre ein Grenzgänger zwischen Ost und West. Ich erinnere mich nicht mehr an die geheimen und gefährlichen Überwege. Grenzabenteuer, inzwischen zu Anekdoten geschrumpft. ›Als ich so alt war wie du‹ beginnend. Unverarbeitete, unbeschriebene, auch unbeschreibliche Erinnerungen, die jedesmal wach werden, wenn ich diese Grenze mit gültigen Reisepapieren überquere.

Wartha/Herleshausen. Eine der ältesten Übergangsstellen, keine provisorische Grenze mehr, sondern eine auf Dauer, mit Schranken, Betonbauten, Personal im Schichtwechsel. Eine Stunde lang bemühte, unentspannte Freundlichkeit von beiden Seiten. Bevor der Volkspolizist uns ›einen schönen Tag in der Deutschen Demokratischen Republik‹ wünscht, fordert er mich auf, meine Handtasche zu öffnen. Er findet darin das zerlesene Exemplar von August Trostbachs ›Des Dichters Bergfahrt‹. Er blättert darin, er liest. Ich erkläre ihm, daß es sich um ein Buch meines Urgroßvaters handle, daß wir auf den Inselsberg wandern wollen, daß das Buch uralt sei, hundertdreißig Jahre, wenn nicht mehr. Ich rede zuviel. Warum lächle ich ihn denn an? Dann reicht er mir das Buch zurück. Es erscheint ihm ungefährlich: Gedichte.

Unsere Aufenthaltsgenehmigung ist auf den 9. Mai 1978 ausgestellt. Am Vortag hat man ›die Befreiung durch die siegreiche sowjetische Armee‹ gefeiert. Die öffentlichen Gebäude, aber auch viele Mietshäuser haben noch geflaggt, große Fahnen, meist aber Fähnchen; neben der schwarz-rot-goldenen Fahne mit dem Emblem des Arbeiter- und Bauernstaates weht zumeist auch die rote Fahne der Weltrevolution. Bekenntnisse und Mahnungen auf Spruchbändern; die meisten Abkürzungen sind uns nicht geläufig. Zum ersten Mal lese ich die Parole: Frieden –

Freiheit – Wohlstand. Wohlstand als ein anzustrebendes Menschheitsideal?

Wir überqueren die Werra, fahren an Eisenach vorbei, kommen nach Waltershausen. Vertraute Ortsnamen auf den Straßenschildern: Gotha, Friedrichroda, Gräfentonna. Dann Tabarz, wo unsere Wanderung beginnen soll. Kleine Parkanlagen, stille Straßen, zweigeschossige behagliche Pensionen mit verglasten und unverglasten Holzveranden, nicht anders als im Harz, von Theodor Fontane hinreichend in den Briefen beschrieben; sie heißen nicht mehr ›Pension Karoline‹ oder ›Herzog Ernst‹, sondern ›Walter Ulbricht‹ und ›Georgi Dimitrow‹. Keine Ferienheime für bevorzugte Bürger mehr, sondern Ferienheime für die Werktätigen. Die Besitzverhältnisse haben sich geändert, hier ist nun alles betriebs- und volkseigen.

Wir machen uns auf den Weg. Schon steht unser Ziel auf den Stämmen der Buchen und Fichten: Großer Inselsberg. Ein Paradeberg. Die Wege in gutem Zustand, die Wälder gut durchgeforstet, es fehlt auch nicht an Wanderern. Die Forstverwaltung betreibt eine Naturverjüngung der Rotbuche unter extremen Wachstumsbedingungen; wir werden auf Tafeln von dem Vorhaben unterrichtet. Uns sind Trostbachs Wegebeschreibungen in Hexametern wichtiger; sie lesen sich wie Rezitative, dazwischen eingestreut Gedichte, wie Arien.

Alles wurde meinem Urgroßvater an einem einzigen Tag zuteil: der bestirnte Himmel beim nächtlichen Aufbruch, der erhabene Sonnenaufgang, die Schwüle vor dem Gewitter, die erfrischende Abkühlung des Abends und die liebliche Mondnacht. Was für ein Sommertag muß das gewesen sein! Wir blicken besorgt zum Himmel, der sich immer wieder mit Wolken bezieht, aber doch auch hin und wieder die Sonne durchscheinen läßt.

War er denn ein später Romantiker, dieser Diaconus

aus Waltershausen? War er ein Biedermann, ein Schwärmer? Ein Idealist? Am Ende seines Lebens ist er noch Oberpfarrer geworden; außerdem war er Zuchthauspfarrer, Feuerwehrhauptmann, Landtagsabgeordneter; weltfern kann er also nicht gewesen sein. Er war mit dem Herzogspaar Ernst und Karoline von Sachsen-Coburg befreundet. In meinem Besitz befinden sich zwei Kinderbecher aus ziseliertem Glas, eine galante höfische Szene darstellend. ›Ein Geschenk des Herzogs!‹ Diesen Satz habe ich als Kind mit ehrfürchtigem Schauder oft gehört. Vor meinem Elternhaus fuhr oft die fürstlich-waldeckische Kutsche vor; zwischen Fürstenhäusern und Pfarrhäusern scheint trotz des Standesunterschiedes keine unüberbrückbare Kluft bestanden zu haben. Mein Vater, der gern zitierte, um mit fremden Worten seine eigenen zu bekräftigen oder zu ironisieren, benutzte mit erzieherischer Absicht einen Vers Trostbachs, der sich mir eingeprägt hat und den ich beim Aufstieg auf den Inselsberg neu entdeckte: ›Zage nicht, wenn deine Wiege / Nicht auf stolzer Höhe stand / Wenn um deine zarten Glieder / Sich nicht reicher Purpur wand!‹

Trostbach – was für ein schöner Name für einen Seelsorger! – besaß nicht nur Gottvertrauen, er vertraute auch darauf, daß der Mensch sich weiterentwickeln wird, zum Guten, Wahren und Schönen hin. ›Wer immer strebend sich bemüht‹, darin Goethe durchaus verwandt. Er forderte Gemeinsinn, der dem Menschen ›Lorbeer aufs Haupt und Immergrün aufs Grab‹ verheißt. Ich habe Lorbeer und Immergrün in unseren Garten gepflanzt und verberge mein Vertrauen hinter vorsichtiger Ironie, die Trostbach nicht nötig hatte. Bei mir liegen Angst und Urvertrauen in lebenslangem Streit miteinander.

›Zackig zog sich der Pfad, als hätte der Blitz ihn gegraben.‹ Trostbach erwähnt nicht, ob er den gemächlicheren

Zickzackweg oder den steileren Streckweg wählte. ›Zakkig‹ sind sie beide. Wie alt war er, als er diese Wanderung unternommen hat? Vor dem frühen Aufbruch, so läßt er uns wissen, habe er die sorgliche Gattin geküßt. Meine Urgroßmutter soll eine schöne Frau gewesen sein – auch von ihr besitze ich ein kleines Bild. Sie hieß Aurora, wurde ›Rorchen‹ genannt. Dann hat der Wanderer abschiednehmend ›in die Züge der schlummernden Engel‹ geblickt, eines davon ein Knabe, der früh gestorben ist; unter den fünf Töchtern meine Großmutter, eine Pfarrerstochter wie ich. Ich habe sie nur ein einziges Mal gesehen, als ich drei Jahre alt war. Wir besuchten sie in Gotha, wo sie, verwitwet, lebte; ihr Mann war gestorben, bevor er sie zur Kommerzienrätin machen konnte, wie er es bei der Brautwerbung versprochen hatte. Für die Enkelkinder gab es Kakao und Kartoffelsalat ... Keine weiteren Erinnerungen an diese Großmutter. Als sie starb und meine Mutter in ihrem schwarzen Samtkleid zur Beisetzung nach Gotha fuhr, soll ich gefragt haben: ›Muß ich jetzt weinen?‹ Ich war ein Kind, das es recht machen wollte.

Wir wandern durch den Laucha-Grund; der moosige Waldboden dampft vor Nässe. Die Bäche streben alle der Werra zu, haben sich frühzeitig nach Westen orientiert, Kalisalze verderben das Wasser der Weser, aber darum können wir uns jetzt nicht kümmern. Die Sonne erwärmt und erheitert uns. Trostbach, kaum daß die Sonne, ›die Königin, der die Sterne als ihre Dienerinnen weichen müssen‹, sich erhoben hat, stimmt Sonnengesänge an. ›Hehre Botin der Huld an das Lebendige!‹ Und schon läßt er dem Lob die Mahnung an den Wanderer folgen: ›Schaue in der Natur Gott, huld'gend preise den Ewigen!‹

War er ein Pantheist, der dichtende und predigende Urahne, daß er Gott in der Schöpfung verehrt? Wenig später besingt er den Fürsten, dem er diente; er hat immer zwei Herren über sich gehabt, zweierlei Obrigkeit, der er untertan war.

›Leicht ist's folgen dem Wagen / Den Fortuna führt / Wie der gemächliche Troß / Auf gebesserten Wegen / Hinter des Fürsten Einzug.‹

Nein, das ist nicht Trostbach, das ist Goethe! Verse aus der ›Harzreise im Winter‹. Hat mein Urgroßvater diesen Gesang gekannt? Wie bekannt war Goethe in der Mitte des 19. Jahrhunderts? Trostbach war nicht unkritisch gegen sich selbst. Seinen ›Erinnerungen aus dem Thüringer Wald‹, 1867 veröffentlicht, gab er eine Widmung mit, aus der Bescheidenheit spricht. ›Nehmt's freundlich auf, was ich gesungen habe. / Ich bin befriedigt, wenn die Nachsicht spricht: / Und fehlt ihm auch des Dichters reiche Gabe, / Das warme Herz des Dichters fehlt ihm nicht.‹

Warum lächeln wir? Über das warme Herz des Dichters? Die Lust am Wandern und die Lust am Schreiben wird er mir vererbt haben; mein Vater hat dann Erzählerfreude dazugetan, meine Mutter die Lust am Lesen.

Nichts Schöneres und Erhabeneres gab es für Trostbach als seine Heimat. Er wird gewußt haben, daß er den Tiber nie zu sehen bekommen würde, also preist er das liebliche Tal der Laucha mit Beiworten, die ich mir aufhebe, falls ich einmal an den Nil oder an den Ganges kommen sollte . . .

Nach Abschluß seines Studiums in Jena bekam er nicht gleich eine Pfarrstelle. Er gründete eine kleine Privatschule, daher wohl sein Bedürfnis, den Leser zu belehren. Er kennt sich in thüringischen Sagen und Legenden aus, kommt auch auf den Grafen von Gleichen und seine Liebesaffäre zu sprechen, spricht von der ›Thränenflut‹ der angetrauten Gattin und der Huld der schönen Sarazenin. Im Schloß der Fürsten von Waldeck kann man auf einem Gemälde diesen Grafen von Gleichen sehen: die Gattin zur Rechten, die Sarazenin zur Linken, alle drei schöngewandet auf einem großen Bett liegend. Auch in der Naturkunde wußte mein Urahn Bescheid. Fische, Käfer und Spinnen – aber auch Satyrn und Nymphen – beleben die Natur; ich erfahre, daß das klebrige Fruchtfleisch der Mispeln den Vogelfängern als Vogelleim diente, daß im Sommer Arnika auf den Wiesen blühte, ›Bergwohlverleih‹, wie man in Thüringen sagt; daß im späten Herbst die Zapfensteiger die Zapfen aus den Spitzen der achtzig- bis hundertjährigen Nadelbäume holten – wertvolles Saatgut für neue Anpflanzungen –, wobei sie sich von einem Baumwipfel zum nächsten schwangen; das würde ich gern einmal sehen.

Die Wartburg ist nahe, also berichtet er auch vom Wettstreit der Minnesänger, erwähnt die heilige Elisabeth, die große Wohltäterin. Dabei werden wir an Zigaretten und Schokolade erinnert, die wir in der Tasche bei uns tragen und wohltätig verteilen möchten. Aber wir sind keine fröhlichen Geber, wir sind beschämt.

Trostbach vergißt auch Martin Luther nicht. Wir werden zusätzlich durch einen ›Luther-Brunnen‹ an ihn erinnert, der am Wegrand steht und von dessen Wasser wir trinken. ›Ein feste Burg ist unser Gott!‹, in heimischen Sandstein eingemeißelt. Trostworte, die bald vom Moos verdeckt sein werden.

Die mächtigen Thorsteine, unter denen Trostbach Zuflucht vor schwerem Gewitter fand, liegen schon hinter uns. Das Laub der Buchen wird lichter, der Weg steiler; wir überschreiten die Grenze zwischen Frühling und Vorfrühling, die an diesem Tag bei 700 Meter ü. N. liegt; die Buchenblätter stecken noch in ihren Hülsen, die rosafarben durchs Grün der Tannen schimmern. Es gefällt uns hier, vieles erinnert uns an die hessischen Berge, in denen wir zu Hause sind. Frühling hier und Frühling da, ubi bene, ibi patria! Auch Heimatliebe wirkt ansteckend.

Trostbach nennt selbst die kleinsten und unbekanntesten Berge und Täler beim Namen; seine demokratische Gesinnung macht nicht beim Menschen halt, sie erstreckt sich auf die gesamte Schöpfung. Er vergißt auch nicht die, die drinnen im Berg, unter Tage, arbeiten müssen, und auch nicht die Waldarbeiter, denen der Wald Mühe macht und nicht Freude wie ihm selbst.

Schon haben wir den Großen Inselsberg vor Augen!

›Auf Bergen da wohnet die Freude‹, schreibt er, da lagert die Wonne; da waltet die Liebe; da wachsen die Kräfte, und: ›Auf Bergen da thronet die Freiheit!‹ Freiheit muß eines seiner Lieblingsworte gewesen sein, und immer wieder das Beiwort ›deutsch‹. Deutsche Zunge und deutsche Sitte. In seiner Jugend hat er zu den Burschenschaftlern gehört, war von christlich-vaterländischen Idealen erfüllt, ein geeintes deutsches Reich als höchstes Ziel. Und wir? Wir reden nur noch zaghaft von Wiedervereinigung.

›Doch sollte deutsche Stärke nicht wirken im Verein . . .‹ Was lese ich! Hätte der Volkspolizist am Grenzübergang das Buch wegen aufrührerischer Gedanken doch beschlagnahmen müssen?

Die zahlreichen Wege, die von verschiedenen Punkten aus zum Inselsberg führen, machen den letzten Aufstieg gemeinsam. Wir haben den ›Rennsteig‹ erreicht, der von der Werra bis zur Saale führt, sich 168 Kilometer lang auf dem Kamm des Thüringer Waldes hinzieht, einer der großen deutschen Wanderwege, kenntlich an den zwei Meter hohen hölzernen Wegezeichen mit dem großen eingeschnitzten ›R‹.

Das Schönste ist, wie so oft, der Weg, nicht das Ziel. Radaranlagen und Fernsehtürme machen den Großen Inselsberg weithin kenntlich, aber auch unansehnlich. Wenn August Trostbach, der geistliche Herr aus Waltershausen, zum Inselsberg kam, hat man jedesmal die Fahne aufgezogen, das ist überliefert. Auch diesmal wehen die Fahnen.

Wir befinden uns in windiger Höhe, 916 Meter hoch. Trostbach gibt die Höhe in Fuß an, 2855 Fuß. Natürlich hat er den schönsten Rundblick genossen und beschrieben. Die Wasserkuppe auf der Rhön; den Beerberg, höchster Berg des Thüringer Waldes; den Hercules bei Cassel; den Hohen Meißner. Wenn ich auf dem Hohen Meißner stehe, heißt es, daß ich bei klarem Wetter, jenseits der deutschen Grenze, den Inselsberg sehen könne, und hier heißt es, daß ich den Hohen Meißner sehen könne. Konjunktive. Wir sehen nur Wolken. Zwei Gasthöfe wie früher, einer auf ehemals kurhessischem, einer auf thüringischem Boden; einer sogar geöffnet. ›Das Häuschen ist beschränkt, die Wirtschaft nach Möglichkeit gut‹ lesen wir in den Anmerkungen unseres Reiseführers Trostbach; daran hat sich nichts geändert. Es ist Mittagszeit, der Saal gut besetzt, man spricht thüringisch, bedient sich selbst. Die Thüringer Rostbratwurst und die Thüringer Klöße sind bereits auf der Tafel gestrichen. Blechbestecke, die uns an die Nachkriegszeit erinnern. Wohlwollend sagen wir: Das Bier, der Kasseler Rippenspeer, das Kraut sind gar nicht mal so schlecht – und wie preiswert! Wir stellen die üblichen Ost-West-Vergleiche an, legen ein paar Mark Westgeld aufs Tablett, die rasch unterm Daumen der Kassiererin verschwinden. Sie sieht mich an, ich erröte.

Die Wolken sind in Bewegung geraten. Wir genießen nun doch noch ein paar schöne Ausblicke nach Westen, zur Rhön hin. Unsere Augen empfinden die weiten blaugrünen Roggenschläge diesseits der Grenze als wohltuend. Nebenan im Hessischen sind die Ländereien noch immer zerstückelt, Raps neben Kartoffeln, Roggen neben Rüben. Hier ist das römische Erbrecht endgültig überwunden, hier wurde keine langwierige Flurbereinigung betrieben, hier hat man enteignet.

Die Sonne bescheint unsern Abstieg über den Großen

Jagdberg. Wir gehen auf einem Knüppeldamm übers Hochmoor, folgen dem Rennsteig. ›Kalte Heide‹, ›Gelber Weg‹, vermutlich nach der gelben Postkutsche so benannt. Wir kommen an den berühmten fünfarmigen Wegweiser.

Eine weite freie Fläche, rings von Wäldern umgeben, inmitten einer Wiese die ›Tanzbuche‹. Natürlich hat Trostbach recht, wenn er ›vom Teppich der Wiesen‹ spricht. Die ›Tanzbuche‹ steht verdorrt. Das Ausflugslokal ist geschlossen. Ein Abstecher zum ›Kickelhahnsprung‹, einem kolossalen Felsen aus Rotsandstein im ›Ungeheuren Grund‹, der an diesem Maiennachmittag nicht ungeheuer, sondern durchaus geheuer wirkt. Wir baden Gesicht und Hände im ›Badwasser‹, sehen den Forellen zu, sind wieder vom Vorfrühling in den Frühling zurückgekehrt und ruhen nun im Halbschatten hoher Buchen.

Auch bei Trostbach wird es an dieser Stelle Abend. ›Willst du gerne / Bis die Sterne / Schimmern, dich der Freude weihn, / Darfst um Obdach / Bis der Tag wach / Wanderer, nicht in Sorge sein.‹

Wir aber sind in Sorge! Wir müssen rechtzeitig am Schlagbaum stehen.

Der Vogelsang, der in den Mittagstunden verstummt war, setzt wieder ein. Mein unbedarftes Ohr kann eine thüringische nicht von einer hessischen Singdrossel unterscheiden.

Reinhardsbrunn! Ich schlage bei Trostbach nach. Er endet sein Gedicht mit einer Frage: ›Sonst Kloster, heute Fürstensitz – was einst?‹ Wir können seine Frage beantworten. Ein Erster-Klasse-Hotel, in dem gerade ein internationaler Ärztekongreß tagt, das Restaurant zwar geschlossen, aber für ein paar Westdeutsche gibt es immer noch Platz. Wir essen ungarische Gulaschsuppe und trinken Krimsekt zu Ehren der reizenden Gegend zwischen Waltershausen und dem Inselsberg, im Gedenken an August Trostbach, als dessen Urenkelin ich diesen ungereimten Bericht über eine Tagesreise in ein nahes fernes Land nicht mit dem lakonischen Satz beenden will: Ohne weitere Schwierigkeiten konnten wir nach gründlicher Durchsuchung des Autos bei Dunkelheit die Grenze passieren.

Was ich nicht selbst schreibe, darf ich doch aus ›Des Dichters Bergfahrt‹ abschreiben. Das letzte Wort hat Trostbach:

›Möcht ich wie die Sonn' auch scheiden
Einst nach wohlvollbrachtem Lauf,
Und der Glaube dann mich leiten:
Morgen leb ich wieder auf.‹

(1978)

Auf der Suche nach Poenichen

»Wir reisen in diesem Sommer nach Polen«, sagten wir zu den einen; zu den anderen sagten wir: »Wir reisen nach Pommern!« Bis wir uns darauf einigten, ›Pomorze‹ zu sagen, es kommt aus dem wendischen ›Po morje‹ und heißt ›vorm Meer‹, es klingt zärtlich, fast unpolitisch: Pomorze. Das Land jenseits von Oder und Neiße. Wir wollten herausfinden, wie deutsch der deutsche Osten noch ist, wir wollten uns eine eigene Meinung bilden. Ich bin mit zwei Meinungen zurückgekehrt.

Den Zielort gaben wir, wie es die Richtlinien für Polenreisen verlangen, in polnischer Schreibweise an. Wir schrieben ›Urlaub‹ als Zweck der Reise, aber wir wollten ein Dorf, einen Herrensitz und einen See in Hinterpommern suchen, die es nie gegeben hat: Poenichen, der erfundene Schauplatz für einen Roman. Als Vorlage hatte mir das Gut eines Onkels gedient, auf dem ich Sommer- und Winterferien verbracht hatte: als dort noch Frieden war und überall sonst Krieg. Ich habe das Gut der Freiherrn von Quindt topographisch genau beschrieben; zwischen Dramburg, Deutsch-Krone und Arnswalde in einem imaginären Dreieck gelegen, pommersche Sandbüchse, pommersche Schweiz, die höchste Erhebung 41 m ü. N.: der Innicher Berg, wo unter Eichen seit Jahrhunderten die Quindts begraben wurden. Es sind nun fast fünf Jahre, daß ich mit diesen Quindts zusammenlebe, als wären es meine nächsten Angehörigen. Man hält mich für eine Pommerin, und ich verbessere jedesmal: keine geborene, nur eine erschriebene Pommerin. Ich habe mir dieses Land ins Herz geschrieben. In Poenichen, das nun Peniczyn heißen muß, wird der zweibändige Roman über die Quindts zu Ende gehen.

Ich machte mich anstelle der Maximiliane von Quindt auf die Reise; zwei Wochen lang eine Heimatvertriebene in Stellvertretung. Mein Mann gab mir das Geleit, er spricht ein wenig Russisch. Im Juni 1941 ist er zum ersten Mal ostwärts gereist, vornehmlich zu Fuß, Infanterie. 1947 ist er in einem Gefangenentransport zurückgekehrt. Er hat seine eigenen Empfindungen und Erinnerungen, von denen er wenige nur laut werden läßt. Für ihn beginnt ›der Osten‹ an der Oder; er stammt vom Kaiserstuhl, weit weg.

Der Sonderzug der Reisegesellschaft fährt über Szczecin nach Olsztyn. Das Eisenbahnabteil wird zur Schulstube, in der man übt, ›Szczecin‹ gleich Stettin und ›Olsztyn‹ gleich Allenstein auszusprechen.

Unbekümmert sagen wir Deutschen Florenz statt Firenze; jeder Franzose sagt Cologne für Köln, warum dürfen wir nicht mehr Danzig sagen, wenn wir nach Gdansk reisen? Das deutsche Selbstbewußtsein ist anhaltend geschädigt, wir sind gedemütigt worden, wir haben gedemütigt.

Im ersten Morgengrauen überqueren wir die ›Odra‹. Von nun an befinden wir uns jenseits von Oder und Neiße. Es ist die zweite Grenze, die wir im Laufe der Nacht überqueren, mit vielen Formalitäten: Paßkontrollen, Durchreise-Visum, Valuta-Erklärung, Gepäckkontrolle. Lokomotivwechsel an jeder Grenze; mit Elektrizität durch die Bundesrepublik Deutschland, mit Dieselöl durch die Deutsche Demokratische Republik, mit Braunkohle durch Polen: vertrauter, verruchter Kriegsgeruch. Von nun an läßt der schrille Pfiff der Lokomotive, der vor jedem unbeschrankten Bahnübergang ertönt, keinen mehr schlafen.

Der Morgen zieht schon auf, es ist noch nicht halb drei, keinen hält es mehr auf den Liegebetten. Wir stehen an den Fenstern im Gang. Der Zug fährt langsam, langsam genug für das langsam arbeitende Gedächtnis. Schwarzer Sandboden, Kiefern, viel niederes Buschwerk, sumpfiges Brachland, Störche bei der Morgenarbeit, Rotwild am Waldrand. Helle Sandwege, mit Birken gesäumt, Schwärme von grauen Nebelkrähen, die ersten baumbestandenen Chausseen. Sinnbilder des Ostens.

Am Bahndamm blühen die Lupinen und verbinden Ost und West müheloser als die Schienenstränge und die Ideologien.

Alle tragen wir die Rückfahrkarte in der Tasche, alle sind wir im Westen zu Hause. Die anderen machen Ferien in der Heimat, die jetzt ›alte Heimat‹ genannt wird. Zwei Wochen lang betreiben die ehemaligen Pommern vergleichende Natur- und Gesellschaftsbetrachtung.

Hier wachsen in den Hausgärten Salatköpfe, Möhren, Stangenbohnen, keine Ziersträucher auf kurzgeschnittenem Rasen; die Stämme der Obstbäume sind weiß gekalkt und tragen Leimringe: keine chemischen Vertilgungsmittel, weniger Umweltschäden. Die Reisenden loben, was nur lobenswert ist, sie sind gutwillig.

Im Nebenabteil wird jetzt pommersches Platt gesprochen. Von Lagerfrucht ist die Rede und von pommerschen Gewittern, wenn die Blitze in die Überlandleitungen schlugen, feurig knisternd die Drähte entlangliefen und die Landarbeiter sich in die Ackerfurchen duckten ...

›Herr, laß sie sehen, woran sie geglaubt haben.‹

Es ist Juni, Pommern hat seine beste Zeit. Wildschweine wühlen nach Saatkartoffeln und sehen aus, wie man sie nennt: Schwarzkittel. In der Mark Brandenburg blühten die Kartoffeln bereits, weiß und lilafarben, in Pommern war man immer ein paar Wochen hinterher.

Kein großartiger Sonnenaufgang. Der Himmel ist wolkig, Wind weht in Böen über die Kornfelder hin; nebenan sagt jemand ›Kornschlag‹. Schlag, das Größenmaß für die einheitlich bestellten Felder. Der Wind wiederholt die Wellen der Endmoränen. Ich habe Wellenlehre am Beispiel eines Kornfelds unterm Wind gelernt; Rektor Kreßmann fällt mir ein, er erteilte Mathematik- und Physikunterricht an der Mädchenschule in Arnswalde, heute Choszczno, aber nicht mir, sondern Maximiliane, dieser pummligen Dorfprinzessin aus Poenichen, die in Arnswalde zur Schule ging. Mein Physiklehrer hieß Dr. Nolda, aber auch er benutzte noch das Kornfeld als Beispiel.

Pommerscher Landregen setzt ein. Wasservorhänge behindern die Sicht. Man wird jetzt bald nach Schivelbein kommen. Die ersten Arbeiter sind unterwegs, zu Fuß oder mit dem Fahrrad, umgestülpte Säcke, aber auch Plastiktüten über den Kopf gezogen; Omnibusse auf den Chausseen.

Im Nebenabteil ruft eine Frau: »Jetzt! Da ist schon die Kirche! Da ist die Siedlung, und das da ist unser Haus!« Auf einen Blick hat sie alles gesehen: Der Gartenzaun ist weg. Die Fensterrahmen müssen gestrichen werden. »Diese Gardinen! Sehen Sie bloß mal die Gardinen!« Die Frauen aus Westdeutschland messen Wohlstand und Wohlbehagen eines Volkes an seinen Gardinen. Dann setzt Gelächter ein, die Spannung läßt nach: »Hier fehlt ein weißer Riese!«

In Koszalin gleich Köslin verläßt die Hälfte der Reisenden den Zug, die anderen fahren weiter nach Ostpreußen. Wir steigen in Omnibusse des polnischen staatlichen Reisebüros Orbis, werden von einem deutschsprechenden Reiseleiter betreut. Wir sind übermüdet. Es regnet, der Wind weht kalt von der See her. ›Das pommersche Klima können nur Sauen, der Uradel und der Kiefernspanner vertragen.‹ Ich kenne den Ausspruch, der alte Quindt benutzte ihn gelegentlich.

Der Asphaltbelag stammt noch von den Deutschen, sagt jemand; andere widersprechen: Die Straßen waren früher schlechter.

Koszalin, Sitz einer Woiwodschaft, Hochhäuser und Neubauviertel, Industrie, Kasernen, dann flaches Land. Von der nahen Ostsee ist noch nichts zu sehen und nichts zu hören und auch nichts zu riechen. Der Zutritt zu den meisten Waldwegen ist gesperrt. Militärisches Gelände, unser Instinkt übersetzt uns die Verbotsschilder.

Wir wohnen im Hotel ›Skanpol‹ in Kolberg, heute Kołobrzeg, das durchgestrichene l wie das englische w auszusprechen, Kategorie A. Von den westlichen Reisenden wegen seiner Mängel ›Skandalpol‹ genannt. Nach zehn Jahren Volkstourismus sind Tisch- und Bettwäsche zerrissen, haben die Teppiche Brandlöcher. Was zu bemängeln wäre, löst gleichzeitig Befriedigung aus. Es wird als Bestätigung für das Zivilisationsgefälle von West nach Ost genommen; man lebt im besseren Teil der Welt. Radio und Telefon in jedem Zimmer, Toilette und Dusche, Fernsehraum in jeder Etage, Hotelbar und Nightclub, Intershop für Whisky, Kaffee, Zigaretten auf Dollarbasis. Kaum einer unter den Reisenden, der sich Kategorie A im eigenen Lande leisten könnte.

Im Speisesaal sitzen die Westdeutschen an reservierten Tischen, an anderen Tischen die Urlauber aus Polen, die Ostdeutschen sitzen ebenfalls für sich. Verbrüderung ist nicht geplant, ein Vertrag wird erfüllt, Devisen werden benötigt. Noch sprechen die Kellner kaum ein Wort Deutsch. Aber man bietet ›Danzingi‹ und ›Striptease‹ und ›Pepsi Cola‹; die westliche Welt dringt durch viele Kanäle in den Osten.

Wir frühstücken warme Krakauer Wurst, geriebenen Meerrettich, mit roten Rüben gemischt, dazu viel heißen ungefilterten Kaffee aus Gläsern; die Westdeutschen holen den mitgebrachten Nescafé hervor. Für viele unter ihnen bedeutet die Reise in die alte Heimat zugleich die erste Reise ins Ausland.

Zwei Wochen lang essen wir pommersch-polnisch. Borschtsch, die berühmte rote Suppe des Ostens, aber auch pommersche Kliebensuppe. Wir trinken Wodka, aber auch Buttermilch, wir werden gut und abwechslungsreich ernährt, während die Bevölkerung unter einer der häufigen Versorgungskrisen leidet.

Die Mietwagen warten bereits vorm Hotel, um die ehemaligen Pommerndeutschen dorthin zu Kurzbesuchen zu fahren, wo sie einmal zu Hause gewesen sind: nach Stolp und Treptow, nach Neu-Stettin und Cammin. Man zahlt in Westmark, Tauschangebote werden uns auf der Straße zugeflüstert, die meisten Touristen hüten sich, manche hüten sich nicht und tauschen 1 : 4, wo man 1 : 1 tauschen müßte. Mit vollen Taschen und bangen Herzen steigen sie in die Autos. Kaffee und Strumpfhosen, Kugelschreiber und Kaugummi werden bei der Verständigung mit den neuen Bewohnern ihrer Wohnungen hilfreich sein müssen.

Wir selber bleiben vorerst in Kolberg. Maximiliane von Quindt hat im September 1937 die ersten fünf Tage ihrer Ehe hier verbracht; sie war damals knappe 19 Jahre alt und sehr unerfahren. Das junge Paar hat in der Pension ›Zum alten Fritz‹ gewohnt, die Maximiliane aber nicht wiederfinden wird. Sie wird sich noch an die schattige Uferpromenade erinnern und an den ›Seesteg‹, von dem aus sie zum ersten Mal gesehen hat, wie die Sonne im Meer untergeht; sie ist zeit ihres Lebens ein Landkind geblieben. Sie muß damals so verwirrt gewesen sein, daß sie die unübersehbare Marienkirche nicht wahrgenommen hat; aber damals stand sie im Schutz der alten Bürgerhäuser und nicht auf Ödland wie heute. Backsteingotik wie in Lübeck, Lüneburg, Stargard, mehr Festung als Kirche, dreischiffig, ohne Türme, in Jahrhunderten erbaut und dann im März 1945 zerstört. Bis vor kurzem hat die Ruine des Domes als Kriegsmuseum gedient, jetzt wird am Wiederaufbau gearbeitet. Baugerüste aus Birkenstämmen; Schwalben und Spatzen fliegen zwitschernd ein und aus, nisten im Innern der Kirche. An den behelfsmäßig errichteten Altären lehnen junge grüne Birken: es ist Fronleichnam. Prozessionen und Gottesdienste, die Kirche füllt sich mehrmals am Tag. Die Gläubigen knien nieder, schlagen das Kreuz, singen und beten. Das ›Halleluja‹ und das ›Amen‹ singen wir mit. Die Polen galten immer als religiös, als gut katholisch. Oder wird heute die Kirche zum Ort einer stillen Demonstration? Die Woiwodschaft Koszalin ist die kinderreichste, geburtenfreudigste in Polen, und Kinderreichtum galt ja immer als ein Zeichen von starkem Lebenswillen. Oder sind die vielen Kinder auf den Straßen, den Spielplätzen und am Strand katholische, nicht verhinderte, Kinder? Stellen wir falsche oder richtige Beobachtungen an? Wir sehen, auch bei Tage, viele Betrunkene auf der Straße. Trinkt man denn, wenn man lebensfroh und zuversichtlich ist? Trinkt man, weil man arm ist, oder ist man arm, weil man trinkt? Weder Straßen noch Plätze, nicht einmal der Sandstrand, scheinen jemals gefegt oder geharkt zu werden, trotzdem liegt nirgendwo Abfall: ein sauberes Land. Sauberkeit der Armen. Es gibt nichts zum Wegwerfen. Allenfalls Zigarettenkippen. Es wird viel geraucht, vor allem die Frauen rauchen. An den Kiosken werden keine ausländischen Zeitungen verkauft, allenfalls eine deutschsprachige aus Ost-Berlin; keine Magazine, manchmal eine

Sportzeitung. Sind die Polen keine Zeitungsleser? Oder ist dieses Pomorze noch gar nicht Polen?

Wir steigen im mächtigen Westwerk der Marienkirche die enge Wendeltreppe hinauf, um uns von der Plattform aus einen Überblick zu verschaffen. Der Prospekt erteilt den von Staats wegen geforderten geschichtlichen Überblick: Zuerst eine slawische Siedlung, dann eine Salzstadt und daher wohlhabend; im 13. Jahrhundert setzte der ›langjährige rücksichtslos durchgeführte Germanisierungsprozeß, vor allem aus Lübeck‹ ein. Als nach 800 Jahren der Unterdrückung und nach schweren Kämpfen um Kołobrzeg die ermüdeten Soldaten der 1. Armee des polnischen Heeres in der Dämmerung des 18. März 1945 an den Kolberger Strand kamen, da gelobten sie der See: ›Wir schwören, dich nie zu verlassen, denn du, das Meer, bist seit Jahrhunderten und auf ewig polnisch!‹ An der ›Vermählungsstelle‹ der polnischen Soldaten mit der Ostsee erhebt sich ein gewaltiges Beton-Mal. Es darf auch von den ausländischen Touristen fotografiert werden, der kleine unzerstörte Bahnhof dagegen nicht. Deutsche Geschichte, polnische Geschichte; auf gemeinsamen Schulbuchkonferenzen bemüht man sich, sie auf einen gemeinsamen Nenner zu bringen.

›Noch ist Polen nicht verloren!‹ Jener großartige, 150 Jahre währende Freiheitskampf. Von allen idealistisch gesinnten Europäern bewundert. Bei soviel eigenem Patriotismus wird dem Nachbarn das Wort ›Heimat‹ oder ›Heimweh‹ bereits als Revanchismus ausgelegt ...

Für eine Landbevölkerung bedeutet die See die allerletzte Zuflucht. 90 000 Pommern versuchten 1945 übers Meer zu entkommen, deutsche Truppen verteidigten den Fluchtweg. Unter den Touristen befinden sich Männer, die zu den Verteidigern der Festung Kolberg gehört haben. Die Befreiung Kołobrzegs bedeutete den Untergang Kolbergs. Ein paar historische Bauten blieben erhalten, einige wurden restauriert, Trümmer wurden weggeräumt, Erinnerungen eingeebnet. Auf dem Ödland wurden Wohnsilos aus Fertigteilen erbaut, die bereits wieder abbröckeln. Der Taxifahrer, der uns mehrmals durch Pomorze-Pommern fährt, stammt aus Lodz, seine Mutter hat deutsch gesprochen. Gegen eine Prämie hat er sich 1945 verpflichtet, nach Kołobrzeg zu ziehen, nachdem die Amerikaner die ersten Pferde und Wagen und auch Maschinen eingeflogen hatten. Er lernte ein Mädchen kennen und blieb; das altmodische Muster zur Neubesiedlung eines ausgestorbenen Landes. Die Eheschließung zwischen Polen und Deutschen wird prämiert, dreißig Deutsche sollen noch in Kolberg leben.

Von der Plattform der Marienkirche aus sehen wir, was wir von unten nicht sehen sollen: die alten Kasernen und die neuen Kasernen, die alten und die neuen Befestigungsanlagen und den nahen Militärflugplatz, von dem die russischen Düsenmaschinen, Typ MIG, aufsteigen und donnernd in Richtung Ostsee davonfliegen, schneller, als man die Ohren schützen kann. In klaren Nächten starten und landen sie alle paar Minuten, bis nachts um ein Uhr.

Polen baut hier, an der sonnenreichsten und regenärmsten Stelle der 500 Kilometer langen Ostseeküste, einen devisenbringenden Bade- und Kurort aus, aber gleichzeitig wird fünf Kilometer östlich davon der Militärflughafen vergrößert. Wer plant? Russen oder Polen? Wenn wir uns mit deutsch- oder englischsprechenden Polen unterhalten, fällt mehrmals ein Satz, der uns mit anhaltender Trauer erfüllt: ›Wir würden lieber unter den Deutschen als unter den Russen leben.‹ Die freiheitsliebenden Polen! Was für eine Welt, in der immer die einen ›unter‹ den anderen leben. Auch in den ruhigen Nächten liege ich schlaflos. Die vielen Soldaten. Die vielen militärischen Anlagen. Die Panzer und Militärflugzeuge; als wäre Pommern nur noch ein Aufmarschgebiet. Aber das westliche Verteidigungssystem, von dem ich lese und kaum etwas sehe, macht mich ebenfalls ängstlich. Maximiliane hingegen, dieses Naturkind, das ja ebenfalls im Hotel ›Skanpol‹ absteigen muß, schläft auch hier, wie überall, tief und fest.

Wir gehen am Strand entlang, der Sand ist fest und weiß. Die Ostsee, die mal ›Mare Balticum‹ hieß, gebärdet sich wie der Atlantik. Über die Mole fegen die Brecher hinweg, der Seesteg, die große Attraktion Kolbergs, ist aus Sicherheitsgründen gesperrt, kein Schiff ist draußen. Der Strand sei nur noch halb so breit wie früher, sagen die ehemaligen Kolberger, aber das weiße Band zwischen Meer und Land zieht sich noch immer bis ans Ende der Welt: zerzauste Kiefern- und Erlenwälder wachsen auf den Dünen. Wir wollen von der Seeseite her nach Henkenhagen wandern, dorthin fährt die Familie, mit der wir frühstücken, an jedem Tag. Die Zone der Strandkörbe und verwehten Sandburgen endet, wir suchen nach Muscheln und Bernstein, aber das Meer ist hier nicht freigebig. Das alte Familienbad! Leicht kenntlich, abends wird dort getanzt, die Zeltplätze liegen in der Nähe. Auch Maximiliane hat dort mit ihrem Mann getanzt. Wir kommen an gesprengten Bunkern vorüber, im rostigen Eisengestänge hängt Tang. In der Ferne sehen wir schon die Dächer von Henkenhagen. Aber wieder versperrt uns militärisches Gelände den Weg.

Am nächsten Tag dreht endlich der Wind und kommt von Osten. Auf fußbreiten Graswegen gehen wir am Ufer der Persante entlang. Im Windschatten der Büsche lagern Urlauber aus Lodz und Warschau, die Kinder spielen und baden. Schon immer ging man ein Stück ins Land hinein, wenn es an der Küste kühl und windig war. Die Männer haben die Jacken, die Frauen die Kleider ausgezogen; von Schlüpfern leidlich bedeckt, recken sich stattliche polnische Hintern aus dem Gras. Hinterpommersche Hintern! Endlich lachen wir wieder. Ich ziehe Schuhe und Strümpfe aus, gehe barfuß. Mein Mann sagt: »Du benimmst dich wie diese Maximiliane! Gewöhn dir nur nicht auch noch an, die Fingernägel abzukauen!«

Noch ein paar Angler, dann sind wir allein. Angepflockte Kühe und Pferde auf den Uferwiesen. Über Schilf und Röhricht schwirren persischblaue Libellen; das Ufergebüsch voller Vogelstimmen, darunter der Zilpzalp, und plötzlich, dicht vor uns, auf einer Pappel ein gelber fremder Vogel. Er fliegt davon, gibt sich durch Pfeifen zu erkennen: ein Pirol! Wir pfeifen ihm nach. Er macht mich glücklich, macht diese Maximiliane glücklich; auch auf Poenichen bekam man den Pirol nicht oft zu hören und nur selten zu sehen.

Die Vogelscheuchen auf den Feldern tragen die Sonntagskleider ihrer Besitzer auf; keine Schreckgespenster, der Phantasie eines Walter Matern entsprungen. Hier fließt nicht die Weichsel, hier fließt die Persante, dunkel und träge, sie ist dem Ziel nahe; die Ostsee bedeutet ihren Untergang. Nur jemand wie Maximiliane macht sich Gedanken darüber, daß dieses Wasser einmal durch den Poenicher See geflossen sein muß . . .

Manchmal begegnet uns ein Mann oder eine Frau, die Heugabel über der Schulter; unser Gruß wird nicht immer erwidert. Kartoffeln, Korn, aber auch Flachsfelder, kurz vor der Blüte. Wir erinnern uns daran, daß wir Vergleiche zwischen jetzt und früher anzustellen haben, zwischen Westen und Osten. Ich sehe gutbestelltes, fruchtbares Bauernland.

Der Weg wird sandig, der Wald beginnt. Vornehmlich Birken, nach Ansicht der Forstleute das Unkraut der Wälder. Der Brambusch leuchtet wie Gold, die Lerchen singen hoch über uns, das Moorgras blüht in weißen Büscheln, eine Landschaft, aus Löns-Liedern zusammengesetzt, Löns ist in Westpreußen aufgewachsen. Stellvertretend für Maximiliane singe ich den noch fehlenden ›Birkhahn, der kullert und tollt‹, dazu.

Der Wald wird dichter und unübersichtlicher, schwarze moorige Tümpel. Mein Mann bleibt stehen. »Laß uns hier umkehren!« Ich kenne diese Überfälle seiner Kriegserinnerungen schon aus den schwedischen Wäldern. Pripjetsümpfe, Partisanenkrieg. Gleich wird er von den russischen Partisanen erzählen, die beim Anrücken der deutschen Verbände im Moorwasser untertauchten und durch Schilfrohre atmeten, um dann hinter den deutschen Linien wieder aufzutauchen ... Aber: er schweigt.

Wir kommen durch ein Dorf. Fünf oder sechs Bauernhöfe, die Straße breit, ausgefahren, nicht asphaltiert. Eine Gänseherde versperrt uns den Weg, wir bewaffnen uns mit Knüppeln. Das Korn blüht, der Duft mischt sich mit dem der blühenden Akazien. Es ist Mittag. Wir legen uns ins Gras, der wilde Mohn blüht, die duftende Kamille. Die Stunde der Kornmuhme. Diese Maximiliane von Quindt hätte nun wohl gespürt, daß die Erde sich unter ihr dreht.

Ich spüre es nicht, ich bin kein Naturkind, aber auch ich fühle mich wohl; ich fühle mich nicht in der Fremde.

An jedem Abend beschließen wir: Morgen fahren wir nach Poenichen! Aber am nächsten Morgen, wenn die anderen deutschen Touristen wieder in ihre Mietwagen steigen und ihren Zielort nennen, verschieben wir die Fahrt. Wir scheuen uns vor etwas, das es doch nicht gibt: Poenichen. Ein Phantom.

Wir studieren die Fahrpläne und benutzen die Linienbusse. Wir fahren in modernen, manchmal auch in klapprigen Omnibussen über Land. Mein Mann hält die polnische Landkarte auf den Knien, ich die pommersche. Die Maßstäbe stimmen nicht überein. Wir verlieren die Orientierung. Erst in Slawno stellten wir wieder Übereinstimmung her: Schlawe. Wenig Privatautos, aber ein dichtes Liniennetz der Busse; einen Sitzplatz bekommen wir immer. Auf der Fahrt nach Rügenwalde saßen wir ganz hinten im Bus, hielten uns der Erschütterungen wegen mit beiden Händen an der Stange der Vordersitze fest. Ich bangte um meine Wirbelsäule. Mein Mann empfahl englischen Trab, den Stoß mit den Oberschenkeln abfangen! Er hat zwei Jahre auf dem Pferderücken verbracht, Chef einer Kosakenschwadron. In leichtem englischen Trab auf dem Sitz eines polnischen Busses. Man dreht sich nach uns um, unsere Heiterkeit wird nicht als Kritik empfunden.

Schmale Chausseen mit alten Bäumen, meist Ahorn oder Linden, deren Kronen sich über der Straße ineinanderschieben; bei uns wären sie längst dem Autoverkehr geopfert worden. Maximiliane hat einen ihrer Söhne durch einen Unfall verloren; der schuldige Baum wurde inzwischen geschlagen, Sieg der Technik über die Natur. Hier wachsen zwei Meter seitwärts vom Chausseegraben junge Bäume der künftigen Straßenverbreiterung entgegen.

Zu beiden Seiten Seen mit flachen Ufern. Rapsfelder, Kornfelder, Kartoffelfelder. Der Holunder blüht und die Heckenrosen. Im Brachland die gelben Schwertlilien und immer wieder: Störche. Die Natur noch natürlich. Dieses Pommerland, unverwüstlich. Kriegsstürme sind drüber hingegangen, und es wird weiter geblüht und weiter Frucht getragen; ein Gefühl von Dauer, Unzerstörbarkeit und Ewigkeit geht davon aus.

Noch bestehen die alten Größenordnungen und Besitzverhältnisse, aber in den Bauernhäusern leben jetzt Bauern aus dem östlichen Polen – vertrieben oder ausgesiedelt, ich weiß nicht, wie man es offiziell nennt –, und aus den großen Gütern sind Kolchosen geworden. In den ehemaligen Gutshäusern sitzt die Kolchosenverwaltung. Viele Herrensitze wurden zerstört. Die Landarbeiter wohnen jetzt in Wohnblocks nahe den Wirtschaftsgebäuden, aber es gibt auch noch die vertrauten langgestreckten Dorfstraßen mit den einstöckigen Häusern, wo auf den Bänken neben der Haustür die alten Frauen sitzen wie einst und wo auf dem Dorfanger die pommerschen Gänse und die polnischen Enten von rundköpfigen blonden Kindern zusammengetrieben werden ...

Die Kirchen liegen ein wenig erhöht unter Baumgruppen. Mit den Polen ist die Frömmigkeit ins Land zurückgekehrt. Vertrauen sie auf ein alleswiedergutmachendes Jenseits? Nehmen sie darum die Unzulänglichkeiten geduldiger auf sich? Tun sie nur das Nötigste und nicht mehr? Polnische Wirtschaft – deutsche Tüchtigkeit, darüber wird abends im Hotel lange diskutiert. Urteile und Vorurteile. Wer hier ein Ersatzteil braucht, fährt dreimal vergeblich nach Koszalin oder bis Posen. Die heutigen Bewohner sind nicht als Pioniere gekommen wie einst die Deutschen. Muß ein seßhaft gewordener Mensch mit einem eigenen Auto hin und her fahren, wenn es Fahrräder und Omnibusse gibt? Sind Wohlstand und Besitz die wichtigsten Lebensziele? Stelle ich ebenfalls die deutsche Gardinenfrage? Lebt man hinter gerafften Perlonstores glücklicher? Überschätzen wir nicht alle die glückbringende Kraft der Waschmittel?

Unterwegs, wenn wir in einem der Seen baden oder an seinem Ufer sitzen, teilt sich uns die Stille und Heiterkeit der Landschaft mit. Die Ankunft am Ziel ist immer schmerzlich. Östliche Armut hat mich überall – in Rumänien, in Serbien, in Ungarn –, aber erst recht in Pomorze bedrückt, sie ist nicht malerisch, nicht fotogen. Arm heißt hier immer auch unfrei.

Wir sitzen in Cafés und Restaurants, manchmal 1. Kategorie, manchmal 4. Kategorie, und lernen die Klassenunterschiede in einem kommunistischen Staat kennen, die in einer westlichen Demokratie undenkbar wären. Wir besichtigen alte Stadtmauern und Tortürme, kleine Museen und Kirchen; vieles blieb im Krieg unzerstört, ist nur gealtert seither. Wir gehen über Wochenmärkte. Am Warenangebot erkennt man hier noch die Jahreszeit. Den Pferden hat man den Futtersack umgebunden. Es ist wie früher, wir sind nicht in ein anderes Land, wohl aber in eine frühere Zeit gefahren. Auf den Verkaufstischen liegen gebündelte Möhren, Salatköpfe, ein paar Sträußchen Dill, zwei oder drei gerupfte Hühner, sandige Erdbeeren, ein Korb wilder Kirschen, Margeritensträuße vom Wegrand. Die Erdbeeren, die wir kaufen, essen wir denen weg, die kein Geld zum Kaufen von Erdbeeren besitzen. Wir geben vor, keine Zlotys zu haben, und legen Westgeld hin. Man sieht uns prüfend an, ob wir aus dem östlichen oder westlichen Teil Deutschlands kommen. Wir lächeln und sagen ›prosche‹. Es scheint uns das meistgebrauchte polnische Wort zu sein: bitte. Noch sind Erinnerungen wach, die Freundlichkeit nicht zulassen. Wir spielen unsere Rollen in dem Stück, das ›Entspannung‹ heißt, noch unsicher. Manchmal spricht man uns zögernd und ängstlich in deutscher Sprache an. Wenn der Betreffende hört, daß wir nicht aus Pommern stammen, ist er enttäuscht. Jene Frau in Dramburg, die hinter uns in die Kirche huschte, um mit uns sprechen zu können: Sobald ihre Mutter tot ist, wird auch sie nach Deutschland kommen, der Antrag läuft schon! Ihre Augen leuchten, wenn sie von dem gelobten Land spricht. Sie weiß noch nicht, daß sie als Deutsche ausgesiedelt und als Polin in Deutschland ankommen wird. Wir verteilen Kaffee, Kaugummi, Schokolade, wie es die amerikanischen Besatzungssoldaten im Nachkriegsdeutschland taten. Kann der eine sich freuen, wenn der andere sich schämt? Wie es Besitzerstolz und Besitzerfreude gibt, gibt es auch Besitzerscham. Die Westdeutschen und die Westmark sind beliebter als die Ostdeutschen und ihre Ostmark, die wenig gilt. Ist es leichter, den übernächsten Nachbarn zu lieben als den nächsten? Bin ich eine von denen, die geliebt werden möchten? Wie wird Maximiliane von Quindt sich verhalten, die als Kind schon eine Gebende war und Wohltaten aus dem Herrenhaus in die Leutehäuser getragen hat?

Die Häuser an den Marktplätzen werden frisch getüncht, hellblau und hellrosa, ›poppig‹ würde man im Westen sagen. Die Auslagen in den Schaufenstern sind hübsch, Volkskunst aus Korea und Vietnam, Antiquitäten, Bernsteinschmuck. Manchmal fragen wir nach dem ›früher‹ und dem ›damals‹, manchmal möchten wir etwas Bestimmtes kaufen, doch dann heißt die Antwort in der Regel ›nïe ma‹, ›gibt es nicht‹, aber es klingt nach nimmermehr. Mit ›nïe ma‹ könnte der Roman von den Quindts auf Poenichen enden.

Wenn wir in der Nähe der Küste sind, essen wir frisch geräucherten Dorsch oder frisch gebratene Scholle, sitzen im Freien vor einer ›Smazalina‹. Mit so einer Fischbratküche hat Maximiliane 1947 sich und ihre Kinder durchgebracht. Jetzt kenne ich den Geruch, der ihren Haaren und Kleidern anhaftete. Sie hat es nicht wieder zu Besitz gebracht wie die anderen Vertriebenen.

Abends tauschen die Pommernreisenden ihre Erfahrungen aus. Man hat das Geburtshaus fotografieren dürfen! Aus dem Nachbardorf ist eine Deutsche gekommen, um zu dolmetschen! Ein Huhn wurde geschlachtet! Man hat viel zuviel Samogonka getrunken. Wenn man wiederkommt, soll man dort schlafen, in den Betten, die einmal die eigenen gewesen sind. Eine Frau zeigt uns einen Glasteller, den man ihr zum Abschied geschenkt hat, er stand noch an derselben Stelle in der Vitrine wie vor der Flucht. Was für eine Verwirrung! Wessen Haus, wessen Betten, wessen Glasvitrine? Man wird Fotos schicken und wird Pakete schicken, man hat sich die Konfektionsgrößen angeben lassen, die Maße der Fenster hat man noch im Kopf. Nur einer berichtet, daß man mit grünen Äpfeln nach ihm geworfen habe.

Das Wort ›Polacken‹, das ich in Pommern früher oft gehört habe, habe ich diesmal nicht gehört; es heißt ja auch nichts weiter als ›Polen‹, und die Polen benutzten das Wort ›Schwaben‹ als Schimpfwort für die Deutschen.

Die deutsche Überheblichkeit wird Stück für Stück abgetragen. Die Menschen in Pomorze sind so arm, wie man früher selber war. Wer früher im Osten Landarbeiter war und heute im Westen Fabrikarbeiter ist, der hat es zu etwas gebracht: Haus und Garten und Farbfernsehgerät. Warum sollte man zurückkehren wollen? Besitz scheint ein gutes Mittel gegen Heimweh zu sein.

Unsere Tischnachbarin benutzt die gleichen Aussprüche wie Anna Riepe, die langjährige Mamsell auf Poenichen. ›Das Unglück schlöppt nich!‹ sagt sie und berichtet von Krankheit und Tod in dem Haus, in dem sie früher gewohnt hat. Sie hat eine Welt-Erfahrung gemacht: Die neuen Hausbewohner haben auch ihre Schicksale. ›Schicksäler‹ sagt sie, wie Anna Riepe. Sie wird Medikamente schicken, wenn man es darf. Noch keine Freundschaft – dafür ist die Fremdheit zu groß –, aber so etwas wie Anteilnahme. Ist man nicht immer noch verantwortlich für Pommern? Keine Ansprüche. Kein Revanchismus. Die Entspannung findet in den Herzen statt.

Der zweiwöchige Vergleich zwischen der westlichen Industrielandschaft und der östlichen Agrarlandschaft geht zugunsten der alten Heimat aus. Sie ist so schön, wie man sie in Erinnerung hatte, ist eher noch schöner geworden, weil man dort, wo man früher schwer hat arbeiten müssen, jetzt Ferien machen kann. Die letzten Tage verbringen die Heimwehtouristen bei schönem Badewetter am Strand. Sie unterscheiden sich nicht von den Einheimischen, derselbe östliche Menschenschlag. Die geleerten Koffer werden wieder gefüllt, Wodka, Bernsteinketten und Brocken von ungeschliffenem Bernstein, unter der Hand gekauft. Und Honig von pommerschen Rapsfeldern und blühenden pommerschen Lindenbäumen.

Sie sind reicher als andere, die Vertriebenen aus dem Deutschen Osten, sie besitzen beides, eine Heimat und ein Zuhause. Sie geben sich zufrieden mit Heimatzeitung und Heimatabend, Heimatmuseum und Schallplatten mit pommerschen Gedichten und Liedern. Vielleicht werden sie den Kindern und Enkelkindern die verlorene Heimat einmal zeigen, Pommerland ist abgebrannt, die Pommern sterben aus.

In der Rede, die der alte Quindt 1918 aus Anlaß der Taufe seiner Enkelin und Erbin Maximiliane hielt, hatte er wörtlich gesagt: ›Hauptsache ist das Pommersche, und das hat sich noch immer als das Stärkere erwiesen. Am Ende sind aus Goten, Wenden und Schweden, die alle einmal hier gesessen haben, gute Pommern geworden. Das Nationale hat nicht immer eine so große Rolle gespielt, sonst hätte nicht ein Quindt Woiwode in Polen werden können.‹ Und in seiner Rede, die er anläßlich der Hochzeit seiner Enkelin im Jahr 1937 hielt, war er so weit gegangen zu sagen: ›Dem Boden ist es ziemlich egal, wer drüber geht, Hauptsache, er wird bestellt.‹

Wir nehmen ihn beim Wort. Ich überprüfe die Theorien

des alten Quindt, der ein liberaler Mann war, Mitglied des Deutschen Reichstags, mit Maßen mutig im Dritten Reich; seine Quindt-Essenzen waren berühmt. Aber er hat sich und seine Frau in jenem Augenblick erschossen, als der Treck seiner Gutsleute, darunter Maximiliane mit ihren vier kleinen Kindern, von der Lindenallee auf die vereiste Chaussee einbog ...

Wir müssen endlich nach Poenichen fahren! Wir bestellen das Taxi für den nächsten Morgen.

(1978)

Eine Landschaft verweigert sich

Die Düsenmaschinen verlangsamen ihren Flug über uns, hinterlassen dicke Kondensstreifen an unserem Ferienhimmel, senken sich, wo wir den Flughafen Leonardo da Vinci vermuten. Mehrere Wochen lang leben wir im unmittelbaren Ausstrahlungsbereich des Vatikansenders; ebenso nah aber an einem Atomforschungszentrum. Seßhaft für einige Zeit. Kehren wir zu unserer Ferienwohnung zurück, sagen wir: Wir sind zu Hause.

Vor uns der Lago di Bracciano, hinter uns ein steil ansteigender Berg mit undurchdringlicher Macchia, in der zur Zeit die Korkeichen blühen. Die Uferstraße trennt unser höher gelegenes Haus vom Badeplatz. Bei kleinen Spaziergängen verbellen uns die Hunde, hupen die Autofahrer; es klingt wie Schimpfen, wir sind fehl am Platz. Sonntags umrunden die Römer den See, Fahrt und Ziel sind eins, einige Autofahrer machen am Ufer halt, holen das Windsurfingbrett vom Dach des Fiats. Wind und Geschicklichkeit tragen sie bis in unsere Badebucht. Noch verbindet kein Schiff die Städte, die am Seeufer liegen, miteinander, der Juni zählt noch nicht zum römischen Sommer.

Vereinzelte Villen am Ufer, keine dichte Bebauung, wie man es in der Nähe einer Millionenstadt vermutet; die Römer fahren ans Meer oder in die Berge, sie haben genügend von beidem. ›Il lago fa tristezza‹, heißt es. Ich spürte es selber, noch bevor man es mir sagte. Aus diesen runden, tiefen Kraterseen steigt Traurigkeit auf. Wir wohnen an der Abendseite des Sees, es wird Nachmittag, bis die Sonne unseren Garten erreicht. Wir kommen oft mit Deutschen zusammen, die nach dem Krieg Deutschland den Rücken gekehrt haben, weil sie Italien lieben, sich aber mit Stolz ›deutsch‹ nennen. Überheblichkeit gegenüber den Italienern, deren Sprache sie jedoch der deutschen vorziehen.

Die Akazienblüten hängen regenschwer und duftlos herab; weder Bienengesumm noch Grillengesang, aber bei Tag und Nacht schreit eine Kröte im Nachbargarten. Die weißen Rinder stehen auf fetten grünen Weiden und liegen nicht auf karger, sonnenverbrannter Erde, wie wir es von den Bildern der klassizistischen Maler kennen, wie wir es oft in der Toskana sahen. Kein Mohn blüht in den unüberblickbaren Weizenfeldern; Kunstdünger und Unkrautvertilgungsmittel sorgen für Fruchtbarkeit und Nützlichkeit. Aber die kleinen Städte wirken arm; es wird gefegt, ›wo der Papst geht‹, ich beschließe, mich an diese Lebensregel zu halten. In Anguillara redet eine alte Frau auf uns ein, redet und überredet, bis wir ihre in Zeitungspapier eingewickelten rohen Eier in der Hand halten und sie unsere Lire. Wir schämen uns ihrer Armut und unseres Wohlstands, des von Nord nach Süd sinkenden Lebensstandards. Anguillara trägt einen zweiten Namen: Sabazia. Er weist auf das legendäre Sabate hin, das drunten im Kratersee liegen soll, sauber, wohlhabend und still ...

Die Umgebung Roms ist reich an Quellen, der Wasserreichtum wird einer der Gründe gewesen sein, weshalb man Rom hier und nicht woanders erbaut hat. Immer wieder verfallene Aquädukte, Thermal- und Schwefelquellen. Thermen des Apollinaris. Bis zum Vorjahr lebte dort noch eine barmherzige Schwester, die einen kleinen Badebetrieb versorgte, gegen den Rheumatismus der Armen. Jetzt ist alles verschlossen. Die Parks verwildern hier rasch, Efeu erklimmt die Stämme der Palmen; von den gelbgetünchten klassizistischen Häusern blättert der Verputz, die Fensterläden hängen lose herab. Künftige Antike entsteht. Über die steinernen Brunnenschalen rinnt Wasser, versickert im Moos. Schwefelgeruch weist uns den Weg zur ›Terme di Vicarello‹; warme, stinkende Brühe gluckert aus der Erde, fließt in einem Bach davon. Die Ölbaumhaine zeigen hier nicht das wohltuende silberne Licht, sie sind grün und üppig, Landwirtschaft statt Landschaft.

An sonnigen Nachmittagen fährt man uns in die Campagna und führt uns die Schönheiten Latiums vor; unsere Gastgeber spüren meine anhaltende Melancholie; suchen sie mit Abwechslung zu vertreiben. Man fährt uns nach Veji, der letzten Hauptstadt der Etrusker, nahe bei Isola Farnese gelegen, am Ufer eines kurzen, wasserreichen Flusses. ›Attenzione vipere!‹ Vipern verteidigen das alte Veji besser als Stacheldraht.

Die Weizenfelder färben sich. Vereinzeltstehende Pinien und Zypressen sorgen dafür, daß es nicht aussieht wie in Hessen. Schafherden lagern im Schatten. Unvermutete Laubwälder. Hohe Eichen am Lago di Vico. Haselnußplantagen auf der Fahrt zum Bolsener See. Hier also wachsen unsere Weihnachtsnüsse! Die Straßen gehören uns. Zu beiden Seiten blühender Ginster in kilometerlangen gelben Bändern. Wiesen wie Blumenteppiche. Auf einem Rastplatz ein einzelner Fiat, die Fenster geöffnet, das Radio dröhnt. Fußball-Weltmeisterschaft. Italien spielt gegen Argentinien.

Das Auge hat sich an die kleinen gelben Tafeln gewöhnt, die auf Ausgrabungen hinweisen. Vecchio! Antico! Ehrfurchtgebietende Eigenschaftswörter in einer Zeit, die ›jung‹ und ›fortschrittlich‹ zu ihren Idealen erklärt hat. Hier ist alles schon da, man muß nur danach graben. Ein paar Ziegelmauern, ein bloßgelegtes Gewölbe, mehr wird dem unkundigen Auge nicht sichtbar. Mit tarquinischen Grabbildern ist nicht zu rechnen. Was gefunden wird, wird ausgestellt; jede größere Ortschaft hat ihr etruskisches Museum. Mein Unbehagen wächst. Ich will nicht wissen, wie es drunten aussieht, ich will es mir vorstellen: farbig, lebhaft, heiter. Abends, wenn wir von unseren Ausfahrten zurückkehren, betrachten wir die Bildbände, die unsere Gastgeber vorsorglich auf den Tisch gelegt haben: der Apollon von Veji, in der Villa Giulia in Rom ...

Die meisten Hotels und Restaurants sind noch geschlossen. Die Ferienwohnungen und Appartements an der Meeresküste liegen verlassen, freudlos. Was für ein Gegensatz zu den Nekropolen unter uns, in die sich die Etrusker zurückgezogen haben. Manchmal ist es, als spürte man die sanften Stöße, wenn sie es unter uns treiben, bacchantische Gelage, Tänze, Spiele. Das Jenseits nicht im Himmel, sondern in der Erde, eine Welt des heiteren Wohlbehagens, wo man nichts Nützliches mehr zu tun hat. Sie spielen die Doppelflöte, tanzen den Reigen, schlagen den Reifen. Im alten Ägypten hat man auch im Jenseits Arbeit erwartet und sich vorsorglich Ruderer, Bäcker und Schreiber mit in die Gräber genommen. Auch nach dem Tode noch Standesunterschiede. Keine ausgleichende Gerechtigkeit. Nur im Sprichwort macht der Tod alle gleich. Parität. Vergesellschaftung und Gemeineigentum – werden sie je unter der Erde vollzogen werden?

Was für eine schöne Gelassenheit geht von den lebensgroßen Figuren auf den etruskischen Grabmälern aus. Ähnlich der Haltung Goethes auf dem berühmten Tischbein-Bild ›Goethe in der Campagna‹. Aber dort ist es

Pose. Hier ist es Haltung, ist Lebenshaltung. Der Teller mit den Speiseresten aus der Hand gesunken, abbiamo tempo! In aeternam wird man weiterspeisen. Wir gehen unter den Zypressen des Totenhains von Cerveteri spazieren, blicken nur flüchtig ins düstere Innere der ausgeräumten Gräber.

Bracciano mit dem mächtigen Palazzo der Odescalchi, den Orsinis abgehandelt, von den Borgias zerstört, Streitobjekt vieler Kriege, mehr Festung als fürstliche Residenz. Man fühlt sich in den riesigen Hallen mit den Steinfußböden nicht sicher. Das Schwanken scheint in den Mauern zu sitzen, macht die Besucher zittern. Schlafgemächer, in denen gemordet und gezeugt wurde. Nicht weit vom Palazzo eine Pizzeria, die mit deutschem Bier wirbt. Carlo, der Besitzer, hat ein paar Jahre in Deutschland gearbeitet, besitzt dort zwei Lokale mit deutschen Pächtern; er selbst ist nach Bracciano zurückgekehrt, wo er als Kind armer Leute geboren worden war. Er will seinen Mitbürgern zeigen, wer er heute ist. Carlo! Besitzer von drei Restaurants! Auf seiner gebräunten, schweißglänzenden Brust trägt er ein goldenes Kreuz, würdig eines Kardinals. Aber die Einheimischen kommen nicht zu ihm, sie wollen seinen Aufstieg nicht sehen und bewundern, es kommen nur die wenigen deutschen Touristen.

In Tuscania wurde mir klar, daß die antike römische Kunst wörtlich und unmittelbar in die romanische Kunst übergegangen ist; die römischen Tempelsäulen ließen sich in den romanischen Kirchen weiterverwenden; ionische, korinthische und dorische Kapitelle nebeneinander. Die Häuser und Kirchen Tuscanias sind zerstört und wieder aufgebaut worden. Kriegsschäden? Luftangriffe? Fotos belehren uns: Hier bebte die Erde im Februar 1971. Das ist noch nicht lange her, das ist vorstellbar, ist nicht wie in Pompeji. Ich betrachte besorgt die vulkanischen Berge, die aus der Ebene aufsteigen, ebenso besorgt blicke ich in die Kraterseen . . .

In Ceri di Monti, auf einem Bergkegel gelegen, sitzen wir zu zehnt an einer langen Tafel in einer Trattoria und warten darauf, daß die Sonne hinter der nächsten Bergkuppe untergeht. ›Una merenda‹ wird bestellt, ein Vesper. Laura bedient uns, eine Zehnjährige, die ihr künftiges Frauenleben schon in Gang und Gesicht trägt; sie gleicht ihrer Mutter, diese ihrerseits ihrer Mutter, eine Frauen-Wirtschaft. Laura reißt Papier von einer großen Rolle, breitet es über den Tisch aus, stellt Flaschen und Gläser vor uns auf, Schüsseln mit grünen und dunklen Oliven, einen Korb Brot, eine Platte mit Landschinken, Ziegenkäse, in Öl gebackene warme Reisküchlein. Man ißt mit den Händen, säubert sie am Tischtuch, so ist es vorgesehen, so ist es praktisch. Wir sind heiter im deutsch-italienischen Gespräch, der erwartete Tramonto findet nicht statt, die Sonne verschwindet wieder hinter einer Gewitterwolke. Gezahlt wird ›alla romana‹, einer für alle; die Gesamtsumme wird durch die Anzahl der Gäste geteilt, jeder legt – ob er nun viel oder wenig verzehrt hat – seinen Betrag in einen Korb. Hat man so nicht bereits im alten Rom geteilt, Realteilung, auch im römisch besetzten Germanien, bis man in unserem Jahrhundert durch Flurbereinigung der Erbteilung nach römischem Recht ein Ende machte?

Die Straßen tragen Nummern wie überall, aber die Zahlen werden nicht benutzt; man fährt wie früher auf der Aurelia, der Strada del sole, fährt die Braccianese. Die rotgetünchten, einsam gelegenen Häuser, in denen früher die Straßenwärter wohnten, stehen leer, dienen nur noch als Markierungen, die die Entfernung nach Rom anzeigen. Die Straßen scheinen alle auf die große Umgehungsstraße von

Rom zu führen, die Annulare, auf der man Rom umkreist, dreispurig in beiden Richtungen; verpaßt man die Ausfahrt, fährt und fährt man, verbringt sein Leben zwischen Tankzügen und Lastkraftwagen ... Kein Weg führt mehr nach Rom, alle führen an Rom vorbei.

Nach fünfzehn Jahren sitze ich wieder auf der Piazza Navona in Rom, sehe den Dachgarten wieder – unverändert –, der damals einer meiner Romanfiguren, einer Frau namens Wiepe Bertram, für ihren römischen Dachgarten in Frankfurt als Muster diente. Den römischen Mädchen können weder Jeans noch Overalls, noch T-Shirts etwas anhaben, sie sind schön wie immer, nur selbstbewußter. Die jungen Römer mit dem kräftigen Nacken, dem niedrigen Haaransatz, dem bartlosen Gesicht: wie zu Zeiten Neros.

Man schleust uns zwei Stunden lang durch die Gänge und Säle des Vatikans, aber dann stehen wir vor der ›Aldobrandinischen Hochzeit‹, dem Lieblingsbild; ich zeige es jedem, mit dem ich nach Rom fahre.

Wir sind wählerisch. Verteilen Gunst und Ungunst, leben wie die Verschwender. Was werden wir – am Ende – von der Welt gesehen haben? Einen Bruchteil. Den wievielten? Aber das Fresko der ›Aldobrandinischen Hochzeit‹ kenne ich gut. Freunde wohnen im zweiten Stockwerk eines modernen Etagenhauses, auf einem Hügel gelegen, aber auf keinem der namhaften sieben Hügel Roms. Man spannt mir eine Hängematte auf, ich liege unter dem Sonnenschirm einer alten, bis zum dritten Stockwerk reichenden Pinie, Rom schwankt zu meinen Füßen. Man gelangt zu den Häusern dieses Viertels nur mit Ausweis; die kontrollierenden Pförtner öffnen an den Zufahrtsstraßen die Schranke. Im Straßenbelag sind Bodenwellen angebracht, damit man nur mit verminderter Geschwindigkeit fahren kann, auch der motorisierten Einbrecher wegen. Der Diebstahl floriert besser als andere Erwerbszweige. An dem CD-Wagen unseres Freundes sind fünf Sicherheitsmechanismen eingebaut, von der zweifachen Lenkradblockierung bis zur Sirene: fünf Anreize für sportliche Diebe. Die Alarmsirene wurde auf einem belebten Platz versehentlich von uns selber ausgelöst. Niemand erschrak, nicht einmal die Hunde. Im allgemeinen ›tumulto‹ nahm niemand Notiz davon.

Die Tramontana, ein Schönwetterwind, weht kalt und stürmisch, vertreibt endgültig den regenreichen Frühling. Der See wird zum Badesee, die Rosen verblühen, der Duft der Gardenien verweht, die Zeit der nimmermüden Geranien beginnt; die alte Salzstraße, einst die wichtigste Straße nach Rom, die wir manchmal zu Fuß gehen, wird zur Staubstraße. Trecker fahren das zu Würfeln gepreßte Weizenstroh ab. Die weißen Rinder dienen nicht mehr als Zugtiere, die bemalten hochrädrigen Holzwagen werden in Heimatmuseen auftauchen, wenn sie nicht mehr unmodern, sondern vecchio geworden sind.

Abends ein Kammerkonzert in der alten Kirche S. Francesco in Anguillara. ›La Stravaganza‹. Junge Leute als Musiker auf dem Podium im Chor der Kirche, junge Leute auf den Bänken im Kirchenschiff, nur in der ersten Reihe eine uralte, immer noch schöne Duchessa, der man die Hand küßt, vor der man knickst. An den Wänden sind die Fresken sorgsam freigelegt und von Scheinwerfern angestrahlt; immer wieder der Aal, anguilla, das Wappentier der Stadt Anguillara, nicht Fisch und nicht Schlange; er erweckt Abscheu. Um halb zehn Uhr ist jeder Platz besetzt, das Konzert beginnt. Purcell, Telemann, und dann ›L'usignolo‹ oder ›Der Nachtgaeltje‹ von Jacob van Eyck, gespielt von einem ›flauto a becco soprano‹, einer Blockflöte, die Nachtigall kopierend. Und am nächsten Tag im Tal von

Veji kopierte im Uferdickicht eine Nachtigall den ›flauto a becco soprano‹ ...

Grasmücken und Singdrosseln singen; Elstern und Häher, Seefalken und die grauen Krähen mit den schöngezeichneten schwarzen Schwingen sind zu sehen. Stellen die Italiener den Vögeln nicht mehr nach? Haben sie auch ihre Jagdlust verloren? Etwas ist anders geworden, das spürt man, auch wenn man von ›terrorismo‹ nichts wahrnimmt. Die Plakate, die von der Ermordung Aldo Moros künden, hängen in Fetzen von den Häuserwänden. Man stellt die Transistorgeräte nicht mehr auf volle Lautstärke ein, die Musikbox ist nicht in Betrieb, in der ›Grotta azzurra‹ am See lehnt die Gitarre am Kamin, keiner greift danach, kein ›belcanto‹ mehr. Nur gegen Mitternacht tönt ›Il silenzio‹ über den See, von der Marinefliegerstation her. Der Zapfenstreich von der Schallplatte.

Die kürzeste Verbindung zum Meer beträgt nur dreißig Kilometer, aber dort besteht der Strand aus schwarzem steinigen Sand. Unser römischer Freund stellt höhere Ansprüche, er hat an den weiten Stränden Australiens gelebt; zudem fährt er einen schnellen Wagen, große Entfernungen schrecken ihn nicht. Via Aurelia, dann die Via Pontini, die durch die Pontinischen Sümpfe führt, Jahrzehnte sind vergangen, aus der malariaverseuchten Sumpflandschaft ist längst eine kolchosenartige Landwirtschaft geworden, aber die Tat des Duce wird heute noch gerühmt; Bert Brecht hätte gesagt: ›Wer baute das siebentorige Theben?‹

Südlich von Anzio finden wir einen geeigneten Badeplatz am breiten Sandstrand, das Auto bleibt in Sichtweite. Hinter dünnen Wolkenvorhängen steht blendend weiß die Sonne. Scirocco weht. Hinter der kräftigen Brandung schwimmt es sich leicht, die weiten Wellen tragen mich,

ich liege mit geschlossenen Augen; später, in den Dünen, wiegt mich im gleichen Rhythmus die Erde.

Pomezia, in der Höhe von Ostia, ein großer deutscher Soldatenfriedhof; nicht durch ein gelbes Schild – wie die Nekropolen –, sondern durch ein weißes Schild mit fünf schwarzen Kreuzen gekennzeichnet. Zu fünft oder sechst liegen die Gefallenen unter dem Rasen, ihre Namen stehen auf steinernen Kreuzen; immer wieder lesen wir: ›Ein deutscher Soldat‹, einer von jenen, die die leichtsinnigen Gewohnheiten der Italiener angenommen hatten und ihre Erkennungsmarken nicht trugen. Unser Freund steht lange vor einem Stein: derselbe Name, dasselbe Geburtsdatum, nur daß der andere sich mit einem ›ß‹ und nicht mit ›s‹ schrieb. Ein Buchstabe trennt ihn vom Reich der Toten. Wir sind die einzigen Besucher, die Touristen fahren zu den Etruskern. Eine gut gepflegte Anlage, fast ein Park mit schönen hohen Bäumen: die Nekropole von Pomezia aus der Mitte des 20. Jahrhunderts.

Als wir vor Wochen an unserem Ferienort ankamen, war die Sonne links von dem Bergkegel Rocca Roma untergegangen; als wir abreisten, ging sie rechts von ihm unter. Viele Sonnenuntergänge, in einer Hollywoodschaukel sitzend, Whisky trinkend. ›Il lago fa tristezza‹, dabei bleibt es. Ich nehme Latium, diesem Land um Rom, übel, daß es nicht die Toskana, nicht Umbrien ist. Eine Landschaft verweigert sich.

Die Weidenbäume werden mir nun wieder den Ölbaum ersetzen, der Wacholder vorm Haus die tödlichen Zypressen. Um dieses Augenblicks der Rückkehr willen reise ich fort. Prüfend stehe ich vor dem, was mir gehört, dem Haus, dem Garten, dem Schreibtisch, dem Blick aus dem Fenster. Ich prüfe die Höhe der Stühle, die Beschaffenheit des Bettes und stelle aufatmend fest: alles paßt. Hier gehörst du hin, hier wirst du jetzt eine Weile bleiben. Bis du wieder unruhig wirst, bis du wieder das Bedürfnis hast, die Wände auseinanderzuschieben, bis dir wieder die Stimmen der Nachbarskinder und das Bellen der Hunde lästig werden.

(1978)

Bußgang zwischen Gräbern

Wir nehmen auf den Rücksitzen Platz, und ich sage: »Fahren Sie uns bitte zum Friedhof am Eichwäldchen, im Stadtteil Bettenhausen!«

Der Taxifahrer dreht sich zu mir um, sein Blick bleibt auf meinem schwarzen gelockten Haar hängen. »Mir können Sie ruhig sagen, daß Sie auf den Judenfriedhof wollen«, sagt er gutmütig, gönnerhaft. Aber sein Blick erinnert mich an jenen Tag nach der ›Kristallnacht‹. Ich trat aus dem Mietshaus, in dem meine Freundin wohnte; auf der gegenüberliegenden Straßenseite standen Leute, eine Frau rief: ›Schon wieder so 'ne Jiddsche!‹ Ein Mann hob drohend den Arm, ich rannte weg. Schwarzgelockte Zöpfe, das war verdächtig genug, und im zweiten Stockwerk des Hauses wohnte eine jüdische Familie.

Auf dem Weg von der Straße zum Friedhofstor berichte ich meinem Begleiter von jenem Vorkommnis. »Kristallnacht!« sagt er. »Was für ein festliches Wort! ›Scherben‹ müßte es heißen.« Sobald er anfängt zu sprechen, bleibt er stehen; er ist kein Peripatetiker. Ein Achtzigjähriger, der in der Schweiz lebt. Ich werde seinen Namen hier nicht nennen, seine Kinder und Enkelkinder sehen es nicht gern, daß man in Büchern und Zeitungen lesen kann: ihr namhafter Vorfahr ist jüdischer Abstammung.

»Ist das so?« frage ich. »In der französischen Schweiz?«

»Das ist so!« sagt er.

N. N. also, nomen nominandum. N. N. nennt sich einen ›Grünflächenwanderer‹; ein Park steht ihm für seinen Vormittagsspaziergang in Genf nicht zur Verfügung, nur eine Grünfläche.

Wir gehen mit kleinen Schritten, bleiben wieder stehen, um miteinander zu plaudern. Das feuchte Laub macht Steine und Stufen glitschig. Es hat aufgehört zu regnen. Aber von den Kastanien und Platanen tropft es bei jedem Windhauch. Efeu und Immergrün überwuchern Gräber und Grabsteine. Ein Friedhofsgärtner überwacht die Alterserscheinungen und schneidet die Ranken zurück, die die Namen und Lebensdaten auf den Steinen verdecken, trägt Sorge dafür, daß Wege und Treppen für die Besucher begehbar bleiben, so wenige auch kommen.

Blanke Obeliske. Zerbröckelnder Sandstein.

»›Il pleure dans mon cœur / Comme il pleut sur la ville.‹« N. N. zitiert Verlaine. Wir sagen uns Friedhofsgedichte auf, nicht ironisch, eher heiter.

»›Der Tag geht regenschwer und sturmbewegt / Ich war an manch vergeßnem Grab gewesen.‹« N. N. summt die Melodie von Brahms dazu.

Keine Farben, keine Blumen, welkendes Farnkraut. Wir machen vor den Gräbern seiner Großeltern halt. Er beschreibt mir eine Blume, deren Namen er nicht weiß, er kennt sie von den Autobahnrändern her. Pflege wird sie nicht benötigen, meint er, zieht eine einzelne gepreßte Blüte aus seinem Notizblock und hält sie mir hin. Er muß nicht erklären, warum er diese Blume gern auf den Gräbern seiner Toten sähe: Sie erinnert in Farbe und Größe an den Stern, den die Juden in Deutschland tragen mußten.

»Johanniskraut!« sage ich.

»Der Prophet in der Wüste! Johannes!« entgegnet er. »Das würde doch passen!« Dann erzählt er von seinem Großvater: »Er war ein Patriot!« sagt er und hebt die Stimme. »Als nach dem glorreichen Sieg über Frankreich das Deutsche Reich im Spiegelsaal zu Versailles proklamiert wurde, hat er auf dem Balkon seiner Wohnung in der Hohenzollernstraße ein Feuerwerk abgebrannt.«

Wir gehen ein paar Grabreihen weiter; wir statten Besuche ab. Ich lese Namen: ›Salomon‹, ›Nathan‹, ›Isaak‹ und ›David‹. Es ist, als läse ich im Buch der Könige. Frauen mit den Vornamen ›Judith‹, ›Rahel‹, ›Rebecca‹, aber auch ›Blüma‹ und ›Perle‹.

»Königlich preußischer Kommerzienrat!« N. N. lacht respektlos auf und bleibt stehen. »Der Titel war im Deutschen Kaiserreich käuflich«, kommentiert er. »Moritz Gottschalk, Lieferant von Feldlazaretten im letzten Krieg ...« Er verbessert sich: »Im vorletzten Krieg! Sein Sohn, das Karlchen, wurde wegen seiner Häßlichkeit von den jungen Damen beim Tanzstundenball verspottet. Es gab einen Ball der Tränen! Sein Vater hatte Beziehungen, er konnte den Sohn vom Kriegsdienst zurückstellen lassen. Als sein Karlchen schließlich doch eingezogen wurde, zur Artillerie, sorgte er dafür, daß sein Sohn wenigstens auf die Schreibstube kam; er wurde nach Ostpreußen versetzt und ist dort an der Cholera gestorben.«

Wieder bleibt N. N. vor einem Grab stehen, wieder lacht er auf, liest mir die Namen vor. »Nach einer mühsamen Ehe müssen die beiden jetzt in alle Ewigkeit nebeneinanderliegen, was sie doch ihr Leben lang vermieden haben.«

Wir setzen unseren Bußgang fort. »Wer hier liegt, wird nach jüdischem Glauben nicht auferstehen«, sagt N. N. »Die Christen erwarten die Wiederkehr, für die Juden ist der Erlöser noch gar nicht gekommen ... Was für eine Religion«, fügt er dann hinzu. »Nicht zehn Gebote stellt man auf, was ja schon viele sind, sondern 613 Gebote! Gebrauchsanweisungen für Essen und Trinken und Kleidung und Ehe und Arbeiten und Beten!« Er gibt dem Gespräch eine rasche Wendung, theologische Gespräche scheint er nicht zu schätzen. Ihm geht es um das Menschliche. Er zeigt auf einen Stein. »Das war ein schönes Mädchen!«

Unter dem Geburtsdatum steht kein Sterbedatum, statt dessen: ›Theresienstadt‹. N. N. ahmt die Stimme Hitlers nach: »›Ich habe den Juden eine eigene Stadt erbaut!‹« und fährt mit normaler Stimme fort: »Die jungen Mädchen waren oft schön, aber im ganzen doch: keine schöne Rasse! Wenn an den jüdischen Feiertagen die Juden zur Synagoge gingen, riefen die Passanten: ›Die Nasenkönige ziehen durch die Stadt.‹«

Auch ich erzähle, was mir so einfällt.

»Einer meiner Onkel besaß eine deutsche Dogge, der er allerlei Kunststücke beigebracht hatte. Er soll ihr, hieß es, ein Stück Fleisch auf die Schnauze gelegt und gesagt haben: ›Es ist vom Juden!‹ Und dann soll der Hund das Fleisch nicht angerührt haben. Als Kinder staunten und lachten wir darüber!«

Ich zitiere: »›. . . and if you will – remember, and if you can – forget.‹« Eine Weile reden wir über die Eigenmächtigkeit eines Gedächtnisses.

Vor einer großen Grabstätte bleiben wir wieder stehen. Paul Wertheim. ›Der treueste Kamerad‹ in Goldbuchstaben unter dem Namen. »Dieser treueste Kamerad sah zu, daß er Leutnant wurde«, berichtet N. N. »›Die Welt fängt erst beim Leutnant an!‹ pflegte er zu sagen. ›Sonst kann man sich nach dem siegreichen Ende des Krieges in der Heimat nicht sehen lassen!‹«

Er erkundigt sich, was aus dem Bankhaus Wertheim geworden sei, das einmal am Königsplatz stand. Ich erteile Auskunft. Es ist vom Erdboden verschwunden. Nur eine Marmorsäule vom Portal blieb erhalten; sie steht ohne Angabe der Herkunft auf einem neuen Freizeitgelände.

Der, der neben mir geht, der nicht aus einem reichen

Bankhaus stammt, der eine Offizierskarriere nicht machen konnte, sie aber auch nicht machen wollte, sagt, was er damals schon gesagt hat: »Was mit einem Verbrechen anfängt, kann nicht gut ausgehen.« Später, in Holland, als er durch die Kaiserin Hermine, die er sehr verehrte, ›Seiner Majestät‹, dem abgedankten deutschen Kaiser, vorgestellt werden sollte und als er sah, daß man die kaiserliche Hand zu küssen hatte, zog er sich zurück: ›Blutige Hände küsse ich nicht!‹

Wir gehen über den neuen jüdischen Friedhof – er liegt jenseits der Straße, gleich neben dem christlichen Friedhof – und stehen vor der Grabstelle seiner Eltern. »Er ist gerade noch rechtzeitig gestorben«, sagt er von seinem Vater. »Dabei war er ebenfalls ein patriotischer Deutscher gewesen, wie sein Vater! Nur im Gottesdienst sprach er hebräisch und jiddisch.«

Er blickt sich um, beklagt, was mir so wohlgefällt: die Stille, die Dunkelheit unter den Bäumen. »Keine Marmorengel! Keine schönen Allegorien! Ihr sollt euch kein Bildnis machen! Der Befehl des Propheten hat jede künstlerische Tätigkeit der Juden verhindert, bis tief ins 19. Jahrhundert! Was für ein Verlust! Was für ein Mißverständnis! König Salomo hat sich vier Engel aus Stein hauen und in den vier Ecken seines Tempels aufstellen lassen!«

Seine Mutter liegt nicht hier, nur eine Gedenktafel erinnert an sie. Ein Datum, ein Ort in Polen. Zum ersten Mal erzählt er mir von seiner Mutter. »Sie trug keinen Schmuck. Sie hielt die anderen jüdischen Frauen, die sich mit Ringen und Ketten putzten, für halbe Orientalinnen. Als sie im Hitlerreich flüchten mußte und Unterschlupf suchte, besaß sie keine Kolliers und keine Ringe, mit denen sie hätte bezahlen können . . .«

Zum ersten Mal kommt mir der Gedanke, daß jüdische Frauen aus angeborener Furcht und Vorsicht ihr Vermögen am Leibe trugen. An dem Gedenkstein für die Opfer des Nationalsozialismus gehen wir vorüber. Dreitausend Mitglieder zählte die jüdische Gemeinde in meiner Stadt im Jahr 1938; als man 1954 einen Betsaal für die neue zionistische Gemeinde einweihte, waren es keine hundert mehr. Aber ich weigere mich, in Zahlen zu denken. Drei Millionen, sechs Millionen, ich lese statt dessen das Schicksal einzelner von ihren Grabsteinen ab. Ich gehe neben einem Überlebenden.

»Eine Grabstätte möchte ich Ihnen noch zeigen«, sagt er und faßt mich beim Arm. Wir irren suchend umher, sind schon ein wenig ermüdet, finden schließlich das Grabmal doch noch. Lorbeerkranz und Halbmond, in Stein gehauen. »Ein Heldentenor!« sagt N. N. »Ein gefeierter und vom Publikum geliebter Wagner-Sänger! Siegmund Weltlinger! Als Primaner habe ich keine seiner Vorstellungen versäumt ... Aber schön war er auch nicht, nur die Stimme!« fügt er hinzu.

»Kennen Sie die Anekdote von Werner Krauss?« frage ich. »Nach dem Krieg – nach diesem Krieg! – lebte er in Berlin, war schon recht alt. An einem Sonntagmorgen stattete er, in Cut und Zylinder, einem alten ehemaligen General, in Dahlem war es wohl, einen Besuch ab. Der alte Herr fühlte sich sehr geehrt, behandelte den berühmten Gast höflich, war aber doch auch verwundert und erkundigte sich beim Abschied, was ihm die Ehre des Besuchs verschafft habe. Und Krauss soll sich verneigt und geantwortet haben: ›Ich habe mir vor kurzem eine Grabstelle gekauft und wollte meinen künftigen Nachbarn kennenlernen.‹«

Wir haben das Tor wieder erreicht. Während ich mit dem schweren Eisenschlüssel abschließe, zitiert N. N. noch einmal, diesmal Liliencron, die Schlacht von Kolin. »›Doch einst bin ich und bist auch du: / Verscharrt im Sand zur ewgen Ruh, / Wer weiß wo.‹« Alles ist übertragbar, wenig Neues unter der Sonne.

Wir gehen zum Eingang des alten Friedhofs zurück. Ich habe ihn nicht gefragt: Wo wollen Sie begraben sein? Er gehört nicht mehr der mosaischen Religionsgemeinschaft an; er gehört auch nicht mehr zu den Deutschen. Wo gehört er hin? Sein literarischer Nachlaß wird ins Schiller-Archiv kommen; das ist ihm wichtig.

Unser Taxifahrer, den wir für die Rückfahrt bestellt hatten, steht wartend neben dem Tor. Er kommt auf uns zu, er weiß hier offensichtlich Bescheid, nimmt uns den Schlüssel ab und hängt ihn hinter dem Tor an einen dafür vorgesehenen Haken. Auf der Rückfahrt berichtet er unerschrocken, daß er als Junge in Krefeld gelebt habe. »Als die ›Rheinstraße‹, die nach Uerdingen führt, in ›Adolf-Hitler-Straße‹ umbenannt wurde, habe ich als Hitlerjunge Spalier gestanden, und der Führer ist genau vor mir stehengeblieben und hat mir mit der Hand übers Haar gestrichen! Ich war stolz und wurde von meinen Kameraden beneidet. Ich habe mir vier Wochen lang die Haare nicht gewaschen.«

Wir haben zu seinem Bericht nichts zu sagen und nichts zu lachen. Als wir ins Haus gehen, sagt mein alter Freund: »Ich habe ein wenig kalte Füße bekommen.«

(1978)

Halbschatten und Halbtrauer über der Provence

Morgens frühstücken die kleinen wilden Bienen von unserer Aprikosenmarmelade. Sie holen sich, was ihnen zusteht: Die Früchte stammen vom alten Aprikosenbaum, der neben der zerfallenen Chapelle Saint-Paul steht, nur noch an Glockenstuhl und Namen als Kapelle kenntlich, von Efeu und Brombeergesträuch überwuchert.

Wir wandern durch ein locker bewaldetes Tal, steigen zum hochgelegenen Städtchen Viens auf; ›refuge pour les oiseaux‹ steht an den Bäumen. Warum sind sie nicht in ihrem Refugium? Warum erfreuen sie uns nicht? Wir haben Anspruch auf Vogelgesang. Statt dessen nie zuvor gesehene Falter, blaßblau, die anstelle von Blüten auf dem niedrigen Buschwerk sitzen.

Wir kaufen im Laden unser Picknick ein. In einer der Waagschalen sitzt eine schöne Katze, auf die andere Waagschale legt der Kaufmann das Brot, ein Katzengewicht Brot für zwei Personen, dazu Ziegenkäse und provençalischen Landschinken. Die Melonen holen wir uns vom Feld und legen das Entgelt in die Opferschalen der Kirchen. Hier wächst nicht einmal das Nötigste, hier wächst das Unnötige, das Überflüssige – das Unentbehrliche: Wein, Gewürze, Düfte. Wie schönglasierte Steine liegen die Melonen auf den Feldern; am Abend werden sie auf den Omnibus-Parkplätzen an die Touristen verkauft, das Stück für einen Franc. In unserm Hotelzimmer und im Auto riecht es faulig-süß nach überreifen Melonen. Wäre der Boden weniger steinig, wüchsen hier gewinnbringende Zuckerrüben. Ich kann mich jetzt nicht um die Probleme der Landwirte in der Provence kümmern, das besorgt man in Brüssel auf EG-Basis, aber ich bin bereit, die Zypressenwände als praktischen Windschutz und nicht als Verschönerung der Landschaft anzusehen.

In der Dämmerung versperrten uns die heimziehenden Herden den Weg, zwanzig Schafe, vier Ziegen, zwei Hunde, dazu drei bärtige Studenten und zwei hübsche Mädchen als Hirten, die sich auf den Herdentrieb und die Erfahrungen der Hütehunde verließen. Unsere Hirtin, der wir eine Woche lang täglich begegneten, kündigte ihr Kommen mit lauten Schreien an, es klang wie: ›Yeah! Yeah! Yeah!‹ Sie ließ sich in den Schatten eines Eichbaums fallen, legte den brüchigen Strohhut neben sich und stickte. Baucis blieb allein zurück. Sie rief uns Sätze zu, die wir nicht verstanden; der alte zottelige Hütehund gewöhnte sich an uns. Sie schien in einem der ›Bories‹ zu schlafen; wir fanden in ihnen mehrfach frische Streu und frische Feuerstellen. Mit den Trullis Apuliens haben die grauen provençalischen Bories nur die Grundform gemein. Geschichteter Feldstein, rund, aber auch eckig, zur Kuppel geschlossen, mehr Unterschlupf als Unterkunft, für Mensch und für Tier geeignet, in Jahrhunderten nie verändert. Was für eine Vereinfachung!

Wenn ich nachts aufwache, weiß ich, wo ich bin. Die Zikaden schreien bis in die Morgenstunden in rücksichtsvoller Entfernung. Wir haben in der ›Auberge Saint-Paul‹ zunächst Gastlichkeit, dann Herzlichkeit erfahren. Das Ergehen dieses Hotels, nicht weit von Apt gelegen, macht uns Sorge, als handle es sich um einen Gasthof in Urach. Gelebtes Europa. Alle Frauen der Familie haben mich zum Abschied umarmt und mich auf französische Art dreifach geküßt.

Die Felsen, auf denen das Städtchen Roussillon erbaut wurde, sind ockerrot. Die Hand, die den Stein reibt, färbt sich blutig, der Stein zerbröselt; auch das Regenwasser, das über die Straße fließt, ist blutrot.

In Roussillon hat Samuel Beckett, der Ire, im Krieg Zuflucht und Arbeit als Tagelöhner gefunden; hier hat er ›Warten auf Godot‹ geschrieben. Die Berge sind mit Pinien, Eichengebüsch und Maquis bewachsen. ›Route à la campagne, avec arbre‹ steht als einzige Bühnenanweisung über Becketts Stück. Zwischen dem Ort, an dem es geschrieben wurde, und dem Ort, an dem das Stück spielt, besteht keinerlei Übereinstimmung. Estragon und Wladimir, die beiden Landstreicher, warten, nichts weiter. Ich erinnere mich an den einen Satz: ›Wir werden uns morgen erhängen.‹ Die beiden Männer schieben das Leben hinaus, sie schieben auch den Tod hinaus. ›Ich werde nie wiederkommen!‹ soll Beckett beim Abschied von Roussillon gesagt haben.

Ein sonniger Mittag. Wir gehen durch das dornige Dickicht des Maquis, hier und da noch ein paar Blüten, aber Mastix, Lorbeer und wilde Olive haben bereits Früchte angesetzt; es wird Herbst. Wir verlieren uns aus den Augen, suchen einander mit Rufen. Wir erinnern uns, daß sich während des Krieges die Untergrundbewegung des besetzten Frankreich ›Maquis‹ genannt hat. Der Maquis eignet sich zum Untertauchen für Flüchtende und Verfolgte. Immer wieder diese Augenblicke der Halbtrauer.

Auf einer verkarsteten Bergkuppe finden wir Asphodelen, die Blütenschäfte und die Lanzenblätter gebrochen. ›Auferstehungsblume‹ sagt man in Griechenland. ›Die Schatten wandeln nicht nur in den Hainen, davor die Asphodelenwiese liegt‹, steht bei Gottfried Benn. Gedichtzeilen steigen aus dem Vergessen auf, machen den Augenblick bewußter. ›November-Einsamkeit-Tristesse‹. Noch ist September, wir sind zu zweit, und die Trauer ist vergänglich wie die Freude.

Die Kirchtüren sind meist verschlossen, auch in Lourmarin. Aber die Friedhofstüren sind immer einladend geöffnet; früher ist mir das nicht aufgefallen. Wir suchen lange nach seinem Grab, es trägt kein Kreuz, an eine Auferstehung der Toten hat er nicht geglaubt. Er nannte Vergänglichkeit und Vergeblichkeit das Absurde. Zum ersten Mal sehe ich Rosmarin auf einem Grab, meterhoch, wie im Volkslied. ›Ich hab die Nacht geträumet wohl einen schweren Traum, es wuchs in meinem Garten ein Rosmarienbaum. Der Kirchhof war ein Garten, das Blumenbeet ein Grab . . .‹ Auf dem unbehauenen Feldstein steht: ›Albert Camus, 1913–1960‹. Nichts weiter. Nicht einmal fünfzig Jahre alt geworden. Ein absurder Tod. Auf der Fahrt von Lourmarin nach Paris mit dem Auto verunglückt, das unbenutzte Eisenbahnbillett in der Jackentasche, am Steuer des Autos sein Verleger.

In seinem Stück ›Le malentendu‹ sagt eine Frau: ›Ich stelle mir voll Entzücken jenes andere Land vor, wo der Sommer alles unter seiner Macht begräbt.‹ Lourmarin liegt nicht in diesem ›anderen Land‹. Wir stehen als Fremde, als Gäste da. ›L'étranger‹ und ›l'hôte‹ sind Titel und Themen seiner Bücher: Der Fremde. Der Gast.

Als man ihn nach seinen Lieblingsworten fragte, soll er aufgezählt haben: ›Die Welt, der Schmerz, die Erde, das Lachen, die Menschen, die Wüste, die Ehre, das Elend, der Sommer, das Meer.‹ Alles gewichtige Worte, Hauptworte. Ich suche nach meinen Lieblingsworten, teile ›Sommer‹ und ›Meer‹ mit Camus, füge ›Freude‹, ›Mut‹, ›Verläßlichkeit‹ und ›Baum‹ hinzu, auch ›Trauer‹ und ›Schlaf‹ und hebe mir ein Wort auf.

Ich habe uns Rosmarinzweige von Camus' Grab gepflückt.

Wart ihr denn nicht in Aix-en-Provence? fragt man uns. Es gibt keine schönere Straße als den Cours Mirabeau!

Doch. Aber wir haben dort nichts gesehen, was andere nicht auch sähen: grünes Platanenlicht und strömende Brunnen. Ein Gewitterregen ging nieder. Das Wiedersehen war unbefriedigend, meine Verheißungen erfüllten sich nicht.

Als wir – ein anderes Wir als heute – vor mehr als zwanzig Jahren dort waren, tranken wir den ungewohnten Pernod, durstig nach Leben und Fremde, sagten: »Exen-Provence!« und leerten das Glas. Ein radikaler Trinkspruch.

Wir beide gehen besänftigt, aber ungerührt durch die berühmte Platanenallee. Wir geben den schmalen Chausseen, die die kleinen Provinzstädte verbinden, den Vorzug; wir wollen nicht mit anderen teilen, auch nicht Bewunderung. Autos können hier einander begegnen, aber nicht überholen. Wer möchte den wohltuenden Platanenschatten so bald wieder verlassen? Wir singen während des Fahrens Kinderlieder: »›Frère Jacques, frère Jacques, dormez-vous? Dormez-vous?‹« Ich sitze nach fünf Jahren Angst wieder sorglos auf dem Beifahrersitz. Keiner der alten Bäume trägt Spuren eines Unfalls. Man hat sich für die Bäume und gegen die Straßenverbreiterung entschieden und den Tod außer acht gelassen.

Verzauberung setzt erst ein, als wir dort stehen, wo Cézanne gewohnt und gemalt hat, am Stadtrand von Aix. Ein dunkler Garten, ein helles Haus. Wir läuten, werden eingelassen, die einzigen Besucher. Immer zieht es uns an die Tatorte und an die Gräber. Keine Spuren von Ruhm und Reichtum; ein paar Aquarelle, wenige Skizzenblätter. Als man in seiner Heimatstadt die Bedeutung des Malers erkannte, konnte man seine Bilder nicht mehr bezahlen. Tisch und Stuhl, Staffelei, auf dem Fenstersims ein paar Töpfe mit trockenen Gräsern; Schalen, auf denen Früchte schrumpfen. Vorbilder zu Bildern, die man im Gedächtnis hat, die berühmten Stilleben. Im Französischen sagt man ›nature morte‹, tote Natur. Wir sagen Still-Leben. Wir sagen ›Lebensgefahr‹, die Franzosen dagegen schreiben an ihre Hochleitungsmasten ›danger de morte‹.

Cézanne und van Gogh, die berühmtesten unter den Malern der Provence, malten, was sie vor Augen hatten; damals wirkte es befremdlich, unseren Augen ist es vertraut.

Gordes. Hoch gelegen auf mächtigem Felsen ein gewaltiges Schloß, von Vasarély zu einem unmusealen Vasarély-Museum ausgebaut. Immer wieder finden wir in unserem Reiseführer den beachtenswerten Satz: ›Ein Renaissanceschloß, in dem heute Künstler und Gelehrte leben.‹ Draußen das weiche Grau-Grün der Natur, die runden Formen von Ölbaum, Fichte und Stein; drinnen die blauen, roten und weißen Farbraster Vasarélys. Abstraktion und Konstruktion, Verleugnung der Natur: eine Kunst-Welt, von der Kühle ausgeht; dazu Renaissance-Musik und Free Jazz aus Lautsprechern, Filmvorführungen. Ein didaktisches Museum. Wir sind nicht belehrbar.

Vor dem Schloß dann wieder Provence, die man käuflich erwerben und mitnehmen kann, Honig und duftende Kräuter, dickwandige Töpferware, Stoffe in provençalischen Mustern und Farben. Viel junges Volk aus aller Welt, das sich hier sammelt, auf den Mauern im Schatten der Bäume sitzt, ißt, trinkt und musiziert; mit einigen Francs als Spende bezahlen wir, daß wir nicht mehr zu ihnen gehören.

Der Blick geht über die Berge des Lubéron hinweg, geht bis hin zum weißhäuptigen Mont Ventoux, bleibt an den Bories haften, die auf den Feldern stehen.

»Wir machen jetzt einen kleinen Umweg«, sagst du und verläßt die ohnehin schon schmale Provinzstraße.

Die Umwege waren die lohnendsten Wege in der Provence. Wir umfuhren auf geschotterten Straßen die tief in die Berge der Haute-Provence eingeschnittenen Canyons, folgten auf Feldwegen einem Schild, das ›Notre-Dame-de-Bellevue‹ verhieß. Die Kirchentür war verschlossen, aber im Chor hatte ein Maler sich sein Atelier eingerichtet; seine Kinder spielten auf Gräbern. Bitterer Buchsbaumgeruch, der an den Kirchhof meines Heimatdorfes erinnert.

Wo der Lavendel noch nicht geschnitten ist, dunkelt er unterm Sommerregen; seine gestutzten Stöcke liegen wie graue Igel auf den Feldern.

Wolkige, sonnenlose Tage, ohne Vögel, ohne Farben; Bories und Steinhütten bieten uns Unterschlupf vor den rasch einsetzenden heftigen Gewitterregen. Wir ducken uns, ziehen die Köpfe ein. Ein Lager aus Laub und Gestrüpp, wieder eine frische Feuerstelle ...

Auf Seitenstraßen erreichen wir die Chapelle Saint-Gabriel. Ein junger Mann läßt die Sichel sinken, nähert sich uns, lacht uns friedlich an, ein Halbidiot. Er öffnet uns die Tür der Kirche; sie ist ausgeräumt und ungenutzt. Sie steht da ganz für sich. Ohne Glocken, ohne Altar, ohne Kanzel. Sie braucht den Menschen nicht. Ein Haus Gottes. Nur eine steinerne Rosette schmückt die Westwand.

Völlig abseits: Oppedette. Wir treffen auf einen jungen Mann, einen Franzosen, der seine Töpferscheibe in die Sonne gerückt hat; im schattigen Inneren des alten Hauses verkauft seine junge deutsche Frau kleine Töpfe, mit Lavendelessenz gefüllt, Krüge und Schalen. Ihr Kind spielt auf der Straße, ungestört, mit einer Katze ...

Diese verlassenen und verfallenen Ortschaften! Provence perdue. Ein paar Einwohner leben noch immer – oder leben wieder – in ihnen. Die geblieben sind, sind alt und oft sonderlich; die gekommen sind, sind jung, meist Künstler oder Kunsthandwerker, die Natur und Romantik suchen und Konsum und Komfort verachten. Eine stille

Rückeroberung, ein bescheidener und behutsamer Wiederaufbau. Die Mauern aus Feldsteinen, die Dächer aus gebrannten Ziegeln, von Maurern gemauert, nicht von Architekten entworfen. Sie kannten die Winde – jedes Haus eine Festung gegen die Überfälle des Mistrals –, kannten die barmherzige und die unbarmherzige Sonne, kannten den Regen und kannten jene, für die sie bauten.

Ein Haus in Oppède-les-Vieux: eintürig, einfenstrig, selbst die Bank neben der Tür aus Stein; der Blick geht über die schmale Schlucht hinweg, übers gehügelte Land. Da ließe es sich leben und arbeiten; meist finde ich auf Reisen nur Plätze, an denen ich begraben sein möchte.

Die Entscheidung der Großeltern wird von den Enkeln rückgängig gemacht. Sie haben kaum das Nötigste. Aber, was ist das Nötigste? Wärmende Sonne und kühlender Platanenschatten, ein Boule-Spiel, ein Glas Wein, ein Gespräch. Wir sahen Alter, Armut und Schönheit. Schön sein im Alter, das möchte man doch, anspruchslos, geduldig. Ich glaube nicht an die Verbesserung des Lebens durch Atommeiler und Kanalisation, so verkünde ich, stehe aber abends im Hotel unter der Dusche.

Nach zwanzig Ferientagen, nach mehr als zweitausend Kilometern, die wir auf provençalischen Straßen zurückgelegt hatten, endlich der Augenblick, in dem ich sage: Halt an!

Südlich von Les Baux, das doch ›Beaux‹ heißen und nicht an Bauxit erinnern sollte, das hier gewonnen wird. Erregung und Glück des Wiedererkennens. Während des langen Schreibwinters habe ich mir das vorgestellt: Im Sommer auf der Provence liegen! Unter mir dehnt sich die Erde, über mir dehnt sich der Himmel. »Bist du nun zufrieden?« fragst du. Was ich sehe, ist grau wie lange nicht geputztes Silber, die Steine, die Berge der Alpillen, die

Ölbäume und der Himmel. Die Sonne taucht Griechenland in Gold, die Provence in Silber. Die Mittelmeerländer sind vergleichbar, die Provence erweist sich als beschreiblich schön. Im kommenden Winter werde ich mich daran erinnern, daß ich im vergangenen Sommer auf der Provence lag ...

Die Düfte und Geräusche wechseln im Verlauf des Tages. Die Grasmücke singt, die Zikaden schreien, der Nachtkauz ruft. Im Gemisch der Düfte drängt sich der Salbei vor, manchmal die Minze und abends zarter Myrtenduft. Meine Entdeckungen beschränken sich darauf, daß die Schoten des Ginsters in der Mittagshitze mit leisem Knall explodieren. Das Innere der Disteln ist samtweich! Wie ein Nabel liegt das runde Fenster in der Westwand der Kapelle. Tauben trinken Regenwasser aus steinernen Weihwasserbecken ...

Wir essen Wachteln im Schlafrock, trinken weißen trokkenen Chablis. Laß die Erben Coca-Cola trinken!

Bei flackerndem Windlicht lese ich Daudets ›Geschichten aus meiner Mühle‹ vor. Die Fledermäuse streichen um die Felswände, in die das ›Mas d'Aigret‹ hineingebaut ist. Die Ziege des Herrn Seguin! ›Du wirst sehen‹, schreibt Daudet an seinen Freund Gringoire in Paris, ›was dabei herauskommt, wenn man in Freiheit leben will!‹ Und er erzählt ihm von jenem M. Seguin, der kein Glück mit seinen Ziegen hatte; er büßte sie alle auf dieselbe Weise ein. Eines Tages zerreißen sie ihre Stricke und laufen ins Gebirge. Weder Liebkosungen noch gutes Futter, noch die Warnungen ihres Herrn halten sie zurück. ›... und am Morgen fraß sie der Wolf!‹ Daudets Geschichten tragen Halbtrauer.

Als ich anfing zu schreiben, hatte jemand zu mir gesagt: »Wenn Sie sich zutrauen, von Eisscholle zu Eisscholle zu springen, dann gehen Sie in einen freien Beruf.« Ich habe zurückgefragt: »Und was ist im Sommer?« Und habe es mir zugetraut. Irgendwann wird mich der Wolf fressen. Aber jetzt trinken wir Chablis! In früheren, schlechteren Zeiten hatte ich mir einen Satz von Balzac an die Wand geschrieben: ›Die Ziege muß dort weiden, wo sie angebunden ist.‹

Wir statten unserem französischen Kollegen einen Besuch ab, fahren nach Fontvieille. Ein Ausflugsort für Schulkinder. ›Die Mühlen‹, schreibt Daudet 1869, ›machten die Freude und den Reichtum unserer Gegend aus!‹ Die Freude ist geblieben, der Reichtum dahin. Wir stellen uns vor, wie der kostenlose und freundliche Wind eines Tages wieder das Korn mahlen könnte. Jener Wind, den Daudet noch ›den Atem des lieben Gottes‹ nannte; der männliche Mistral, der die harte, trockene Kälte aus den Cevennen durchs Rhônetal bläst, und die weibliche Tramontane, die den Regen bringt. Mistral, was für ein Land, wo die Winde die Namen der Dichter tragen und die Dichter die Namen der Winde! Frédéric Mistral, der das Provençalische in seinen Gedichten bewahrt hat, einst die Sprache der Königinnen, heute die Sprache der Hirten. Als ich zum ersten Mal in der Provence reiste, schrieb ich ein paar Verse. ›Pinien und Oliven/Es duftet der Majoran/Melonen tropfen vor Süße/Hinter den Büschen schläft Pan . . .‹ So einfach war das damals noch.

Wenn wir nichtsnutzig auf der Provence lagen, sagte einer zum anderen: »Aber am Morgen frißt uns der Wolf!«

Die Provence des Meeres. Wir haben weiße Reiher gesehen. Wir haben die berühmten langstieligen Flamingos der Camargue gesehen, die im rechten Augenblick aufstiegen, ihre Flügel aufspannten und als lachsrote niedrighängende Wolke davonflogen; morgens haben Möwenkolonnen uns den Strand gereinigt, auch ein paar Kraniche haben wir gesehen. Wir haben gesehen, was zu sehen war: die halbwilden Pferde und die halbwilden Stiere. Wir sind in einem ratternden Bähnchen dorthin gefahren, wohin man sonst nur zu Pferde gelangt, auf Bohlendämmen durch Schilf und Röhricht, Heide und Moor, am Étang-de-Vaccarès entlang. Und wir erinnerten uns dabei an einen Tag in Histria, am Schwarzen Meer gelegen, und tauschten die Bilder aus: Donaudelta und Rhônedelta. Niemandsland zwischen Erde und Wasser. Es war vergleichbar schön.

In Aigues-Mortes, was ›totes Wasser‹ heißt, hatten wir Bedürfnis nach einem Schnaps, weil der Mistral uns zusetzte, der den Lake- und Kloakengeruch der Salinen verstärkte; wir kauften eine Flasche ›Eau de vie‹, was ›Lebenswasser‹ heißt. Das Licht änderte sich, der Reiz wurde zum Überreiz. Der Wind blies das Meer fort, aber es gab ihm nicht nach, es wich nur zurück, keine hohen Wellen, nicht die erwartete Brandung. Am Strand wurden Warnfahnen aufgezogen.

Das Meer gehört allen! Keine Strandgebühr, kein hoteleigener Strand. Ein demokratisches Gesetz, von einem König erlassen.

Mittelalterliche Wehrkirchen, mittelalterliche Stadtmauern, die heute von den Fremden, gegen die sie einmal gerichtet waren, besichtigt werden. Die Betonbunker des 20. Jahrhunderts wurden gesprengt, sehenswert waren sie nicht. Aus unserem Jahrhundert stammen die weithin sichtbaren Wassertürme. Es wird nicht mehr verteidigt, es wird versorgt.

Und schließlich dann Les-Saintes-Maries-de-la-Mer, das mir kein Wiedersehen wert schien, so grau war es in meiner Erinnerung, ohne Glanz. Inzwischen hat man das Städtchen herausgeputzt, keine Hotelbauten stören das malerische Bild; sogar drei Zigeunerinnen haben wir gesehen – am Wallfahrtsort der Zigeuner. Auf dem Markt boten prachtvolle naturschwarze Männer aus Afrika den frischgebräunten Touristen Schmuckstücke und Kleidungsstücke zum Kauf an, Teppiche und Elfenbeinschmuck und Ebenholzmasken. Vor hundert Jahren verkauften die Weißen an der afrikanischen Küste das Entsprechende: weißer und schwarzer Tinnef.

Mittags, als wir nicht die Bouillabaisse der Wohlhabenden bestellen wollten, aßen wir weiche, scharfgewürzte Kutteln. Ein Mann betrat das Restaurant, schön von Gestalt, kein Jüngling mehr, schwarzbärtig, mit südlichen Augen; er zupfte die Gitarre und das Banjo, sang Chansons und provençalische Lieder dazu; er hätte kein Mikrophon, keine Kamera und kein Konzertpublikum zu scheuen brauchen, aber er zog es vor, wie ein zu später Troubadour durch die Lokale zu ziehen. Ein Lächeln, eine Verbeugung, ein paar Francs für den Hut ...

Eine Woche lang wohnten wir nahe bei Le Grau-du-Roi, in einem ›village marin‹, einem Touristenzentrum für Leute, die mit ihrer Yacht vor der Haustür anlegten. Nachts schlugen die Drähte an die Masten der Boote, es klang wie lockender Unkenruf. Gegen Morgen, wenn die Boote ausfuhren, standen Mondsichel und Stern und Nebenstern am Himmel. Ich rüttelte dich wach, damit du sehen solltest, was ich sah, aber du magst seit dem Krieg die frühen Morgenstunden nicht mehr.

Wir holten uns unseren täglichen Wein unmittelbar beim Erzeuger, in den ›Caves‹, deren Aluminiumtanks man von weitem erkennt. Kurze Stichstraßen, von Platanen gesäumt, führen dorthin. Wir legten uns unter eine der Platanen am Rand eines Weinfeldes. Drei Mädchen spielten auf der Straße, eine Weinranke diente ihnen als Springseil. Zwei von ihnen ließen die Ranke in sanfter Bewegung über den Boden schwingen, das dritte sprang darüber. ›La mer est calme‹, sangen sie, sangen dann schneller, unverständlich, schwangen die Ranke immer höher, die Wellen gingen immer höher, überschlugen sich, wurden dann wieder flacher, und wir hörten die Mädchen wieder singen: ›La mer est calme, la mer est calme.‹ Das Meer ist ruhig.

Wir schliefen darüber ein.

Wart ihr denn nicht im Kreuzgang von Saint-Trophime in Arles? Doch, sagen wir, aber da waren die anderen Touristen auch; wir sind weitergefahren zur Abbaye-de-Montmajour, sie liegt nicht weit von Arles, auf einem Hügel, halb verfallen. Im Kreuzgang waren wir ganz allein.

Habt ihr denn keinen Stierkampf in der römischen Arena von Nîmes gesehen? Wir haben einen Stierkampf in der Arena von Arles gesehen; aber wir sind bald wieder weggegangen. Schöner und heiterer war das Rodeo im Mas-de-Cacharel, mitten in der Ebene der Camargue gelegen; der Wind war salzig und sandig, wir standen auf einer Umwallung, durch Weidengeflecht notdürftig vor den Stieren geschützt. Mut und Übermut der jungen Männer, wenn sie die Stiere bei den Hörnern packen oder sich auf ihrem Rücken zu halten suchen. Wir zählten, laut rufend, mit: »Un! Deux! Trois! Quatre!« Meist fiel der Reiter dann schon in den Sand, aber einer von ihnen hielt sich bis ›quatorze‹. Als er stürzte, wurde er vom Stier angegriffen, und es stockte uns der Atem. Doch die Hörner waren durch aufgesteckte Kugeln stumpf gemacht, der Stier war seiner natürlichen Waffen beraubt. Es wurde Dressur geritten. Im Steigbügel hängend, auf drei ungesattelten Pferden stehend und im Galopp – wild und schön und jung und kaum dressiert: die jungen Männer und die jungen Tiere. Gelächter und Herzklopfen, aber kein Blut und kein Entsetzen wie beim Stierkampf in Arles.

In Avignon, in der Kirche Santa Chiara, sah Petrarca zum

ersten Mal Laura Noves, die Gattin eines Herrn de Sade, liebte sie fortan und schrieb ihr ein lebenslanges Lied: die Sonette an Madonna Laura. Der Dichter, aus Italien stammend, suchte und fand Einsamkeit im Vaucluse und beschrieb dort die Schönheit und Tugend seiner unerreichbaren Geliebten, ihre Augen, ihr Haar, die Wangen, die Lippen. Nur Träume, nur Lieder.

Wir standen unter der Felswand, an der unauslotbaren, wasserreichen Quelle der Sorgue, wohin er täglich von seinem Haus in Fontaine-de-Vaucluse aus gewandert sein soll. Nun wissen wir Bescheid; hier sind alle die Tränen geflossen. Unsere Gespräche über die befruchtende Wirkung, die eine unerfüllte Liebe auf die Poesie ausgeübt hat, dehnen sich aus; den, den man liebt, in Ruf- und Reichweite, die Gedichte Petrarcas in der Hand und im Ohr. ›Quando 'l Sol bagna in mar l'aurato carro – Wenn rot im Meer verglüht der Sonne Pracht.‹ Was für eine Zeile: ›Und aus den Angeln hebt mein Lied die Welt!‹

Als wir dieses Sonett lasen, befanden wir uns bereits auf dem hochgerühmten Mont Ventoux, wo auch Petrarca im Jahr 1336 gewandert ist. In Arezzo haben wir vor seinem Geburtshaus gestanden. Wir reden über die Reichweite eines Gedichts und über die Auswirkungen der Lebenswelt auf die Schreibwelt. Ist es gleichgültig, wo ein Schreibtisch steht? Ob man die mittelmäßigen hessischen Berge vor Augen hat oder die Berge des Lubéron, die Alpillen, die Montagnetten. Du sagst: Man muß nur etwas zu sagen haben!

Im Augenblick habe ich nichts zu sagen. Ich gebe das Wort an Petrarca zurück. Und aus den Angeln hebt die Welt mein Lied. – Was schön ist, werde ich schön nennen. Das habe ich mir vorgenommen, daran halte ich mich.

Als wir im Liegewagen des Autoreisezugs zurückfuhren, floß links die Rhône durchs Mondlicht, reifte zur

Rechten der ›Côte du Rhône‹ unterm Mondlicht, Jahrgang 1977, dem man die fehlende Süße, den französischen Weingesetzen gemäß, schon beibringen wird; dies war kein überhitzter Sommer.

Manchmal, im Winter, bereite ich uns eine provençalische Ratatouille aus Auberginen, Zucchini, Zwiebeln, Paprika und Tomaten, vergesse die Knoblauchzehe nicht und nicht das Lorbeerblatt. Wir nähren unsere Erinnerungen.

Mit Rosmarin von Camus' Grab würze ich das Fleisch. Wenn du ein hartes Rosmarinblatt auf deinem Teller findest, sagst du: Das ist ja absurd. Und wir erinnern uns an Lourmarin.

(1978)

Der Zug hat voraussichtlich 40 Minuten Verspätung oder Bücher sind Treffpunkte

Als Schülerin ließ ich keine Dichterlesung aus. Ich saß zu Füßen von Hans Carossa, Ina Seidel, Werner Bergengruen und Rudolf Alexander Schröder, der aus einer ledergebundenen Dünndruckausgabe seiner Werke las ... Später hörte ich Hildesheimer, Schnurre, Grass, Marie Luise Kaschnitz, Piontek, Kempowski; immer noch andächtig, aber nun aufmerksam beobachtend, wie sie sich ihrem Publikum gegenüber verhielten, welche Texte sie auswählten, wann sie zum Wasserglas griffen, wie sie die Brille auf- und absetzten, putzten, auf die Stirn schoben oder über sie hinwegblickten, wie sie sich vor ihren Lesern verbeugten, wie sie mit schöner Handschrift kleine bedeutungsvolle Sätze in die Bücher schrieben, die man ihnen hinreichte, auf die Titelseite oder auf das Vorsatzpapier ...

Ein paarmal im Jahr begebe ich mich ebenfalls auf Autorenreise, meist im Oktober und November, wenn die Leser auf neue Bücher aufmerksam gemacht werden sollen, wenn man sich wieder auf die inneren Werte besinnt. Die Volkshochschulen, die Stadtbibliotheken, die Buchhändler, die Goethe-Gesellschaften und die Literarischen Vereine laden ein, meist telefonisch. Man sagt dann eher zu als in Briefen, wo Entschuldigungen sich in liebenswürdige Worte kleiden lassen. Man erfährt, wer alles schon dort gelesen habe, ist beeindruckt und auch geehrt, sagt zu und trägt das Datum weit hinten in den Terminkalender ein, irgendwann im November. Im Mai scheint mir, als läge Bensheim gar nicht weit von Traben-Trarbach entfernt. ›Bald les' ich am Neckar, bald les' ich am Main‹ ...

›Ich gehe tingeln‹, sage ich, wenn es soweit ist, und packe die Reisetasche. Je nach Jahreszeit, Ort und Zuhörerkreis stelle ich mein Programm zusammen, aber noch bevor ich überlege, was ich lesen könnte, überlege ich, was ich anziehen soll. Unauffällig? Oder elegant? Wie stellt man sich eine Schriftstellerin vor? Man hat eineinhalb Stunden lang nichts anderes vor Augen als mich, von der Frisur bis zu den Schuhen.

Der Veranstalter übernimmt die Betreuung seiner Alleinunterhalterin bereits auf dem Bahnsteig, bringt sie ins Hotel, ißt mit ihr zu Abend. Oder essen Sie vor der Veranstaltung nichts? Er weiß es von anderen: die Magennerven! Um 19 Uhr 45 setzt er mich in einen stillen Nebenraum, da ich mich gewiß noch sammeln möchte, steckt aber mehrmals den Kopf durch den Türspalt und sagt aufmunternd: Jetzt kommen doch noch ein paar Leute! Jemand von der Presse! Der Fotograf! Oder: Als Günter Grass da war! – Im letzten Winter war der große Kollege, wo ich auch hinkam, immer schon dagewesen. ›Ick bün all hier, seggt de Butt!‹

Spätestens in dieser Viertelstunde vor dem Auftritt frage ich mich, wozu ich eigentlich hier bin. Aus Büchern vorlesen, die bereits gedruckt vorliegen? Vor Menschen, die des Lesens kundig sind? Draußen regnet es in Strömen, die Straßen sind vereist. Nie würde ich an einem solchen Abend zu meiner eigenen Lesung gehen. Im Fernsehen wird ein Spiel der Vorrunde zur Fußballweltmeisterschaft direkt übertragen! Der Kirchenchor übt die h-Moll-Messe ein, der Golf-Club veranstaltet seinen Winterball. Das alles hat der Veranstalter mir besorgt schon auf dem Bahnsteig mitgeteilt. Zehn Minuten kann er noch zugeben, dann ist es soweit. Es muß inzwischen ein

Wunder geschehen sein: sogar die Fensterbänke sind besetzt! Der Veranstalter begrüßt das Publikum und begrüßt die Autorin, macht ein paar Angaben über den Lebenslauf und die bisherigen Veröffentlichungen, bringt dabei einiges durcheinander, was ich mit einem Lächeln quittiere, sagt: Und nun ...

Ich besteige das Podium. Tischdecke und Blumenstrauß, Sessel und Stehlampe verschaffen die Illusion von Intimität und Lesestunde. Ich lege meine Bücher zurecht, schiebe Wasserglas und Blumenvase beiseite, greife zur Brille. Aber nur Männer dürfen in solchen Augenblicken umständlich ihre Brille putzen und zurechtrücken, eine Frau nicht. Ich stelle die Lampe so, daß ihr Schein auf das Buch, nicht auf mich fällt; in diesem Augenblick verläßt mich das Lampenfieber, jetzt gilt nur noch der Text, den ich vorlesen werde, nicht mehr der, der ihn geschrieben hat.

›Der Weg des Ohres ist der nächste Weg zum Herzen‹, sagt Schiller. Ich suche nach drei oder vier Gesichtern in den vorderen Reihen, die Zutrauen erwecken. Erste Kontakte entstehen. Zwischendurch Augenblicke der Unsicherheit. Ich zähle die Reihen und dann die Sitze innerhalb einer Reihe, multipliziere quer mal längs, komme auf 80 oder 150 und manchmal auf 300 Personen, sehe im Geist eine überfüllte Boxkampfhalle vor mir, lese weiter, rechne derweil aus, ob der Veranstalter auf seine Kosten kommen wird. Autoren werden gehandelt wie Artikel zu Festpreisen, fünf Mark oder zwei Mark. Gibt das Kulturamt der Stadt einen Zuschuß? Schüler die Hälfte? Ich verliere die Zeile, verspreche mich, hole mir neue Zuversicht aus einem der vier Lesergesichter. Der alte Herr in der zweiten Reihe schlief bereits, noch ehe ich überhaupt angefangen hatte zu lesen; aber ich bekomme ihn wach, ohne die Stimme zu heben, ohne Gestik; ich bin keine Schauspielerin. Einmal gingen zwei junge Ehepaare schon nach der ersten Geschichte, die ich gelesen hatte. Ich erschrak, war gekränkt, wurde unsicher. Niederlage nach der ersten Runde, der Ort unvergessen, Herrenberg bei Stuttgart. In Ludwigshafen, in der Buchhandlung Kurpfalz, las ich aus einem unveröffentlichten Roman, stellte beim Umblättern fest, daß eine der Manuskriptseiten fehlte, es wurde mir eiskalt, ich las auf der übernächsten Seite weiter, errötete, meine Schwächen vorweisend. Einmal ließ ich während der Anfahrt zu einem Autorenabend meine Brille liegen; sie wurde mir von einem Streifenwagen der Polizei nachgebracht. Im kleinen Theatersaal in Lübeck setzte man mich mitten ins Bühnenbild von Genets ›Zofen‹ ...

Rüsselsheim. Ein Freizeitzentrum soll eröffnet werden. Bürgermeister, Bauherr, Bibliotheksleiter sind anwesend. Ich lese in einem Raum mit gedämpftem Licht, gedämpften Farben und gedämpfter Stimmung. Nach fünf Sätzen blicke ich auf und stelle fest, daß man offenbar meine Stimme kaum vernehmen kann. Ich lese lauter, steigere mich, leere dabei das Wasserglas und bin am Ende heiser und erschöpft. Ich klappe das Buch zu, und schon eilt ein Herr auf mich zu und sagt beglückt: »Der Raum hat seine Bewährungsprobe bestanden! Wände, Decke, Fußboden, alles schallschluckend!« Es handelte sich um den zuständigen Architekten und bei dem Raum um den Lesesaal der Bibliothek.

München, Regina-Palast-Hotel, Eintritt fünf Mark, Garderobe- und Verzehrzwang, das Publikum in bequemen Sesseln, ein Meter Tischbreite von Hörer zu Hörer; mein suchender Blick trifft immer die Zwischenräume. Die Kellner servieren den Rotwein in Karaffen, den Kaffee portionsweise; sie kassieren rechtzeitig vor Ende der Veranstaltung und lassen sich bei ihrer Tätigkeit durch mich nicht stören. An einem Abend im Advent läßt man mich im Saal einer Kaserne bei flackerndem Kerzenlicht lesen;

ich setze, um die Zeilen nicht zu verlieren, wie ein ABC-Schütze den Finger unter die Worte.

Routine kann nicht aufkommen, immer neue Situationen. Plötzlich erwartet man, daß ich an einem Pult lesen soll. ›Siegfried Lenz tut das auch!‹ Ich protestiere, niemand liest im Stehen ein Buch! Wenn der Saal sich als zu klein erweist und man in einen größeren umziehen muß, gehe ich am Ende der Prozession, meine Bücher und das Glas Wasser in der Hand. Ich trinke geduldig Wildunger ›Helenenquell‹ und bin dankbar, wenn man mir keine süße Limonade hingestellt hat.

Ein überregionaler Frauenclub lädt mich als Alleinunterhalterin zu seinem Jahresfest ein. Die Frauen kommen von weit her, nicht nur ich. Reichgarnierte Torten, Schwarzwälder Kirsch, Nougat, Schokolade-Nuß auf festlich gedeckten Tischen in Hufeisenform, jede Torte ein Kunstwerk und jede selbstgebacken. Durch meine Geschichten weht würziger Kaffeeduft; man muß nur noch abwarten, bis ich mit Lesen fertig bin und man miteinander plaudern kann. Aber: keine Anzeichen von Ungeduld und Unruhe; ich frage die Damen, ob ich weiterlesen soll. Ich muß weiterlesen! Und esse anschließend vier Stück Torte aus Dankbarkeit und versichere: Diese Torte ist ein Gedicht! In Marburg ließen sich viele gebildete Damen Kaffee und Buttercremetorte schmecken, während ich vom Tod der armen alten Filomena las.

Literarischer Frühschoppen. Signierstunde beim Buchhändler. Und dann das Refektorium einer Benediktinerinnen-Abtei, an der Weser gelegen. Stunde der abendlichen Rekreation. Zwanzig Minuten Lesezeit. Im Halbkreis hundert aufmerksame Gesichter. Man war gewohnt, Gottes Wort zu hören – und nun mich! Was ich las, änderte die Bedeutung, bekam Tiefe. Die Ordensfrauen waren nicht Zuhörer, sondern Hinzuhörer.

Ein anderes Mal. Lüneburg. Oder Stade. Oder Wiesbaden. Mein Programm ist beendet. Das letzte Kapitel von ›Poenichen‹ ist ernst, das Publikum klatscht nicht. Ich stehe auf, packe die Bücher zusammen, der Veranstalter sagt, daß jedes weitere Wort von seiner Seite sich erübrige, die lautlose Stille, die Atemlosigkeit der Zuhörer seien Beweis genug. Trotz Gleichberechtigung und Rentabilitätsberechnung überreicht er mir einen Blumenstrauß; seit einigen Jahren handelt es sich meist um Levkojen, stark duftend und rasch welkend. Nachher, so sagt er zu den Zuhörern, werde man in einem kleinen literarisch interessierten Kreis noch ein wenig beisammensitzen, vorerst aber sei die Autorin gern bereit, ihre Bücher zu signieren. Ein Büchertisch steht am Ausgang des Saals, nicht zu übersehen. Ich höre, daß jemand anerkennend sagt: »Die ist aber fleißig!« Ich setze mich wieder, lege den Filzstift bereit, es bildet sich eine kleine Leserschlange. Zaghaft fragt jemand: »Schreiben Sie denn auch in Taschenbücher?« Ein nächster fragt: »Auch in das Reclamheft?« Name, Datum, Ort. Und vielleicht noch einen persönlichen Satz? Obwohl ich mir vorher mehrere geeignete Sätze ausgedacht habe, fällt mir jetzt keiner ein. ›Erinnern ist immer ein Risiko!‹ oder: ›Rechne mit allem, rechne mit nichts!‹ Ich blättere, hoffe, einen gewichtigen Satz, eine ›Quindt-Essenz‹ oder eine ›Maxime‹ der Maximiliane Quint zu finden, finde keine, schreibe schließlich: ›Bücher sind Erfahrungen, die man kaufen kann.‹ Der Satz steht auf den Plastiktüten des Buchhändlers. Heiterkeit breitet sich aus. Ich höre, wie die Wartenden sich miteinander unterhalten. »Das Buch besitze ich schon lange!« oder: »Der erste Roman gefällt mir immer noch am besten, die ›Spuren‹.« Einer sagt, daß er mich vor zwanzig Jahren, als er in Bad Wildungen zur Kur war, schon einmal habe lesen hören. Ich setze Jahresringe an. Ein älterer Herr mit pommerschem Akzent erkundigt sich, wo ich in Pommern gelebt hätte, er selbst stamme aus Bütow. Ich sage entschuldigend, daß ich keine gebürtige Pommerin sei, allenfalls eine erschriebene, spüre, wie ich an Glaubwürdigkeit verliere, sage, daß ich vor einiger Zeit im ehemaligen Pommern gewesen sei, daß mein Onkel dort ein Gut gehabt habe.

Eine junge Frau versichert mir, daß sie, während ich die ›Griechischen Kardiogramme‹ las, einen Sonnenbrand bekommen habe. Ich schreibe auf Eintrittskarten und zerlesene Exemplare einer Lesering-Ausgabe. Und in Flensburg schrieb ich, auf ausdrücklichen Wunsch, meinen Namen mit Kugelschreiber auf einen gebräunten, blondbehaarten jungen Männerarm . . .

Es gibt Abende, an denen ich keiner Statistik glaube, die mir weismachen will, daß mehr als die Hälfte der Bevölkerung niemals ein Buch lese. Ich bin von Lesern umgeben: von Brückner-Lesern! Was für ein Trugschluß.

Zwischendurch schiebt mir der Veranstalter unauffällig einen Umschlag zu, unverschlossen und ohne Aufschrift, aber sein Blick besagt: das Honorar. Jene Jahre, in denen ich hoffte, Geldscheine und nicht ein Scheck steckten darin, sind unvergessen und sollen unvergessen bleiben. Ich halte es mit dem alten Baron Quindt: ›Geld kann gar nicht bar genug sein.‹ Ich will mich nicht daran gewöhnen, ein Erfolgs-Autor zu sein. Ein Superintendent nahm mich einmal im Anschluß an eine ›Lesung in kirchlichem Rahmen‹ diskret beiseite, sagte hinter vorgehaltener Hand, daß es ihm sehr peinlich sei und man die heikle Angelegenheit vielleicht in der Sakristei erledigen könne. »Ach«, antwortete ich unbekümmert, »Sie predigen für Geld, und ich lese für Geld.«

Der Hausmeister schaltet bereits die Lampen aus, der Buchhändler räumt die Restbestände zusammen. Der gesellige Teil beginnt. Man sitzt im Kreis der Leser am reservierten Tisch, trinkt das Landesübliche und steht Rede und Antwort. Seit wann man schreibe und was man so gelernt habe und ob man Schreiben lernen könne. Wenn man selber nur Zeit hätte, ganze Romane könne man schreiben! Jemand erkundigt sich, ob ich jeden Tag eine bestimmte Anzahl von Seiten schriebe, Hemingway zum Beispiel oder Thomas Mann habe ... Ich antworte: Erst versorge ich den Haushalt, aber spätestens um neun Uhr sitze ich am Schreibtisch. Was ich sage, scheint nicht zu befriedigen, denn schon fragt einer: Warum schreiben Sie überhaupt? Bohrt ruhig und sachlich meine Existenz an. Fünf Antworten auf diese Frage weiß ich, meist fällt mir keine davon ein. Es wird 23 Uhr, oft auch später. In Gummersbach, tief im Bergischen Land, saßen wir noch nach Mitternacht, tranken auf Anraten des jugoslawischen Wirts warmen Slibowitz und gerieten immer mehr ins Reden, über das Leben und über das Schreiben und Lesen, bis der Wirt kam und sich erkundigte, ob wir denn gar nicht müde würden.

Der Veranstalter liefert mich im Hotel ab, im ›ersten Haus am Platz‹ und manchmal auch im dritten. Im Restaurant des Hotels sitzen noch ein paar Vertreter, trinken Bier, machen ihre Abrechnung, haben vermutlich schlechtere Abschlüsse erzielt als ich, was schlägt schon zu Buche! Das Fernsehgerät ist eingeschaltet. Ich blättere in zerlesenen Illustrierten, rufe zu Hause an, klage ein wenig, suche dann mein Zweibettzimmer auf, lege den Blumenstrauß ins Waschbecken, der Wasserhahn tropft beharrlich, die Nachttischlampe ist defekt, die Toilette befindet sich auf der halben Treppe. Erschöpft und aufgeregt liege ich schlaflos. Andere Kapitel hätte ich lesen sollen, das dunkle Kostüm hätte ich nicht anziehen sollen, bessere Antworten fallen mir ein.

Am nächsten Morgen gehe ich bangen Herzens ins

Gymnasium, Leistungsfach Deutsch, werde auf Treppen und Gängen von vorbeijagenden Schülern gestoßen. Die Direktorin hat mir am Telefon bereits gesagt, daß einige der Schüler am besten zuhören könnten, wenn sie ihren Kopf auf den Motorradhelm legten; bei manchen Schülerinnen scheint Stricken die Aufmerksamkeit zu fördern. ›Für wen schreiben Sie überhaupt?‹ – da ist sie wieder, die tödliche Frage. Die Teilnahme an der Veranstaltung ist freiwillig, einige gehen denn auch. Es hat Vormittage gegeben, in denen ich mich wie eine Urchristin in einer römischen Arena fühlte, von jungen hungrigen Löwen umgeben. Kein Gespräch mit der Autorin, sondern massiver Angriff auf sie, weil sie die Gesellschaft nicht verändert hat. Ich bin im Unrecht. Warum schreibe ich überhaupt.

Die Lokalpresse benotet mein Auftreten: schwarzhaarig, sportlich, zierlich, bescheiden, elegant, zeitkritisch, humorig, weise, spröde, liebenswürdig; ich erfahre, daß meine Stimme warm, kühl, melodisch, von schneidender Kälte, betont artikulierend, leise und eindringlich war; ich betrachte erschrocken und mitleidig mein abgespanntes Gesicht auf dem Foto, trage mich an der Rezeption des Hotels in das Gästebuch der Prominenten ein, unter die Namen von Fußballspielern, fühle mich wie ein Star, bis ich dann mit meinem unverpackten Blumenstrauß auf dem zugigen Bahnsteig stehe und der Zug voraussichtlich 40 Minuten später einlaufen wird ...

Hin und wieder gehen wir zu zweit auf Lesereise. Ein Kuriosum, eine Rarität: ein Schriftstellerehepaar. Ich übernehme den ersten Teil, Kühner den zweiten, den heiteren, scheinbar heiteren Teil. Er liest Satiren, liest aus seinem Schelmenroman, liest skurrile Lyrik; es darf gelacht werden, und es wird gelacht. Der ›Pummerer‹ bekommt Beifall auf offener Szene, eine Kunstfigur, ein angeheirateter Vetter von Palmström und Kuddeldaddeldu. Manchmal lesen wir Briefe mit verteilten Rollen, beide ›Das glückliche Buch der a. p.‹ in der Hand. Später kommen dann die Fragen: Wie geht das denn, eine Schriftstellerehe? Nimmt da nicht einer dem anderen die Einfälle weg? Korrigieren Sie sich gegenseitig? Jemand sagt laut: »Das sieht man doch!«

Es reist sich leichter zu zweit, die Verantwortung für das Gelingen des Abends ist gehälftet. Zu zweien standen wir in Sturm und Regen auf der Nordseeinsel Juist und warteten vergeblich auf die Pferdedroschke, die uns in den Gemeindesaal bringen sollte; einander den Rücken stärkend, stellten wir uns den Angriffen von hundert aggressiven Primanern, die in der Aula eines Gymnasiums in ihren Felljacken lagerten. Oder jener Märztag, an dem wir auf der B 33 im Schwarzwald mit dem Auto verunglückten, zwei Stunden vor der Lesung, bereits für den gemeinsamen Auftritt gekleidet. Mein Mann, den Kopf im Preßverband, der Anzug blutverschmiert, las meinen Teil mit; ich lag in der Klinik: Happening in Königsfeld.

Die Frage, warum man als Autor zu Leseabenden fährt, beantwortet sich an den Abenden selber. In einem meiner Bücher sagt eine alte Frau einmal: ›Danach darf man im Leben nicht fragen, ob es sich lohnt.‹

Für die Dauer von eineinhalb Stunden wird die Anonymität des Schreibens und Lesens aufgehoben. Man hat seinen Leser vor Augen, der Leser hat seinen Autor vor Augen. Ein Text wird erprobt, ein Mensch wird erprobt. Wortlosigkeiten und Einsamkeiten werden durchbrochen, Oasen des Vertrauens entstehen, an denen man seinen Leser trifft. Man trennt sich wieder, aber: Bücher sind Treffpunkte. Da geht ein Leser an Land. Jeder Leser ein Kritiker, erwartungsvoll, aber auch voller Mißtrauen.

Einmal saß weit hinten im Saal ein Herr mit einem chronischen Bronchialkatarrh. Zehn Minuten lang las ich, und er hustete dagegen an. Ein Duell. Dann war der Husten bekämpft. Einer meiner stolzesten Leseerfolge.

(1978)

O Schwarzwald!

Bei unseren Wanderungen haben wir den Schwarzwald lange ausgespart. ›Nur nicht in den Schwarzwald!‹ habe ich gebeten. Dort sind wir auf einer Autorenreise mit dem Auto verunglückt. Mit Blaulicht hat man uns nach Villingen in die Unfallchirurgie gebracht. Man hat meinem Mann in meiner Gegenwart die tiefe Kopfwunde genäht; angeschnallt auf ein Vacuumbett, habe ich nach Tagen diesen unheilvollen Schwarzwald durchs Kinzigtal verlassen.

Die drei berühmten Höhenwanderwege beginnen in Pforzheim am Kupferhammer; dort, auf einem Denkmal für Ludwig Auerbach, werden die Wanderer mit seinem Lied ›O Schwarzwald, o Heimat, wie bist du so schön . . .‹ auf den Weg geschickt. Bei steilen Anstiegen, sinkenden Temperaturen, heftigen Regenschauern sangen und seufzten wir: ›O Schwarzwald!‹

Wir hatten uns den längsten der Wanderwege ausgesucht, ›der goldene Westweg‹ genannt. 348 Kilometer in 12 Tagen lautet die Anweisung, aber wir duldeten kein Limit. Eine Woche mußte genügen. Nicht Pforzheim, sondern Forbach als Ausgangspunkt.

Ende Mai. Flieder und Apfelbäume in voller Blüte! Ein reizendes Tal, dieses Murgtal, durch das wir mit der Eisenbahn fuhren: Schwarzwaldmühlen, in denen Schwarzwaldtannen zu Brettern zersägt wurden, der Duft von frischgeschältem Holz drang durchs Abteilfenster.

Tunnels werden für die Eisenbahn, seltener für Autos, aber nie für Wanderer gebaut; den Wanderer schickt man über den Berg oder um den Berg herum. Gleich nach dem ersten Anstieg der erste Stausee. Schwarzenbachsee, Schwarzenbachtal. Von nun an bestimmt die rote Raute auf weißem Grund unseren Weg. Die ersten großartigen Ausblicke über die Rheinebene hinweg bis zu den Vogesen, auf deren Höhen wir vor Jahren, ebenfalls zu viert, gewandert sind.

Sommerwolken im Frühling! Holztröge, mit Quellwasser gefüllt, um die Arme zu kühlen; Bäche, um die Füße zu baden. O Schwarzwald! Wir waren hochgemut, ein wenig übertrieben vielleicht. Der Rücken mußte sich erst wieder an den Rucksack gewöhnen. Nie kommt Maiengrün so gut zur Geltung wie vor dunklem Nadelwald! Der Wurmfarn rollt sich eben erst auf. Die Heidelbeeren haben gut angesetzt; wir sind zufrieden, daß es Frühling ist und weder Pilze noch Beeren uns aufhalten werden. Bereits am ersten Tag lernen wir, Fichten von Tannen zu unterscheiden: die eine, die ihre Zapfen hängen läßt, die andere, auf der sie aufrecht stehen wie Kerzen, Weißtannen zumeist, kenntlich am weißen Nadelstreifen. Wir stellen Wetterprognosen für den kommenden Sommer anhand alter Bauernregeln auf. »Grünt die Esche vor der Eiche, hält der Sommer große Bleiche!« verkünde ich frohlockend. Die Esche grünte! Aber weit und breit keine Eiche zum Vergleiche; wir gehen von Nord nach Süd. Wer wandert, geht ›der Sonn' entgegen‹! Die Sonne im Gesicht, nicht im Nacken. Das Wandertempo liegt bei vier Kilometern in der Stunde, da trifft man andere Wanderer nur, wenn man Rast hält und überholt wird.

Zu guter Stunde erreichten wir Unterstmatt, ein Höhenhotel. Wir aßen und tranken ausgiebig; von dem preiswerten ›Wandererpfännli‹ machten wir keinen Gebrauch. Im Gastzimmer knarrten die Holzdielen unterm Spannteppich. Die Betten waren gut; den Schlaf muß der Wanderer sich mitbringen ...

Unser Wirt gewährt Wanderern 15 Prozent Nachlaß, läßt die schwereren Rucksäcke zum nächsten Hotel befördern und bringt uns in seinem Auto auf den rechten Weg. Gut gelaunt und gut geführt ziehen wir dahin. Unmöglich, der roten Raute zu entgehen, an jedem zehnten Baum prangt das Wegzeichen; wir sind gewohnt, uns nach Kompaß und Karte zu richten, und mokieren uns über diese Form des Wanderns. Ein ›Frauenweg‹, so hieß er denn auch.

Den ersten namhaften Berg erreichen wir am Mittag: ein Tafelberg, 1164 Meter hoch, die Hornisgrinde. Keine Rede mehr von Frühling oder Vorfrühling; ein paar kurzstielige Primeln, ein paar dürftige Anemonen; Schneewächten an den Nordhängen. Fernseh- und Fernmeldetürme, militärische Anlagen. Die Warnschilder viersprachig, auch russisch, falls sich ein Russe hierher verirren sollte. Duftende Latschen, verblühter duftloser Seidelbast. Wir gehen an der Einzäunung entlang, unterhalten uns über die Hörspielabteilung des Südwestfunks in Baden-Baden und verlieren dabei unsere rote Raute auf weißem Grund, verschaffen uns über Felsgeröll hinab einen steilen, nahezu gefährlichen Abstieg, von Spaziergängern, die den Mummelsee in Zweierreihen umkreisen, durch Feldstecher beobachtet. ›In Vollmondnächten verwandeln sich die Wasserlilien am Ufer zu Nixen, die über den See tanzen . . .‹ lesen wir, sehen aber weder Vollmond noch Wasserlilien. Wir tauschen unsere undeutlichen Kenntnisse von den Abenteuern des altgewordenen Simplicius Simplicissimus am Mummelsee aus und wandern weiter, begegnen mehreren Rottweiler Hunden; demnach, so schließen wir, ist das Städtchen Rottweil nicht weit.

Die Aussicht ist befriedigend. Zur Linken taucht immer wieder die Schwäbische Alb auf; wäre die Sicht noch besser gewesen, hätten wir laut Wegbeschreibung die Berner Alpen sehen können mit Jungfrau, Eiger und Mönch.

Zur Rechten die Vogesen, Straßburg nicht weit, Colmar nicht weit, aber wir sind auf Natur aus, nicht auf Kultur, kümmern uns nicht um Allerheiligen und nicht um Alpirsbach und Hirsau, die berühmten Klosterruinen.

Stundenlang folgen wir den Grenzsteinen zwischen Baden und Württemberg. Weicher Nadelboden in den Wäldern, dann speckiger, wippender Boden im Hochmoor. Das ausgebleichte Gras niedergedrückt vom letzten Schnee, der als Schmelzwasser in dunklen Tümpeln steht, Flechten und Grind, verrottete Bäume. Sandwege und Bohlenwege, in Bayern mancherorts ›Ochsenklavier‹ genannt. Schilder besagen, daß unser Weg im Winter als Skiloipe dient. »Loipen«, stellen wir fest, »da zieht so ein Skiwanderer allein seine Bahn! Beim Windsurfing: allein! Beim Skiabfahrtslauf: allein! Aber beim Wandern! Da geht man plaudernd nebeneinander her . . .«

Laut Wegweiser befinden wir uns auf dem ›Europäischen Fernwanderweg‹, gekennzeichnet durch ein großes ›E‹, der von der Nordsee bis zur Adria führt; unser achttägiges Vorhaben verliert an Größe.

Was für ein Name für eine noble Herberge: ›Zuflucht‹! Wir essen Schwarzwaldforellen nach Müllerin Art, trinken Markgräfler Gutedel, sitzen unter einer Schwarzwälder Kuckucksuhr, und ich erzähle ›Geschichten aus Harseims Mühle‹. Sie liegt nahe bei meinem Heimatdorf, es gab dort Heidelbeerwein zu trinken, es gab einen Ziehbrunnen und eine alte Frau wie aus dem Märchenbuch und die Kuckucksuhr meiner Kindheit . . . Die Rechnung wurde lang, die Nacht kurz; der Wirt fährt uns am nächsten Morgen zur Alexanderschanze, damit wir das Pensum des dritten Tages schaffen.

Plaudernd und singend ziehen wir dahin, nicht ahnend, wie lang der Tag und wie lang der Weg werden wird. Der Morgen ist sonnig, die Jacken verschwinden in den Rucksäcken. Den Kniebis haben wir hinter uns, von Stunde zu Stunde werden wir durstiger. Die Wanderkarte prophezeit uns eine bewirtschaftete Hütte: Kreuzherrensattel. An diesem Tag wurde sie allerdings nicht bewirtschaftet. Trotzdem heiteres Treiben rundum, Duft von gegrilltem Fleisch, Bierdunst. Im Holztrog stehen unter rauschendem Brunnenwasser die Bierkästen der Polizisten von Wolfach, die mit ihren Frauen einen Betriebsausflug machen; sie versorgen auch uns mit kühlem kostenlosen Bier. Als wir weiterziehen, lassen sie es nicht an aufmunternden Zurufen fehlen.

Hinab ins Kinzigtal! Kühner sagt: »Von jetzt an geht es nur noch bergab!« Schon mein Vater wollte mir einreden: ›Wenn du erst oben bist, geht es ganz von allein‹, was ich als Fünfjährige bereits bezweifelt habe.

Es gibt eine Baumgrenze, aber es gibt auch eine Blumengrenze. Wir stiegen in den Frühling hinab! Waldwiesentäler mit Vergißmeinnicht, Wiesenschaumkraut und Apfelblütenduft. Wir kühlen uns die heißen Füße im Bach, sehen einem Bauern zu, der eine steile Bergwiese unter den Pflug nimmt, und machen uns Sorgen, ob nicht der nächste Gewitterregen ihm die Erde wegschwemmen wird. Wir haben später noch oft an ihn gedacht ...

In Oberwolfach haben wir uns vorsorglich Betten reservieren lassen und müssen deshalb vom ›goldenen Westweg‹ abzweigen. Wir bekommen die Problematik der Gebietsreform am eigenen Leibe zu spüren, an Füßen, Beinen und Rücken: Oberwolfach ist ein Zusammenschluß von vier Dörfern, unsere Betten stehen im letzten.

Was für ein malerischer Bach! Das Tal: reizend! Aber die Straße asphaltiert. Die Rucksäcke müssen selbst getragen werden. Wir versuchen es mit Gesang: ›Im schönsten Wiesengrunde ...‹, im Sommer 1851 im nahen ›Wiesental‹ entstanden. Das Gewitter, das im Wald unsere Schritte beschleunigt hat, hält sich in respektvoller Entfernung. Aber die Sonne sticht, die Luft ist schwül. Kühner pfeift uns zur Belebung ein Marschlied mit vielen Variationen und Wiederholungen. Die Freundin greift zur Mundharmonika, nimmt ihre erste Übungsstunde, erweist sich als gelehrig; sie bläst geistliche Volkslieder, verjüngt sich dabei um mehrere Jahrzehnte. Noch ein Dorf! Und immer weiter am Ufer der Wolf entlang. Der Himmel verdunkelt sich, der Weg längt sich. »Ich spiele jetzt die zweite Strophe«, ruft die Freundin, und ich singe: »›Soll's uns hart ergehn / laß uns feste stehn / und auch in den schwersten Tagen / niemals über Lasten klagen / . . .‹« Ein Lied, das bei den Quindts auf Poenichen oft gesungen wurde. Das Gespräch belebt sich beim Thema: Tröstelieder.

Verstärkter Ausflugsverkehr. Der Abend vor Himmelfahrt. Unser Gasthof liegt an der Straße. In der Nacht haben wir Gelegenheit, darüber nachzudenken, warum die Autofahrer denn alle nach Freudenstadt fahren. Oder von Freudenstadt weg? Fernes Gewittergrollen, anhaltender Gewitterregen.

Ein grauer Himmelfahrtsmorgen. Drei alte Frauen in Schwarzwälder Tracht gehen auf dem nassen Wiesenweg zur Kirche.

Moralisch gerechtfertigt durch die zurückgelegten 35 Kilometer des Vortags, setzen wir uns in ein Taxi und lassen uns nach Hausach fahren, zum Bahnhof, wo wir mit anderen Ausflüglern auf den Zug Richtung Triberg warten. Ich lese die Höhenangabe auf einem Schild und sage: »Wie tief sind wir gesunken!« Ein Clochard, der unter dem Schild auf einer Bank sitzt, fühlt sich von meinen Worten getroffen, hebt seine Flasche, die noch zu drei Vierteln voll ist, und ruft mir zu: »Mea culpa! Mea maxima culpa!«

Wir bekommen die Geschichte eines Mannes aus dem Rheinland zu hören, der vor einigen Jahren seine Frau bei einem Unfall verloren und zu trinken angefangen hat und nun nicht mehr damit aufhören kann. ›So ungepflegt‹ will er sich bei seinen Kindern nicht mehr sehen lassen, aber er hat hier im Schwarzwald ›seine Leute‹, zu denen er kommen kann, die nur murren, wenn er seine Freunde mitbringt. Aber darf man denn seine Freunde im Stich lassen? fragt er. Er wolle frei sein, wolle nicht mehr in Wohnungen leben. Als der Zug abfährt, winkt er den Himmelfahrtsausflüglern von seiner Bahnsteigbank aus zu, sie winken zurück, seine Flasche leert sich, der Tag ist noch lang, weiterreisen wird er heute nicht mehr ...

Die Bahnstrecke führt durch das berühmte Gutachtal, von dem wir nichts sehen. Der Nebel senkt sich, der Regen verstärkt sich. In Triberg wechseln wir in einen Omnibus, steigen in Schönwald aus, nun wieder auf 1000 Meter Höhe, machen uns wetterfest und suchen unsere rote Raute.

Der Waldboden ist dank der Tannennadeln unbegrenzt wasseraufnahmefähig. Die Freundin singt: »›Regen, Sturm, wir lachen drüber –‹« Der Sturm greift unter unsere Regenumhänge, der Regen schlägt uns ins Gesicht. O Schwarzwald! Weite, unbewaldete Höhen. Wir stellen überrascht fest, daß die Sumpfdotterblumen ihre Blüten bei Regen nicht schließen, während die Löwenzahnwiesen, die gestern so gelb leuchteten, heute graugrün aussehen. Eichelhäher warnen vor uns.

Vom Gasthof ›St. Martins Kapelle‹ weht uns Rauch und Gelächter in Schwaden entgegen. Am Kachelofen dampft nasses Wollzeug, auf den Tischen dampft heiße Bohnensuppe, viel Obstler wird vorbeugend gegen Schnupfen getrunken. Vatertagsausflügler treffen ein, ziehen ein birkengeschmücktes Leiterwägelchen, auf dem das Bierfaß liegt, hinter sich her. Man rückt enger zusammen. Draußen mischen sich Schneeflocken unter den Regen.

Als wir aufbrechen, warnt man uns: Wanderern entzieht man wegen Trunkenheit die Schnürsenkel ...

Vor der Quelle der Breg, die nun auch amtlich als Donauquelle gilt, fragt Kühner rhetorisch: »Wo sollten alle diese Quellen und Bäche und Stauseen herkommen, wenn nicht –« Ich ziehe die Kapuze enger, das Wasser steht uns in den Schuhen, Straßenschilder verweisen auf Villingen. Ich verstumme. Kühner legt mir die Hand auf den Arm. »Denk nicht dran! Wir wandern wieder!«

Ein Taxi bringt uns schließlich an das Ziel, das wir zu Fuß erreichen wollten: Neuhäusle. Ein heißes Bad, die Schuhe mit Zeitungspapier ausgestopft, die durchnäßte Wanderkleidung zum Trocknen aufgehängt, dann sitzen wir in der Gaststube und lesen am Dachbalken: ›Einer muß trinken, um zu vergessen, aber keiner darf vergessen zu trinken!‹ Veraltetes landwirtschaftliches Gerät schmückt die Wände, das alte Gerät befindet sich in den Heimatmuseen.

Schwarzwaldhasenrücken und Schwarzwaldpreiselbeerkompott, der Rotwein von den wärmeren, südlicheren Schwarzwaldhängen. Schwarzwaldpreise.

Gegen Abend klart es auf. Als wir vorm Haus stehen, sagt die Wirtin: »Schneeluft!« Wir haben unser nächstes Ziel fest im Auge, den Feldberg. Auch ohne Feldstecher sehen wir, daß dort Neuschnee liegt. Im Büchlein ›Der goldene Westweg‹ lesen wir von enthusiastischen älteren Herrschaften, die frohgemut von einem goldenen Oktobertag in den anderen gewandert sind ...

Weder Schnee noch Regen, noch Sonne am nächsten Morgen. Die Beine ausgeruht, die Schuhe trocken, das Ziel lohnend. Wir wandern nun bereits nach dem dritten Faltblatt. Nicht mehr dunkle Nadelwälder, sondern kleine Wäldchen in weiten grünen Weiden; die Landschaft offener, heiterer. Mehr Vieh- als Holzwirtschaft; die Kühe tragen die schweren Euter in Lederbandagen. Die Wiesen heißen nun Wasen, das Moor heißt Moos. Die Kapellen am Wegrand dienen den Fotografen als Vordergrundmotiv; die eisernen Kruzifixe verrosten, vielleicht wird man sie zu Fronleichnam schmücken ...

Auf asphaltierten Wegen hinunter zum Titisee. Kurortbetrieb. Andenkenbuden mit Schwarzwaldhonig, Schwarzwaldspeck, gleich auf dem Schwarzwaldbrett serviert, Schwarzwalduhren, Schwarzwaldtrachtenpuppen. Wir gehen am Seeufer entlang, Wohnwagen und Campingzelte. Die Angst vorm kalten Wasser hält die Windsurfer auf den Brettern. Mit der Bahn mogeln wir uns ein Stück höher. Pro hundert Meter Aufstieg hat man mit einem Temperaturrückgang von 0,6 Grad zu rechnen. Wir holen die Handschuhe hervor, machen Bogen um die Schneewächten. Schmelzwasser steht in den Mulden, von Sumpfdotterblumen umkränzt.

Eine Stunde lang sitzen wir in der betongrauen Feldbergkirche mit den leuchtenden Glasfenstern. Der Blick geht weit ins Land. Hier haben wir schon oft gesessen. Mit der Kirche von Ronchamp nicht zu vergleichen, die eine Kirche französisch, die andere deutsch, aber beide schön; alle Vergleiche zwischen Vogesen und Schwarzwald gehen unentschieden aus: zwei schöne Schwestern.

Samstagmorgen. Das Wochenende hat begonnen. Das geht hin und her, vom Feldberg zum Belchen und vom Belchen zum Feldberg. Der Tag ist heiter. Durchsonnter Laubwald. Schau hier und schau da! Ein Ausblick schöner als der andere. Der Kuckuck ruft, diesmal nicht aus der Uhr, sondern live, dreimal. Nur dreimal? Wenn man jünger ist, zählt man das Geld und nicht die Jahre. Die Berge steigen an und mit ihnen die Preise.

Als wir am Waldrand Rast hielten, rief dann der Kuckuck ohne Unterlaß. Jedes Naturereignis wird mit dem passenden Lied beantwortet, Kuckuckslieder, Mühlenlieder. Doch, es gibt die Mühle im Schwarzwald noch! Ohne Klipp-Klapp, aber die Wasser rauschen darüber hin. Wir bringen es auf vier Versionen der ersten Zeilen von Eichendorffs ›Taugenichts‹.

Wir gehen durch fettes Knoblauchgrün, das noch nicht blüht, aber die wilden Kirschbäume blühen und geben einen Vorgeschmack aufs ›Crisli Wässerli‹; die blühenden Waldhimbeeren und die blühenden Pflaumenbäume verheißen Himbeergeist und Zwetschgenwasser. Die Starfighter nutzen den strahlenden Tag, durchbrechen mit lautem Knall die Schallmauer, brausen über uns hinweg, schneller, als wir die Ohren vor dem Lärm schützen können.

Der Aufstieg zum Belchen ist steil. Man muß deshalb oft stehenbleiben und die Aussicht bewundern. O Schwarzwald! Der Gasthof, fast schon eine alpine Hüttenwirtschaft, liegt in 1400 Meter Höhe. Abends stiegen wir zum Gipfelkreuz auf. Was für eine Gelegenheit für die Sonne, hinter den Vogesen unterzugehen! Am nächsten Morgen: Was für ein Sonnenaufgang wäre möglich gewesen! Es gab weder das eine noch das andere.

Am letzten Tag dann der große Abstieg hinunter nach Badenweiler. Von 1450 Meter Höhe auf 200 Meter Höhe. Von ein Grad auf zweiundzwanzig Grad Wärme, bei strömendem Regen. Wie es Umgehungsstraßen gibt, gibt es auch Umgehungswege, nach der alten Wandererregel: Was man an Kraft spart, muß man an Weg zusetzen.

Ich bin eine Schönwetterfrau. Ich gehöre nicht zu jenen Naturen, die erst bei Dauerregen ihre hohen charakterlichen Werte entfalten: ›Nun erst recht! Und ein Lied gesungen, einen Marsch gepfiffen!‹

Mit dem Auto fuhren wir dann durch alle die wohlvertrauten Weindörfer des Markgräflerlandes nach Freiburg, wo die ›Bächle‹ eilig durch die Straßen liefen: strömender Sonntagnachmittagsregen. Das Münster im mystischen Halbdunkel. Wir zählten die Bilder der Mutter Gottes, kamen zu keinem Ende, aßen und tranken zum letzten Mal auf Schwarzwälder Art und fuhren am nächsten Morgen bei strahlendem Maienwetter zurück. Der Schnellzug benötigte für die Strecke, die wir in einer Woche in der Gegenrichtung zu Fuß zurückgelegt hatten, eine knappe Stunde.

Keine Blasen an den Füßen, die Seufzer vergessen. Wir tranken im Zugabteil noch ein ›Crisli Wässerli‹ und beschlossen, im nächsten Jahr . . .

(1979)

Gewaltige Ausfälle an Sonne

»Sie brauchen sich nicht pressieren!« sagte der Schaffner der Schweizerischen Bundesbahn kurz vor Landquart, wo wir in den Zug nach Davos umsteigen mußten. Eine Woche lang haben wir uns an seine Ermahnung gehalten und uns nicht pressiert.

Der Wechsel vom Vorfrühling im Rheintal zum Nachwinter im Hochgebirge ist uns schwergefallen. Wir glaubten, im April nicht nur Ansprüche an Sonne, sondern auch Ansprüche an Höhensonne stellen zu dürfen; sie wurden nicht erfüllt. Der Hotelprospekt versprach ein sonniges Doppelzimmer mit herrlichem Panoramablick von der Loggia aus; es blieb unserem Vorstellungsvermögen überlassen, Schneewolken von Schneebergen zu unterscheiden. Das Wetter war spottschlecht. Ich bediene mich eines Ausdrucks von Hans Castorp, dem Helden aus Thomas Manns ›Zauberberg‹. Seinetwegen fuhren wir im Auftrag einer Zeitschrift nach Davos, vergleichsweise: Davos damals, als Thomas Mann seine Katja für einige Wochen besuchte, weil sie nach den Geburten ihrer Kinder ein wenig schwach auf der Lunge war, und Davos heute. Ein Zeitraffer würde die gewisse Komik der Situation deutlich machen können: Thomas Mann auf der Spur von Hans Castorp, die beiden modernen Literaten auf der Spur des klassischen Literaten; zwei Tage lang war dann noch ein Fotograf auf unseren Spuren unterwegs ...

Wir kamen abends mit jenem Acht-Uhr-Zug an, wie es auch Castorp schon tat; er noch im Besitz der besten Gesundheit, wir ein wenig blaß und müde. Aber im Gegensatz zum jungen Hans Castorp, der schon am ersten Tag anfing zu fiebern, wurden wir keiner chemischen Veränderungen im Körperhaushalt gewahr. Wir schliefen tief und fest. Allerdings wurde ich von Träumen belästigt, die ein Settembrini als ›unordentlich‹, wenn nicht als ›liederlich‹ bezeichnet hätte.

Beim Steigen erhöhte sich unser Pulsschlag, aber wir stapften keineswegs schwerfällig, eher leichtfüßig durch den Schnee; die geographische Höhe zwischen 1600 und 1900 ü. N. N. machte unsere Körper leicht. Und den Geist? Ach, er hielt nicht Schritt, erreichte nicht die Settembrini-Naphtasche Höhe: Castorps Erzieher, die seine arme Seele in die Mitte nahmen; ein Freimaurer der eine, ein Jesuit der andere, beide philosophierend. Meine Sympathie gehörte dem lebenstrotzenden, todkranken Pieter Peeperkorn, der die hochgeistigen Gespräche seiner Mitpatienten als ›Schwätzerchen‹ bezeichnete.

Thomas Mannsche Formulierungen schlichen sich in unsere Gespräche ein. Zeitweise nannte ich mich ›ein Sorgenkind des Lebens‹, weil ich einen momentanen beruflichen Ärger nicht am Eingang des Davoser Tales zurückgelassen hatte. Oft fühlten wir uns erregt, als hätten wir zuviel Kaffee getrunken, was allerdings auch zutraf: Wir tranken zuviel Kaffee, weil wir uns in den Cafés aufwärmen und die Lokalzeitungen sowie die Weltpresse lesen wollten. Der Kaffee war süperb! Keine Dosenmilch, sondern Kaffeesahne, ein Täfelchen Vollmilchschokolade als Dreingabe.

Zu Graubündener Gerstentopf, zu allerlei Pastetli und Erbsli und Spießli und zum Bündner Fleisch tranken wir einen Rotwein von naiv-spritziger Art. Mein Kopf füllte sich mit Thomas Mannschen Adjektiven. Die großen Hotels verhießen ›Snow beach‹, ›Open air-Restaurant‹, ›Swimming-pool‹ und ›Fitness-Room‹. Die nationale Schweiz gibt sich ein internationales Flair. In der Hauptstraße, die Davos Platz mit Davos Dorf verbindet, kann man noch immer kaufen, was gut und teuer ist. Die Auslagen der Konditoreien sind verlockend wie die der Juweliere; die Modegeschäfte versuchen Wintersportartikel zu Schlußverkaufspreisen loszuwerden. Die letzten Tage der Wintersaison, dann beginnt die große Pause bis zur Sommersaison. In dieser noch immer ›Promenade‹ genannten Straße sprach man vornehmlich Deutsch in Variationen: rheinisch, schwäbisch, schweizerisch. Ähnlich in unserem ›Waldhotel Bellevue‹: Nicht die Gäste waren international wie früher die Patienten, sondern das Personal. Die Zukunftspläne der jugoslawischen Saaltöchter und der spanischen Hoteldiener interessierten uns denn auch mehr.

Als ich von ›gewaltigen Ausfällen an Sonne‹ sprach, zum Himmel aufblickte und ›obere Gefilde‹ sagte, sah Kühner mich besorgt an. Eine Woche lang lebten wir auf zwei Ebenen, der realen im ›Waldhotel‹, unterhalb der Hohen Promenade gelegen, und der irrealen zweiten Ebene jenes ›Berghofs‹, den Thomas Mann im ›Zauberberg‹ verewigt hat; sechs Jahrzehnte nach Erscheinen des weltberühmten Romans muß man wohl von ›verewigt‹ sprechen. Außer dem ›Zauberberg‹ diente uns der ›Kleine Davosführer‹ zur Orientierung, in ihm ist weder von Thomas Mann die Rede noch von jenen Jahrzehnten, in denen Davos der berühmteste Kurort für Tuberkulosekranke gewesen ist. Man liest vom Bau der Schlittelbahn, von der Betriebsaufnahme der Seilbahnen und Sessellifte, vom Bau der berühmten Hohen Promenade, von Europameisterschaften und Weltmeisterschaften im Eiskunstlauf; Golf-Club Davos; Eisstock-Club; Langlauf-Loipen. Ein Kurort wird zum Sportparadies. Früher starben die Kranken, jetzt stirbt die Krankheit; der Rest wird totgeschwiegen. Erste Anzeichen sprechen dafür, daß es nicht mehr lange dauern kann, bis der ›Zauberberg‹ werbewirksam wird. Das Tabu der Krankheit ist gebrochen, die Verärgerung der Ärzte und der Sanatoriumsleiter über den kritischen Spott des Thomas Mann ist verflogen. Schon konnte man im Foyer unseres Hotels Fotos vom ›desinfizierten Zauberberg‹ betrachten.

Die Natur hat sich wie in den meisten großen Kurorten in die Seitentäler zurückgezogen. Dort findet man noch Bäche, die fließen, wohin sie wollen; Bergahorn mit grindiger Rinde; das Kirchlein am Hang; verschneite Friedhöfe; Schornsteine, aus denen der Rauch von Holzfeuer aufsteigt. Tröge ragen aus dem Schnee, in denen man sich sommers die Arme kühlen könnte; Wegweiser weisen über die jetzt noch unzugänglichen Berge hinweg nach Arosa: fünfeinhalb Wanderstunden! Milchkannen und krähende Hähne; Kinder, die sich Eiszapfen vom Dach pflücken und wie Zepter schwenken. Man traut der Schweizer Redlichkeit: das berühmte ›Alpinum‹ mit 550 verschiedenen Arten und Unterarten von Pflanzen wird sich unter der meterhohen Schneedecke befinden.

Dem Überangebot an Natur steht ein kleines Angebot an Kultur gegenüber. Die geistigen und künstlerischen Bedürfnisse der Sportler und Touristen sind gering; die Gespräche in der Hotelhalle haben die Wetter- und Menü-Aussichten zum Thema. Ich hatte den ›Zauberberg‹, 800 Seiten Lesepensum, was aber benutzten die anderen Hotelgäste zur geistigen Fitness? In zwei ladenfrischen Exemplaren stand besagter Roman in der kleinen Hotelbibliothek; manchmal zog jemand ihn aus dem Regal, blätterte darin und stellte das Buch entmutigt zurück. Mit gewisser Befriedigung konnte ich beobachten, daß ein Brückner-Roman aus dem Regal verschwand, nach Tagen auftauchte, wieder verschwand, obwohl doch niemand wußte, daß die Autorin in der Halle saß. Ich habe bei

Thomas Mann keinen Hinweis gefunden, daß Hans Castorp oder die anderen Patienten des ›Zauberberg‹ Bücher gelesen hätten. Was taten die Patienten, wenn es ›stillgelegen‹ hieß, ein Wort mit der gleichen Befehlsgewalt wie ›drunten, in der Ebene‹ das Wort ›stillgestanden!‹? Damals drang das Weltgeschehen nicht bis ins Davoser Tal, heute dringt es mit sieben TV-Programmen und vielen Rundfunkprogrammen in die Hotels. Auf dem Zauberberg gingen die Uhren anders.

Wir machten unsere Spaziergänge dort, wo Castorp und sein Vetter Ziemßen und Thomas und Katja Mann sie gemacht haben werden. Dreiste Eichhörnchen verlangen dort nach Schokolade oder Walnüssen; an Erdnüssen sei ihnen weniger gelegen, belehrte uns ein Schild. Etwas höher, auf dem Weg zur Schatzalp, fütterten wir Haubenmeisen und Bergfinken. Hunger macht zutraulich. Die Körperwärme der Vögel wärmte uns Hand und Herz, verschaffte uns Heilige-Franziskus-Gefühle. Auf jeden Spaziergang nahmen wir uns außer Nüssen und Schokolade auch einen Satz aus dem ›Zauberberg‹ als Wegzehrung mit, das eine Mal stammte er von Settembrini, das andere Mal von Naphta. Ist Krankheit eine Überbetonung des Körperlichen? fragten auch wir uns, wenn unser Wanderweg von einer Skipiste gekreuzt wurde und wir den waghalsigen Abfahrtsläufern zusahen. Oder ist Sport eine Überbetonung des Körperlichen?

Im Speisesaal unseres Hotels, in dem nicht mehr nur jene berühmten ›sieben Tische‹, sondern doppelt so viele stehen, weil ja auch in den Zimmern nicht mehr nur ein Bett für den Patienten, sondern zwei Betten für die Gäste stehen, saßen lebenstüchtige Leute. Ob sie im Sinne Settembrinis auch ›lebenswillig‹ und ›liebenswürdig‹ waren? Zwei Adjektive, die er als nahe verwandt ansah. Für Kübelpalmen reicht der Platz nicht mehr aus; in schmalen Blumenbänken erwarteten Weihnachtssterne das Osterfest. Keine Mme. Chauchat brachte mit ihren Kirgisenaugen, mit Apfelsinenparfüm und russischem Akzent ein wenig erotisches Knistern in die Halle. Jener Herr, den wir einige Mahlzeiten lang für einen maßgeblichen Theologen hielten, erwies sich später als Tiefseetaucher. Kein Settembrini, kein Naphta. Die Rolle von Castorp und Ziemßen hätten wir mit zwei blonden, glattgescheitelten, blauäugigen Skiläufern besetzen können: Vater und Sohn? Oder war da etwas ›Liederliches‹ im Spiel? Sah ich das Verhältnis als zu harmlos an? Castorp gibt nach 600 Romanseiten der bewunderten Mme. Chauchat den ersten und wohl auch einzigen Kuß des Buches. Trotzdem muß sich hinter den Glaswänden, die die Balkone trennen, damals allerlei ›Unordentliches‹ abgespielt haben. Entweder sind die Wände nicht mehr so hellhörig, oder die Gäste sind ordentlicher als die Patienten, sind ja auch ermüdet vom Skilauf.

›Der Mörder sollte den Ermordeten nicht überleben!‹ Mit einer solchen Forderung als geistigem Proviant kamen wir weit, mindestens zweimal die Hohe Promenade (4,6 Kilometer) hin und her, und waren dann immer noch nicht Settembrinis Meinung, hielten es statt dessen mit Sokrates und weigerten uns, den Tod als Strafe anzusehen, weil doch nicht jedes Leben mit der Todesstrafe enden kann ...

Bei Sätzen wie ›Schöne Charaktere kommen im Leben fast gar nicht vor‹ stellten wir rasch Übereinstimmung her, und wenn wir am Sonntagabend bei Kerzenlicht zu unseren fünf Menü-Gängen klassische Schallplattenmusik serviert bekamen, ging es mir wie Settembrini, dem Musik auf Kommando nach Apotheke, nach Therapie und Sanitärem schmeckte ...

Wir blickten uns unauffällig um und nickten: ›Wenn einer dumm ist und dann auch noch krank, wenn das zusammenkommt, das ist wohl das Trübsinnigste auf der Welt.‹ Die jungen Mädchen, die wir im Blick hatten, waren jung, gesund und schön und außerdem klug genug zu wissen, daß sie nichts zu sagen hatten. Am Wochenende trafen ihre Besitzer ein und stellten Ansprüche.

Wir zitierten Günter Eich: ›Die Gesunden verstehen die Welt nicht‹, und als eine ganze Familie an Grippe erkrankte und fiebrig hustete, fand ich, daß man eine Infektion auch einmal aus der Sicht der Bazillen und Viren sehen müsse.

Wir gingen zwischen Schneemauern wie in Laufgräben. Unser Unternehmungsdrang endete immer im Schnee, aus dem manchmal das oberste Brett einer roten Bank herausragte. Als wir uns zur Podestatenalm wagten, gerieten wir in einen gelinden Schneesturm, der uns den Weg verwehte; es dämmerte rasch, und schon packte mich Katastrophenstimmung ...

Der zuverlässige Weg am regulierten Landwasser entlang, ein Flüßchen, das den Langskiläufern ebenfalls als Orientierung dient, Richtung Frauenkirch, Gläris, ins Sertigtal, hinauf nach Spina, der alten Walliser Siedlung. Als am vierten Tag der Schnee in Regen überging, habe ich auf der Loggia des Hotels eine halbstündige Liegekur gemacht. Es tropfte vom Dach, es tropfte von den Bäumen, ich zitierte Verlaine und ausnahmsweise nicht Mann: ›Il pleure dans mon cœur / Comme il pleut sur la ville.‹ Zu Castorps und Manns Zeiten galt bereits eine Zimmertemperatur von zehn Grad als behaglich und zuträglich, heute werden Hotelzimmer ebenfalls, aber der Energieersparnis wegen, kühl gehalten.

Ich las und las ... Im Hotel wechselten die Gäste, im Roman wechselten die Patienten. Die Gäste verließen uns gebräunt oder blaß, die Patienten verließen den Zauberberg gesund oder tot. Kein Ende abzusehen. Liegekur – Spaziergang. Mahlzeit – Gespräche. Bis dann der Ausbruch des Ersten Weltkriegs allem ein Ende macht. Castorp nicht gesünder, statt dessen gescheiter und dünnhäutiger, zieht, taumelig vom Überschwang nationaler Gefühle, in dieses Weltfest des Todes ...

Ich gestehe, daß ich – bei allem zeitweiligen Lesevergnügen! – zum ersten Mal froh über den Ausbruch eines Krieges gewesen bin. Wir kehrten ausgeruht und schwach gebräunt in die ›Ebene‹, zu ›denen da drunten‹, zurück. Am Tag der Abfahrt bekamen wir dann doch noch alles zu sehen: Scalatta-Gletscher, Schwarzhorn, Piz Michel, und auf einem Südhang erblühten weiß und zittrig die ersten Krokusse auf braunem Winterrasen.

Aus tiefem Bergwinter und ›mächtiger Höhensonne‹ fuhren wir in den sanftesten Bergfrühling hinunter: Veilchen- und Primelhänge, Haselgebüsch, sprühende Wasserfälle, blühende Pflaumenbäume auf grüner Wiese. Während unserer einwöchigen Abwesenheit war aus dem Vorfrühling Frühling geworden.

(1980)

Jerusalem, du hochgebaute Stadt

Wie oft als Kind gespielt: ›Wir reisen nach Jerusalem, und wer kommt mit?‹ Immer kommt nur ein einziger in Jerusalem an; da stirbt der eine an Pest, der andere wird von Wegelagerern erschlagen, da kommt einer am tödlichen Fieber, einer in den Kriegswirren um. Heute stehen dafür: Bombenanschläge, Flugzeugentführungen. Aber: nichts passiert; wir steigen auf in Frankfurt, wir landen nach vier Stunden auf dem Flugplatz Ben Gurion, von 8 Grad zu 32 Grad Celsius. Ein Flug vom Abendland ins Morgenland, in den Orient: Ich orientiere mich.

Zwischendurch habe ich den Lauf der Save verfolgt, habe den Olymp gesehen und die ihm zugehörige Wolke, nur eben von oben, habe Patmos gesehen, habe Leros gesehen, habe mich erinnert ... Keine Turbulenzen in den Lüften, kein Taschendiebstahl, nur sorgfältige Gepäckkontrolle und Leibesvisitation; der tastende Stab hatte an meiner Jackentasche haltgemacht. »Was haben Sie da?« Ich holte eine gelbe Quitte hervor, die ich mir als letztes in meinem Garten gepflückt hatte, als Talisman.

›Jerusalem, du hochgebaute Stadt, wie gern wär' ich in dir!‹ So oft gesungen, und dann ging der Wunsch in Erfüllung. Ich bin in ihr, Tag für Tag. Das Land: grau wie Stein, grau wie Staub, die Bäume staubig, Ödland. Eine ganze Stadt aus dem Stein gebaut, auf dem sie steht, als hätte man die Steine, die man für die Fundamente aus dem Fels geschlagen hat, gleich wieder für die Mauern verwandt. Altes, Neues, Zerfallenes, immer der gleiche helle Sandstein, und sei es als Blendwerk auf dem Beton. Behauen und unbehauen. Mauern müssen schützen gegen die Sonne, den Wind und die Beschießung. Einzige Farbe: Bougainvillea und die leuchtend blauen Trichter der Zaunwinde, die sich bis hoch in die Eukalyptusbäume rankt; Verbenen in Buschhöhe, ›Wandelröschen‹, die ihre Farbe wandeln, gelb-rot, rosa-rot, weiß-gelb; Rosmarin blüht zum zweiten Mal im Jahr; die Mauern sind überwuchert von Hecken mit hellblauen geranienartigen Blüten, dem orientalischen Flachs.

›Wenn ich einmal reich wär ...‹ singt Tevje, der Milchmann; ich ergänze ihn: ›... wohne ich im »King David«.‹ Auch ich wohne dort, dankbar und beschämt. ›Geh zu den Reichen, zu deinesgleichen, mir eben recht, mir eben recht ...‹ Eine Karawanserei reicher jüdischer Amerikaner. Auch mich wird man für eine Jüdin halten. Auf den Schildern, die die Hotelangestellten, das Glöckchen läutend, herumtragen, stehen die Namen, nicht amerikanisiert, sondern deutsch: ›Mr. Hirsch‹, ›Mrs. Grünbaum‹, ›Mr. Rosenthal‹. Ihre Sehnsucht nach Israel ist in wenigen Tagen gestillt, wird aber in einiger Zeit wieder nachwachsen, nach Israel auswandern werden sie nicht, das geschieht nur aus Not oder Idealismus, nicht der Geschäfte wegen. Ich denke, sie kommen, um in Jerusalem ihre Namen unter denen der Stifter all der Memorials zu lesen, ›Aaron und Esther Baum from Chicago‹, ›Samuel and Sarah Hirschfeld from Denver‹ ... Hin und wieder lesen wir den Namen ›Dr. Axel Springer‹; andere deutsche Namen lese ich nicht, was mich verwundert.

Das Wasser, das hier doch kostbar ist, fließt verschwenderisch aus den Hähnen des Hotels. Immer meine ich, daß ich wegnehme. Ich zahle mit Shekel, kaufe mich frei, will wiedergutmachen, was nicht wiedergutzumachen ist. Manchmal wird mir bewußt, daß ich mir die Zähne mit Wasser aus dem Jordan putze und daß ich mir die Füße mit Jordanwasser wasche. Nach jeder Rückkehr wasche ich mir die staubigen Füße. Der Boden und die Wände des Swimming-pools sind blau-weiß gekachelt, zweitönig, nichts, was man später einmal ausgraben und ausstellen wird. Auf dem klaren, gekühlten Wasser treiben ein paar gelbe Blätter und mahnen: Diese Tage sind geschenkte Sommertage, die dir nicht zustehen. Im Kidron-Tal, heißt es, wird sich die Auferstehung der Toten vollziehen, Friedhof an Friedhof an den Hängen, wo diejenigen liegen, die näher daran sein wollen; ein Seil wird dann das Tal überspannen, und – von zwei Engeln geleitet – wird man darüber schreiten oder abstürzen. Mehrmals denke ich, daß das Seil im Hotel ›King David‹ endet, in den tiefen Sesseln der großen Halle mit der geschmückten Kassettendecke und dem Blick auf die Mauern der Altstadt.

›Es möge wohl gehen denen, die dich lieben‹, lese ich im 122. Psalm. Die Mauern der Altstadt vor Augen, lese ich diese Zeile mit Inbrunst; das Psalmodieren am Morgen ist selbstverständlich, tröstlich und erbauend. Gestärkt gehe ich zum israelisch-amerikanischen Frühstück mit geräuchertem Lachs, Räucheraal, marinierten Fischen, Oliven und Croissants und den Ausrufern, ›Mrs. Esther König!‹, ›Mr. Abraham Glück!‹, ›Mrs. Rosenzweig!‹ Warum fürchte ich mich nicht? Getrost verlasse ich morgens das bergende Hotel, durchquere das Himontal, gehe durchs Jaffator oder steige zum Berg Zion auf; die Luft ist leicht und trocken, der Himmel ist hell, mittags stehen sieben Sonnen am Himmel. Meine Anwesenheit freut niemanden, aber auch niemand scheint mich zu hassen; auch nicht die Inhaber der kleinen Kramläden, die aus Deutschland kommen und die deutsch mit mir sprechen. Die jungen weiblichen Soldaten mit den nackten, braungebrannten Armen tragen ihre Maschinenpistolen wie Handtaschen unterm

Arm. Tochter Zion, freue dich! Um nach Jerusalem reisen zu dürfen, hätte man vorher lange Entbehrungen auf sich nehmen müssen, hätte die Seele vorausschicken müssen. An der Klagemauer sehen wir von ferne zu, wie andere beten, haben nichts zu klagen, hätten aber zu danken. Wer dem gesprochenen Wort nicht traut, schiebt einen Zettel zwischen die Mauerritzen. Wie würde ich, wenn ich vor der Mauer stünde, meine Bitten schriftlich vorbringen? Wie würde ich mit Gott schriftlich verkehren? Bettelnde kleine Araberjungen umdrängen uns wie Fliegen; wir wehren sie ab mit Worten und Gesten, schlagen nach ihren zugreifenden Händen, sie laufen hinter uns her und rufen: »You are rich, we are poor!« Sie haben ja recht, recht haben sie! Wir geben den bettelnden uralten Frauen, die halb oder ganz verschleiert an den Hauswänden hocken, einen Schein; zum Dank legen sie die Hand an die Schläfe. Plötzliche Erkenntnis in den Gassen der Altstadt von Jerusalem: Hilf dem anderen, dann hilft dir Gott. Nicht: Hilf dir selbst, dann –

Fünfzig Schritte bis zum Grab des Herodes, in welchem es grabesdunkel ist; ich taste mich vor, folge einem Lichtstrahl, bin allein, schlage mit dem Kopf an einen Stein und lerne, mich tiefer zu bücken. Rundgänge durch die Jahrtausende; eben noch Moses, dann schon Christus, dann Mohammed, dann Ben Gurion. In Jericho die ersten menschlichen Ansiedlungen, die es auf der Welt gibt, Jahrtausende alt. Fahrt durch das Land. Duft nach Olivenholz, Duft nach frisch gebackenen Oblaten, nahe bei einem der zahlreichen Klöster. Am Rande der Fruchtgärten frisch gepreßter Saft von Orangen und Pampelmusen – vor Ort. Schöner Augenblick: die Mündung des Jordans in den See Genezareth; hohe Eukalyptusbäume bis hin zum Wasser, tiefes Grün, schattiges Wasser, Wellen, aus denen Sonnenlichter springen, Fischer legen Netze aus, wie damals ... In der

Wüste: armselige Beduinenzelte, hin und wieder Kamele. Ziegen und Schafe weiden nebeneinander, weiden dürres Gras, graues stachliges Buschwerk. Am Straßenrand Wracks zerschossener Panzer, wie Mahnmale: Täuscht euch nicht, laßt euch nicht durch Air-condition und Selbstbedienungsläden täuschen, es herrscht hier kein Friede. Und außer Sonne bietet dieses Land nichts von selber; alles übrige ist Mühsal, die Baumwoll- und Tabakfelder, die Berieselungsanlagen. Es ist leicht, hier jemanden in die Wüste zu schicken. Aber die Olive gibt ihr Bestes, wenn sie gepreßt wird. Es dunkelt rasch und früh, der Halbmond steht schon hoch über Jordanien, jenseits des Jordans, überm Gebirge. Die Hunde treiben die Tiere zusammen. Und hüteten des Nachts ihre Herden ...

Und irgendwann Kraniche im hohen Bogen, die in den feuchten, sumpfigen Ufern des Jordans niedergehen. Welche Freude! Immer machen Vögel mich glücklich. Ich erkenne Wiepsterte, mager vom weiten Flug, womöglich aus Holstein kommend. Ich sehe den schönen Wiedehopf, der hier den Winter verbringt. Und höre den Bulbul. Immer sind es die Vögel, die mir ein Land vertraut machen. Und es sind auch die Glocken. In Bethlehem dämmerte es in den Tälern, die Abendglocke erklang, rührte ans Herz, eine cis-Glocke, wie in der Kirche, neben der mein Elternhaus stand. Mitten im Oktober wird hier von Bethlehem gesprochen! Wieder fahren wir im Dunkeln zurück, fahren durch ›dieselbige Gegend‹, auf der die Hirten des Nachts ihre Herden hüteten und noch immer hüten, sie werden sich fürchten vor Überfällen, kein Engel wird ihnen erscheinen, der sagt: Fürchtet euch nicht!

Der Mond über den Mauern von Jerusalem. Wem gehört er? Der goldene Halbmond den Arabern, der silberne Vollmond den Juden, sie müssen ja, unfreiwillig, alles teilen. In unserem Pfarrgarten gab es im Herbst den geheimnisvollen Strauch, den wir Judastaler nannten. Wie ein Judastaler steht der silberne Mond über Jerusalem. Ein später, sonniger Herbsttag fällt mir ein, ein Sonntagnachmittag im Park von Wilhelmshöhe bei Kassel, auf einer Parkbank sitzt eine Diakonisse, unansehnliches Strauchwerk neben sich, sie zupft die Deckblätter ab, die dunklen Samen fallen heraus, der lichte schöne Judastaler wird sichtbar; sie sitzt, als zupfe sie Scharpie, sie wird die Sträuße am Abend ihren Patienten bringen, die Freude, die sie bereiten wird, strahlt jetzt schon aus ihren Augen . . .

Aber wir sitzen in Jerusalem, trinken Wein vom Berg Carmel, während der Mond Zedern und Zypressen durchquert. Eine Idylle. Der Bulbul ruft vom Berg Zion. In gemeinsamer Erinnerungsarbeit finden wir die Zeilen aus dem ›Westöstlichen Diwan‹: ›Zwar in diesem Duft und Garten / Tönet Bulbul ganze Nächte.‹ Am dunklen Himmel strahlt ein Licht auf und erhellt den Berg Zion, dann ein zweites, während das erste verlöscht, dann drei Lichter auf einmal. Es ist sehr schön und sehr unheimlich, es weckt Erinnerungen an die Kriegsjahre, an die feindlichen Luftangriffe, als Positionslichter über den Städten gesetzt wurden. Hier sind es Leuchtkugeln, die irgendwo über der Wüste stehen. Was spielt sich dort ab? Es wird nicht in der ›Jerusalem Post‹ stehen, aber wir haben gelesen: Am Tag zuvor ist eine Bombe in der Altstadt explodiert, es hat Verletzte gegeben.

Eine Woche lang Halsentzündung, dann Grippe und Fieber. Ein israelischer Arzt wird gerufen, er kommt in mein Hotelzimmer; es ist Sabbat, er bestellt per Telefon Penicillin bei einer Apotheke; diese läßt es durch einen Taxifahrer bringen (Heilung am Sabbat!). Miriam, die alte jüdische Zimmerfrau, mit der ich nur ›Schalom‹ und ein Lächeln tauschen kann, schiebt einen Zettel unter der Zimmertür durch – sie hat etwas Unverständliches darauf geschrieben –, bezieht mir ein weiteres Kopfkissen, alles am Sabbat, wo Christus keinen Aussätzigen heilen durfte.

Erkenntnis: Die Juden müssen nur ihre Gesetze einhalten, müssen nur gesetzestreu sein. Auch die Katholiken haben ihre guten Werke; nur wir Protestanten müssen glauben, Glauben als Arbeit.

Dieser Glaube hat es hier schwer. Jesus am Ölberg? Der Garten Gethsemane mit den Blumenrabatten und den Kieswegen und den Händlern jenseits der Mauern ... Ach, selig sind, die sehen und doch glauben! Das Land ist jüdisch und ist arabisch, christlich ist es nicht, auch wenn man es an einigen historischen Stätten durch Kirchen und Devotionalienstände zu beweisen versucht, durch Engel und Kamele aus Olivenholz, durch Kruzifixe und Krippen. ›Dies ist nicht mein Land‹, sagt Lea Fleischmann in ihrem gleichnamigen Buch und meint die Bundesrepublik Deutschland. Ich sage von Israel: Dies ist nicht mein Land und meine damit das ›Heilige Land‹, das ›Gelobte Land‹, in das ich als Kind hineingewachsen bin. Emmaus – Jesus geht mit seinen Jüngern durch ein Kornfeld, das hatte ich zeitlebens deutlich vor Augen –, dieses Emmaus liegt nahe bei Jerusalem, ich erkannte nichts. Ich las als Kind vom Hauptmann von Kapernaum, glaubte alles, sah alles deutlich vor mir, kam hin, sah mich um und glaubte nichts. Immer wieder das Gefühl: Im Land der Juden und der Araber war Jesus von Nazareth eine vorübergehende Erscheinung; das Christentum ist nicht von Jerusalem ausgegangen, sondern von Rom.

Wie leicht fiel es mir in Jerusalem, mit ›Schalom‹ zu grüßen! Ein Wunsch, der sich nirgendwo zu erfüllen scheint. Bei uns wünscht man sich nur ›Guten Tag‹, das ist schon viel, die Schweden sagen ›Hej du!‹, andernorts sagt man: ›Grüß Gott.‹

Ich sah viele orthodoxe Juden, sie lasen – stehend,

gehend, sitzend, auch im Flugzeug – in den alten Schriften. Ich habe keine Frauen in alten Schriften lesen sehen, als seien die Frauen Analphabetinnen.

Ich habe in Jerusalem eine junge deutsche Frau kennengelernt, die seit zehn Jahren in einem Heim für Behinderte arbeitet. Aktion Sühnezeichen. Sie wirkt heiter, ruhig, strahlt Freude aus. Jemand zeigte mir dort einen idiotischen Mann, vierzig Jahre, vielleicht auch älter, als Kind war er in Auschwitz, man hat medizinische Versuche an ihm angestellt, die er überlebt hat. Später stand ich weinend auf der Straße, die junge Frau, die mich begleitet hatte, sagte: »Im Hebräischen hat man dasselbe Wort für die Quelle und für die Augen.« Bei allen Körperbehinderten und Geistesgestörten, die wir sahen, vermutete ich: Überlebende aus deutschen KZs. Aber viele waren zu jung, auch der Sechs-Tage-Krieg und der Jom-Kippur-Krieg haben Krüppel hinterlassen. In Israel gäbe es viele Wundertaten und Heilungen zu tun . . .

Ich kehrte, die gelbe Quitte in der Tasche, aus Israel zurück. Nicht aus dem Heiligen Land. Hätte ich noch den ›Westöstlichen Diwan‹ mitnehmen sollen? ›Gottes ist der Orient! Gottes ist der Okzident! / Nord- und südliches Gelände / ruht im Frieden seiner Hände . . .‹

(1980)

Bis an der Welt Ende

Wir hatten genaue Vorstellungen, als wir im frühen September in die Bretagne fuhren: der Himmel grau und das Meer grau, stürmische Winde, Nebelnässe. Wir fuhren nach Finistère, ans Ende der Erde: Finis terrae.

Das erste Bibelwort, das sich mir eingeprägt hat, stand in der Kirche, in der mein Vater predigte. ›Siehe, ich bin bei euch alle Tage bis an der Welt Ende.‹ Das Wort Ende nahm ich räumlich, nicht zeitlich; meine Erde war keine Kugel, sondern eine Fläche. Ich glaube, was ich sehe: das Ende meiner Welt.

Du mußt dir vorstellen, sagst du, daß dies erdgeschichtlich junges Land ist. Erst vor 50 Millionen Jahren hat sich der Festlandsockel von Irland über England bis zur Bretagne an den Rändern gesenkt und ist im Ozean untergetaucht, daher die abgebrochenen Kanten, die zerklüfteten Buchten und Rumpfgebirge, daher der graue Granit und der brüchige Schiefer, diese Phantasieschlösser und -kathedralen aus Erdgestein. Wind und Wellen als Steinmetze.

Du kommst mir mit Atlantis, mit Atlantikwall und Atlantikpakt! Laß mir für diesen Augenblick, an dem wir auf der Felsküste stehen, die Illusion, daß hier alles ein Ende hat, Europa und die militärischen Pakte. Laß mir die natürlichen Grenzen, die uns Meer und Himmel setzen!

Mit dem Atlantikwall hatte ich nicht gerechnet. Ich erschrecke noch immer, wenn ich auf Spuren stoße, die die Deutschen in fremden Ländern hinterlassen haben. Es dauert sehr lange, bis über Beton Gras wächst. Brombeerranken und Efeu tun, was sie können, um die gesprengten

Bunker zu tarnen; Vögel fliegen durch die Schießscharten ein und aus. Die Trichter der Bomben, die im Zweiten Weltkrieg von Alliierten Verbänden auf die deutschen Befestigungsanlagen geworfen wurden, hat die Natur inzwischen mit Teppichen ausgelegt. Die Heide blühte an der bretonischen Küste. Rosafarbene und violette Erikagewächse, dazwischen niedriger gelber Stechginster, Teppiche von unterschiedlicher Dichte und Höhe; Kenner würden schon von weitem einen Buchara von einem Schiras unterscheiden können. Benutzt man das Wort Teppich, fällt einem das Wort Bombenteppich ein, über dem nun Heideteppiche rasch unter der Sonne nachdunkeln. Die vielen Schäferhunde scheinen Nachkommen aus der deutschen Besatzungszeit zu sein, aber sie bellen nicht, beißen nicht, man leint und kettet sie nicht an, sie sind zutraulich und friedfertig, auch ich fürchte mich nicht vor ihnen. Die älteren Männer, die als Kriegsgefangene in Deutschland gearbeitet haben, reden uns freundlich und in deutscher Sprache an.

Im alten Fort Pointe Espagnol, 1813 in schöner Backsteinarchitektur auf Dauer errichtet, hämmern französische und deutsche Studenten Patronen und Stacheldraht zu Schmuckstücken mit keltischen und christlichen Symbolen. Schwerter zu Pflugscharen. Aber neben den Straßen erinnern Warntafeln daran, daß es sich hier weiterhin um militärisches Gelände handelt, auf dem zur Zeit Herbstmanöver stattfinden. Stacheldraht begrenzt unseren Freiraum, dabei genügten doch die Hecken aus Schlehdorn, Stechginster und Sanddorn als Schutz, dazu die giftigen Tollkirschen, das Geschrei der Raben über unseren Köpfen. Die Natur weiß sich gegen den Menschen zu schützen. Die fremden Soldaten in Tarnanzügen, Farnkraut am Helm, winken uns zu. Wir sind Verbündete.

Vom Rücken der Fahrräder aus blicken wir über die

unregelmäßigen Rechtecke aus Steinwällen und Hecken hinweg, die vor den salzigen Westwinden schützen. Das Land liefert Artischocken und Melonen, das Meer liefert Langusten, Austern, Hummer. Raritäten. Die Langusten werden nach dem Fang durchs Meerwasser gefahren, bis sie ihren Käufer gefunden haben, erst dann werden sie getötet. ›Il faut promener les desmoiselles‹, sagt man. Einem Franzosen ist keine Anreise zu weit für ein Langustenessen in Camaret, wo die hölzernen Bootsskelette im Hafen liegen, den Fotografen als Kulissen dienen und erläutern, warum die Berge der Bretagne unbewaldet sind: Buchen und Eichen wurden zum Schiffsbau gebraucht.

Man muß schwindelfrei sein, wenn man über die Steilufer wandern will. Die Knöchel, an ebene Wege gewöhnt, ermüdeten rasch. Aber am Cap de Chèvre hatten wir bereits die Geschicklichkeit von Bergziegen erreicht. Es wurden dort wundertätige Amethyste verkauft, die gut gegen die Trunksucht sein sollen, du hast mir einen kleinen lilafarbenen Stein in die Tasche geschoben, vorsorglich.

Wir entdeckten Pfade, die vom Steilufer in die Tiefe führten, wurden waghalsiger, gelangten in menschenleere Buchten, schwammen westwärts, riefen »armorica!«, riefen den Namen, den die Römer der Bretagne gegeben hatten, lange bevor Amerika entdeckt wurde; ein erster Hinweis: drüben, jenseits des Atlantik, liegt Amerika, dort, wo die Schiffe hinterm Horizont verschwinden und den Beweis dafür liefern, daß die Erde eine Kugel ist. Wir fanden Steine, auf denen geheimnisvolle Botschaften standen, von scharfkantigen Muscheln eingeritzt; wir lasen sie uns vor.

Nirgendwo in Europa sind die Gezeiten des Meeres so mächtig. Bei Ebbe vergrößern sich die Strände zu weiten Sandwüsten. Kein Fahrplan verkündet die Ankunfts- und

Abfahrtzeiten der Flut. Die Badenden schätzen die eigene Kraft an der Kraft des Atlantik ab. ›Plage dangereuse‹, das genügt als Warnung. Bei Ebbe heben sich glatzköpfige Steine mit zottigen Tangperücken aus dem Watt.

Für die Dauer einer Gezeit lassen wir uns in einer der Buchten einschließen; eine Gezeit gibt es nicht, sagst du, es gibt das Wort nur in der Mehrzahl. Warum eigentlich? frage ich.

Badetage wie am Mittelmeer, in blauem Septemberlicht. Keine Badegebühr, kein Sonnenschirmverleih. Was die französischen Gäste brauchen, holen sie aus dem Kofferraum des Renault oder des alten Citroën, der unbewacht am Straßenrand geparkt werden kann. Väter spielen mit den Kindern Ball, Mütter sonnen sich, grandmère strickt, und grandpère liest ›Paris Soir‹. Hier könnte Monsieur Hulot Ferien machen. Daß die petites filles nur noch die untere Hälfte des Bikinis tragen, würde ihn allenfalls veranlassen, die Augenbrauen etwas anzuheben. Keine Schickeria. Paris ist weit. Die Bretagne gehört nicht zu den reichen Distrikten, trotz Artischocken und Langusten.

Sollte ich eine Vorliebe für arme Landstriche haben? Nicht Côte d'Azur, sondern die karge Haute Provence, nicht Ascona, sondern die Seitentäler des Tessin, nicht Rhodos, sondern die kleinen, wenig bekannten griechischen Inseln?

Die Bretagne hat bessere Zeiten gesehen. Kunst setzt Wohlstand voraus. Vor Jahrhunderten war das Land durch Tuchhandel reich geworden. Wollte man mit all diesen prunkvollen, in Stein gehauenen Kalvarienbergen den Neid der Nachbarn oder die Gunst des Himmels erwecken? Reichtum will sich zur Schau stellen. Wir sahen Kriegsknechte, die unterm Kreuz zechen. Wir sahen den Tod, der die Flöte bläst, und sahen die Toten, die sich bei den Händen halten und ihm tanzend folgen. Wir hätten das

Neue Testament als Kunstführer mitnehmen sollen! Maria, das Gotteskind auf dem Arm, stützt mit ihrem Rücken das bemooste Kreuz, an dem Jesus bereits hängt.

Wir betrachten Dolmen, wandern über Megalithfelder. Jahrmillionen unter den Füßen, Jahrtausende vor Augen. Gesichtslose Menhire, aber auch solche, die uns anglotzen, ungerührt. Ich komme mir nebensächlich vor, vorübergehend, wie wir ja auch sind aus der Sicht eines alten Menhirs.

Hast du erwartet, daß er sich nach dir umdreht? fragst du.

(1981)

Der Mai bewirkt Wunder

Nach Ansicht Luthers gibt Gott uns seine Güter nicht teuer genug. In seinen Tischgesprächen steht: ›Wenn Gott einen jeden nur mit einem Bein geboren werden ließe und gäbe ihm das andere erst, wenn er sieben Jahre alt ist, die eine Hand gäbe er ihm mit vierzehn, die andere mit zwanzig Jahren, dann würden wir die Wohltaten Gottes erkennen, wenn wir ihrer beraubt sind.‹

Ich hatte mir bei Glatteis das rechte Handgelenk gebrochen, ein komplizierter Bruch, eine Reihe von Ärzten und Krankengymnastinnen hatten sich bereits um ihn bemüht. Eine linkshändige Frau, die kaum ihren Namen schreiben konnte. Der Versuch, mit einem Diktiergerät meine Schriftstellerei zu technisieren, scheiterte. Die ›Ungehaltenen Reden ungehaltener Frauen‹ blieben vorerst auch noch ungeschrieben. Mein Arm hing wie ein Fremdkörper an meiner Seite. Nach einigen Monaten fühlte ich mich an Leib und Seele gebrochen. Sie muß nach Badenweiler, hieß es. Das ist der richtige Ort, um Winterschäden zu kurieren.

Schon einmal hatte man mich im Schwarzwald nach einem Unfall wieder auf die Beine gebracht. Gewohnheitsgemäß packte ich einen Notizblock ein, obwohl mir seit Monaten nichts mehr eingefallen war. Ich kannte den Schwarzwald, wir hatten ihn von Nord nach Süd durchwandert; geschrieben hatte ich auch schon darüber. Ich hatte meine Erfahrungen mit dem Mai, auch über ihn hatte ich längst alles gesagt. Aber den Mai in Badenweiler, im Markgräflerland, den kannte ich nicht.

Vom Bett aus sahen wir die Sonne, sie war aus Schmiedeeisen und hing, vergoldet, als Schild am Hotel. Es regnete und war kalt. Im Frühling brauchen die Wälder und die Weinberge und die Obstbäume Wasser, sagten die Einheimischen. Ich bin kein Baum, sagte ich. Der Chirurg, der meinen Arm weiterbehandeln sollte, hatte sich ebenfalls das rechte Handgelenk gebrochen. Arzt und Patientin waren sich im ursprünglichen Sinne des Wortes ›sympathisch‹, mitleidend. Er versprach keine Wunder, sondern sagte: Geduld! Und gab mir Ratschläge. Ich versuchte, die geschwächten Finger in Knetgummi zu drücken, machte Wechselbäder bei Tag und Prießnitzumschläge bei Nacht. Ab und zu ging ich in das Thermalbewegungsbad, dort rechnete ich lieblos das Durchschnittsalter und das Durchschnittsgewicht und das Durchschnittseinkommen der Badenden aus, alles schien mir überhöht.

Wir berechneten außerdem, wie viele Liter Regen auf Badenweiler fallen müßten, damit täglich zwei Millionen Liter Thermalwasser, wohltemperiert und angereichert mit Kalzium, Natrium, Hydrokarbonat, Sulfat, aus den Quellen sprudeln könnten. Wir stellten melancholische Betrachtungen darüber an, wer wohl in zehn Jahren in diesem Mairegen baden würde und wieviel Regen noch auf die Weinberge fallen müßte, damit innerhalb eines halben Wachstumsjahres ein reicher Weinjahrgang heranreifen könnte.

Bei unseren kleinen Spaziergängen durch die Stadt zählte ich die Schilder von vierzig Ärzten, die Schaufenster von vier Juwelieren, eine Buchhandlung. Das Kurorchester spielte morgens als erstes einen Choral, einige Kurgäste erhoben sich von ihren Plätzen, auch daran knüpfte ich meine unfreundlichen Betrachtungen. Abends sagte am Nebentisch jemand, nach Avignon sei es näher als nach München. Die burgundische Pforte stand uns offen. ›Badenweiler, ein Stück Italien auf deutschem Grund‹, hieß es im Prospekt.

Und dann ein Morgen, an dem die Sonne rigoros die Wolken, die am Hang der Schwarzwaldberge hingen, beiseite schiebt und zum Grünen und Blühen bringt, was nur noch auf ihr Erscheinen gewartet hat. Frühlingswiesen, Frühlingsbäche auf ihrem kurzen schönen Weg hinunter zum Rhein, geschmückt mit Sumpfdotterblumen und Vergißmeinnicht. Das frische Maiengrün triumphiert über das Immergrün der Nadelhölzer. Hier benutzt man Stechpalmen als Unterholz, was für eine Verschwendung!

Es geht schnell voran mit dem Frühling, der Rückweg ist bereits schattiger als der Hinweg. Wer die blühenden Kirschbaumhänge an den Vorbergen noch sehen will, muß sich beeilen. Der Faulbaum blüht. Der Knoblauch steht zwei Tage später in Blüte. Die erste Eidechse, kostbarer als anderswo, mit einem breiten Streifen Chromoxyd auf dem Rücken. Wiesen voller Veilchen! Singdrosseln, Blaumeisen, Buchfinken, alle auf Werbung, Paarung, Fortpflanzung aus. Und natürlich der unermüdliche Kuckuck! Im Kurpark liegen die blühenden Kastanienbäume den Libanonzedern in den Armen.

Die Kurhäuser und Hotels wachsen hier nicht in den Himmel, wohl aber die Bäume. Jeder Baum ein Naturdenkmal, zugleich ein Trost für den Kurgast: so gesund zu altern wie ein Lebensbaum in Badenweiler! Mein Notizblock füllt sich mit Ausrufungszeichen. Ich kaufe mir eine kirschblütenweiße Leinenbluse aus dem Schaufenster; die Auslagen in den Modegeschäften wechseln jetzt zweimal täglich. Auf dem Weg zum Kurhaus beginne ich einen Flirt mit einem Solitär, der nach zwei Tagen einen anderen Liebhaber gefunden hat.

Das Kurmittelhaus verdient zwei Ausrufungszeichen. Was für ein irrationaler Bau! Drinnen und draußen durch

Glaswände mehr verbunden als getrennt, die Decke des einen Geschosses dient dem nächsten als Garten, alles ist zugänglich von oben und unten und von den Seiten her, das grünt hier und blüht da. Anmut auf Betonsäulen. Vorträge und Theateraufführungen, Bilderausstellungen, Modeschauen; man liest und schreibt und spielt, geht ins Café und geht zum Tanzen, man trifft sich und verfehlt sich. Man strebt zum Lesesaal, kommt aber beim Buchhändler an, was tut's? Wer sich hier ärgert, ist noch nicht lange genug da.

Diese Römer, was für eine Besatzungsmacht! Sie blieben 400 Jahre. Den Römern verdankt es Badenweiler, daß man von einer zweitausendjährigen Badetradition sprechen kann. ›Römerberg‹ heißt das Prädikat für Spitzenweine und Nobelherbergen.

Der Mai tat Wunder! Wir dehnten unsere Spaziergänge zu Wanderungen aus. Ich kühlte den Arm, der immer noch heiß wurde und anschwoll, in Bächen und Brunnentrögen. Wir lagerten am Waldrand und ließen die Augen weiterwandern, von den dunklen Schwarzwaldhöhen zu den hellen Laubwäldern und den Wiesenhängen, auf denen nun schon die Apfelbäume blühten, und hinunter zu den Rebhängen, die noch braun waren, über die Rheinebene hinweg, die im Dunst lag wie drüben die Vogesen. Über uns schwebten Bussarde und Drachenflieger.

Sollte ich je in Italien ein hügliges, grünes blühendes Stück Erde entdecken, werde ich es mit dem Markgräflerland vergleichen, sage ich und setze ein weiteres Ausrufungszeichen! Und dann die Weindörfer und Waldwiesentäler, die man zu Fuß erreichen kann. Wenn wir von unseren Ausflügen zurückkehren, gehen wir ins Markgrafenbad, machen bei der Wassergymnastik mit, schwimmen ins Außenbecken, wo die Wassertemperaturen und das Alter der Badenden niedriger sind, ruhen uns auf Liegebänken aus, schwimmen durch die warmen Wasser der Halle, blicken durch die hohe Glaskuppel ins Geäst der Parkbäume oder ins Gestänge der Stahlkonstruktion, loben beides. Wenn meine Masseuse sagt: Ihren Rücken würde ich unter hundert anderen wiedererkennen, Gesichter kann ich mir nicht merken, dann lache ich. Meine Berechnungen, was mir wohler tun könnte, eine Zwanzig-Minuten-Vollmassage oder sechs Schoppen Markgräflerwein zum gleichen Preis, scheinen auch von anderen Kurgästen angestellt zu werden, die Weinstuben sind gut besetzt, die Massagebänke weniger.

Der durchsonnte Maienwald wird sich nun bald in einen schattigen Sommerwald verwandeln; leuchtende Laubwälder im Oktober; verschneite Schwarzwaldberge. Kirschen werden reifen. Äpfel und Walnüsse. Weinlese. Skilauf. Es fällt mir leicht, eine Landschaft in ihre vier Jahreszeiten zu übersetzen.

Im Mai sind die Abende noch kühl. Wohl derjenigen, die sich eine Nerzstola um die Schultern legen kann, wohler noch derjenigen, der man sie um die Schultern legt. In Badenweiler ist der Anteil der Herren größer als in anderen Badeorten.

Abends steigen wir zur Ruine der angestrahlten Zähringerburg auf, die den Berg krönt. Überm Schwarzwald stehen die Sternbilder goldener und klarer als über der Rheinebene. Einen Sonnenuntergang hinter den Vogesen haben wir nicht gesehen. Dafür beschließen wir den Tag in der ›Sonne‹ und trinken noch einen Schoppen vom Römerberg. Wir vertrauen der Prophezeiung des Wirts, der auf die Weinkarte geschrieben hat, ›auf ihn können Sie schlafen‹. Die grammatikalische Richtigkeit des Satzes kann man bezweifeln, die Tatsache nicht. Die Lust am Kritisieren habe ich mit Markgräfler Gutedel hinuntergespült. Erholt und erheitert bin ich abgereist, auch beruhigt: Jetzt weiß ich, wo ich mich unter angenehmen Bedingungen erholen kann.

Nach der Rückkehr habe ich an den ›Ungehaltenen Reden ungehaltener Frauen‹ weitergeschrieben.

(1982)

Und dann die festlichen Kastanien

Verehrter und lieber Th. F., ich benutze als Anrede, was unter den Briefen steht, die Sie Ihrer Frau geschrieben haben. Th. F., Theodor Fontane. Distanz und Respekt sind mir so wichtig wie Ihnen. Man sagt, ich sei Ihre Enkelin. Mir wäre das recht, aber wäre es Ihnen auch recht? Das Französische war Ihnen geläufig, Fontane sprach man damals noch nasal aus.

Im Mai waren wir in der Mark Brandenburg. Wir sind nicht aus der Bundesrepublik Deutschland in die Deutsche Demokratische Republik gereist; die Chiffren BRD und DDR, die Himmelsrichtung Westen und Osten klingen politisch und fast feindlich, darum also: Mark Brandenburg, Havelseen und Spreewald. Ich wollte einen Roman zu Ende schreiben. Dieses ›lokale Einleben‹, wie Sie es nennen, bedeutet auch mir viel, ›das andere findet sich schon, selbstverständlich, wenn man einen Stoff als Keim des Ganzen hat‹. So ist es! Ich war stellvertretend für Joachim Quint, einen jungen Politiker mit poetischen Neigungen, unterwegs, aber Sie sind mir immer dazwischengekommen. Wo man auch haltmacht: Sie waren vorher da! Man kann nicht in der Mark Brandenburg wandern, ohne hinter Ihnen herzulaufen. Das ist kein Vorwurf, das ist ein Vorzug. Das fing schon in Lehnin an. Die ehemalige Zisterzienserabtei ist renoviert worden; es leben dort noch ein paar Diakonissen. In einer Vitrine, in der man Fotos und Tagebuchaufzeichnungen von Ihnen ausstellt, habe ich gelesen, daß Sie sich nie an Stahlfedern gewöhnt haben, daß Sie mit dem Gänsekiel schrieben. Ihre Notizen sind kaum zu entziffern; das hat mich sehr erleichtert. Sind Sie mit Tintenfaß und einer Dose voll Streusand gereist?

An einem Haus in der Hauptstraße von Neuruppin hängt eine Bronzetafel und verweist darauf, daß Sie dort geboren wurden. Gleich daneben Ihre Löwen-Apotheke, jetzt Kreis-Depot-Apotheke genannt, mit einem Sonderfenster zur Verhütung und Bekämpfung von Kopflausbefall. Das Café war trotz der Nachbarschaft zur Apotheke krankheitshalber geschlossen.

Dann Fehrbellin. Ihr Fehrbellin! Wir waren in dem kleinen roten Saab der schwedischen Freunde unterwegs; dieser Freund ist Politiker, Kommunalpolitik. Wir standen am Siegesdenkmal. Er sah sich um, sah Felder, auf denen die Saat üppig stand, er benutzte das Wort ›bördig‹ für die Erde, bördig steht auch im Schwedischen für fruchtbar. Es war Ende Mai. Er bedauerte, daß die Schweden nicht gesiegt hatten. Ich habe ihm erklärt, daß die Deutschen im 19. Jahrhundert nicht viele Siege errungen hätten, und schon gar nicht im 20. Jahrhundert. Wir können auf den Sieg bei Fehrbellin nicht verzichten! Der Aussichtsturm war wegen Bauarbeiten geschlossen. Aber warum arbeitete keiner an diesem Wochentag? In Ihren berühmten ›Wanderungen‹ ist nicht von Politik die Rede, das Wort ›Staat‹ fällt nie; uns hat man mit vielen Transparenten daran erinnert, daß wir in einem Arbeiter-und-Bauern-Staat unterwegs waren. Einen Bauern haben wir allerdings nicht gesehen, nur Landarbeiter, deren Produktionsstätte unter freiem Himmel liegt. Keine Dorfromantik, außer ein paar Hühnern; einmal ein bewohntes Storchennest.

Ein Diakonissen-Mutterhaus auf der Halbinsel Hermannswerder bei Potsdam hat uns aufgenommen. Sie haben Hermannswerder nicht gekannt? Wir sind mit dem Ruderboot um die Halbinsel gefahren, wir haben russische Soldaten gesehen, die dort angelten. Dann wollten wir um den Schwilowsee wandern, aber es setzte Landregen ein. Wir wollten in einer HO-Gaststätte Schutz suchen, doch sie hatte dienstags und mittwochs geschlossen, das stand am Eingang zur Straße hin; an der Rückseite stand, daß sie donnerstags und freitags geschlossen sei. Der Ort hieß übrigens Caputh. Sie haben behauptet, Caputh sei das Chicago am Schwilowsee. Wie haben Sie sich Chicago vorgestellt: einstöckig? Mit Kopfsteinpflaster? Sie waren doch weit herumgekommen. In Ferch steht an einem Gebäude noch ›Zur alten Kastanie‹; die Kastanie blühte, aber den Gasthof gibt es nicht mehr. Die Tankstelle war ohne besondere Erklärung geschlossen. Später haben wir weitere Gründe kennengelernt, einen Gasthof oder einen Laden geschlossen zu halten. Wegen Warenannahme. Wegen Trauerfalls.

Westen, das ist ein anderes Wort für Angebot. Osten ein anderes Wort für Nachfrage. Warum muß das so sein? Arm und unfrei. Reich und frei. Das beklemmende Gefühl des Wegnehmens und Wegessens haben wir bekämpft, wir haben gelächelt und oft mit Worten gezahlt. Was unbezahlbar ist, kann man nicht bezahlen, auch nicht mit Westmark. Man war freundlich zu uns; die alten Diakonissen haben uns verwöhnt. Die Parole im Karl-Marx-Jahr hieß: ›Beteiligung und Produktionssteigerung‹.

Natürlich waren wir in Rheinsberg! Im Schloß befindet sich jetzt ein Diabetiker-Sanatorium; auf dem See waren Tretboote unterwegs. Wir gingen im Park spazieren und sprachen vom jungen Alten Fritz. Eine große Herkunft und barocker Überfluß bedingen keine glückliche Jugend. Die Gruppen der FDJ waren laut; ob sie fröhlich waren, weiß ich nicht, aber sie haben doch Teil am Erbe des Absolutismus. FDJ, das heißt: Freie Deutsche Jugend. Ich kann Ihnen nicht erklären, warum.

Zwischen Rheinsberg und dem Stechlinsee liegt ein

Atomkraftwerk, nicht auffällig, aber auch nicht versteckt. Den Hinweisschildern auf die Konzentrationslager Oranienburg und Sachsenhausen sind wir nicht gefolgt, diesmal nicht. Wir sind sehr belastet, lieber Fontane.

Am Stechlinsee stehen jetzt viele Erholungsheime. Aber wenn man ein paar hundert Meter weitergeht, ist man allein, kann ein Stück in den See hinauswaten, der kalt und klar war, aber wärmer als die anderen Seen, an denen kein Atomkraftwerk liegt. Das Laub der hohen Buchen war noch maigrün, aber die Schatten, die auf dem Wasser lagen, waren dunkel. Sind das noch Ihre Buchen? Älter als 100 Jahre sind sie nicht; von Bäumen verstehe ich etwas, ich habe das vom alten Quindt gelernt.

Wir sind auch im Hohen Fläming gewandert. Ich wußte bis dahin nichts von den Flamen, die dorthin aus Glaubensgründen geflohen waren, unsere Kenntnisse vom anderen Teil Deutschlands sind gering. Ein kleines, aber doch beachtliches Gebirge, mehr als 200 Meter hoch, und das ist in der Mark schon viel. Riesenfindlinge lagen herum, Reste vom Eiszeitgeröll. In der Rabenburg ist jetzt eine Jugendherberge untergebracht, der Herbergsvater führte uns zwei Maikäfer vor, wir hatten lange keinen Maikäfer mehr gesehen. Im Burghof blühte ein alter Herz-wag's-auch-du-Apfelbaum. Sie werden viel zitiert, verehrter Fontane! Im Rittersaal sieht man noch die Einbauten von den letzten Dreharbeiten für einen historischen Film. Der Herbergsvater sprach übrigens mit Anteilnahme von den armen Raubrittern, die hier gelebt haben und auf Raub angewiesen waren.

Die Wälder sterben! Im Westen hört man davon viel, im Osten sieht man davon mehr. Die Kiefern sahen kränklich aus, die Stämme leuchteten nicht mehr rot im Abendlicht, die Nadeln waren nicht elastisch. Aber die Laubwälder! Und die Seen, in denen sich die weißen Wolken spiegelten!

Manchmal waren es keine Wolken, sondern Schwäne, unterwegs zu ihren Schwanennestern. Die flachen bewaldeten Seeufer! Die Sandwege! Die Alleen, die ein Dorf ans andere hängen; blühende Apfelbäume rechts und links, oft Ahorn. Und dann die festlichen, blühenden Kastanien! Der Boden ist mager, da beglückt der blühende Fliederstrauch im Garten, der Goldlack, das Tränende Herz. Die Schönheit ist da, man muß nur ein Auge dafür haben oder es wenigstens nicht absichtsvoll verschließen. Der echte Realismus wird immer auch schönheitsvoll sein, denn das Schöne, Gott sei Dank, gehört dem Leben gerade so gut an wie das Häßliche. Vielleicht ist es noch nicht einmal erwiesen, daß das Häßliche präponderiert. Diese Feststellung stammt von Ihnen, lieber Fontane. Ich nehme Sie ein weiteres Mal als Gewährsmann. Ich selbst brauche viel Tapferkeit, um einen Satz wie: ›Was schön ist, werde ich schön nennen‹ zu schreiben.

Sie behaupten, die Havel sei die schönere Schwester der Spree. Aber dieser eine Tag im Spreewald, der war unvergleichlich, obwohl es ein dunstiger Tag war oder vielleicht, weil es dunstig war. Die Fahrt durch die Wasserarme der Spree beginnt noch immer in Lübbenau, dort liegen jetzt viele Kähne, aber es war Dienstag, und »dienstags ist immer wenig los, wa?« sagte der Kahnführer, der den schwarzen flachen Kahn im Stehen durchs dunkle Wasser stakte. Er war kein Wende und kein Sorbe, sondern ein Berliner, er hängte an jede Erklärung ein »wa«. »Saure Gurken, wa?« Und: »Kürbis, wa?« Und dann wieder Stille bis zum »Meerrettich, wa?«. Und Zwiebeln und was sonst noch so in der schwarzen moorigen Erde wächst.

Wir fahren durch Wasserstraßen und blicken in Wassergäßchen, über denen die Schwarzerlen ihre Zweige ineinanderflechten. Ein Kahn, in dem eine Kuh steht, gleitet vorüber. »Sie muß zum Stier, wa?« Und ein Kahn mit

Grünfutter und ein Kahn mit Mist. Die Enteignung der Höfe im Spreewald wurde rückgängig gemacht; diese Landstücke im Netz der Wasserwege sind kollektiv nicht zu bewirtschaften. Wir sehen Angler und wir sehen hölzerne Fischreusen neben den Bootsstegen, sie scheinen voller Brachsen und Zander und Aale zu sein, wenn wir unserem Kahnführer glauben wollen. Während der dreistündigen Fahrt wachsen die Fische, werden armlang und armdick. »So 'ne Hechte, wa?« Und wir fragen nicht, unter welchen Tischen die Fische verschwinden, die man auf den Tischen nicht sieht. In einer HO-Gaststätte konnten wir uns eine Tasse Kaffee und ein Stück Käsekuchen an unseren Tisch holen, bedient wird man nicht. Keine Gastlichkeit mehr für ein paar privilegierte Reisende, lieber Herr Fontane, die Zeiten sind vorüber. Die Fahrt ging dann in die Wiesen und Felder hinein, das Gras wuchs hoch und würde bald gemäht werden. Dicht am Ufer standen Rundbauten aus Heu, haushoch, ein Mast in der Mitte; sie erinnerten uns an die Trullis in Apulien, die Bories in der Provence. Im Sommer werden diese Heuhäuser errichtet, im Winter scheibenweise aufgefressen. In den Gärten blühte der Rhododendron. Bauernhäuser und Scheunen und Ställe und spielende Kinder. Am Giebel der Wohnhäuser zwei gekreuzte Balken, mit Schlangenköpfen verziert, die vor Blitz und Hagel und Feuer schützen.

Der Kuckuck ruft! Einen Sprosser hatten wir schon gehört. Der Kahnfahrer läßt nun auch noch Hasen und Rehe und Wildschweine aufziehen. Als er den Tierpark beisammen hat, schweigt er. Es dämmert und wird kühl, in den Häusern gehen Lichter an, und dann singt auch noch eine Nachtigall. Da sagt er nichts, sondern zeigt nur ins Unterholz.

Zwei Mark pro Person, mehr darf er nicht nehmen. Dafür, daß wir das Dreifache geben, kann er nichts. Und

Ostmark muß es nicht sein. Als wir dann wieder im Auto saßen, beschlossen wir, eine weitere Währung einzuführen, nicht nur Ostmark und Westmark, sondern: Mark Brandenburg.

Wir sind durch Thüringen zurückgefahren. Die Hinweisschilder auf Weimar haben uns verführt. In Goethes Gartenhaus im lieblichen Tal der Ilm bin ich Ihnen für eine glückliche Stunde untreu geworden, lieber und verehrter Herr Fontane. Am Grenzübergang zwischen Thüringen und Hessen, der DDR und der BRD, wie wir heute sagen, hat es einige Schwierigkeiten gegeben wegen der paar Bücher im Gepäck. Da habe ich nun bei Ihnen gelesen: ›Zwei Dinge kann ich meiner ganzen Natur nach nicht aushalten: Ärger und Confusion. Ich bin auf ein stilles Licht gestellt, auf Ruhe und Klarheit.‹ Ach, lieber Fontane, sollten wir am Ende doch verwandt sein? Ich habe Ihnen viel zu danken, auch diese Tage in der Mark Brandenburg.

(1983)

Bei günstiger Witterung kann man die Wartburg sehen

Wenn ich auf einer Mittelmeerinsel im Schatten der Seekiefern einschlafe, weiß ich noch im Halbschlaf, wo ich bin; ich erkenne die Gerüche, erkenne den Wind und die Beschaffenheit des Waldbodens. Ich traue mir zu, die Nationalität eines Waldes auszumachen. Ich bin in schwedischen Wäldern gewandert, wo jeder Ausflug zu einem Überlebenstraining ausartet, ich bin durch den dornigen Maquis der Provence und durch die mannshohe Macchia auf der Insel Elba gegangen, ich bin in den Rocky Mountains unterwegs gewesen und in den dunklen Wäldern der Ardennen. Es war überall schön und aufregend, es war anders, anders schön als in den Wäldern, in denen ich zu Hause bin.

Wir leben im nördlichen Hessen, der waldreichsten Gegend Deutschlands. Wir wandern oft im Richelsdorfer Gebirge und im Ringgau. Über Stunden ist man dort unterwegs, ohne jemandem zu begegnen, die deutsch-deutsche Grenze ist nahe. Der Todesstreifen führt bergauf und bergab durch die schönsten Laubwälder, durchschneidet freundliche Täler, überquert liebliche Bäche, trennt die Burg Hanstein von der Burg Ludwigstein, manchmal haben wir beide Burgen auf einmal im Blick. Ich habe gelesen, daß man vom Weltraum aus keine andere Staatsgrenze erkennen kann außer der, die durch Deutschland führt; der Todesstreifen hat die Breite einer achtspurigen Autobahn.

Wenn wir mit Freunden unterwegs sind, führen sie uns gern und oft zu markierten Plätzen, an denen ›Wartburgblick‹ steht. Manchmal erfüllt sich die Verheißung, meist behindert Dunst oder Nebel den Blick auf diese deutscheste der Burgen, falls man das Wort ›deutsch‹ steigern kann und will. Der Dunst, der den Blick behindert, stammt von der Braunkohle, die drüben verheizt wird. Wer drüben von ›Wartburg‹ spricht, meint nicht immer die Burg, sondern das Auto gleichen Namens, das dort gebaut wird. Vor Jahren haben wir einmal auf dem Inselsberg gestanden, dort kann man auf einer Tafel lesen, daß man bei günstiger Witterung den Hohen Meißner, die Wasserkuppe und auch den Herkules bei Kassel sehen könne. Die Witterung war nicht günstig. Aber einmal haben wir auf der Wartburg gestanden, und alles war sichtbar; kein Todesstreifen durchschnitt uns das schöne Bild. Mai hüben und Mai drüben. An solchen Plätzen pflege ich die letzten Zeilen von Eichendorffs Heimwehlied zu zitieren: ›Grüß dich, Deutschland, aus Herzensgrund!‹ Als Eichendorff dieses Gedicht schrieb, gab es das Heilige Römische Reich Deutscher Nation nicht mehr und das Deutsche Kaiserreich noch nicht. ›Wer in die Fremde will wandern . . .‹ Aber ist das, was drüben liegt, Fremde? Der Freund stammt aus Thüringen, im Thüringer Wald übernimmt er die Führung; mein Urgroßvater Trostbach predigte und dichtete in Waltershausen und in Tabarz, auch ich kann mitreden.

Die Lieder der Romantik sind aus der Sehnsucht hervorgegangen, Sehnsucht auch nach Deutschland. Ach, wir haben nicht einmal mehr gesamtdeutsche Gefühle! In langen Gesprächen haben wir in Eisenach mit geladenen Gästen unsere Weltanschauungen ausgetauscht, nicht getauscht. Aber wir werden, wenn wieder Mai sein wird, abermals über die Grenze fahren und weiterreden, es bahnen sich Freundschaften an.

Meist bleiben wir diesseits. Wir wandern, um uns körperlich zu entspannen, um uns zu erheitern, auch die Seele muß bisweilen an die frische Luft. Achim erteilt uns Nachhilfeunterricht in hessischer Historie, er war als junger Lokalredakteur in dieser Gegend tätig. Er hat uns die Geschichte von jenem Reporter erzählt, der bald nach der Teilung Deutschlands eine gute Story für seine Zeitung benötigte und, weil es daran mangelte, kurzerhand eine solche erfand, eine ›Es-waren-zwei-Königskinder‹-Geschichte. ›Er‹ wohnte diesseits der Werra und ›sie‹ jenseits der Werra, und die Werra ist nicht breiter als zehn Meter, aber sie trennt als Grenze, als Eiserner Vorhang, die beiden Vaterländer. Es ist eine Ente, die in der Geschichte die Hauptrolle spielt. Sie bekam von einem der beiden Liebenden eine Botschaft um den Hals gebunden und schwamm oder flog damit über den Fluß, spielte den Postillon d'amour. Ob sie auch die Antwort zurückbrachte, wußte Achim nicht mehr, aber er wußte, daß diese rührende Geschichte wenig später als authentischer Bericht auf der ersten Seite der ›New York Times‹ zur Rührung der Leser stand, das deutsche Schicksal dokumentierend. Eine Zeitungsente.

Bei unseren Ausflügen fahren wir oft mit dem Wagen für einige Gedenkminuten an diese schicksalhafte Grenze oder, um nicht nur an die Natur, sondern auch an die Kultur zu kommen, zu einer der kunsthistorisch wertvollen hessischen Dorfkirchen, in Neternshausen oder in Lüderbach, und wenn die Orgel nicht abgeschlossen ist, improvisiert Kühner ein wenig; manchmal singen wir einen Choral oder ein Abendlied, wir sind zu acht oder zu zehnt unterwegs, ein kleiner gemischter Chor. Charlotte zeigt uns die Märzenbecherwiese oberhalb von Weißenborn und die Stellen, wo im Vorvorfrühling an den Bächen der Lerchensporn blüht oder, später im Jahr, die unscheinbaren hessischen Orchideen.

Und dann die Picknicks! Wir holen Brot und Käse, Obst

und Wurst aus dem Rucksack, Gläser und Wein, breiten eine Tischdecke aus. Wir tafeln am Rand eines Waldes oder auf einer Wiese am Hang mit schönem Rundblick. An heißen Sommertagen hat sich eine Mischung aus starkem schwarzem Tee und Rotwein als erfrischendes und durstlöschendes Getränk bewährt. Nach dem festlichen Mahl vereinzeln wir uns und lagern im Schatten, im Halbschatten oder in der Sonne.

So einen hessischen Frühlingstag macht uns so leicht keiner nach! Am Waldboden blühen Maikräuter und Maiglöckchen und manchmal auch der Knoblauch. Fleischige Blätter verheißen die Sommerpracht des Fingerhuts. Das wilde Geißblatt schlingt sich im Gebüsch und verspricht süße Sommerdüfte. In Holzgerüsten hängen frische Tüten und lauern auf die ersten Borkenkäfer. Auf den Waldwiesen blüht das Wiesenschaumkraut und der gelbe Löwenzahn. Die leichtfüßigen Lärchen säumen die dunklen Fichtenwälder; am Rand der Landstraßen dritter Ordnung sind die Birken in Zweierreihen unterwegs. Die Eichenblätter sind noch halbwüchsig, die Akazien holen jetzt rasch auf. Es geht alles so schnell, vergeht so schnell. Bleibt so! sage ich. Bleibt noch eine Weile so! So lichtdurchlässig, hell, grün wie diese Buchen, gelb wie dieses Rapsfeld, das durch die Stämme schimmert. Die Blütenblätter der wilden Kirschen fallen auf Veilchen und Sternblumen und auch auf mich.

Aber ich kaue keinen Sauerampfer, ich rupfe keinen Hasenklee ab, ich esse die frischen Triebe der Fichten nicht. Ich verleibe mir diesen Frühling nicht ein. Wir werden keine Maibowle trinken, wir sind vorsichtig und mißtrauisch geworden. Dies ist nicht irgendein Frühling, dies ist der Frühling nach der Katastrophe von Tschernobyl. Ist Tschernobyl eine Geschichtszahl der Erde, die man lernen wird, wie man früher die Schlachtennamen der großen

Kriege lernte? Ich blicke in den Himmel, der tiefblau ist. Ein Flugzeug zerschneidet ihn in zwei ungleiche Halbkugeln und hinterläßt einen schönen weißen Kondensstreifen, der sich kräuselt und allmählich auflöst. Es sind keine Wassertröpfchen, sondern schädliche Abgase, ich weiß es. ›Das Schöne ist nichts als des Schrecklichen Anfang‹, das habe ich nicht erst von Rilke erfahren, aber ich habe es nicht hören und nicht glauben wollen. Wenn im Juni der Holunder blüht, werde ich die Blütendolden nicht in Eierkuchenteig tauchen, um ein wohlschmeckendes Gebäck herzustellen. Oder ist dann der Spuk vorbei? Sind wir dann wieder unbekümmert? Wieder einmal davongekommen? Haben wir dann die Warnungen in den Wind geschlagen? Werde ich im Herbst die Früchte des Holunders ernten und Saft gegen Wintererkältungen einkochen? Werden wir im Sommer besser keine Pilze sammeln? Früher habe ich den mitwandernden Freunden versichert, daß diese Pilze todsicher eßbar seien; sie haben gelacht, aber meine Pilzkenntnisse nie angezweifelt. Keiner wird mir mehr glauben.

Unsere Erde hält viel aus, das habe ich doch immer gesagt. Ich habe geschrieben: Blühen ist eine Notlage. Je ärmer der Boden, desto schöner entfaltet sich, was aus eigenem Trieb wachsen und blühen will. In einem biographischen Nachwort habe ich die Frage gestellt: ›Was ist das für eine Kraft, die den Pflaumenbaum blühen läßt, woran niemand ihn hindern kann, es sei denn, er fällte ihn.‹ Der Lebenstrieb ist stark, er ist stärker als alles, was der Mensch bisher zur Vernichtung der Lebensbedingungen getan hat. Auf diesen Lebenstrieb vertraue ich, aber: mein Vertrauen ist nicht blind.

Der Zilpzalp ruft, laut und ausdauernd, man wird ihn auch drüben hören können. Ich sehe den Todesstreifen, der Ost und West voneinander trennen soll, er ist wahnsinnig genug, aber ich habe mich in vierzig Jahren daran gewöhnt. Nach dem Krieg bin ich oft illegal unter Gefahren über diese grüne Grenze gegangen; wenn ich heute nach Berlin reise, überquere ich sie ohne größere Störungen mit der Bahn. Seit wir wissen, daß die tödlichen Strahlen ohne Waffengewalt von Ost nach West und von West nach Ost dringen, ist diese Grenze wahnsinnig in der Potenz. Was gelten noch Landes- und Staatsgrenzen?

Ich liebe die Erde, auf der ich noch eine Weile leben möchte. Unser blauer Planet. Ein Kuckucksruf genügt, und ich bin wieder bereit, an das Leben zu glauben und sogar an den Menschen. Er ist lernfähig, er wird die Warnungen nicht in den Wind schlagen! Seine Intelligenz hat uns an den Rand des Abgrunds geführt; sie wird uns vor der endgültigen Vernichtung bewahren, das hoffe ich.

Wie oft ruft der Kuckuck noch? Wie lange der Zilpzalp? Kann ich mich nicht mehr auf Augen und Ohren und Nase und Füße verlassen? Taugt mein Wahrnehmungsvermögen nichts mehr?

Ach, ihr Freunde! Wenn wieder Frühling ist, dann wollen wir nach Quentel fahren und zu den Märzenbechern bei Weißenborn, wir wollen unter blühenden Kirschbäumen im Tal der Werra liegen, bei Witzenhausen, und wir wollen nach drüben blicken, den Problemen nicht ausweichen, wollen essen und trinken und mit Maßen heiter sein.

Grüß dich, Deutschland, aus Herzensgrund!

(1986)

Grüne Tage am Lech

Der Lech hat einer Schlacht – der Schlacht auf dem Lechfeld – den Namen gegeben, aber auch einem Wanderweg, dem viel gelobten Lechhöhenweg. Landsberg. Saß da nicht –? Schrieb da nicht –? Kein Wort über ihn, über seine Festungshaft, kein Wort über ›Mein Kampf‹! Wir hatten Ferien, auch von Büchern und auch von der deutschen Geschichte, die uns nachläuft, vor uns herläuft. Kein Wort! In Landsberg rühmte sich keiner und schämte sich keiner. Am Abend vor der Wanderung – es war noch sommerlich warm – saßen wir im Mondschatten nahe der Kirche. Es waren viele junge Motorradfahrer unterwegs, aber schließlich kamen auch sie zur Ruhe, setzten sich auf den Brunnenrand, zu sagen hatten sie sich nichts. Einer der schönsten Plätze Bayerns! Wir lasen es und bestätigten es. Die Toranlage die schönste und größte und gotischste. Wir schlenderten durch die Gassen.

Wir waren gut vorbereitet, die Schuhe erprobt, die Rucksäcke leicht, Regenzeug, Wollzeug, Wanderkarten. Im späten Sommer sind die Tage nicht zu lang, die Abende nicht zu kurz, wir würden Gasthöfe finden, wir würden Semmelknödel zu frischen Steinpilzen in Rahmsoße essen. Und wir würden im sommerwarmen Fluß baden! Abenteuer waren nicht zu erwarten. Wir brauchten nur dem blauen ›L‹ über den blauen Wellenlinien zu folgen, das uns bis an den Fuß der Alpen führen würde.

›Es ist der Liebe milde Zeit. / Im Kahn den blauen Fluß hinunter . . .‹ Doch Kühner berichtigte mich und berichtigte Trakl: Der Fluß ist grün! ›Wie schön sich Bild an

Bildchen reiht. – / Das geht in Ruh und Schweigen unter.‹ Zu jeder Landschaft, zu jeder Jahreszeit stellen sich Gedichtzeilen ein, die zur raschen Verständigung dienen.

Wir gingen in geübter Schweigsamkeit nebeneinander, oft nur ein Fingerzeig: Ein Bussard! Zwei Bussarde! Und an jenem Tag hat Kühner zu mir gesagt: Ich gehe gern mit dir durchs Leben, und auch diese Strecke zwischen Pitzling und Epfach ist ein Stück unseres gemeinsamen Lebenswegs. Und ich habe gesagt: Die Welt ist schön, und der Mensch ist gut! Wenn wir allein sind, bin ich nicht ironisch.

Kaum waren wir die ersten Kilometer am Ufer entlanggegangen, mußten wir die erste Entscheidung treffen. Wollten wir im feuchten Dickicht des Ufers bleiben? Oder sollten wir zur halben Höhe hinaufsteigen? Während wir die Karte studierten und die möglichen Vorzüge des einen und des anderen Weges gegeneinander abwägten, trat eine dunkle Frau an uns heran. Sie sagte ungefragt: Wenn Sie unten bleiben, dann kommen Sie doch gar nicht in Teufels Küche! – Aha, sagten wir, folgten der Weisung der Norne und stiegen den Berg hinauf. Wir gingen dann auf halber Höhe weiter, über uns das Grün der hohen Buchen, rechts unterhalb das Grün des Lechs. Es war sehr warm an diesem Tag. Wären wir am Fluß geblieben, hätten wir bei der nächsten Staustufe baden können. Aber wir hatten ja tagelang Zeit! Rücken und Rucksack sollten sich erst aneinander gewöhnen. Wir zogen ein Kleidungsstück nach dem anderen aus. Keiner kam uns entgegen, keiner folgte uns, wir waren allein. Dann plötzlich ein Waldsee, tief unter uns und smaragdgrün! Zum Schutz der Wanderer hatte man ein Holzgeländer angebracht. Was könnte mich von einem See trennen? Ich nahm den Rucksack ab und stellte ihn auf den Boden, auf dem altes Buchenlaub lag. Dort unten würden wir uns erfrischen! Doch bevor ich mich auf den steilen Abstieg begeben hatte, machte sich mein Rucksack auf den Weg, rutschte und rollte und überschlug sich, immer rascher den Hang hinab, blieb an einem Stamm hängen, löste sich wieder. Wir standen erstarrt am Geländer. Gleich würde er das Wasser erreichen, in Richtung zum Wehr treiben, vor unseren Augen würde mein Rucksack untergehen mit allem, was ich bei mir hatte. Mein Paß! Die Schecks! Die Fahrkarten! Die Jacke! Der Hausschlüssel! Aber da liefen wir schon hinterher, Kühner warf seine Kleidungsstücke ab, ach, sie hätten ihn notfalls vor dem eiskalten Wasser geschützt, hätten ihn gewärmt! Derweil trieb der Rucksack im glasklaren See davon, sank tiefer. Aber dann sprang Kühner ins Wasser und schwamm ihm nach, bekam einen der Riemen zu fassen. Wenig später streckte er mir die Hand entgegen, und ich zog ihn ans Ufer. Er schlotterte vor Kälte, und ich schlotterte vor Entsetzen. Einen Herzschlag lang dachten wir beide, dies hätte das Ende sein können. Das Ende der Lechwanderung. Das Ende vom Lied.

Wir schütteten das Wasser aus dem Rucksack, wrangen die Wollsachen aus und lachten, als wir das Wasser aus dem Geldbeutel gossen: Schwimmen in Geld.

Es dauerte eine Stunde, bis wir den nächsten Gasthof fanden, wo wir dann gegen den Schreck einen Schnaps tranken. Wo kommt ihr denn her? fragte der Wirt, und wir antworteten: Aus Teufels Küche. Ah, daher, sagte er, als wäre es eine übliche Ortsangabe.

Später haben wir uns wie Zigeuner am Flußufer niedergelassen, das nasse Zeug über einen Weidezaun gehängt. Und dann habe ich im Lech gebadet. Das Schild mit der Warnung, daß ich mich in Lebensgefahr begeben hatte, stand weiter unterhalb am Ufer, wir entdeckten es später.

Abends im Gasthof habe ich die Geldscheine und die Schecks voneinander gelöst und zum Trocknen ausgebreitet, der Paß war vom Wasser durchtränkt, mein Name kaum noch zu lesen. Und in jener Nacht gab es ein schweres Gewitter. Der Regen hörte auch am nächsten Morgen nicht auf, und wir gerieten, als wir den Weg abkürzen wollten, unversehens ins Moor. Unsere Streckwege wurden zu Umwegen.

Wir sind nicht ›auf eigene Gefahr‹ über die eingezäunten Weiden gegangen, über die der Wanderweg verläuft und auf denen kräftiges Jungvieh zu Hunderten auf Abenteuer wartete. Kein Rodeo! Wir haben weitere Umwege gemacht.

In den Dorfgärten verregnete der Phlox, alterten die Astern. Die Sommerfrischler waren abgereist, es regnete weiter. Ich sagte zum Himmel: Gib uns noch drei südlichere Tage! Rilke hat nur ›zwei‹ Tage herbeigewünscht in seinem berühmten Herbstgedicht? Die Zahl Drei war ihm wohl zu üblich.

Die namhaften Berge, denen wir entgegenwanderten, verbargen sich hinter Regenwolken, aber trotzdem haben wir auf dem Reichling gestanden, den man den Balkon Oberbayerns nennt; wir haben die Via Claudia überquert, die von Augsburg nach Verona führte, zur Zeit der Römer. Das ›Wessobrunner Gebet‹ haben wir an Ort und Stelle gelesen und bedacht, vornehmlich die letzte Zeile, die um Glauben, Gnade und guten Willen, um Weisheit und Klugheit bittet, damit man dem Teufel widersteht und das Böse meidet. Und was ist, wenn man in Teufels Küche gerät? Unvermutet? Unverschuldet?

Dann der Weg an der Ammerleite entlang, als wir der Verführung des ›König-Ludwig-Wegs‹ nicht Widerstand geleistet hatten und dem Lech untreu geworden waren. Unten das Wildwasser, und wir auf ungesicherten, regennassen Holzstegen, die über Abgründe führten. Wir waren nicht ungewarnt, das feste Schuhwerk hatten wir an den Füßen, und Wandererfahrungen hatten wir auch, aber: mir wurde es schwindlig. Hätten wir auf bequemen Wegen zur Wieskirche gehen sollen, dorthin, wo alle hingehen? Wie hätten wir dann nach Rottenbuch kommen sollen, zu all den goldenen musizierenden Engeln?

Später haben wir dann die Bekanntschaft des jüngsten und größten Sees im Allgäu gemacht, des Forggensees; wir sind am kleineren und verschwiegeneren Bannwaldsee entlanggewandert; wir haben Neuschwanstein besichtigt und wissen nun, wohin es die Leute zieht, zu Tausenden. Ein Luftschloß! Und am Hopfensee hat im letzten Augenblick ein kräftiger Föhnwind das Gewölk beiseite geschoben, und wir hatten die ganze Herrlichkeit der Berge vor uns, vom Nebelhorn bis zum Wetterstein. Das hatten wir auf einer Ansichtskarte alles bereits gesehen.

Das geht so rasch den Fluß hinunter . . .

(1984)

Der Leuchtturm als Lebenszeichen

Was schreiben Sie mir da, Gunther? Die Beschäftigung mit Literatur sei überhaupt kein Beruf, sondern ein Fluch? Wen zitieren Sie? Tonio Kröger? Woher will er das wissen, er ist sechzehn Jahre alt; Sie sind nicht einmal zehn Jahre älter und wissen es daher auch noch nicht. Sie wohnen in Neukölln und blicken aus dem vierten Stock in einen Berliner Hinterhof, lesen über Tonio Kröger und über seinen Erfinder Thomas Mann und lesen dessen unpolitische Betrachtungen. Wissen Sie: Ich bin hier in Bornholm von lauter Hans Hansens umgeben, denen es nichts ausmacht, daß es naß und windig ist. Und die Mädchen sehen aus, als ob sie Inge hießen, aber vermutlich heißen sie Natascha oder Nicole, blauäugig sind sie alle und ›in Ordnung‹, hätte Ihr Tonio Kröger gesagt, verächtlich gesagt. Mit Ihren langen schwarzen Haaren würden Sie hier ›liederlich‹ wirken. Schon auf dem Schiff habe ich mich gewundert, daß man die Dunkelhaarigen einreisen läßt. Trug Hans Hansen nicht eine dänische Schiffermütze?

Dieses Bornholm ist eine schöne und vielbegehrte Insel, um Ödland würde sich keiner bemühen. Schon die Wikinger wollten sie haben und die Lübecker auch; die Schweden hätten gern eine glückliche schwedische Provinz daraus gemacht; die Deutschen haben sich erst im Zweiten Weltkrieg dafür interessiert; die Russen haben sie besetzt, als der Krieg überall schon beendet war. Die Deutschen sind abgezogen, die Russen sind auch wieder abgezogen, ein paar Bunker und ein paar Gräber blieben als Hinterlassenschaft zurück. Und jetzt wird die Insel in jedem Sommer friedlich von den Touristen besetzt. Neben jedem – fast jedem – Ferienhaus steht ein deutscher Mercedes; aus den verschiedensten Gründen bin ich froh, daß neben unserem Haus der kleine rote Saab der schwedischen Freunde steht.

Im Norden der Insel sieht es aus wie in Schottland, behauptet Kühner, der es wissen muß. Wir stehen über der Felsküste, starren hinunter in die Brandung, wundern uns, daß das die Ostsee sein soll: schäumender Gischt und schartige Klippen. Nur selten reißt der Himmel auf und zeigt, was an Bläue möglich wäre. Die Dünenrosen blühen und duften wie auf Juist. Wir haben jenen Feigenbaum besichtigt, an dem auch wirklich einige Früchte reifen; er wird als Beweis für die Wärme der Sommer auf Bornholm in jedem Prospekt erwähnt. Aber zur Zeit zeigt das Thermometer morgens 12 Grad und mittags 15 Grad, und wie kalt die Ostsee ist, wissen wir noch gar nicht. Wir werden blasser und blasser wie die mittelalterlichen Fresken an den Kirchenwänden. Ein Wetter zum Kirchenbesichtigen! Die weißen Rundkirchen sind es ja auch wert. Man macht es darin dem lieben Gott behaglich, hat weiße Nesselvorhänge aufgehängt und Blumenstöcke in die Nischen gestellt. Es sind Mehrzweckkirchen, der untere Raum für den Gottesdienst, die oberen Stockwerke als Zuflucht für die Frauen und Kinder in Kriegszeiten; aus den Schießscharten konnte man sogar schießen, und in den dicken Säulen bewahrte man die Vorräte für Notzeiten auf. Jetzt dienen die Kirchen vornehmlich als Foto-Motiv: weiße Kirche vor gelbblühendem Raps.

Bornholm ist ein Freilichtmuseum, das mit dem nötigen – nicht mit unnötigem – Komfort ausgestattet wurde. Eine Selbstbedienungs-Insel. Der Tourist erhält frühzeitig eine Kontonummer, auf die er die Miete für das Ferienhaus einzahlen muß, dann holt er sich an einer angegebenen Stelle den Schlüssel ab, mehr ist nicht nötig. Er reinigt das Haus selbst, er kauft im Selbstbedienungsladen ein, er kocht und brät und heizt den Kamin selbst. Man fühlt sich gleich wie zu Hause. Mitten im Wald kann man sich aus einem Schließfach die Post abholen, dort kann man auch telefonieren und kann sich sogar anrufen lassen. Wo die frischgefangenen Fische geräuchert und verkauft werden, riecht man. Man darf zusehen, wie Glas geblasen wird, wie Töpfe auf Töpferscheiben gedreht werden, wie Schafwolle verwebt wird, man kann das alles kaufen, muß es aber nicht. Man hat Radwege für die Touristen angelegt, damit sie weniger stören, man hat Abfallbehälter aufgestellt, damit sie die Insel selber sauberhalten. Einheimische und Fremde haben sich weitgehend voneinander unabhängig gemacht. Die Fischerdörfer sind wie Ansichtskarten, alles ist verwinkelt, nichts ist rechtwinklig; vor den bunten, einstöckigen Fachwerkhäusern stehen die Stockrosen aufgereiht und wachsen bis zum Dach. Das ist alles sehr reizend und sieht sehr gemütlich aus.

Wenn es nicht regnet, spielen wir Boccia unter den Kiefern. Wir singen Volkslieder zur Gitarre, mal schwedisch, mal deutsch. Wir pflücken Blumensträuße am Wegrand und wilde Kirschen und Himbeeren. In den Dünen gibt es ein Goldammerpärchen, das singt Duette; eine vogelkundige Dänin aus Kopenhagen behauptet, sie sängen einen Bornholmer Dialekt. Es ist ein Landaufenthalt geworden, und wir wollten doch an die See! Jeden Tag wandern wir mehrere Stunden auf gut markierten Wegen. Im Inneren der Insel gibt es Landwirtschaft mit Weizen und Kartoffelfeldern, aber auch Laubwälder; Seerosenteiche wie von Monet, die wir auf Holzstegen überqueren. Felspfade, Graswege, auch Sandwege.

Ich habe mir in Rønne eine deutschsprachige Zeitung

gekauft und daraus erfahren, daß Basilikum ein unentbehrliches Zaubermittel gegen die mitteleuropäische Melancholie sei, im Süden benutze man das Kraut auch für den Tomatensalat. Woher soll ich Basilikum nehmen? Hier wächst nur Dill und Petersilie in den Gärten; die Bornholmer binden Sträußchen daraus, bündeln ein paar Karotten zusammen, tüten sandige Frühkartoffeln ein und bauen einen Kinderkaufmannsladen am Straßenrand auf. Da bedient man sich wiederum selbst und legt die geforderte Anzahl an Öre in die bereitgestellte Zigarrenkiste. Die Welt als Selbstbedienungsladen; so hat der Mensch sie von Anfang an betrachtet und behandelt. Das Wort behandeln kommt von Handel!

Wir schreiben Ansichtskarten, auf denen steht, daß es ein Wetter zum Ansichtskartenschreiben ist, daß wir immerhin ein geschlossenes Dach und einen offenen Kamin haben und daß der Regen uns Gelegenheit bietet, unsere Charaktere zu erproben. ›Wotan was here‹, schreiben wir an die Freunde, die demnächst nach Bayreuth zu den Festspielen fahren. ›Das einzige, was noch trocken ist, ist der französische Rotwein, den wir im Supermarkt zu Superpreisen kaufen!‹

Doch, Gunther, doch, es gibt im Haus eine kleine Bibliothek, erlesen im Sinn des Wortes ist sie nicht. Michael Endes ›Unendliche Geschichte‹ auf schwedisch, ein Band Doris Lessing, ins Dänische übersetzt. Die Titel der deutschsprachigen Bücher nenne ich lieber nicht, der Rücktransport hat sich wohl nicht gelohnt. Um das Niveau zu heben, werde ich meine Lektüre zurücklassen. Ich will hier nicht lesen und schreiben! Ich will hier leben! Nun fragen Sie mich bitte nicht wieder, ob das nicht ein und dasselbe sei! Leben – schreiben – lesen. Es muß Sommerpausen geben! Wie war das bei Tonio Kröger? Dieser Hans Hansen wollte tanzen, und Tonio Kröger wollte schlafen, oder umgekehrt? Ich wollte in der Sonne liegen und wollte im Meer schwimmen –

Der Brief blieb liegen . . .

An einem der Regentage zogen wir uns abends warm an, legten uns auf die Liegestühle unterm Vordach und schalteten das Rundfunkgerät ein. Aus unserer Kirche in Åkirkeby wurde vom Kopenhagener Rundfunk ein Konzert übertragen; die Kirche liegt nur wenige Kilometer von unserem Haus entfernt, aber das Konzert war ausverkauft. Barockmusik, von einem berühmten Quartett aus Drottningholm gespielt. Pergolesi, Bach. Derweil rötete sich hinter den schwarzen Kiefern der Himmel. Die Sonne, die doch nicht aufgegangen war, ging mit Gepränge unter. Die Welt in Flammen. Der Widerschein legte sich auf unsere Gesichter. Wir waren illuminiert. Kühner griff zum Notizblock und schrieb die Farben auf, in denen er später, zu Hause, ein Bild malen wollte. Schwarz und Rot. Er kam mit zwei Farben aus. ›Leuchtturm‹ schrieb er an den Rand. Er meinte irgendeinen Leuchtturm, nicht den, der in Dueodde-Snogebæk steht, östlich von uns, zu dem wir unseren Abendspaziergang machen. Der Leuchtturm als Lebenszeichen: Die Insel ist bewohnt.

Als wir am nächsten Morgen aufwachten, war dann Sommer, da erfüllten sich alle Weissagungen über Ferien auf Bornholm. Weiße Rundkirche vor goldenem Weizenfeld; hie und da eine weiße Windmühle hinter einem Haferfeld. Seither gehen wir nur noch bis zu den sonnenwarmen Kuhlen in den Dünen, schwimmen im Meer. Die Hans Hansens und die Mädchen, die nicht Inge heißen, stehen auf Surfbrettern und lassen das blonde Haar im Wind wehen. Wir kaufen keine Zeitungen mehr, wir kümmern uns nicht mehr um die Geschichte Bornholms und nicht um die Weltgeschichte. Manchmal hat einer von uns einen ›Bernsteintag‹, dann macht er sich allein auf den

Weg, geht den langen, flachen Strand entlang. Nein, es gibt hier keinen Bernstein, man sucht ja oft nach etwas, das es nicht gibt, wir nennen es Bernstein. Der Sand, der aus meinem Briefumschlag auf Ihren Schreibtisch gerieselt ist, stammt von unserem Strand, dorther, wo auch die Mönche des Mittelalters ihren Sand zum Löschen der Tinte bezogen haben, er ist sehr weiß und knirscht unter den Füßen wie verharschter Schnee. Bevor wir abends unser Haus betreten, schütten wir den Sand aus den Schuhen; die früheren Bewohner des Hauses müssen das ebenfalls getan haben, neben der Tür befindet sich bereits eine kleine Düne.

Die Blonden haben recht, Gunther! Fahren Sie in den Süden, wo Sie hingehören, sobald Sie mit Ihrem Referat über diesen Tonio Kröger fertig sind. Oder, noch besser: Schreiben Sie weiter an Ihrem Buch. ›Student in Neukölln‹!

Schreiben ist eine der besten Arten zu leben. Über das Leben schreiben.

(1986)

Ein Park der Vergänglichkeit

›Lange lieb ich dich schon, möchte dich, mir zur Lust, / Mutter nennen . . .‹ Diese an die Stadt gerichteten Verse hatte man, unbedacht, im Treppenhaus der Oberschule für Mädchen, der Hölderlin-Schule, benannt nach dem Dichter der Verse, angebracht; sie bekamen einen anderen, zweideutigen Sinn in den Köpfen der Sekundaner, deren Tanzstundendamen jene Schule besuchten. Einer deiner ehemaligen Klassenkameraden, ein pensionierter Ministerialdirigent, gab es zum besten. Heiteres Erinnern.

Wir waren wegen eines Klassentreffens, ›55 Jahre Sexta des Kurfürst-Friedrich-Gymnasiums‹, nach Heidelberg gekommen. Grauhaarige Sextaner, die meisten im Ruhestand, wohlverdient. Karrieren, Kinder und Enkel zum Vorzeigen, Häuser zum Vorzeigen. Du hättest ein paar deiner Bücher als Beweismittel mitnehmen sollen.

Wir haben die Gelegenheit benutzt, an einem weiteren Jahrhundertereignis teilzunehmen: Ehrfürchtig standen wir vor der ›Goldenen Bulle‹ und vor dem ›Falkenbuch‹ Friedrichs des Staufers, aus der Bibliotheca Palatina, der Mutter aller deutschen Bibliotheken, die für die Dauer der 600-Jahrfeier der Heidelberger Universität aus der Vatikanischen Bibliothek an ihren angestammten Aufbewahrungsort, die spätgotische Heiliggeistkirche in Heidelberg, zurückgekehrt war.

Wir wohnten im ›Europäischen Hof‹, bis vor kurzem das erste Haus am Platz. Jahrelang bist du auf dem Weg zur Schule mit dem Fahrrad an diesem Hotel vorbeigefahren; die Leute, die sich damals in dem dazugehörigen Park ergingen, erschienen dir wie Wesen höherer Art; jetzt warst du selber ein solches Wesen ... Im Foyer, im Treppenhaus, im Frühstückssaal, überall wimmelte es von kleinen Japanern, die für den Frieden in der Welt unterwegs waren, so stand es auf den Omnibussen, so stand es auf den feinen Gepäckstücken, mit denen sie ihre Botschaft durch die Welt trugen. Von ihrer Mission haben wir weiter nichts erfahren, nur Gezwitscher.

Wir gingen zu deinem Elternhaus, das am Hang liegt. Hier, sagst du, kaufte meine Mutter die Wurst, die mein Vater so gerne aß, hier, in dieser Kirche, habe ich das Orgelspiel erlernt, hier wohnte meine alte Klavierlehrerin, die immer sagte: ›Die Herren werden es schon richtig machen‹, aber die Herren waren die Herren des Hitler-Reiches ... Du wirst immer stiller, die Stadt macht dir die Endlichkeit bewußt.

Nicht weit von deinem Elternhaus liegt der schöne Bergfriedhof, mehr ein Park für die Lebenden, ein Park der Vergänglichkeit. Hier gewöhnt man sich an den Gedanken des Todes. ›Der Tod ist die Angelegenheit der anderen‹, behauptet der Philosoph Kuno Fischer, der auf dem Friedhof liegt. Er irrt.

Es war November, der Allerseelentag. Auf vielen Gräbern standen Ewigkeitslichter. Je dunkler der Regentag wurde, desto heller wurden die Lichtzeichen auf den Gräbern. Es sah schön aus, es ist ein schöner Brauch, aber wir stammen beide aus protestantischen Pfarrhäusern.

Der Tod macht nicht alle gleich. Ansehen und Reichtum sind augenfällig. Schaufenster ins Diesseits. Es gibt große und kleine Grabstätten, Eckgrundstücke, auch Gräber in der zweiten Reihe, vor allem aber die bevorzugte Hanglage mit dem Blick über die Rheinebene.

Viele Platanen, schöne Kastanien, die man auf Friedhöfen selten sieht, hellgelbe runde Teppiche unter den entlaubten Birken. Scharfer Geruch der faulenden Kastanienblätter. Efeu überwuchert die Grabsteine. Später Nachmittag, Besuchszeit. Wir verweilen einige Zeit bei Bunsen, erinnern uns an die Versuche im Physiksaal mit dem Bunsenbrenner, du im Heidelberger Kurfürst-Friedrich-Gymnasium, ich im Christian-Rauch-Gymnasium in Arolsen. Alle die Gräber von Professoren, ganze Dynastien, und immer die Frauen zur Seite oder zu Füßen, das wird im Leben nicht anders gewesen sein. Theologen, Chirurgen, Juristen. Sarkophage und Grabstelen. Elisabeth Pattberg! Den Namen kenne ich, sie hat an ›Des Knaben Wunderhorn‹ mitgearbeitet. Es fehlt auch auf den Friedhöfen noch an namhaften Frauen, noch liegen sie an der Seite ihrer berühmten Männer. Ein kurzer Besuch bei Wilhelm Furtwängler. Wir betrachten nachdenklich den liegenden Findling. Wir müssen – beizeiten – darüber sprechen, dieser regnerische, sterbensfrohe Novembertag ist dafür geeignet. Der Platz und der Stein werden für uns beide gelten müssen. Der Ort steht fest, das Datum bleibt offen. An klaren Tagen, sagst du, kann man, wenn die Bäume nicht belaubt sind, von hier aus den Dom von Speyer sehen, das sagst du immer, wenn wir in Heidelberg sind, nie waren es klare Tage.

Johann Heinrich Voß, der Freund Goethes und Homer-Übersetzer! Wir deklamieren die ersten Zeilen: Andra moi, enepe, mousa, polytropon hos mala polla ... Mir hat sie mein Vater beigebracht, du hast sie in der Schule gelernt, du hast sogar freiwillig, aus früher Freude an Dichtung, lange Partien der Odyssee ins Deutsche übersetzt.

Wir müssen Friedrich Ebert besuchen, darauf habe ich bestanden. Wir suchten, trotz der Hinweisschilder, lange, der unübersichtliche Friedhof mit den gewundenen Wegen taugt nicht für eilige Besuche. Ich habe Abbitte geleistet! Maximiliane von Quindt auf Poenichen in Hinterpommern hat als kleines Mädchen ihre Puppen ›Noske‹ und ›Ebert‹ genannt, hat sie mit der Rheumasalbe des Großvaters eingerieben und sie dann in Gegenwart einiger Politiker unter der alten Blutbuche im Park begraben, mit der Begründung: ›Der Ebert stinkt!‹ Womit die politische Karriere des alten Quindt beendet war. Auch so kann man eines großen Staatsmannes gedenken.

Und dann jene geheimnisumwitterte Grabstätte ohne Grabstein, von Unkraut überwuchert, ungenutzt! Man hat dir erzählt – du warst noch ein Schuljunge –, daß ein junges Ehepaar aus den Vereinigten Staaten, wenige Jahre vor Ausbruch des Ersten Weltkriegs, die Pfalz, das Land seiner Vorfahren, besuchte, auch den Heidelberger Bergfriedhof. Der Platz gefiel den beiden so gut, daß sie beschlossen, dort später ihre Ruhestätte zu finden und schon jetzt den Grabplatz zu kaufen: begraben liegen, wo man glücklich war. Auf der Rückreise nach Amerika ging das Schiff unter, keiner der Passagiere wurde gerettet. Aber der Grabplatz durfte dreißig Jahre lang nicht anderweitig belegt werden, weil er für diese Dauer erworben war. Der badische Dichter Emil Strauß hat eine Novelle darüber geschrieben.

Noch ein anderes Grab, das du aus deinen frühen Heidelberger Jahren kanntest, wolltest du mir zeigen, aber im Labyrinth der Wege und bei zunehmender Dunkelheit konntest du es nicht wiederfinden: das Grab des Philologen Friedrich Creuzer, zu dem die Dichterin Karoline von Günderode in Liebe entbrannte, eine unglückliche Liebe, die das schöne Mädchen mit 25 Jahren in den Tod trieb. Du hast das Grab als Primaner auf deinen einsamen Gängen mehrmals aufgesucht, hast dir den Briefwechsel der beiden Liebenden beschafft. Die Flucht eines jungen empfindsamen Menschen aus der seelenlosen Welt der dreißiger Jahre in eine schönere, empfindsamere Vergangenheit? Tod aus Liebe, wo es nur um Heldentod ging. Du wechselst den Tonfall und fügst hinzu: Vielleicht war es auch das erste Anzeichen eines Sinns für das Groteske, für diese durch die Vergänglichkeit absurd gewordene Liebe zweier ehemals junger, schöner Menschen?

An der Heidelberger Universität hat der Philosoph Karl Jaspers seine Transzendentalphilosophie gelehrt: daß wir nicht durch uns selber sind, uns nicht selber geschaffen haben können; daß wir zwar in dem, was wir tun, frei sind, zugleich aber uns dessen bewußt sind, nicht anders zu können. Du hast nach dem Krieg vor dem großen Denker auf der Hörerbank gesessen.

Auf der Kuppe des Bergfriedhofs liegen die Gräberfelder eines Soldatenfriedhofs, meist Verwundete, die während des Krieges in den Heidelberger Lazaretten gestorben waren. Einer deiner Brüder ist nicht aus dem Krieg heimgekehrt. Er besitzt kein Grab. Nur auf der Gedenktafel des Kurfürst-Friedrich-Gymnasiums ist sein Name, neben vielen anderen, vermerkt.

›Friedrich Kühner, Feldunterarzt, geb. 4. IV. 18, gef. 4. V. 45.‹ Nenn ihn beim Namen, hast du gesagt, ihn vergessen hieße, ihn noch einmal töten.

(1986)

The blue church

Ich bin oft in Berlin, mehrmals im Jahr, und ich frage mich, warum ich dort keine Wohnung habe. Ich würde gut nach Berlin passen und Berlin zu mir, hat man mir oft gesagt, allerdings setzt man hinzu: zwanziger Jahre, Berlin-Grunewald, eine Jüdin mit einem literarischen Salon, einem Jour fixe. Mit Mascha Kaléko hätte ich mich vermutlich gut verstanden; Bleibtreustraße, das ist eine schöne Adresse, und so nah am Kurfürstendamm. Und dann Else Lasker-Schüler, die oft umgezogen ist, die Zeit war unruhig, die Stadt war unruhig, und sie selbst war es auch. Motzstraße 7, diese Adresse habe ich behalten; es heißt, daß sie alle ihre Möbelstücke in Richtung Jerusalem aufgestellt hatte, Südsüdost also. Später, als Emigrantin, war sie in Jerusalem unglücklich. Ich hätte abends in jene Eckkneipe gehen können, in der Gottfried Benn sein Bier trank, aber ich hätte mich natürlich nicht zu ihm gesetzt. Er brauchte Distanz, und ich lebe auch auf Distanz, darum fallen mir wohl auch nur die Namen der toten Kollegen ein, mit denen ich gern in derselben Stadt gelebt hätte. Mit Ingeborg Drewitz bin ich nie in Berlin zusammengetroffen; als ich sie zu einem Fest einlud, lag sie bereits im Sterben. An Hugo Hartungs Berliner Adresse, die er sein ›Winterquartier‹ nannte, habe ich immer nur Briefe geschrieben.

Ich reise mit leichtem Gepäck, ich bleibe nie lange. Die Lektoratsbesprechungen dauern viele Stunden und werden nur von ausgedehnten Arbeitsessen unterbrochen. Ich habe eine Verlagsadresse, dort kann man mich brieflich erreichen. Seit einiger Zeit habe ich nahe am Zoo ein

Hotel, in dem ich zu wohnen pflege, ›absteigen‹ nannte man das früher, mein pommerscher Onkel pflegte auch in immer demselben Berliner Hotel abzusteigen. Ich muß keinen Meldezettel ausfüllen, man reicht mir den Zimmerschlüssel, ohne daß ich meine Zimmernummer angeben muß, es liegen oft Botschaften an mich im Fach. Wenn mein Zimmer nach Norden geht, sehe ich morgens als erstes ein Kamel, manchmal mehrere; geht das Zimmer nach Osten, sehe ich nichts als Beton, Glas, Stahl, die Rückseiten anderer Hotels. Einmal, als ich an einem heißen Sommernachmittag ankam und als erstes die Vorhänge aufzog, sah ich in einen übervölkerten Garten Eden. Junge, schöngebräunte Menschen beiderlei Geschlechts lagerten unbekleidet auf Betonmauern und Brüstungen. Das Schwimmbecken sah man nicht, auch keine Sonnenbänke, nirgendwo etwas Grünes, nur diese schöne menschliche Nacktheit. Wer mich an diesen Sommertagen in meinem Hotelzimmer besuchte, den ließ ich einen Blick aus dem Fenster werfen und freute mich an seiner Überraschung. Das ist Berlin!

Es muß ein Wintertag gewesen sein, es dämmerte, als ich von der Gedächtniskirche zum Hotel zurückging; es waren viele Autos, aber wenige Menschen auf der Budapester Straße unterwegs. Ein Betrunkener kam mir entgegen, ich wollte ihm ausweichen, aber er hielt schwankend auf mich zu, blieb stehen und sagte sehr höflich: »Entschuldigen Sie, gnädige Frau, ist es noch so weit?« Ich antwortete, ebenfalls höflich: »Ja, es ist noch so weit.« Und er entgegnete: »Ich danke Ihnen vielmals für diese Auskunft, gnädige Frau!«

Ich bin oft allein nach Berlin gereist, eine berufstätige Frau, die in Berlin zu tun hat. Zwischen den Tagesverpflichtungen und den Abendunternehmungen bleibt mir meist noch eine Stunde Zeit, die ich allein verbringe. Ich gehe dann durchs Europa-Center, ein Stück Kurfürstendamm entlang bis zur Uhlandstraße, dort drehe ich um und kehre auf dem Rückweg in der Gedächtniskirche ein. Ich habe sie nie als ›Kaiser-Wilhelm-Gedächtniskirche‹ gekannt, und von der Vergangenheit eines deutschen Kaiserreichs spüre ich dort nichts mehr. Ich empfinde aber: Gedächtnis. Ich halte dort Einkehr, sitze im blauen Oktogon, manchmal bei Orgelspiel. Ein paar Besucher gehen umher, setzen sich aber nach kurzer Zeit, zu besichtigen gibt es nicht viel. Es ist kein Museum, es herrscht anstekkende Stille. Die doppelten Mauern der Kirche halten den Verkehrslärm fern, sorgen zugleich für günstigen Lichteinfall, der die farbigen Glasfenster belebt; jedes anders, jedes ein Kunstwerk, mehr als zwanzigtausend Möglichkeiten in Blau. ›The blue church‹, sagen die Amerikaner, die Gedächtniskirche gehört zum Berlin-Programm.

Man benötigt keinen Kunstführer, die Geschichte der Kirche ist nicht lang. Vor der Zerstörung war der Turm der höchste Kirchturm von Berlin, der Stumpf ist nur noch halb so hoch; ›hohler Zahn‹, sagen die Berliner. Zu jeder vollen Stunde ertönt ein Glockenspiel, dessen Melodie von Prinz Louis Ferdinand komponiert wurde, ein Hohenzollern-Nachfahre. Also doch: Gedächtnis. Die Kirche wurde am Abend eines Totensonntags zerstört, am Nachmittag hatte der Pfarrer über das Wort ›alles vergeht‹ gepredigt. Eingeweiht wurde die ehemalige Kirche zum 25. Gedenktag an Sedan, Sieg der deutschen Truppen über die französischen Truppen, Siebzigeinundsiebzig. Die Zerstörung übernahmen amerikanische und englische Luftwaffenverbände. Dazwischen liegt die Niederlage gegen Frankreich, das Ende des Kaiserreichs. Auch im Zweiten Weltkrieg gehörten die Franzosen zu den Alliierten Streitkräften, den Gegnern Deutschlands. Am Ende schließt sich dann doch der Kreis. Gedächtnis.

Wir fahren jetzt manchmal zu zweit nach Berlin, beide zu Verlagsgesprächen, die Arbeitsessen vereinen uns dann wieder. Gegen Abend sitzen wir nebeneinander in der Gedächtniskirche. Auch diesen Platz teile ich gern mit dir. In langen, vernünftigen Gesprächen haben wir beschlossen: keine Wohnung in Berlin, kein zweiter Wohnsitz, nichts mehr, was uns auseinanderführt, was uns zerstreut, zersplittert.

Wir müssen uns jetzt auf den Rest unseres Lebens konzentrieren.

(1986)

Sappho – Klytämnestra – Megara

Athen. Drei sonnenlose Oktobertage in Athen. Die Verlagslektorin begleitete mich und traf die Verabredungen; ich rede sie nie anders an als mit ›liebe Lektorin‹.

Wir wohnten am Fuß des Lykabettos, als Primanerin war sie vier Wochen in Athen gewesen. Mehrmals am Tag rief sie beglückt: Lykabettos mou – mein Lykabettos! Die Taxifahrer streikten, wir liefen zu Fuß durch die Straßen Athens, liefen und verliefen uns, unbekümmert und einvernehmlich. Am Sonntag regnete es. Die Übersetzerin Maria holte uns am Hotel mit dem Auto ab, heute durfte sie den Wagen fahren, am nächsten Tag waren die geraden Autokennzeichen dran ... Straßenabsperrungen, das Marathonrennen der Radfahrer, wir parkten in der Nähe der Agora, gingen zu Fuß weiter. Als wir an einer kleinen byzantinischen Kirche bereits vorübergegangen waren, fragte Maria, ob wir hineingehen könnten. Wir machten kehrt. Ich sah mich im Halbdunkel um, zündete eine Kerze an, Maria Angelidou tat es ebenfalls. Ich dachte an diesen, an jenen, und dann bekamen noch einige andere eine der dünnen Honigkerzen. In der dritten Kirche erzählte diese attische und vielleicht atheistische Maria von ihrer Großmutter, die auf dem Sterbebett prophezeit habe: Du wirst mir nie eine Kerze anzünden! Mit diesem Satz hat sie bewirkt, daß Maria immer, wo es sich ergibt, in jedem Land, ihrer Großmutter eine Kerze anzündet. Mit einer Bitte hätte die Großmutter nicht erreicht, was sie mit dieser klagenden Feststellung erreicht hat. Maria geht in jede Kirche, denkt an die Großmutter, zündet Kerzen an.

Wir kennen uns wenig, aber es hat einen Augenblick des Erkennens gegeben. Sie kennt mich besser als ich sie. Sie hat diese ›Ungehaltenen Reden‹ von meiner Sprache in ihre Sprache übersetzt, sie hat in der Schweiz studiert und spricht deutsch ohne jeglichen Akzent, sie trat auch als Dolmetscherin auf, saß neben mir auf dem Podium im großen Saal des Goethe-Instituts, wo am nächsten Abend die Premiere stattfinden sollte. Der deutsche Botschafter in der ersten Reihe; sein griechischer Wortschatz entsprach dem meinen. Viele Künstler unter den Gästen. Bevor man die Autorin befragen konnte, stellte ich mich und das Buch vor, das nun auf neugriechisch vorlag. Ich sagte: »Es handelt sich um elf Reden. Von diesen elf Frauen, die ich zu Wort kommen lasse, lebten drei im antiken Griechenland, das ist ein hoher Prozentsatz. Waren die Frauen – damals – in Griechenland besonders ungehalten, hatten sie Anlaß? Mußten sie das Bedürfnis zu reden unterdrücken? Warum gingen sie nicht auf die Agora und redeten, wie ihre Männer es taten? Oder liegt es einfach nur an der Liebe der Autorin zu diesem Land, zu diesem Abschnitt der klassischen Antike?

Die großen Themen sind alle schon damals – hier! – angelegt und behandelt worden. Jugend – Alter; Frieden – Krieg; Glück – Unglück; Leben – Schreiben. Man kann diese antiken Stoffe in die Gegenwart transportieren, das wird oft gemacht, man kann sich aber auch selbst dorthin begeben. Ich wundere mich, warum von dieser Möglichkeit nur selten Gebrauch gemacht wird. Mit einem leichten Absprung begebe ich mich in ein anderes, mir gemäßeres Land. Ich sitze an meinem Schreibtisch, scheinbar auch anwesend, benutze die elektrische Schreibmaschine, die ich ›Elektra‹ nenne, bediene das Telefon, das Datum gebe ich vermutlich richtig an, auch den Ort, aber in Wirklichkeit befinde ich mich, sagen wir auf Patmos, wo ich 1958 – als noch wenige reisten – lange gelebt habe. Es waren drei volle Tage! Die Heldin eines Romans beendet dort ihre Aufzeichnungen einer unbequemen Frau. ›Ich bin nicht Penelope!‹ sagt sie. Bevor es Winter wird, reist sie ab. Sie war dreifach arm dran: eine Frau, allein, in der Fremde. Nach ihrer Rückkehr hieß es: Du hast dich verändert. Sie sagt: Das hoffe ich!

Wo ich nur kann, wähle ich mir einen Schauplatz aus, an dem ich selbst mich wohlbefinden würde, wie ich ja auch Personen erfinde, mit denen ich ein oder zwei Jahre lang in enger, intimer Verbindung leben muß. Ich brauche Wärme, von innen, von außen, warum sollte ich mich – schreibend – nach Grönland begeben, wo ich mich in der Provence, der Toskana, auf der Peloponnes – in Athen! – soviel wohler fühle? Am glücklichsten bin ich auf Inseln, ich bin eine Islomanin, ich will dorthin, wo man nicht so leicht fort kann. Ich erfinde Menschen, denen ich die Möglichkeit verschaffe, glücklich zu sein oder es zu werden, den Widerständen zum Trotz. Ich gebe ihnen Kraft mit, auch von meiner eigenen Lebenskraft, damit sie mir nicht alle scheitern und vor die Hunde gehen.

Einen Sommer haben wir auf der Insel Ägina im Saronischen Golf verbracht, drei Literaten; mit dem einen bin ich verheiratet, gut und gern. Dort schrieb ich die griechischen Kardiogramme, Kardios, das Herz betreffend. In jenem glücklichen Sommer waren wir auch in Mykene, und es tobten Gewitter um uns und über uns, es war nicht schwer, mir jenes Mykene vorzustellen, hinter dessen Mauern Klytämnestra lebte und zehn Jahre auf die Rückkehr Agamemnons wartete – nicht wartete! Ich versuchte, eine Rechtfertigung der Klytämnestra zu schreiben, ich verschaffte ihr einen Hirten und einen Fischer als Liebhaber. Ich bin für Liebe, für Glück als Mittel gegen das Unheil. Nicht nur Tragödie! Eine Tragödie ist nur eine

Komödie, die schiefgegangen ist, und eine Komödie ist eine ernste Sache, die schiefgegangen ist. Ich plädiere dafür, daß auch ernste Sachen ihre heitere Seite haben, und: Es ist mir mit der Heiterkeit ernst! Auf das Mischungsverhältnis kommt es an. Es stand mir frei, die Gärten der Klytämnestra anzulegen. Sie sollte den blutigen Ablauf der Orestie aufhalten, aber ihr Haß war stärker, eine Rechtfertigung ist mir nicht gelungen, übrig blieb: die Rede der Klytämnestra an der Bahre des Königs von Mykene.

Und dann Lesbos, eine Insel, die ich nicht kenne, die ich mir aber leicht vorstellen kann, ich habe doch Sappho gelesen, ich kenne Inseln. Vergeßt den Namen des Eisvogels nicht! Vergeßt nicht die Gärten von Mytilene!

Und dann Athen, die Rede der Hetäre Megara an die Frauen von Athen, an Lysistrate. ›Du irrst, Lysistrate!‹ behauptet diese Megara, die andere Erfahrungen mit Männern und Kriegern gemacht hat als Lysistrate. Sie behauptet, nicht Verweigerung sei ein Mittel gegen den Krieg, sondern Hingabe, Verführung. Sie macht den Frauen von Athen einige drastische Vorschläge, was man tun muß, wenn Verführung nichts hilft. Sie sagt: ›Seht euch das Erechtheion an! Fällt euch nichts auf? Nicht, wie bei anderen Tempeln, tragen Säulen die schwere Last des Daches, sondern Frauen! Merkt ihr denn nichts? Sie bauen auf unsere Stärke!‹«

Das deutschsprachige Publikum lachte. Als Maria später dieselbe Textstelle für das Griechisch sprechende Publikum las, lachte keiner. Ich äußerte mein Erstaunen. Maria fragte: »Warum sollte man lachen? Es stimmt doch, die Frauen tragen die Lasten.«

Ich habe meine kleine Rede im Goethe-Institut mit einem Gebet des Sokrates beendet: »›Geliebter Pan und ihr anderen Götter hier um uns, gebt mir, daß ich schön werde in der Seele und daß alles, was mir zukommt, zu meiner

Seele freundlich strebe! Gebt mir, daß ich den Weisen für reich halte, und vom Golde sei mir stets nur so viel, als der Mäßige bedarf.‹«

Im Hotel interviewte mich eine Rundfunkreporterin. Mitten im Gespräch sagte sie unvermutet: »Ihr Mann steht in Ihrem Schatten!« Ich reagierte nicht gereizt, sondern lachend, ich sagte: »Der letzte Sommer soll sehr heiß in Athen gewesen sein. Ist es dann ein Nachteil, im Schatten zu stehen? Es gibt doch Liebhaber des Schattens und des Halbschattens.«

Benutzt man in warmen und in kalten Ländern die gleichen Bilder? Auf dem Rückflug noch einmal: Lykabettos mou! Wir flogen in den frühen Abend. In Frankfurt stand Kühner auf dem Flughafen, in jeder Hand einen Strauß.

(1988)

Paroles de femmes

Es gibt viele Gründe, nach Paris zu reisen; dieses eine Mal fuhr ich in eigener Sache, in Geschäften, auf Spesen. Zwei gültige Metro-Billetts in der Manteltasche; zweimal in einem Jahr in Paris, das gab es noch nie. Die Theaterverlegerin im weiten roten Tuchmantel, die Autorin in Schwarz, ›Rouge et Noir‹, es ging um Literatur. Im Winter trage ich Schwarz, der Winter ist nicht meine Jahreszeit, auch nicht in Paris.

Novemberregen am ersten, Novembersonne am zweiten Tag. Ankunft an der Gare de l'Est, als es schon dunkel war, mit dem Taxi quer durch Paris zum Hotel, und dann gleich weiter zum ›Théâtre 14‹, wieder quer durch Paris.

›Ungehaltene Reden ungehaltener Frauen‹, ein Wortspiel, das es im Französischen nicht gibt. Der Regisseur hielt sich an das Adjektiv ›ungehalten‹. Wie die Furien fegten Christiane von Goethe, geborene Vulpius, und Katharina Luther, geborene von Bora, über die Bühne; ein zorniger Ausbruch jagte den anderen, da blieb für Pointen keine Zeit, und es blieb auch keine Zeit zum Nachdenken und Verstehen. Rasch muß es gehen, da kann eine Reaktion des Publikums nicht abgewartet werden. Und dann Gudrun Ensslin, die Terroristin. Sie spielt auf einem kleinen Podest, kleiner als die Zelle in Stammheim, sie macht ihre Sache gut, zu gut, ist hübsch anzusehen, wirkt sympathisch, was nicht hätte sein dürfen. Presse und Publikum interessieren sich vornehmlich für sie. Die Zuschauer sind jung, gelacht wird nicht, man nimmt diese ungehaltenen deutschen Frauen ernst. Ich hätte es gern gehabt, wenn man einmal aufgelacht hätte, dieses befreiende Lachen, mit dem man Abstand gewinnen kann. Rosen für die Autorin des Stücks; in der Garderobe verteile ich sie an die Schauspielerinnen, wir umarmen uns, die Perücken sitzen schief, die Schminke ist verschmiert; am nächsten Abend wird man sich wiedersehen. A bientôt!

Zurück zum Hotel, quer durch Paris. Mitternacht ist vorüber, die Hotelbar nicht mehr besetzt; wir haben noch nichts gegessen, wann denn auch, wo denn auch. Wir müssen über diese Aufführung reden! Der Nachtportier sieht das ein, holt aus einem benachbarten Restaurant eine Platte mit Käse, bringt Gläser, Wasser und Wein. Ich muß Beaujolais nouveau trinken. Alle Deutschen lieben diesen jungen kalten Wein, Madame! – Monsieur!

Wir sitzen und reden noch lange. Daß zwei Frauen nachts im Foyer diskutieren, ist nichts Besonderes mehr.

Diese Pariserinnen! Haben sie uns längst überholt? Sie sind soviel selbständiger und selbstverständlicher und selbstsicherer als wir. Einmal so wie sie, ohne Anzeichen von Furcht, über einen Zebrastreifen gehen! Mit weiten Schritten, den Kopf erhoben, und der breitrandige Hut fliegt ihnen nicht davon. Wieso eigentlich nicht? Als ich zum ersten Mal in Paris war, erkannte in mir niemand die Fremde, in beiden Ländern war noch Nachkriegszeit, und die Touristen waren rar; ich wurde oft nach dem Weg gefragt. Damals hatte ich noch vor, die Welt zu erobern, eine Stadt nach der anderen, mit Paris fing ich an, Paris konnte ich. Heute kehre ich gern an mir bekannte Plätze zurück, an Schauplätze.

Am nächsten Morgen zum Goethe-Institut, das versteht sich; im November sind mehrere deutsche Autoren in Paris unterwegs. Am Nachmittag dann eine Verabredung mit dem Buch-Verleger, wieder quer durch Paris. Rue Bonaparte, eine Adresse, die gut ins Jubiläumsjahr der großen blutigen Revolution paßt. In Deutschland findet derweil eine unblutige Revolution statt, man fragt mich immer wieder, ob das überhaupt möglich sei: unblutig. Im sechsten Arrondissement drängen sich kleine und kleinste Verlage zusammen. Ich bin zu früh, mache noch einen Spaziergang, vorbei an Auslagen mit neuen Büchern, gleich daneben die Auslagen eines Antiquariats. Verlage – Antiquariate – Verlage, die ganze Branche nahe beisammen. Hier werden Bücher geplant, hier werden Bücher verramscht. Wo waren sie in der Zwischenzeit? Die alten Bücher sehen gelesen und zerlesen aus. Vor kurzem hat ein Leser zu mir gesagt: »Es ist ein gebrauchtes Buch, schreiben Sie trotzdem Ihren Namen hinein?« Was kann einem Buch denn Besseres passieren, als gebraucht zu werden?

›Pourquoi n'as-tu rien dit, Desdémone?‹ Ein Exemplar der französischen Ausgabe meines Buches liegt im Schaufenster, wann wird man es nebenan im Antiquariat wiederfinden? Pourquoi –? Es müßte doch heißen: ›Si tu –‹ Wenn du geredet hättest, dann –. Ich vertraue auf die Wirkung der Wörter, der Worte. Sartre fällt mir ein, den ich mit eigenen Augen gesehen habe, nicht weit von hier, im Quartier Latin; wir kannten seinen Namen, hatten aber noch nichts gelesen. Damals pflegte er vorm ›Café Deux Magots‹ zu sitzen, wir promenierten mehrmals vorbei. Spät am Abend habe ich diesmal mit dem Verleger noch einen Gedächtnisschluck dort getrunken, einen Cognac Napoléon vermutlich. Man merkte ja überall die Auswirkungen der Revolutionsfeiern. ›Les mots‹, die Wörter. Ich habe den letzten Satz dieses autobiographischen Buches noch einmal gelesen. ›Ein ganzer Mensch, gemacht aus dem Zeug aller Menschen, und der so viel wert ist wie sie alle und so viel wert wie jedermann.‹ Seine Berühmtheit gehe ihm auf die Nerven, schreibt er; als wir ihn bestaunten, schien ihm die Bewunderung junger Studentinnen noch zu gefallen.

Ich las ein Straßenschild, das mir bekannt vorkam, ohne daß ich je dort gewesen wäre, dann fiel mir Maximiliane Quint ein, die auf diesem kleinen baumbestandenen Platz oft Zuflucht gesucht hat. Eine Romanheldin, der ich nicht nur einen langen Paris-Aufenthalt, sondern auch die Liebschaft zu einem Maler ermöglicht habe. Sie stammte aus Poenichen, Hinterpommern, hatte fünf Kinder durch Kriegs- und Nachkriegszeiten gebracht, und nun: Paris! An einem Vorfrühlingstag fährt sie mit der Metro Richtung Clichy, an der letzten Station steigt sie aus und läuft los, sie will Lerchen hören, Erde unter die Füße bekommen. Was für ein Wunsch in Paris! Vermutlich würde es mir ähnlich ergehen, aber ich bleibe immer nur wenige Tage. Als Studentin paßte ich nach Paris, das tue ich nicht mehr, das ist eine Feststellung, keine Klage.

›Paroles de femmes‹ heißt das Motto des Abends, öffentliche Diskussion im ›Théâtre 14‹. Die Übersetzerin; eine namhafte Dolmetscherin, Mitarbeiterin des Präsidenten, die gerade ein Buch über ›Die rätselhaften Deutschen‹ geschrieben hat; die Autorin; der Regisseur; der Verleger; ein Theaterkritiker. Paritätisch drei Frauen, drei Männer. Der Zuschauerraum ist zu drei Vierteln besetzt; wer gekommen ist, will mitreden, will über die Rechte der Frauen reden. Engagement! Eine Diskussionsführung ist nicht möglich und auch nicht nötig. Das Wichtigste flüstert man mir auf deutsch ins Ohr, einiges verstehe ich, mische mich mit meinem deutschen Französisch ein, versuche mein Anliegen vorzubringen. Worte sind dazu da, sich verständlich zu machen. ›Si tu –!‹ Wenn du –! Muß man das den Frauen überhaupt noch sagen? Sie reden doch, wortreich, gescheit, schnell und charmant dazu. Was ist denn nun anders an diesen Pariserinnen? Sie sind rascher und sie sind schlanker. Es heißt, daß fast alle Pariserinnen berufstätig seien; ein Gehalt reiche nicht für zwei Personen und schon gar nicht für Kinder, also arbeiten die Frauen. Man hat mehr Geld, geht mit den Freunden zum Essen, lädt nicht nach Hause ein, das Zuhause spielt keine große Rolle. Und dann gibt es ja noch diese Au-pair-Mädchen, die im Haushalt helfen und dabei die Sprache erlernen. Wer möchte denn nicht Au-pair-Mädchen in Paris sein? Das ist nicht dasselbe wie: französische Studentin in Frankfurt. Wo sind die Kinder überhaupt? Die Spielplätze sind auch an dem sonnigen Tag leer. Gibt es mehr Kindergärten, mehr Ganztagsschulen? Ist alles besser geregelt, zugunsten der Frauen? Auch zugunsten der Kinder? Mir schienen die Frauen weniger angestrengt zu sein; oder verbergen sie die Anstrengungen unter Eleganz und Make-up? Nutzt sich der Charme durch Überanstrengung im Laufe des Tages denn nicht ab? Die berühmte Dolmetscherin traf zum abschließenden Essen etwas später ein, sie hatte zwischendurch rasch ihre drei kleinen Kinder geküßt ...

»Wir leben zu zweit auf fünfunddreißig Quadratmetern«, sagt der Verleger, sagt es mit Stolz, gibt die Höhe der Räume mit 205 Zentimetern an, ein glückliches Paar, nicht mehr ganz jung. Später – später werden sie sich eine ›Ferme‹ in Südfrankreich kaufen, jetzt leben sie gut im Quartier Latin, den Luxembourg nicht weit, alles liegt nahe. Sie gehen zu Fuß, nehmen das Fahrrad, notfalls das Auto. Die Luft –? Danach fragt keiner, schließlich ist es Pariser Luft.

Zu einer Stunde, in der ich zu Hause am Fernsehgerät schalte, ob noch irgendwo Spätnachrichten gesendet werden, sitzen wir beim Essen, besprechen ausführlich die Reihenfolge des Menüs. ›Amuse-gueule‹, heißt das so? Diese Näpfchen mit Gänseschmalz oder kleinen Pasteten zum Baguette, die ich ›Ohnmachtshappen‹ nenne. ›Amusement vor Tisch‹, sage ich seither. Und dann die ›Suggestions‹! Das Lesen der Speisekarte wird zum literarischen

Vergnügen. Wenn du gegessen hättest –! Der Verleger sagt: »Lieber hungrig in Paris als fett in Frankfurt!« Er kennt beides, zumindest die Städte. Ich frage ihn, was schwieriger sei, ein Auto durch Paris zu steuern oder einen Parkplatz zu finden. Kein Problem, es gehört zum Leben, hält lebendig. Ich frage: Sind die Pariser aus diesem Grund so schlank? Müssen sie sich überall dünn machen, reicht sonst der Platz nicht, nicht in der Metro, nicht im Bus, nicht in den Bistros, wo man aufgereiht sitzt, Ellenbogen an Ellenbogen? – Wem es zu eng wird, der zieht nicht nach Paris. Schon in den Vororten ist es anders, da ist man korpulenter. »Und erst in der Provinz!« sagt der Verleger.

Einen Vormittag lang hatte ich frei, keine Verabredungen. Hätte ich in den Louvre gehen und mich nicht mit dem Anblick der neuen gläsernen Pyramide begnügen sollen? Statt dessen suchte ich die Rue de la Huchette auf, in der jene Maximiliane mit ihrem Maler gelebt hat, im Magen von Paris, nicht im Herzen. Die Kochdünste Arabiens mischen sich schon am frühen Morgen mit den Kochdünsten Indiens, Chinas, Mexikos. Maximiliane hat dort während der Mai-Revolution gelebt, 1968, aber kaum davon Notiz genommen; die Weltgeschichte hatte, als diese Frau jung war, Mißbrauch mit ihr getrieben. Erst in der nächsten Generation wird sich dann ein Quint wieder um die Politik kümmern. Jedesmal, wenn ich ein Stück auf dem Périphérique, der breiten Umgehungsstraße, fahre, denke ich an Joachim Quint, den Poeten und Politiker, der Paris links liegenließ.

Das Buschwerk neben den Champs-Elysées wird aus dicken Schläuchen weiß bestäubt, sonst wenig Weihnachtliches. Noch sitzt man in den Mittagsstunden, lange dunkle Wollschals mehrfach um den Hals geschlungen, vor den Cafés. Die Sonne scheint! Der Thermometerstand scheint niemanden zu interessieren, vom Wetter war nie die Rede.

Ein rasches Omelett. Was müssen das für Hühner gewesen sein, was für ein Koch? Aß ich denn je ein so gutes Omelett?

Ein kurzer, prüfender Blick in die eleganten Seitenstraßen: Hier irgendwo muß die schöne Tochter Mirka Quint mit ihrem reichen Industriellen gelebt haben, bevor sie ihn, nachdem er schwachsinnig geworden war, seiner ersten Frau zurückerstattete. Sie hat dann als Fotomodell für ihre beiden Söhne gesorgt, sie war das Kind eines kirgisischen Rotarmisten, aber auch die lebenstüchtige Tochter ihrer pommerschen Mutter.

Nie lasse ich das Cluny-Museum aus. Flüchtige Blicke nach links und nach rechts: Hat man schon wieder vertrauten Dingen andere Plätze gegeben? Und dann stehe ich vor den schönen Teppichen: La dame et la licorne! Die Dame und das Einhorn! ›O dieses Tier, das es nicht gibt!‹ sagt Maximiliane Quint, benutzt einen Satz aus Rilkes Sonetten, die sie nicht kennt. Das Einhorn ist unverletzlich, solange niemand es zähmt. Sobald ›la dame‹ Königin geworden ist, legt sie das Tier an eine goldene Kette. Liebe ist tödlich. Das Sinnbild der Ehe ist die Kette, behauptet meine Heldin. Stimmt das denn? Für alle Ehen? Von wem hat sie das?

Bin ich es, die unterwegs ist in Paris? Vertrete ich meine eigenen literarischen Interessen denn ausreichend? Gehe ich nicht ständig den Spuren meiner Romanfiguren nach? Warum besuche ich keine lebenden Freunde? In einem meiner ersten Romane habe ich bereits Paris als Nebenschauplatz gewählt. Damals hieß meine Heldin Johanna, ihre Ehe war vor kurzem geschieden, sie fuhr mit ihrem Liebhaber für ein paar Tage nach Paris. Sie wohnten nicht weit vom Luxembourg, ich hatte den beiden ein paar illegale Junitage bewilligt, aber sie waren auch dort ›nicht sehr glücklich‹, das steht in Anführungszeichen, deutlich hervorgehoben. In Paris fällt der Satz, der dem Roman als Motto voransteht: ›Was zählt denn in der Liebe – außer der Liebe? Versprechen? Nichts. Erinnerungen? Nichts. Nichts – außer der Liebe.‹ Johanna wird von ihrem Liebhaber ›Bürgerin‹ genannt, sie ist eine unbequeme Geliebte. Sogar das Wort Guillotine fällt. Eine Frau, die in eine Ehe einbricht, gehört auf die Guillotine, diese Ansicht unterstellt ihr der Geliebte, und er hat nicht einmal unrecht. ›Die Guillotine unserer Liebe‹. Sie bleiben eine Woche. ›Haltung, Johanna, Haltung!‹ So hat man diese Frau erzogen, danach lebt sie, selbst dann, wenn sie als Geliebte eines verheirateten Mannes in Paris ist. Sie hat dort gelernt, noch weniger Ansprüche an die Liebe zu stellen. Sie registriert die Fehler, die ihr Liebhaber macht, Frauen sind gewissenhafte Buchhalter, der Satz scheint zu stimmen, auch heute noch. Als dieser Mann zuviel getrunken hat, sagt er, daß er Maler werden möchte, Maler in Paris, und wenn er hungern müßte! Hat dasselbe mein Verleger nicht auch gesagt? Der ungeschickte Liebhaber macht meine Heldin mit seinen Reden trunken, macht sie mit seinen Reden auch wieder nüchtern. Und sie? Sie schweigt. Wenn sie nun geredet hätte? Si tu –. Wie heißt der Konjunktiv von haben? War ich nicht immer stolz, daß ich ›avoir‹ und ›être‹ in allen Zeiten konjugieren konnte? Dieser Mann, ein Buchhändler, wirft Johanna vor, daß sie sparsam mit sich umgehe, geizig sei und alt werden würde. Wie alt wäre Johanna Grönland heute? Als ich den Roman ›Die Zeit danach‹ schrieb, waren wir gleichaltrig. Sie meinte ›das erlösende Wort‹ zu kennen, aber ausgesprochen hat sie es nie. Und so wird kein Leser es erfahren, auch die Autorin nicht. Nach der Rückkehr ruft der Liebhaber sie an, redet und redet, und da endlich spricht sie, sagt alles, was sie bisher nicht gesagt hat. Allerdings erst, nachdem er den Hörer aufgelegt hat. Steckt dort bereits der Keim zu den ungehaltenen Reden der ungehaltenen Frauen, die mich diesmal nach Paris geholt haben?

Als wir nach der letzten Veranstaltung in einer Pariser Buchhandlung, nahe der Comédie Française – wieder quer durch Paris –, an der Gare de l'Est den Nachtzug erreichten, hatte ich die beiden Metro-Billetts noch in der Manteltasche. Für das nächste Mal, encore une fois.

(1989)

Im Tal der Jagst

›Das Fürstentum Hohenlohe ist einer der schönsten Edelsteine in Württembergs Krone‹, schrieb der in Langenburg geborene Schriftsteller und Philosoph Karl Julius Weber.

Ein der Größe des Landes entsprechender Philosoph? ›Der Demokrit‹, sagt man bedeutungsvoll, und ich sage, was man erwartet: ›Aha!‹ Wieder zu Hause, schlage ich nach und erfahre, daß sein Werk 30 Bände umfaßt, das imponiert mir. ›Anekdoten- und zotenreiche satirisch-humoristische Schriften‹ hat er verfaßt. Was für ein Titel: ›Deutschland oder Briefe eines in Deutschland reisenden Deutschen‹! Will das denn kein Verleger wiederauflegen im Jahr der deutschen Einheit? Was für Briefe wären da denkbar! ›Demokritos oder hinterlassene Papiere eines lachenden Philosophen‹, hat es das in deutschen Landen je gegeben? Und einen solchen Philosophen hat man vergessen? Kröners ›Philosophisches Wörterbuch‹ führt ihn nicht einmal auf. Nur in den Reiseprospekten des Hohenloher Landes lebt er noch eine Weile weiter. Außerdem steht in dem Prospekt, daß Gottfried von Hohenlohe 1152 eine erste Urkunde zu Langenburg ausstellt. ›Vorher treffen wir ihn und seinen Bruder Konrad mit dem Kaiser in Italien.‹ Diese Prophezeiung hat sich nicht erfüllt, wir trafen keinen von beiden, blieben ja auch nur wenige Tage im Hohenloher Land, begegneten aber eines Abends, kurz vorm Büchsenlicht, auf den weiten Römerwiesen einem schönen, jungen, traurigen Jägersmann. War es ein Prinz aus dem Schloß? Fürchtete er um unser Leben, falls es zum Schuß kommen sollte, oder fürchtete er, daß wir das Wild verjagen würden? Er schlug uns vor, den Weg über die Wiesen zu meiden.

Kein anderes Wanderziel in diesen Hohenloher Tagen als ein Wirtshaus unter einem blühenden Lindenbaum. War das Ziel gefunden, sang der Freund: »›Gibt's hier auch Wein?‹« Und Rose, eine ausgebildete Opernsängerin, entgegnete: »›Freilich, freilich, Väterchen!‹« Gesangseinlagen aus ›Boris Godunow‹ unterm duftenden, summenden Lindenbaum. Und wenig später: »›Ein Stündchen sanften Schlafs wird mich erquicken‹«, ›Rigoletto‹. Wir suchten den geeigneten Waldrand, Halbschatten ist erwünscht. Kamille und wilder Mohn blühen uns auch in diesem Sommer. Die weiße Feldrose rankt sich und verhäkelt sich im Gesträuch, ersetzt die rosafarbenen Heckenrosen, die verblüht sind, es ist Hochsommer. Die Gerste steht schon golden auf dem Halm, nur der Hafer hat noch das schöne Graugrün des Vorsommers.

Mal fließt uns im Tal die Jagst, mal der Kocher, mal die Tauber, wir müssen die schönen Ausblicke nicht teilen, alles gehört uns, andere Wanderer sind nicht unterwegs. Steile Steigen trennen die Hochebenen von den Tälern. Wir bleiben im Tal oder bleiben auf den Höhen, wo der Sommerwind über die Felder weht, machen der Schiller-Linde einen Besuch, bleiben lange auf dem jüdischen Friedhof, der weit von den Ortschaften entfernt liegt. Warum wohl? Wir lesen Namen und Daten, die letzte Beisetzung fand 1932 statt. Nur auf wenigen Grabsteinen liegen kleine Steine, wer soll noch kommen. Eine hohe Mauer beschützt den Friedhof, das Tor ist geöffnet, auf einer Steintafel am Torpfosten steht, daß Hirsch Steiner Tor und Mauer gestiftet habe, ›Schigago‹ steht darunter. Wie weit ist das weg, wie schreibt man, was in so weiter Ferne liegt? Wo haben sie denn gelebt, alle diese

Juden, die hier beieinanderliegen? In Dünsbach? In Langenburg? Waren sie Viehhändler? Ladenbesitzer?

Wir suchten die Reichsveste Leofels auf, bespielten die Pappkulissen im Burghof, vier Hauptrollen, Publikum fand sich nicht ein.

Hoch oben an den Außenmauern der Burg hingen die steinernen Aborte, von denen der Prospekt behauptet, daß sie Windspülung hatten.

Das Dorf hielt Mittagsruhe, der einzige Gasthof war geschlossen, wir fragten eine Frau, die ihren Garten jätete, ob sie Lust habe, jedem von uns eine der überreifen Erdbeeren zu schenken. Sie hatte Lust, man mußte es ihr nur erst sagen: Sie füllte beide Hände mit Erdbeeren, reichte sie über den Zaun, fühlte sich wie der fröhliche Geber, den Gott lieb hat. Wir sagten grüß Gott und sagten ade.

Man hätte hier eine Krypta und dort ein paar wohlerhaltene romanische Fresken besichtigen können, wir verzichteten oft darauf zugunsten von Graswegen, die dem Lauf der kleinen Flüsse folgen, kreuzten den Main-Neckar-Weg, folgten dem Wanderzeichen des grünen Baums, eine Linde, was denn sonst?

Tagelang ist die Jagst unser Fluß. Sie kommt vom Albrand her, befindet sich auf verschlungenen Wegen zum Neckar. Rauschende Wehre, alte Mühlen, die Ufer von Erlen und Pappeln und Ulmen beschattet. An jedem Abend haben wir gebadet. Natürlich muß man auf dem Rücken liegen! Man läßt sich treiben, schwimmt aus der Sonne in den Schatten der Bäume, und als ein Gewitterregen den Fluß mit frischem Wasser aufgefüllt hat, hängen die Zweige der Erlen griffbereit. Wasserschaukeln. Schilder haben uns vor den Gefahren an diesem Badeplatz gewarnt, verboten war uns nichts. Ein Reiher steigt auf, wird durch Zuruf begrüßt, und dann ein zweiter. Wir rufen uns zu: Zweireiher! Dieser Abend wird der Abend des Zweireihers genannt.

Damit wir nicht zu unbekümmert die Tage an der Jagst genießen, jagen Tiefflieger über uns hinweg, im Steilflug nach unten, nach oben, einige umrunden das Schloß, das hoch überm Flußtal liegt. Sie fliegen einzeln und im Verband, man weiß nicht wann, nicht wo und schon gar nicht warum. Warum teilt man der geplagten Bevölkerung die Flugpläne nicht mit? Wir ducken uns, schützen die Ohren, denken besorgt an schwangere Frauen, Kleinstkinder, Zahnärzte. Wir empören uns und beschließen, Protestbriefe an den Verteidigungsminister zu schreiben, ahnend, daß das nicht erfolgen wird. Sind wir nicht alle friedlicher geworden in Ost und West? Wo bleiben die Auswirkungen?

Wanderland und Wunderland! Wir sind im Land der Agnes Günther unterwegs. Wer ihren Namen nicht kennt, hat vielleicht vom Roman ›Die Heilige und ihr Narr‹ gehört, Generationen von Lesern haben darüber geweint. Die Autorin hat von ihrem Erfolg nichts mehr erfahren, sie war Pfarrfrau in Langenburg, hat die Burg der Fürsten von Hohenlohe samt der Umgebung unbekümmert als Schauplatz genutzt und heute, nach Jahrzehnten, gerät der Wanderer auf Agnes-Günther-Wege und -Plätze. Brunnen und eine Tafel am Haus. Ein wenig ist es wie im Heidi-Land der Johanna Spyri.

Beim Dorf, in dem wir wohnen, baut man die im letzten Krieg zerstörte Fußgängerbrücke wieder auf, sie soll der alten überdachten Brücke ähnlich sehen, die Betonverankerungen stehen bereits, aber nichts wird werden, wie es einmal war. Warum keine moderne Fußgängerbrücke? Fällt den Brückenbauern des ausgehenden zwanzigsten Jahrhunderts nichts Neues ein? Immer nur Historismus? Immer weiter alte Fachwerkhäuser ausbauen? Darüber reden wir lange und unsachkundig beim Trollinger Wein.

Stundenweise hat man Zutritt zu den Burgen und

Schlössern. Man staunt und bewundert, bedenkt allerdings auch, ob denn Aussiedler und Asylanten sich in dem kleinen Hotel zusammendrängen müssen. Waren nicht nach dem Krieg Evakuierte und Flüchtlinge in den Räumen des Schlosses untergebracht, für Jahre? Sind solche Maßnahmen nur nach großen Kriegen möglich? – Und dann besuchen wir ein burgähnliches Schloß, gehen an kleinen blühenden Gärten und hübschen Häusern, die modernisiert wurden und noch werden, vorbei, lesen auf einem Schild, daß es sich hier um einen Alters-Ruhesitz handelt. Kein Versuch, das Wort ›Alter‹ mit ›Senioren‹ zu umschreiben, hier will man alt werden und kann es unter sehr angenehmen Bedingungen, in Wohnungen oder in einem kleinen Haus; man kann tätig oder untätig sein, gesellig oder für sich. Man könnte reiten und schwimmen, einen Hund oder eine Katze mitbringen, das eigene Auto oder Mietauto benutzen, kann einkaufen oder sich bedienen lassen. Keine Altersbegrenzung nach oben oder nach unten. ›Die letzte Strophe‹? Die Ähnlichkeiten bestehen nur an der Oberfläche, eine Utopie wird hier nicht verwirklicht, das Menschenmögliche ist es noch nicht. An diesem Sommermittag, an dem alles in Blüte steht und der Burghof schattig ist und der Blick ins Tal des Kocher so lieblich, der Himmel so hoch, die Bewohner so heiter – da scheint alles ein gutes Ende zu versprechen. Hätten wir uns Prospekte aushändigen lassen sollen? Ist es noch zu früh? Wird es eines Tages für einen solchen Schritt zu spät sein? Wann ist man bereit zuzugeben: Jetzt ist es soweit?

Als die Sonne unterging, schwammen wir wieder in der Jagst und verjüngten uns. Natürlich muß man auf dem Rücken liegen . . .

(1990)

Die Pappel verläßt sich auf dein Gedicht

Als wir zum ersten Mal im Park waren, der ›Karlsaue‹, und nebeneinander um den See gingen, hast du gesagt, wegen dieses Sees könne man nach Kassel ziehen. ›Man‹ hast du gesagt, aber es klang schon ein ›ich‹ durch. Es war im November, und es war neblig, man sah nicht viel, nur Schemen. Und als wir zum zweiten Mal, einen Frühling später, um den See gingen, hat einer dem anderen einen Baum zum Geschenk gemacht. Ich habe dir eine alleinstehende Birke geschenkt und du mir einen Weidenbaum, dessen Zweige im Wasser schleiften. Da hieß es schon nicht mehr ›man‹, aber auch nicht ›ich‹ und ›du‹, da hieß es schon ›wir‹ und ›uns‹. Seither: ›unser Park‹. Wir hätten uns jüngere Bäume schenken sollen! Dein Baum beugte sich, wurde zur Gefahr und mußte geschlagen werden; mein Baum stürzte sich ins Wasser. Altes Sumpfgelände, die Fulda fließt daran vorüber, es stürzen viele Bäume; wir haben keine Betrachtungen daran geknüpft.

Wie oft haben wir den See umrundet? Wie oft haben wir ihn überquert, wenn er zugefroren war?

Je älter ich werde, desto wohltuender wirkt geordnete Natur auf mich. Ich beruhige mich, wenn ich am Ende eines Tages den Anordnungen der Alleen folge, eine Kastanie aufhebe und in der Hand behalte, den geselligen Schwarm der Krähen vorm Abendhimmel beobachte und den geordneten Flug der Wildenten.

Wir müssen uns nicht verständigen; wir biegen in einen Weg ein, der von Lindenbäumen begleitet wird, und gehen einmal um den See, wir haben die gleiche Schrittlänge. Auf einem anderen Weg kehren wir zum Parktor zurück, das nicht geschlossen wird, über das Knöterich wuchert. Dem Parkwächter begegnen wir nicht mehr. Früher war er, wenn es dämmrig wurde, mit seinem Schäferhund unterwegs; er bewachte den Park, sorgte für Einhaltung der Parkordnung. Nun hat er keine Befugnisse mehr. Für den Schutz der mündig gewordenen Parkbenutzer fühlt er sich nicht zuständig. Hunde werden nicht mehr angeleint, Kinder nicht mehr ermahnt, die Rasenflächen nicht zu betreten, die Ordnungstafeln, die am Eingang stehen, bekommen Museumsreife. Radfahren, Joggen, Lagern auf Wiesen, Schlittschuhlaufen, Schlittenfahren: erlaubt ist, was gefällt.

Wir denken oft dankbar an die hessischen Landgrafen. Der eine ließ sich in den Fuldaniederungen einen Renaissancegarten anlegen, ein anderer ließ den Garten zu barocken Parkanlagen ausweiten. Ohne die botanischen Neigungen, ohne den absolutistischen Ehrgeiz der Landgrafen hätten wir nur Freizeitgelände, nur Aschenbahnen, Fußballstadien, Seen zum Surfen und Rudern. Parkplätze statt Parks. Der alte Park setzt dem veränderten Verhalten seiner Nutznießer einen natürlichen Widerstand entgegen. Die Bäume kümmern sich nicht um Radfahrer und Läufer. Meine Freundin Krystyna aus Warschau hat in ihrem Neujahrsbrief geschrieben: ›Man spricht viel davon, wie der graue Mensch schuften mußte, um den Herren ihre Paläste, Parkanlagen, Bilder, Skulpturen zu deren Lust herzustellen. War es aber nicht besser, für solche Kunstschätze zu arbeiten, als so, wie wir es heute machen, für unser Geld Atombomben, Tanks und andere Rüstung zu produzieren? Früher arbeitete der Mensch für die Vergnügungen eines anderen, heute arbeitet er für seine eigene Vernichtung. Und keine Revolution bricht aus.‹

Die ersten Krokusse sehen wir in unserm Park, sehen

ein Entenpaar im Gehölz verschwinden, und, nach geraumer Zeit, sehen wir eine Entenfamilie auf dem Wasser. Sechs kleine Enten! Elf kleine Enten! Dann die jungen Schwäne. Die ersten und die letzten Schwalben. Wir kennen den Duft der Sommerlinden und den Duft der Winterlinden. Der erste Rauhreif. Manchmal sehen wir Pfaue aus höfischer Zeit, die ihre königsblauen Schleppen über den grünen Rasen ziehen, den kleinen Kopf hochmütig erhoben; sie stoßen ihre unpassenden Schreie aus, richten sich bei Dunkelheit auf ihrem Schlafbaum ein.

›Komm in den totgesagten park!‹ sage ich; jene Zeilen eines anderen George-Gedichts hebe ich mir für später auf: ›Wenn auch nicht mehr uns beschert ist / Als noch ein rundgang zu zwein.‹

Wie viele Gedichtzeilen wurden hier zitiert, wie viele sind hier entstanden!

›Die Pappel verläßt sich auf mein / Gedicht. Und die in der / Abendsonne glühende Kiefer. / Ihre Wipfel sind nur mit / Versen erreichbar . . .‹ So fängt eines deiner Gedichte an. Ich kenne die Pappel! Ich kenne die Kiefer! Oder sind es andere? Ist das wichtig? Wenn du schreibst und wenn du malst, setzt du die Zutaten, die dein Gedächtnis dir liefert, neu zusammen. Die Realität gilt dir weniger als mir. Du fotografierst auch nicht, du machst dir kein Bildnis, schon gar nicht von Menschen, Menschen kommen auf deinen Bildern selten vor, du brauchst sie nicht, du brauchst Bäume, Erde und Himmel und was dazwischen ist: die Vögel. Wo sind die Narzissenwiesen unseres Parks? Wo die Balsaminen, die an den Ufern der Bäche blühen?

Ich bin die einzige, die auf deinem Bild erkennen kann, daß es unser Park ist. Du hast den Tempel von anderswo genommen. Wohin führt der helle Weg? Woher hast du dir diese Statue geholt? Aus Versailles? Aus Würzburg? Oder stand sie einmal am Rand der Karlswiese? Diese hat sich in dein Bild gerettet. Der Hügel im Hintergrund, schön bewachsen mit Thuja und Eiben und Zypressen, wir beide wissen, daß es sich um eine Bodenformation des 20. Jahrhunderts handelt: um Gebälk, Backstein, um Porzellan, um Knochen, einer der Trümmerberge der im Krieg zerstörten Stadt. Ein Todeshügel. Einige der Toten, die nicht mehr aufgefunden wurden, habe ich gekannt, meine Freundin gehörte dazu.

Wir haben uns den Park im Gewohnheitsrecht angeeignet, die Freunde sagen bereits: euer Park.

Die Pappel verläßt sich auf dein Gedicht!

(1967–1994)

Am Rande der Wüste

Wenn du abends aus deinem Atelier zurückkehrst, frage ich nicht: Was hast du gemalt?, sondern: Wo warst du? An jenem Dienstag hast du geantwortet: In der Wüste. Ich sah dich überrascht an, und du fügtest hinzu: Am Rande der Wüste.

Dabei kennst du die Wüste nicht, es ist eine Erscheinungsform der Erde, die du nie gesehen hast. Du hast Beduinendörfer gebaut, ich habe dir nicht widersprochen. Von meiner Sehnsucht nach der Wüste weißt du nichts. Sie betrifft nicht dich, schließt dich aus, ist nur auf dem Papier zu erfüllen. Ich will mir etwas Absolutes vorstellen. In meinen Vorstellungen will ich konsequent sein.

Weitergehen, einfach weitergehen. Nicht immer zurück, nicht immer an den Ausgangspunkt zurück; hin und her, im Kreise. In der Wüste scheint das möglich zu sein; man wird den Weg verlieren, wird sich noch eine Weile nach dem Stand der Sonne richten, man wird keinen Rückweg haben, man wird dursten und schreien wie der Hirsch nach frischem Wasser und schwächer werden und wissen: erlösen kann mich nur der Tod, es wird etwas vom eigenen Willen dabeisein, man wird das Datum nicht nur dem Tod überlassen, dem Tod entgegen, dem wir von allem Anfang an entgegengehen.

Wenn ich ins Meer hinausschwimme, habe ich oft dasselbe Verlangen: weiterschwimmen, einfach weiterschwimmen, so weit, bis ich nicht mehr an Land kann, kein rettendes Ufer mehr, keine Küste, bis ans Ende meiner

Kräfte, meines Willens. Aber immer hat jemand gerufen: Kehr um! – Wie wäre es, wenn keiner mehr riefe?

Weitergehen und nicht am Rande der Wüste stehenbleiben. Ohne Ballast, das Wenige wäre noch zuviel, die Hände frei. Ein Tuch, das gegen die Sonne und den Wüstensand schützt. Gibt es in den Wüsten nur diesen einen Wind, weht er aus allen Richtungen, zu allen Jahreszeiten, heißt er immer Chamsin? Endlich einmal mein Das-brauche-ich-nicht in aller Konsequenz, an der es mir fehlt, ich bin verbindlich, ich bin bemüht, ich will es recht machen; niemand wäre da, dem ich etwas recht machen müßte. Kein Stift, kein Papier, nichts mehr, was ich aufschreiben wollte. Mit allem aufhören, ich würde wahrnehmen und das Wahrgenommene nicht mehr mitteilen, ich würde meinen Lebenssinn verlieren, bevor ich das Bewußtsein verlieren würde, meine einzige Berechtigung zu leben.

Ein wenig Trinkwasser würde ich brauchen, damit ich einige Zeit noch etwas spüren könnte, das über den Durst hinausgeht. Unter der Sonne sein, unter der unbarmherzigen Sonne, bis ich ein für allemal genug davon hätte. Keine Walt-Disney-Erlebnisse. Die Wüste lebt nicht. Keine Insekten, keine Skorpione, keine Schlangen. Auch keine Zugvögel am Himmel, keine Verheißungen und keine Ablenkungen.

Ich bin furchtsam. Würde ich mich dort, wo es nichts gibt, vor dem ich mich fürchten müßte, noch fürchten? Vielleicht überfiele mich Trauer. Weitergehen, gleichgültig, in welcher Richtung, nichts würde sich ändern. Nachts könnte ich mich mit dem Rücken auf die Erde legen, mir ein Sternbild auswählen und mit ihm kreisen wie ein Uhrzeiger, das Haar der Berenice, nicht immer wieder das Sternbild des Großen Wagen, Orso maggiore, der mich oft genug verführt hat. Wie lange dauert es vom Untergang der Sonne bis zum Aufziehen der Sternbilder? Keine Uhr, nichts mehr, was zählt.

Niemand, der von mir eine Reaktion erwartet, einen Ausruf. Niemand, der mich anblickt. Ich könnte mein eigenes unverstelltes Gesicht tragen, das ich nicht kenne. Nichts, worin ich mich spiegeln könnte, keine vorgetäuschte Heiterkeit, keine unverstellte Freude mehr. Würde ich Selbstgespräche führen? Würde ich singen? Mit leiser Stimme Gedichte aufsagen, oder würde ich laut reden und am Ende rufen? Würde ich nach Hilfe rufen, was ich nie getan habe; in großer Gefahr verliere ich die Stimme. Was bleibt übrig, wenn alles abfällt. Mein Ich, was ist das? Mein vernachlässigtes Ich.

Wenn die Sichel des zunehmenden Mondes und der Abendstern beieinander zu stehen kommen, das heraldische Glückszeichen des Islam, das mich, lange bevor ich seine Bedeutung kannte, immer beglückt hat, was würde mir dann noch ›Glück‹ bedeuten. Ist Glück nicht immer eine Summe von Glückspartikeln? Im Koran steht, daß man das Glück in den Bazaren finden kann, den Ruhm in den Palästen, die Weisheit in der Einöde. Wüste steht für Einöde. Eine Stadt verwüstet, eine Landschaft, ein Gesicht verwüstet.

Was für eine Weisheit meine ich denn?

Vor Jahren bin ich – sind wir, eine Freundin und ich – stundenlang auf den größten Dünen der Welt, am Michigansee, unterwegs gewesen; wir haben hohe Sandberge bestiegen und versucht, geradeaus zu gehen, ohne Weg, nach Norden, auf dem breiten Dünenrücken; wenn wir uns umdrehten, sahen wir, daß wir in Bögen gingen, wie Betrunkene, und wenn wir uns wieder umdrehten, hatte der Wind unsere Spuren bereits verweht. Wir schrieben unsere Namen in den Sand, machten uns bemerkbar, legten uns flach auf die Erde, mit ausgebreiteten Armen, schlugen in den Sand wie mit Flügeln. Wir betrachteten lachend die Umrisse der beiden Vogelmenschen im Sand; das Lachen der Furcht. Würden wir die Stelle am Fuß der Sandberge wiederfinden, wo unser Auto stand? Wir haben die Kalifornische Wüste mit dem Auto durchquert, auch die Wüste von Arizona mit den festlichen Kandelaber-Kakteen und die Painted Desert, eine Maler-Palette von hellem Gelb über Rosa zu tiefem Violett. Ich habe am Rand von Santa Fé gestanden, dort, wo die Wüste beginnt. Ich habe ein einziges Mal einen Sternenhimmel über der Wüste gesehen, das Motel lag nahe bei einem Palmenhain; wir saßen im gekühlten Wasser des Swimming-pools, die Sterne hingen an langen Fäden herab, bis in die Palmen. Ich habe Sandhosen gesehen, weit genug entfernt, um mich nicht zu schrecken; aufsteigende Spiralen, die rasch verschwanden, vielleicht Halluzinationen im gleißenden Licht. Sand und Lehm und Steine und alles graugelb und grell und wir allein auf dem Asphaltband der Wüstenstraße, Sixty-Six, war es die berühmte 66 der Kriminalgeschichten?

Mehrere Jahre später bin ich im Bus von Jerusalem nach Bethlehem gefahren, nach Nazareth und ans Tote Meer; ich habe Pfade gesehen, die in die Wüste führten, eine Weile konnte man ihren Lauf verfolgen, dann verloren sie sich. Ich bin nicht einmal diese ersten paar hundert Meter in die Wüste gegangen, niemand tat es, ich hätte keine Erklärung abgeben können, ich verhielt mich, wie alle sich verhielten. ›See the Holy Land from an arm chair.‹ Aber nachts, wenn ich schlaflos im Hotelbett lag, habe ich mir vorgestellt, habe ich mir vorzustellen versucht, wie das ist: weitergehen, immer weitergehen. Dreh dich nicht um! Die Mondnächte waren hell, am Fenster konnte ich in den Offenbarungen des Johannes lesen. ›Ein Weib, mit der Sonne bekleidet, und der Mond unter ihren Füßen und auf ihrem Haupt eine Krone von zwölf Sternen.‹ Solche gewaltigen Gesichte kann man nicht am Fenster eines Hotelzimmers nachvollziehen, auch nicht in Jerusalem.

Ich hätte allein sein müssen. Die großen Experimente kann man nur allein ausführen, es war immer jemand dabei, der gesagt hätte: Lassen Sie uns umkehren! Geh nicht weiter! Ich habe konsequentes Alleinsein immer vermieden.

Weitergehen. Weiterschreiben, bis zu den letzten Worten weiterschreiben.

Die Reise-Essays wurden folgenden Büchern entnommen:

ERFAHREN UND ERWANDERT
Frankfurt/M–Berlin (Propyläen) 1979

Die Lebenskilometer · Mit Rucksack und Meßtischblatt · Mein amerikanischer Traum · Mein Sommertheater · Die Küche der Margherita · Im Wettlauf mit dem Frühling · Ein Sonntag in der Schweiz · Heimweh nach der Romantik · Mit Wander-, Wetter- und Weinkarte durch den Kaiserstuhl · Meine Insel im Norden – Juist · Genugtuung und Träumerei · Wo der Rhein noch jung ist · Das Abgründige im Pinzgau · Im Schatten des Birnbaums · Die Inseln vor der Insel (I) · Des Dichters Bergfahrt oder Kleiner Grenzverkehr 1978 · Auf der Suche nach Poenichen · Eine Landschaft verweigert sich · Bußgang zwischen Gräbern · Halbschatten und Halbtrauer über der Provence · Der Zug hat voraussichtlich 40 Minuten Verspätung oder Bücher sind Treffpunkte

MEIN SCHWARZES SOFA
Frankfurt/M–Berlin (Ullstein) 1981

Die Inseln vor der Insel (II) · O Schwarzwald! · Gewaltige Ausfälle an Sonne · Jerusalem, du hochgebaute Stadt

DEINE BILDER – MEINE WORTE
Frankfurt/M-Berlin (Propyläen) 1987

Datierte Träume: 17. November, Positano · Bis an der Welt Ende · Der Mai bewirkt Wunder · Und dann die festlichen Kastanien ·

Bei günstiger Witterung kann man die Wartburg sehen · Grüne Tage am Lech · Der Leuchtturm als Lebenszeichen · Ein Park der Vergänglichkeit · The blue church · Die Pappel verläßt sich auf dein Gedicht · Am Rande der Wüste

Die Stunde des Rebhuhns
Frankfurt/M–Berlin (Ullstein) 1991

Sappho – Klytämnestra – Megara · Paroles de femmes · Im Tal der Jagst

Christine Brückner
Leben und Werk

Mit Beiträgen von
Walter Pape,
Gunther Tietz,
Sigrid Bauschinger und
Otto Heinrich Kühner

144 Seiten, 23 Abbildungen, Leinen

»Die Übereinstimmung zwischen Leben und Schreiben hat sich erst spät eingestellt. Zuerst die Lebenserfahrung, dann die Schreiberfahrung. Leben gleich Einatmen, Schreiben gleich Ausatmen.«

(Christine Brückner)